这个英雄时代的已沉没的光辉，使人感到有必要用诗来表现它和纪念它。

——【德】黑格尔

THE EPIC OF TANGUT

西夏史诗

修订本

杨梓 著

黄河出版传媒集团
阳光出版社

图书在版编目（CIP）数据

西夏史诗 / 杨梓著. -- 修订本. -- 银川 : 阳光出版社, 2018.10
ISBN 978-7-5525-4502-9

Ⅰ. ①西… Ⅱ. ①杨… Ⅲ. ①史诗 - 中国 - 当代 Ⅳ. ①I227.3

中国版本图书馆CIP数据核字(2018)第236232号

西夏史诗（修订本） 杨 梓 著

责任编辑 靳红慧 王佐红
装帧设计 晨 皓 魏 佳
责任印制 岳建宁

黄河出版传媒集团
阳 光 出 版 社 出版发行

地 址 宁夏银川市北京东路139号出版大厦（750001）
网 址 http://www.ygchbs.com
网上书店 http://shop129132959.taobao.com
电子信箱 yangguangchubanshe@163.com
邮购电话 0951-5014139
经 销 全国新华书店
印刷装订 宁夏凤鸣彩印广告有限公司
印刷委托书号 （宁）0011292

开 本 700mm×1000mm 1/16
印 张 39.5
字 数 600千字
版 次 2018年10月第1版
印 次 2018年10月第1次印刷
书 号 ISBN 978-7-5525-4502-9
定 价 88.00元

序：高标逸韵说史诗

荆竹

一、《西夏史诗》：中国当代经典诗歌作品

20世纪八九十年代的中国文化精神，皆在杨梓的心灵与诗歌世界里镌刻下了深深之印痕。正是在立足时代背景，根据史诗叙述，展示了民族历史文化拓辟者多姿多彩的人格风貌，突显了各具特色的思想创获、艺术规模与心路历程。也正是立足时代背景，依凭西夏史诗之经典叙述，在时代精神和民族精神的十字架前，应当怎样选择“现代”及其“以后”？是以时代为经制，还是以民族为本位？并且无论是前者还是后者，时代精神和民族精神之认同与批判——皆意味着对现代的扬弃（涵摄、包举）和对传统的超越（穿透而又生命化传统）——当有怎样的一种价值格度？在此慧心之提挈与难题之追问上，杨梓在着力提挈当代诗坛人文致思之纲脉和心旅，充分展示诗人的人本情怀与思想创获，潜心深掘诗人在史诗构作上的独特路径，其《西夏史诗》是诗人充满青春骚动的人生探寻的一次诗学延伸、沉淀或阶段性小结：是“有我之境”与“无我之境”对自我生命的形而上关怀，也是衡量人的精神发展与否的重要标尺，《西夏史诗》蕴含着很高的审美价值，在社会各界赢得广泛声誉，史诗反映了宏大的西夏历史与诗人对宇宙人生之感悟。《西夏史诗》乃诗史合璧、诗哲交

融之典范，既有浓郁的民族诗趣，也有晶莹的中西哲思。显然，此已非诗学层面简单之模拟，而已将外在思辨转化为生机勃勃的眼光与态度，即积淀为有血有肉的情感—审美模态或内在价值定式，故，杨梓能用自己的心灵语言来再创性地叙述西夏历史，并不时道出前辈诗人未曾言说之妙语。因此，我认定杨梓是一位具有永恒价值的中国当代经典诗人，他的《西夏史诗》及其他大多诗歌作品毫不逊色地成为中国当代经典诗歌作品——我们“用那些深思远虑的唯美主义者的术语来说，他就是一个‘永恒的旅伴’”（卢那察尔斯基：《论文学》，人民文学出版社，1978 年）。在当下，杨梓的文学精神，就是引领我们走向未来的一位“永恒的旅伴”。我们即便是在此不谈永恒性的问题，也要坚决地向自己提出长久性的问题，而且肯定地说，杨梓是一个生命力极其长久的诗人。一个诗人的生命力之所以长久，主要取决于他的心灵库存，取决于其作品所凝结的精神意蕴与美学情调、内容与形式，对民族乃至世界的审美—文化史发展是否具有动力性。他的长篇诗作《西夏史诗》于 2006 年由文化艺术出版社出版，经历十一年的时间淘洗而再版，就是其明证之一。

二、《西夏史诗》：已形成多元的文化格局

大约在许多年前，当我第一次阅读杨梓的《西夏史诗》和稍后阅读他的创作谈《寻找原型》时，就曾为诗人之辐辏与史诗之诠解运思所吸引。西夏，“神秘得充满了诱惑与诗意，悲壮得具备了运用史诗再现的潜质”，它“放射着穿越时空的荣光，透露着树叶上传递的神话和石头里珍藏的传说”。（杨梓：《寻找原型》，《朔方》2004 年第 1 期）这些“寻找”史诗“原型”之描述，恰构成一种庄重的人本诗思意趣，它提撕着杨梓系于史诗之个性

与独立性的某种诗性眷注。只要我们阅读《西夏史诗》，诗人之灵魂与时代的、民族的文化传统便一目了然，也便知其作品何以会在读者中引起广泛注目。在《西夏史诗》里，我们随处可见许多鲜活历史生活的灵魂现象，它们表明了被寓意深刻地强调的灵魂过程。诗人对灵魂、无意识、意识、人格结构以及意识之间的关系给予了全面呈现。

人的生命在于创造，艺术的生命也在于创造。杨梓的《西夏史诗》具有前瞻性与超验性，显示出难以估量的永恒价值。杨梓之于西夏历史地域文化以巨大的吸引力，便在于他可能提供着为人们施展一切才情与想象之机会，他成为一些心智者心目中之精神“魔方”。在1993年初，《杨梓诗集》公开面世，那是一部具有很高审美价值，并值得文学界不断予以阐释的经典作品。诗集通过诗歌的意味造型，向人们展示了20世纪80年代中期至90年代初期中国当代现实世界的某种情绪：怀疑与信心。“怀疑”情绪是一个方面，“信心”却具有持久性，而此一持久性正是来自于诗人自身的思维与情感，以及独立精神与自由思想。诗人对20世纪80年代中国“朦胧诗”成为纯粹自我情感宣泄之载体，沉溺于自我认定之审美理趣与价值理想中，为内心世界之神秘莫测持有相当的保留看法。诗人感到“朦胧诗”体积短小、容纳有限，重新抬头张望自我以外的物质与精神世界，特别回溯古老西夏历史文化时的喷吐激情，需有一定的诗体长度来吸纳遥之又遥之情思。所以，在1994年冬天的一个黄昏，诗人与妻子散步时在旧书摊偶然发现一本毛边未裁的关于西夏史论集，眼前突然一亮：原来诗人早就在注视西夏了——那正是《西夏史诗》之萌动与孕育期。如今，要谈再版的这部《西夏史诗》，就是在主体框架上选择了与西夏有关所有事象与物体的一系列颇有意味造型之片段，此片段之组合、剪辑全由叙事主体之心灵体验来决定，心灵体验之节奏、浓缩、层次编织了这些有意味造型之片段，使之成为心理流程之具体显现。故《西夏史诗》此种叙事体，实则在其背后隐匿着某种心理流程，亦可视为“心灵之叙事”。杨梓在这部史诗中围绕着西夏民族历史文化并采取多种艺术视角展现灵魂世界，在建构叙事主体自我之心灵感受层次，自然景观、西夏风情、铁马金戈、战场拼搏，强劲地考验着生命、灵魂、民族、时代，感觉、超验、意志、哲学、语言等，并透视着这些语境的深广与精致。“神啊，请把你的光辉洒满心灵／请让她如雪飘扬／让他们风行古今与八荒／与万事万物一起歌唱／一起舞蹈”。对神灵世界之顶礼膜拜，使诗人常常在情感激流中有一种极其宽广的胸襟意识，心灵感受到西夏古老文化大地上那橐囊作响之足音——“上帝”走来了，而这“上帝”不是其他，正是灵魂之神意。杨梓在心理流程之辗转递进中意识到人的存在必然与价值，这已是对人的自身之认定虔诚之礼赞了。诗人心灵之自由，思想之恒定，使诗的客观叙事与主观感受深入与尽情地得到了表现。诗思毕竟触及了古老的西夏文化之情绪，在中国近古历史文化中期激发灵感、维系才情。诗人睁大灵魂的眼睛，庶几看清了西夏民族文化之精义对当代人类生存与价值认定的巨大而不容忽视的暗示力量。诗人在叙述西夏民族历史文化景观时也在为西夏历史文化的能量而沉醉和感动，也在对历史硝烟沉落之崇尚中感受人类生命之长存与永在。西夏的历史是英雄的历史，英灵之生与死虽是生命之两极，但两者只是一墙之隔，相互之转换使接受主体感受到“追寻家园的苦难苍凉和悲壮／吹响梦中惊醒的伤／吹响天堂的一朵朵白雪”。以无限的“消失”来比照，推及有限生命之无限，杨梓在意味的审美法则中截取到自身理念、意识、情感幻化之果实——

单纯、生理的人的生与死在宇宙和人类精神之间已变得毫无意义。杨梓的这两种个体情思的自我延伸，已使他走出了传统的、固有的美学天地，开始增加主体的自我精神文化容量了。《西夏史诗》至此已不单纯是史诗了，它已形成多元的文化格局。

三、《西夏史诗》：灵魂与意志精神之体现

饮水思源，杨梓在丰厚的民族传统文化语境中，既没有按部就班和链条式发展，也没有脱离民族传统文化精神，虽是破“壳”而出，但在意识、灵魂、情感上表征为融合统一，相对于现代文化审美意识，受惠于民族传统文化表现出的划时代的人本精神背景却一目了然。诗人面对这样的文化，强烈地表现出一种史诗意识与灵魂意志的精神。“当她们创造了第一个神奇的符号／话语的历史就成为一种纪念／直抵永恒的永恒”。

真理，一经确立，绝对而永恒，至高无上。这里，一方面，西夏历史的物质与精神存在与人的自由天性、本能欲望之矛盾日渐激烈，因着历史的物质与精神存在而建立的史诗模式、审美价值观念在现代社会人们的精神意识失去了支撑点；另一方面，人们对自己的心智更加顾影自怜，杨梓通过《西夏史诗》，在对人们心智的开掘、发现与梳理、规整过程中，越发觉得今天人们的命运虽不掌握在今天人们的手中，但未来的命运之神是谁，无从知晓。历史精神，虽之于过去迸射出重重光彩，灵魂感与生命意识感更为深厚与沉重。

可以看出，在《西夏史诗》题旨的把握上是要对西夏民族文化作整体性思考，现实世界生存环境中的困惑与迷惘要在传统文化的价值观念系统中去追索解脱、澄清精神之钥匙。将史诗之根植于古老的西夏文化沃土中，有助于解开一些决定民族发展与人

类生存之谜。诗人深知西夏文化之根，就是民族传统文化之根，《西夏史诗》之根，就是西夏民族地域文化之根，根不深则叶难茂。但要挖掘这个根，需要对西夏民族的重新认知，对自我精神世界重新予以观照，对西夏历史文化精神的结构和文化特质，进行一次重铸与镀亮。故史诗中所发出的每一个声音、每一次隐喻转折、每个意象之叠加、每一个诗的节奏之跳跃都是一件艺术品的独立单元。在每一种语言行为和每一种审美表达方式中我们都能发现一个鲜明的目的论结构。在史诗的任何一个部分的叙述中，各个主角都真实地“扮演着”自己的角色，每一句个别的人物对话都是首尾一贯结构整体之一部分。史诗语词之重音与节奏，人物声音之抑扬顿挫，人的面部表情，人的身体姿态，皆趋于一个共同目的——使人的性格具体化。史诗中的意味造型，凸显诗人之语词以及语像结构之功能。它是以造型、声音、韵律构成的，而这些造型、声音、韵律，正如同戏剧诗体（如普希金《欧根·奥涅金》）作品一样，结合成为一个不可分割的整体。在《西夏史诗》的每一卷中，我们都能够清晰地发现此种具体的不可分割的统一性。这实在是一种很奇特的诗趣。亦因此，《西夏史诗》成为中国当代文学的一个重要收获，并一举跃入当代中国诗歌经典之行列。

四、《西夏史诗》：充满美学生命的宏厚之作

《西夏史诗》，是以它自身的人本精神之形式存在，在不断地被接受、被掘露、被深化、被延伸着，正是在此意义上，“你把它读完之后，里面所描写的人物会栩栩如生地出现在你的眼前，神态逼真，须眉毕露，你可以感觉到他们的脸，他们的声音，他们的步伐，他们的思想方式；他们永远不可磨灭地深印在你的记忆里，使你再也忘不了他们。作品的整体掌握住你整个的人，完

全渗透在你里面，而作品的局部，却只有在对于整体的关系上，你才觉得是牢记不忘和栩栩如生的。你越是把这样的一部艺术作品仔细诵读，你对它的内在精神的理解和掌握，就越是变得深刻、细致、割裂不断。”（《别林斯基选集》第二卷，上海译文出版社，1979 年版，第 194 页）因此，阅读诗歌作品，接受者必须穿越那现实的厚重外壳，必须将那还没有进入现实的非存在者、不在场者带上前来，诗歌艺术就是直接切入那在场与不在场、现实与非现实之间的神秘，剖析万物究竟如何在其中成为本质的，这正是《西夏史诗》所承担的艺术使命。别林斯基还说：“敏锐的诗意感觉，对美文学印象的强大的感受力——这才是从事批评的首要条件，通过这些，才能够一眼就分清虚假的灵感和真正的灵感，雕琢的堆砌和真实感情的流露，墨守成规的形式之作和充满美学生命的结实之作，也只有在这样的条件下，强大的才智，渊博的学问，高度的教养才具有意义和重要性。”（《别林斯基选集》第一卷，第 224 页）否则，作为接受者，你即使博古通今，熟知诗学法则，也会闹出“错过大象，却把甲虫当作宝贝”的笑话来。其原因就在于，“在美文学方面，只有当理智和感情完全融洽一致的时候，判断才可能是正确的。”（《别林斯基选集》第一卷，第 224 页）可见，欲要读懂并深入阐释一部像《西夏史诗》这样宏大的作品，就不仅需要具备敏锐的审美感受力，而且也“必须与时代并驾齐驱，成为当代知识的占有者”（《别林斯基选集》第二卷，第 17—18 页）。如果你只是抱着一种像阅读一部通俗作品一样的心态去阅读宏大深邃的西夏历史文化的史诗作品，那就像列夫·托尔斯泰所指出的那样：“他扶着犁在后边走，用的却是舞蹈的步伐，致使犁沟七扭八歪。”（《赫拉普钦科文学论文集》，人民文学出版社，1997 年，第 105 页）所以，按照别林斯基和托尔斯泰的要求，作为一个接受者——阐释者，要把审美的接受与历史的接受有机地融合起来，将表象方式转变为运思经验，也就是将诗转变为思，所以这样一种对诗的阐释当然也不是文学或者美学的，而是从思的经验而来的。所以我们认为，与其说有一场思与诗之间的对话，不如说是“诗”在聆听着“思”之道说，仅仅靠诗是不足以创建那被遗忘之“存在”的。关键在于接受者、阐释者要具有与诗人同样的审美心理状态，具有时代与民族的使命感和对史诗之钟情。这样，才能敏锐地感受到时代与历史的脉搏，准确地把握和洞察历史世界与艺术发展的趋势。

是为序。

2017 年 8 月 16 日于风声楼

荆竹，本名王金柱，1953 年生，宁夏平罗人，祖籍山西灵石。毕业于复旦大学中文系。历任宁夏日报文艺部编辑、宁夏青年报副总编辑、宁夏文联理论研究室主任、宁夏文学艺术院院长、宁夏作家协会副主席、宁夏文联副主席等。研究员，中国作家协会会员，中国文艺评论家协会会员，宁夏文史研究馆馆员。发表论文四百多万字，出版专著《智慧与觉醒》《诗文探美》（合著）、《学术的双峰》《荆竹文艺论评选》等。论著、论文荣获宁夏第五、六届文艺评奖一等奖，宁夏第六届社科优秀成果奖。

目录

序诗　黄河之曲

卷一　白云出岫

卷二　草绿星灿

卷三　天飘地移

卷四　城起高原

卷五　依山荡水

卷六　马驰鹰旋

卷七　风诉雨泣

卷八　红炉点雪

序诗 | 黄河之曲

这扇神秘的大门已经关闭

那扇神秘的大门即将洞开

我仿佛看见你

从黄河之源的天堂飞进梦乡

神啊，请把你的光辉洒满心灵

请让她如雪飘扬

让他们风行古今与八荒

与万事万物一起歌唱

一起舞蹈

出嘶的层层浮动着松涛
在你的那样的山谷之中
行走过萧鼓声中的古老之林
寂寥的忠贞射着白松结冰的之字

行者已在过的草地
一棵棵大树连根拔起
成千上万的牛羊被夜吞食
松涛寺院一片狼藉
山上的诗人堆成积雪山脉
世界的火成一道堤的屋顶
一只骨头连起其子的部落
提血去洒在青蜀藏里供奉
一群战狼暴吼于千里冰川
儿子离开只为女人而战
变小的眼敢开通高原的合
教你的语言的光芒
当出一草一木——

黄河之曲

这扇神秘的大门已经关闭
那扇神秘的大门即将洞开
我仿佛看见你
从黄河之源的天堂飞进梦乡

一

你从哪里来
谁让你来到这个世界
让你匆匆活着
那明净亮丽的蓝天
群鸟啁啾的绿林
清澈见底的湖海
为什么无处可寻
你失去最后的一方净地
在生命的荒原茫然四顾
你没有家园

你向哪里去
谁让你远离自己的故乡
让你缓缓死去
那天真烂漫的童年
刻骨铭心的初恋
光彩熠熠的青春
为什么一去不复返
你失去自己最珍贵的纯贞

在王国的废墟久久伫立
你一无所有

你是谁
你还剩下什么
你的手是一支滴血的笔
你的心是一卷铺开的纸
你的灵魂是一坛启封的酒
只为一个古老而遥远的梦
你挥别卜居的沉睡的漫天星斗
穿过广阔无垠的皑皑雪野
来到幽冥肃穆的西夏王陵
你背靠陵塔席地而坐
豪饮着无情的西风和大雪
还有烈性的马啸

这个飘雪的夜晚
这片精灵聚散的上吉之地
你头枕贺兰高山脚踏黄河两岸
醉于温暖的大地之怀静若处子
闭上威严的苍天之眼卧雪独眠
于似梦非梦的幻境中
轻轻地打开自己一片一片地放飞
你成为一朵朵含苞待放的雪
随着一个旷远空寥的声音
一曲倾诉不尽的羌笛之乐
在贺兰山脉环绕轻翔
黄河上下高亢低回
天上地下漫游流徙

她去了哪里
为何只留下如泣如诉的歌声
带我踏上回家的路

二

这是时间的黄河圣水的中游
大地的贺兰神山的心脏
党项的日月星辰的家园
一声啼血的呼唤破浪而至
你在混沌之尘幡然大悟
声声羌笛风行于水
月光的紫烟缠绕着枯藤
点点羯鼓滚动于山
太阳的马蹄叩击着八方
羽翼之舞翩翩鹤起
幽咽的流云涂抹着松涛
在似醉非醉的飘忽中
你穿过萧鼓声中的古冢之林
敦煌圣宫放射着色彩缤纷的光晕
跨过承天寺塔的倒影之树
黑水古城散发着神异玄妙的气息

你看见北迁的春风
一棵棵大树连根拔起
成千上万的牛羊散落路旁
松潘草原一片狼藉
日子的符咒堆成积雪山脉
世界放大成一个遥望的虚空
一只卜骨连起星子的部落
热血与酒在髑髅里沸腾

一群饿狼怒吼于千里冰川
火与森林只为女人而战
童年的牧歌开遍高原山谷
最原始的语言的光芒
普照一草一木

从高原到高原再到高原的风
追寻家园的苦难、苍凉和悲壮
吹响梦中惊醒的伤口
吹响天堂的一朵朵白雪

你静静地躺着
一种巨大无穷的力
自天空射出而注入大地
再涌进你纤尘不染的傲骨
那是超度灵魂的祈祷
田园牧歌的回音
生命最初的啼哭
你就是党项啊
就是天地之子的一滴丹血
为直接呈示这个英雄时代的光辉
于时间的隧道逆流而上
向梦幻的故乡踽踽独行

她来自哪里
为何只在梦里飘飘而至
把我挽留在此

三

这里有一个优秀的民族

一座辉煌神秘的王国
一位来自天境而轻歌曼舞的诗神
夜色的巨岩徐徐下沉
从舒缓到急切再趋平静
大雪的翅膀自由飞舞
浪迹天涯的诗歌敲响宗教之门
西风，步步生花的西风
带着天的原气和地的影子
奏响绝唱千古的黄河之曲
在有我与无我之间
你飞过灯红酒绿的琼楼玉宇
黄土高原耸立着蒸土筑城的号声
你游过旌旗猎猎的水中之都
萧关内外遍布着九个太阳的头骨

你看见南遁的残秋
一片片叶子与王国一起沉落
千军万马随狼烟翻滚
丝绸之漠承灵光烛照
星光里的每一滴泪水
都洒在逃亡的烈焰之上
一股从心底旋起的悲风
载着饮泣的歌声打湿世纪的辉煌
鹰羽上回荡的声声驼铃
一朵朵从天而降的白莲
为千万佛子普度慈航

沿着黄河而迁徙的歌
翻滚的牛羊和女人闪耀着血色的荣光
被鹰驮向蓬勃向上的积雪山脉

驮向不落的太阳的旗帜

你悠悠地飞着
被你命名的神灵推开乐声尽头的天窗
你自豪地倒在自己的影子里
那是追逐水草的羔羊
白金灿灿的族帐
祭祀天地的谷火
你看见美丽如画的故乡在宁静地等你
等你回到梦里

她是谁
为何像一缕爱情的月光
照我通体透明

四

你是回家路上的党项
梦是你回家唯一的指向
家是洗你红尘空前绝后的清泉
与你同歌的西风依旧歌唱
随你共舞的大雪依旧飘舞
你来到黄河之曲
一弯曲折向北的河之峡谷
一曲流淌纯贞的幻境之乐
你回到久别的天堂
见到你熟悉而陌生的西夏子民
根源的大门为你敞开

又见故乡的明月
冬梅的气息芬芳醉人

时光的瀑布飞流直下
黄河的童谣清新如初
一座金碧辉煌的宫殿突立眼前
紫色的乐声跳跃的祥云和冰雕的女子
令你不知今宵何年身在何处

无时不在又无所不有的梦啊
或许只是你一个小小的家园
于这个纯粹圣洁的家里
你成为一部史诗里的大神
遨游于缥缈恬淡的太虚之境
吞吐日月
气盖山河
颂扬大夏

神啊，请把你的光辉洒满心灵
请让她如雪飘扬
让他们风行古今与八荒
与万事万物一起歌唱
一起舞蹈

卷一 | 白云出岫

这扇神秘的大门已经关闭

那扇神秘的大门即将洞开

我仿佛看见你

从青藏高原的暖宫飞进梦乡

你看冰雪的神

灿烂着大片大片的阳光飘过极顶

你看一丛丛语言的族帐从天而降

一无所系的白云

和羊群

和女人

这是怎样的一声啼哭
惊醒了沉睡翠绿的山谷
罡风从东一边飘过悠悠的天际
巨人之的手臂里的世界
岸之路传了每一寸天空
大地的躯体接连不断地从山顶崩落而下
雌群的风语 和停留着的一幅幅画面
沧桑的江河一浪又一浪地携带着古老的生命
湖泊的精之古猴群的凝视那在宇宙之信仰
神天形之力雾林惊的漩涡
于四面八方的啼哭的方向彷徨而来
浮月光下披发着浓郁青年情依的热血之芳
红肤是和星之顶破下的青春之原
掀下一颗颗脑袋造成大地一模一样的芬芳
唱起如哭似笑的儿歌
随着心灵不禁流淌苍茫的魂灵
在说到天山的荆棘上骷髅的舞蹈

永远的昭示

这扇神秘的大门已经关闭
那扇神秘的大门即将洞开
我仿佛看见你
从青藏高原的暖宫飞进梦乡

这个沧桑的故事该从何讲述
你开始讲述的这一瞬间
最原始的词语就已洞开这个民族的源头
渐渐渗入万事万物的童年之中
大地在青藏冰巅上触及天宇
众多光辉的神灵莅临云端
岁月在草木的荣枯中哗哗流过
稍纵即逝的传说被诗记载
部落随牛羊逐水草迁徙抑或小居
英雄的摇篮啊
为英雄悲壮地空旋着
空旋如惊雷

你是悠久的神是创造的英雄
把无数个从前铺成一条通向天堂的路
这是白鹿红狐出没的默鲁山啊
一块不知从何而来的白石
在创造天地的白鹤的旋飞里越长越高
长成祥云缭绕的神灵居住的地方
并且永远蓬勃向上地成长

这是栖满灵禽玄鹤的穿越五界的极木啊
一棵立足于地狱伸手于天堂的生命树
树上长满各种各样的树
每一棵树都是伸向天空的男人
树上开满各种各样的花
每一朵花都是女人的另一种生命
树上还有各种各样的草
每一种草都是飞翔或奔跑或游弋的动物

这是一道芳草萋萋的彩虹啊
你忽而行走
忽而遨游
忽而飞翔
你感觉着从未有过的轻灵
你拂过之处乐声四起
你舞蹈着天空和大地
你陌生的史册被照得更加神秘
你亮丽的含芳的灵魂之诗哟
轻轻推开神圣之门

这一切的一切都始于时间啊
纵横阡陌地雕刻了每一块流浪的石头
这所有的歌谣都源于江河啊
大片大片地弥漫了每一方飘雪的草甸
这个亘古的民族经历了创世的阵痛
最初的太阳腿女子和她的子孙们
成为源和流的神话
在通天的默鲁山与太阳亲切交谈
在狰狞的夜森林与兽群饮血茹毛
在旷远的大草原与野牛同歌共舞

当她们创造了第一个神奇的符号
话语的历史就成为一种纪念
直抵永恒的永恒

永恒的西天门訇然敞开
万道金光上的祥云喷薄而出
千条瑞气里的鸟羽缓缓飘来
你透过圣乐回荡的紫雾
一座座神圣的天宫笙歌泠泠
大柱上缠绕着金鳞耀目的文鱼
传递着神灵的旨意
说着草叶说给花朵的话
一座座雄伟的宝殿星辰灿烂
长桥上盘旋着彩羽凌空的丹鸟
会唱所有歌曲的丹鸟
把悦耳的歌声放进每一滴雨中
望不尽的奇花异草遍地盛开
幸福的光芒摇曳着一片片彤红的烟霞
数不清的青松翠柏永远常青
吉祥的白云浮动着一排排浓绿的修竹
你与诸神一道站立于金霄殿前
等待着天帝普寞的召见

你无法想象没有具体形象又有任何形象的光明之父
你无法看清他无穷的变化成为宇宙间无穷的事物
你永远不知道他来自何处又去哪里
你只记着他的故事
和无法阐释的名字

这个冰封阳光的枯季

这个滔滔东逝的江河之源
你看董部庞大的部落摇曳着紫色的晨曦
绚丽的童年在马背上连绵起伏
一片水草地
他们成长的家园
野性而美丽的女人和羊群
他们永远的追逐
从飘雪的黑夜到鲜花盛开的白昼
灵魂的咏唱于四野八荒的帐篷逶迤而至
面对神圣的西峰点燃象征的谷火
裸露的歌声随着芬芳的树影
徐徐升起

谁俯视着他们的每一次迁徙
冬眠的牧草于积雪深处睁开双眼
浮冰撞碎摩崖的巨响震碎落日
谁看见漫天乌云裂开一道道光芒的伤口
一群野马天崩地倾地驰过山谷
刚强有力的马蹄击打着家园的方向
谁把天空的巨手指向南方
大地被阵阵狂风卷起又重重抛下
远去的冬日长出一片诱惑的色彩
猎牧的民族开始迁徙
告别可可西里
你苦难的历程从此开始
告别神宫圣殿

逐水草而居

这是怎样的一次迁徙啊
一次迁徙便是一万次生命的追寻
不管哪个方向萌芽的芳草都是同一种信念
星光似水的牦牛羊群漫过山岭
与轻歌曼舞的长风结伴而行
高大雄壮的董部族人驮着老人和孩子
牛首人身的巫师穿行于时间的烟霭
预示的崇山峻岭一次次横亘在前
高原的飞流涧水穷追不舍
时间被水草凝固，路途被牛羊开辟
远古的图腾承受着日月的融化与塑造
以及最为深刻的照耀

你苦难的历程从此开始
那芬芳醉人的火阿妈艾旦丙的气息
天空飘舞的岁月的飞泉
缠绵婉转的天堂的圣乐
如你无限光明的梦激荡如初
感觉仍在飘逝
从原气到滴水再到陨石
你正在完成遥远之光的跨越
缓缓下沉，一曲忽明忽暗的童谣
声音之外，月光的羽翼频频颤动
颤动着一片不可感知的苍茫
你沿着温暖的方向缓缓降临

一段古老朴素的根
扑向大地最灿烂的部分
扑向期待已久的影子
扑向你神秘的源

羊皮袋里的石子记录了昼夜
却没有记录翻越的山峦与峡谷
迁徙是凄美是苍凉是悲壮
是挑战苦难的苦难
是占卜命运的命运
是跨越生命的生命
当羌人留下一路族人死去的足迹
来到辉映两轮皓月的孪生湖之间
一个默鲁山下世界江河的发源地
一双大地上神性的眼睛之旁
野牛滩上铺叠着无法辨别的云团和牛羊
他们是红脸盘的后裔
红脸盘是天帝普窠在人间的一个影子
他们是黑头顶的后裔
黑头顶就是太阳腿女子
就是白鹤留在大地上的一只白色的世界之卵
从卵中走出她就成为世界上的第一个人
他们是董部酋长的族人
是董部酋长十万帐族人的一部分
他们卸下疲劳，撑起燃烧的兽皮大帐
把自己的女人揽进怀里

谁能接纳你呢
谁又敢接纳你呢
谁是你流徙中的卜居

谁又是你触聚中的离翔
你，流浪了万年的圣猴
你觉得流浪比太阳神圣
你，被折断双翅逐出天堂的天使
你觉得流浪的尽头是宁静温馨的夜晚
你，天上之天逃出的一团火
一团火中的土
一块土中的水
一泓水中的气
一股气中的光
一道光中之光
你像不舍昼夜的羌民一样迁徙
别无选择地寻找你丰美的水草
你丰美的影子，丰美的家园

孪生湖间的草滩
一堆夜色的篝火迅速成长起来
一群活蹦乱跳的顽童扭成一团
火光托起一顶雪白的帐房
和一位女孩红艳忧郁的脸庞
她叫董拉可她没有姓氏
她是白鹤的化身可她没有创天造地
她是董部酋长的公主可她失去了亲生阿妈
她是部落里最美丽的女孩可她并未发现
她将成为一个部族的始祖可她并不知道
她只数着梦幻的卵石
温顺和野性一起从她的目光流出
她仿佛期待着什么
又好像拒绝着一切
或许她仅仅是盼望春天

光飘孛生湖

一

夜色，阿妈一样的夜色
烟波浩渺着英雄的摇篮
巨大的气息冥冥之中涌向高地
宁静的碎片悬于半空闪着奇异的光泽
洞穿重重黑暗的蟾光一泻千里
一群故乡的血液砸在地上
几颗星子落入哭泣的灰烬
另一片熄灭的夜色成为一种风向
大河之岸破壳而出的一草一木
被时光洗亮

你在哪里
是否接近大地最灿烂的部分

二

一次历史的聚会
大海不可触及的远方
一种潺潺流淌的水声
那是潇潇直下而装满水声的云
与天河秘密对话的董部酋长
延伫于山顶的山顶预言着雪崩的巨响
他看见一野抽象出来的地狱之火
在若隐若现的大水之岸
越过一座座旷古茫远的山系直冲九霄

一曲迷人的天籁之音飘来荡去
他魂飞魄散地僵成一块声音的石头
满腔热血凝聚着即将碎裂的目光
一只白光四射的圣猴飞过夜空
残春里飘零着火红的尾巴
猎猎西风唱着无边无际的传承密码
祭祀的北斗七星黯然失色
绵绵雪山发出一阵阵骨碴相磨的声音
不断沉浮着燃烧的祷语的残骸
酋长，这位创造过去创造现在创造未来的酋长啊
像山巅碎裂的冰块扑向大地
如魔幻的光芒飞下云崖
他仿佛飞成一只鸟
一只如冰似雪的鸟
一只白头鹰一样的鸟

你在哪里
是否找到期待已久的影子

三

一切都发生在董拉的梦里
震荡于董部酋长的公主之心上
未来的圣光贯通天地
雪白的猕猴载歌载舞地降临
一股圣水落在孪生湖之间的族帐里
一丝雨后的空气沁入董拉的身子
一道光中之光直抵灵魂深处
她感觉着从未有过的刺入骨髓的剧痛
一股水中的火焰喷出心房
她从沉重的毡地上拔出自己

野笑着跑向帐外

你在哪里
是否扑向你神秘的源

四

董拉不顾一切地飞奔着
夜风扬起她浓密凌乱的长发
也扬起她悲痛欲绝挥洒不尽的泪水
草滩上的融雪山峰上的坚冰一闪而过
一头健壮的岩羊跳越峭壁
一只飞翔的雏鹰疾如闪电
轻巧敏捷地跨越着天堂与地狱
她找到酋长占卜的羊胛骨
倒在被血染红的预言里
望着粉身碎骨的牦牛和冰块
她仿佛在死亡的边地看见对岸的影子
寂静的夜晚战栗着每一段将至的坎途
最后的暗示回荡着所有流逝的岁月
她与阿爸离别的悲伤
被毁灭世界的大雪崩
轻轻埋葬

你在哪里
是否开始另一种黑暗的迁徙

五

这是怎样的一场大雪崩
狂风从东南西北凝聚于此
惊天动地的坍塌将峡谷填平

整个世界的人类和牛羊被一举埋葬
像洪水卷走落叶
如天空砸进大地
只剩下董拉骑着那块冰雪的鹤
一个无家可归的女子
一棵冰缝中努力成长的草
用阿爸的雪把自己掩埋起来
留出黑亮的眼睛与漆黑对视
放出灵魂的原气与苍天相融
她感到大地的腹部一阵急切的躁动
传出一个只有董拉才能听懂的声音
回到孪生湖去吧

燃烧的雪崩

已经很久很久了
董拉在严寒的内部
感受着锐利的时间与漆黑的阳光
阿爸留在风里的足印的暗示
雪人之山越长越大
她是一颗受伤的核
你是核里的一团火焰
流动还是站立
谁是与你对话的水

不敢越过时空想象那场巨大的毁灭
一座座雪山自山顶塌向峡谷
一股股黑色的烈焰从地狱喷涌而出
所有的声音都被撞击而又撕裂
冰雪中的尸体在燃烧
漫天飞舞的风声在燃烧
董拉体内的光中之光在燃烧
燃烧的冰块里传出羔羊的咩叫
燃烧的天空流淌着月亮的泪
燃烧的岩石上站起一具男子画一样的骨骼

那曾是火神艾旦丙喜欢的凡间男子
他们在默鲁山下孪生湖畔度过一个绸缪的春天
却被她的阿妹复仇女神妙无赤乎杀死
她悲痛欲绝地揪下自己的头发

盖在从天堂坠入地狱的男子的遗体上
却被无头的风吹进了岩石、冰块和草木
她忍受着羞辱养育儿子长大成人
儿子在朝拜天帝普寞时多看了几眼绝美的侍女
又被妙无赤乎折断双翅逐出天堂
并且制造了这场惨绝人寰的大雪崩
想把逃进董拉体内的儿子
扼杀于空旋的摇篮之中

大雪落在雪山上
与她有关的是雪中绝对的魂
一只古鹰越过梦的界线
另一只古鹰越过自己
你用原气打开通向影子的月光
大雪落成头颅
还有高不可攀的紫莲花

瘦削而凄美的火神艾旦丙
她是天帝普寞和太阳女神忽亘爰的女儿
她用黑色的烈焰烧毁了妙无赤乎的脸
让普寞和人间黑头顶的女儿妙无赤乎
永远蓬头垢面衣不遮体不思饮食地复仇
让狮首人身长着十八只手的妙无赤乎的大雪崩
燃烧成水

为赴一个美丽千古的冥冥之约
你绕过时间老人的石头之林
珍藏感觉的蓍草飞过苍茫之树
越来越小的红狐驰过雪野
你用幻觉点燃童年的风声

水从她的核里潺潺流出
蔓延成遥远的地平线
你仿佛看见冰雪里的太阳
看见水是雪燃烧的火焰
看见一滴与你对话的水
一滴归家的水
一滴如血的水

黑暗之徙

你苦难的历程已经开始
你原初的感觉仍在飘逝
你凝聚成滴水结晶为陨石
你完成遥远之光时间之梦的跨越
你温暖的方向已经远遁
你古老朴素的天空之根仍在下沉
你寻找你水草丰美的永远之家
你冥想之中永远的小帐

时光倒流的远方
大地之源的深处
一座羽翼频频颤动的月城
大海上一座时隐时现的小岛
天空外一颗四处流浪的晨星
神灵时刻关注的圣坛
命名为影子的影子
被伞状的大地的巨手抓起
于黑暗而狭窄的地道向月城流徙而来
椭圆的影子滚动的影子四分之一的影子啊
大地神另于勒身边的信使
黑暗派来代替黑暗的夜晚
地下之地拯救的一道光
一道光中的气
一股气中的水
一泓水中的土

一块土中的火
一团火中之火
一次又一次地分解与裂变与还原
只为接纳天空最辉煌的光芒
接纳缓缓降临的原气
接纳属于自己的根

期待又拒绝着一切的董拉
倒在被血染红的预言里的董拉
用阿爸的雪掩埋自己的董拉
温顺又乖巧地听从神灵的指引
向孪生湖走去

苦难笼罩着月城内外
向往的力量推动着滚滚浪潮
亘古的神，拓荒的英雄
眨眼间从天堂坠入地狱
一尾不可侵犯的鱼
在黑暗漫长的时间之道游动如初
与众多的鱼儿展开刀光和剑影
踩着众多的鱼尸悲壮地向前
争战，为一座象征的城堡而争战
自此注入你欲望的深潭

庞大的虚空的月城灯火阑珊
黑暗之母创造的诗行
清澈的明净的月城祥气缭绕
大地之神频频舞起的鼓乐
体现着天帝普寞的每一种变化
就像飘舞的树叶体现着风声

裸体的影子自然的影子期待另一半的影子啊
如期抵达月城
独立为月城中的一顶小帐
绿叶上随风滚动的一滴晨露
草海上刚刚顶起的一伞蘑菇
等待夜归之人的一个小小的卜居
一个创世的家

亿万斯年的这一时刻
董拉越过没有光亮没有声息的雪野
回到部族的孪生湖畔
靠着默鲁山滚下的巨雪
轻轻地躺下，静静地感觉
影子为原气启开了大地之源
原气为影子舒展了天空之根
夏日的飞雪覆盖了绿野
冬月的惊雷震碎了雪山
天空的原气与大地的影子
影子的灵魂与原气的肉体
永远永远地融为一体
成为普宴的诗
另于勒的乐
神鬼的舞
生命中的生命

一棵世界的草

那场毁灭世界的大雪崩
雷声翻滚地卷走了牛马背上的部落
坍塌的巨响仍然砍伐着云集的灵气
一片漆黑裂骨的天地
几朵幼小的乌云跌入岑寂的陷坑
瘦瘦的月光望着自己残缺的梦
和羊角上摇曳的影子
那匹载着董拉的流泪的冰雪之鹤
呼吸均匀地卧在曾经的孪生湖畔
一棵孕育太阳的草从冰的眼睛探出脑袋
成为世界仅存的生命

跨越世纪的草
深入童年的冰缝努力成长
你在草的腹中
想着血液里的白头鹰飞于梦里还是梦外
唱起那首拯救雪崩而献身的祷歌

请神宽恕我们吧
水草牛羊无罪
让我点燃雪山吧
乌云飞向白骨

弱小的青青的草
站在苍白得痛失颜色的死海上

被风中繁衍的风践踏着
无比娇娆的身子瑟瑟作响
被饥饿的严寒撕咬着
一次次倒下又一次次站起
淡绿的目光穿越着残冬深处的回声
创造着花苞诞生的梦
在草无泪的心里
梦是万物的始祖
眼生日月星辰耳生风云雷电口生飞禽走兽鼻生众人
梦是光中之光
充实着宇宙巨大而遥远的暖宫
梦是神秘的影子
无时不在地预言着童贞的气
无所不有地象征着纤尘不染的水
梦是一草一石
没有梦的草便不是草
走进童年的草便能有梦
有现在和未来

雪崩中逃亡的鸟
你一遍遍叩击腹部的鼓声
藏于黑暗之宫的春天
你想象的时间的巨石撞响大陆
那时的光辉就会渗入寒风
消失的孪生湖就会从咔嚓声中飘然而起
世界的草就会触到温馨的水
触到饮水的土
那时的你就会走出草的身体
被草的热血轻轻托起
一头的啼哭碰碎黎明

碰碎黎明层层包裹的太阳
那时的你就是草的太阳
就是一个部族的太阳

静静冰原上长大的草
谛听着花朵毕毕剥剥绽放的心跳
阳光如飞舞的鱼
成群结队地游到草的身边
看草如何开出一朵紫色的莲
开出一脸吮吸冰雪的火
长在无边无际的冰天雪地里的草
为花梦幻着
开在遥遥无期的茫茫阳光里的花
为神灿烂着
而花心里小小的果实
你在为谁歌唱

横空出世

一

这里飘落的该是春雪吧
该是南山迁徙而来的阳光
用青青的鸣叫呼唤着水草对大地的回忆
跨越历史的石头
成为高原一片漫无边际的潮动
孪生湖间的草甸
一丛丛残冬的烟尘散发着饥饿的香味
牛羊们永不散去的游魂
随风而泣，与雪共舞
曾经星罗棋布乳汁充盈的部落
于血红的哀号中如云散去
一顶融雪中站起的帐房
被雯云的长发轻轻涵盖
那是天使的翅膀
天使庇护着英雄之家的翅膀

天地的根源
走过一段苦难的历程
温暖的月城里的鱼
你在寻找一个梦幻的家园

二

春雪还在静静地盛开
啁啁啾啾地拍打着帐顶上空的祥云

董拉，预测雪崩的董部酋长的公主
梦见圣猴从天而降的白鹤的化身
像暗淡简朴的毡帐
安详得不带一点人间烟火
她仿佛躺在去年的那堆暖雪里
一座沉睡了千年的火山
时时刻刻接近日夜梦想的辉煌
她紧闭双眼倾听每一朵雪花落地的声音
每一朵雪花都落在她燃烧的心上
唱着一首如泣如诉的歌谣
她至敬至诚地接受了阿爸留下的秘示
把自己铺成一条生命的路
让未来的英雄从此经过

天空的灵魂，大地的肉体
光明的元素，黑暗的形象
光的史诗，气的颂歌，水的舞蹈，土的岩画
以及火的紫莲
温暖的月城里的石头
你在建设一个梦幻的家园

三

火山喷血的黄昏，白头鹰啼鸣
一道祥瑞的白光撕破云雾直射黄河之源
阵阵春雷的马蹄从绵绵峻岭滚过
高空飞舞的白雪化为异香袅袅的芳雨
一声婴儿的啼哭
从那顶最矮小最冷清最平静的白帐
桀骜不驯地传来

这是怎样的一声啼哭啊
猛虎怒啸于翠微的山谷
罡风从每一道裂缝聚集而起
巨龙长吟于漆黑的深渊
景云弥漫了每一方天穹
大块的积雪接连不断地从山顶崩裂而下
成群的风站成绝壁上的一幅幅岩画
咆哮的江河一浪高过一浪地撞击着此岸与彼岸
疲倦的猎人与狼群的凝视仍在雪崩里僵持
被无形之力震惊的魔鬼
于四面八方顺着啼哭的方向纷纷而来
浑身长牙披发蒙面赤身裸体的妖魔克虏
红脸盘和黑头顶砍下的香象之牙
拔下一颗牙就能变成与她一模一样的克虏
唱起如哭似笑的咒歌
随着人皮大鼓混沌苍茫的鼓点
在锐利无比的荆棘上颠痴地舞蹈
青面獠牙满脸只有一张嘴的饿鬼骨余
如一团死亡的黑云
把神赐的牦牛的灵魂举在半空
把一只破土而出的母羊扔进冰窟
把一双血淋淋的手伸向帐房

你是古老的神是未来的英雄
来自天堂穿过天境要到人间
你离开月城的这一瞬间
建起了一个梦幻的家园

四

很久很久以前的大地

只有一块白色的可兰石
白石在天地未分的一片混沌之中
吐出一口白色的气
白气慢慢上升变成一只白身黑顶的鹤
白鹤向上旋飞升起了天空
白石向上长成了祥云缭绕的默鲁山
白鹤在旋飞中创造了天地
飞到无法再高的地方便燃成了太阳
太阳女神便被董拉称为忽亘爰
而太阳女神之使者的大鸟
唯独能出入独角豹看守的冥庄之门的大鸟
永远拯救、守护和背负灵魂的大鸟
与众多的魔鬼拼死一搏
就像高原的雄鹰与成群的苍狼
你死我活地争战

董拉抱着猕猴一般刚刚出生的男婴
抱着一团撕心裂肺的火苗
跑出那顶即将倒塌的雪白的帐房
仿佛看见梦中的圣猴跳跃长空
她望了一眼怀中没有阿爸的孩子
抬起沉重的头颅向东逃去
她听从火神艾旦丙的暗示
与没有一丝光线的深夜
一起走向浑圆如家的太阳

火的泪水是黄金

一

火在奔跑，像无数头雄狮
围着默鲁山，疯狂地奔跑
石头的眼睛里旋风骤起
成为黑暗之火回到天堂的坦途
在红脸盘和黑头顶放牧的羊群里
火呼吸着纷纷扬扬的血液
把牧歌上的星星甩向蓝宝石的孪生湖畔
时间的梦长出一双双月光的脚
踩在火神艾旦丙瘦削而凄美的肩膀
秀发飘舞，纤手高举
他在浑身长满手指的风里
把自己的灵魂放进寻找影子的火中
他散发出一片淡淡的青草地的气息
猛然感到董拉抱着那个火焰的男孩
走在风的额头

火曾住在很久很久以前的天堂
是神话传说的小阿妹
火美丽得叫人钻进她的怀里
如同一朵雪花被水点燃
火与众神一道在默鲁山上嬉戏
是天和太阳的女儿
火曾在山下遇到一个英俊的男子
把春天和烤熟的食物给了他

把藏着火种的头发给了他的岩石冰块和草木
董部族人有了照亮黑夜的火
他们用火驱除雪崩和魔鬼
用火祭祀神灵与祖先
用火焚烧遗体濯洗有罪的灵魂
火被灵魂带到地狱
火因而向上燃烧
如同水向下流淌

二

人间的水向下流淌
地狱的火向上燃烧
水与火在土中相遇而成为语言
泥土散发出来的气息是风丢失的头颅
是创造天地的白鹤旋飞时散落的羽毛
是从东南西北聚起的风神更且菲的歌声
风把火载向四面八方
随后消失于火的烟雾里
成为火仰望天堂的眼睛
和袅袅升起的泪水

火是最冶艳的紫莲花
在飞翔里打开自己
像翻滚的石头追逐翻滚的水
把烤熟的食物放在董拉和男孩经过的岸边
把他们四周的严寒变成春天
把刺骨的寒风吸入自己的心里
火知道他们会找到那个白骨遍野的草甸
会创造一个庞大的诗意的家园
火在遨游中放开他的灵魂

让他跑向灵山北麓兰湖旁边的溶洞
等待魔鬼放出的苍狼
他从兀立的火光中
看见自己像一头原羊
一头强壮的原羊
一头美丽神奇的原羊

三

火在触聚中离翔
以树的形式倒在荒原的身上
四肢上火红的汗毛箭一样射向远山
秃发的头颅如同游向原始森林的巨蟒
火无穷地放大着躯体
把无数的根扎进岩石
火伸出巨大的舌头舔着无泪的云和羽毛
猛烈地歌唱，猛烈地舞蹈，猛烈地盘旋
把一座山放进火里也会成为烈火
把一场暴雨放进火里便有烟云飘过
把整个天堂放进火里只能剩下传说
火触到的一切都是灰烬
火永远在熄灭中重获新生
在死亡中分娩遍布天地的婴儿

火经过一场剧烈的燃烧
便躺在僵硬的废墟上
向给她生命的太阳倾诉苦难
倾诉无依无靠的悲凉
和燃烧时五马分尸一般的疼痛
或者在草丛里跟流窜的蛇一起玩耍
把永远做梦的时间从石头里挖掘出来

或者骑着找不到头颅的风浪逊天涯
忘却自己被剧痛扭曲而变形的脸

四

火渴望家园又毁灭家园
从天堂的宫殿到地狱糜烂的暖宫
从树上的鸟巢到铺着黄昏的兽穴
从红脸盘黑头顶的坟墓到默鲁山众神居住的城堡
火注定了只能永远濯洗万物的灵魂
濯洗地狱里人的灵魂
一点一点洗去灵魂上布满的虚伪、贪婪和罪恶
火却永远找不到自己的灵魂和家园

火看见光从体内射出
映红了天地而回到广博的夜晚
风从身边飘飘而过
静静地躺在山谷思念天上的风
火听见土为了万物的生长而沉积
长出一座座蓬勃向上的山脉
水为了遥远的大海而奔流
滋润了两岸的花草和牛羊
火不知道自己为何而不熄地燃烧
火伤心地流下了泪水
火的泪水就是黄金啊
火的灵魂就是烧不毁的事物啊
是青烟的袅绕，灰烬的飘扬，石头的焦黑
是苍鹰的盘旋，雄狮的奔驰，山河的旋转
是童年的祭祀，太阳的舞蹈，春夏秋冬的流浪
是为黄金的真谛而生死的人
再次回到火中

与河同行

无数夜晚的白昼过后
绵亘不绝的山群过后
又一大草原豁然展开
虽下大雨，盘旋的黑雕不躲树间
飞有远力，空谷的猛鸷岂止于天
董拉，逃出魔鬼之手的董拉
抱着孩子
伫成一尊古典而圣洁的雪峰

头顶那朵华盖般的祥云空悬如初
渐渐泛黄的山色浮动着鸟羽缤纷的蜃气
她滴血的目光泻向金色的远方
她饱经风霜的脸庞刻满了磨难
她青紫的秀唇颤动着一道道纵横交错的裂痕
她乌黑茂盛的长发随风轻扬
一根草绳束着破烂的皮衣裹着熟睡的孩子
长裙的碎条在她的裸脚与小腿间荡来荡去
她一丝不动地站着
一块历经千年的磐石
聆听拂过草丛的风声
白石里孩子均匀的呼吸

你宽阔的眉宇闪动着日月的光辉
你圆满的鼻翼翕动着清新的大地之气
你细小的眼角悬挂着晶莹的晨露

你花瓣的双唇拂动着轻柔的山之凯风
你红润的脸庞流露出纯真与美丽
你熟睡于阿妈的怀里
一只受伤的雏鹰

董拉一动不动地站着
黄河自她的面前长歌当哭地流过
秋天的草原被浪涛翻滚的马群踏裂为二
幻想以外的太阳，一颗血淋淋的马头
被落荒而遁的黑夜从山后扔了过来
一股旋风瞬目舐干草尖上的血滴
庞大的野羊群冲出峡谷旋转着铺挂下去
声声苍狼的嗥叫回荡着没有人烟的空谷
她抱着哭泣的孩子顺河而下

你怎么会哭呢
泪水从脸颊大滴大滴地滚落
哭声从你的心间喷薄而出
与黄河的涛声马群的嘶鸣苍狼的嗥叫汇成一片
汇成一曲最有力最强大最雄壮的乐章
灵魂的石头遍布荒野
永恒如时间之火
在盘旋
在奔腾
在穿梭

董拉来自黄河源头
神圣的默鲁山，恒久地高矗于她的心间
滢澈的孪生湖，是她失落的两滴清泪
她抱着孩子顺河而下

奔向天际的黄河会为她指示一路的方向
她，一个部族的阿妈
太阳升起的地方
有她水草丰美牛羊遍野的梦想
她，未来英雄的摇篮
漂流于大地的双乳之间
每一道皱纹里都充满着自豪和欣慰
她，春意盎然的蓝天
心间流出的每一时刻都成为最纯真的语言
她给怀里的孩子起名为党项
一个美好幸福坚强勇敢的象征
一个把所有希望寄托于旭日的希望
她周身的信念之力
融进乳汁涌向天地之子

你曾是火神艾旦丙和凡间男子的儿子
只因多看了几眼天帝普寞那位绝美的侍女
被复仇女神妙无赤乎折断双翅逐出天堂
成为天上之天逃出的一团火
一丝雨后的空气沁入董拉的体内
回到你梦幻的家园
一座羽翼频频颤动的月城
那里曾有你的原气和影子
悄悄盛开的紫莲与月光
翩翩起舞的西风及大雪
还有创造的源

董拉从故乡的梦中惊醒
不知从何而来的原羊坚实地堵在洞口
一头原羊

一头强壮的原羊
一头美丽神奇的原羊
一道野兽不敢接近的栅栏
雄壮威严地注视着洞外
远处的狼叫明灭不定地游荡过来
她月牙般的眼睛盈满了热泪
她心疼地唤醒俊美的小党项
给他吃了几颗黑亮诱人的浆果
带他走进山下淙淙流淌的水声里
强壮美丽神奇的原羊乖顺地跟在身后
水声里有一片野花竞放的草海
草海里有天上陨落的星辰
星辰里有四散觅草的羊群
你来到人间就会说话了
你说出的每一句话都是最美的诗
你望着茫茫无际的草海说

草海啊草海，我是你永远的儿子
请你长出一片数不清的马牛和羊群
让我做它们永远的兄弟
让我与它们一起共建家园

残阳西斜，千古冰峰一片殷红
红中射出几道灿亮炫目的白光
故园的西风与流水共鸣
几朵白云同天使的翔鹰一起盘旋
董拉又见黄河
蜿蜒曲折勇往直前的精神之力
荡漾着乳汁和鲜血的生命之源
清澈的长河倒映出孪生湖畔的一情一景

预言的雪崩，分娩的帐房，魔鬼的血爪
她心灵上永难愈合的隐痛
在湖泊连着湖泊的黄河岸边
一堆岁月的骷髅挡住去路
大鸟的暗示飞出记忆的森林
一股亲切的风围着她如泣如诉
她不知道浪迹了几度春秋
更不知道翻越了多少荒山野岭
原来只为找到这个白骨遍野的草甸
安下家来

大舞羊

高原长出一片绿浪翻滚的草海
草海盛开一野洁白灿烂的羊群
羊群创造了一匹匹强健勇武的狼
雪团滚动的黄河之沿
湖泊连着湖泊的传说之岸
阳光与风声站成岩石的英雄之家
岁月的骷髅上搭起的帐篷
茫空的边缘陨落的一角残月
孤独地映照着高空游荡的灵魂
乖顺地跟随董拉的原羊
不知从何而来向何而去的原羊
肩负着某种神圣使命的原羊
和董拉和党项经历了沧海桑田的阵痛
与野兽的角逐，对水草的拓展
创建了一个庞大的诗意的家园
孪生湖畔尾随而至的苍狼
此起彼伏地嗥叫着草海的繁荣与干枯
好像为众羊苍凉地奔跑着

大鸟再次莅临玛多的上空
九匹苍狼围困了原羊
原羊豪壮地注视着饥饿的苍狼
十三只羝羊护卫着党项
这是怎样的一种对峙或者聚会
夕阳逃遁，将最后的鲜血洒向河沿

嗜血的风随着幽光闪烁的哀号拂草而来
灵魂之山，一层一层与茫茫苍穹融为一体
黄河第一次展现出浓重的夜色
高原处女般奏响激越的喘息
被颂为天地之子的党项在狼群中央
与大鸟与羊与狼凝固于高原
凝固于冬夜

湖泊连着湖泊的玛多
一堆篝火呼呼猎猎地升腾起来
众多长发飞扬的女子
纤手高举，翩翩起舞，颂歌缭绕
鲜艳的火光烘托出一顶鲜艳的帐篷
还有阿妈焦急而期待的目光
多么熟悉的一幕啊
莫非你回到了久别的天堂
见到了久别的火阿妈

阿妈为你燃起了火
为你照亮了回家的路
这是怎样的一次对峙或者迁徙
夜在流淌，架起通向天国的云梯
枯黄的草，无边无际的小鸟在鸣叫
黄河之浪，轻轻拍打着两岸的手
天空的原气与大地的影子
影子的灵魂与原气的肉体再次相融
成为你生命的全部
你成为天空的灵魂，大地的肉体
光明的元素，黑暗的形象
成为光的史诗，气的颂歌，水的舞蹈和土的岩画

以及火的紫莲

篝火与阿妈，帐篷与你
被十三只羝羊一只原羊和九匹苍狼
一圈一层地围住
你把篝火燃成威力无比的太阳
与茫空边缘陨落的残月相互辉映
阿妈拉起你的手与火同歌与火共舞
歌声在黄河上下反复回荡
波及之处，狂风乍起河水咆哮岩石碎裂
舞蹈在玛多方圆来回飘扬
舞动之处，乌云翻滚冰雪融化天地震动
与你对话为你存在的原羊
随着火焰随着阿妈随着你
唱起颂歌
扬起犄角
腾起四蹄

颂扬的雷声划破神秘的天籁
犄角的闪电撕碎沉重的黑夜
蹄间的暴雨冲裂广袤的草海
一圈又一圈护卫着你的十三只羝羊
随着你翻江倒海地歌唱
跟着原羊天崩地倾地舞蹈
永远地歌舞着大火
直到孪生湖畔尾随而至的苍狼
成为黑夜之黑

灵芳

高不可攀的灵山，深不可测的兰湖
长在云际的孤桑，伏于谷底的野兔
一幅风声展开的山水之画
你脚下迅速逃遁的云之平川
你仿佛向西而行
苍远的天地闪耀着一片野花竞放的光芒
你仿佛听见西风里的声音
一种幸福如生命开始痛苦似灵魂出窍的声音
你仿佛感到声音里溢出的芬芳
一缕令你痛不欲生死而无憾的芬芳
你从未有过的感觉，心灵剧烈的颤动
她梦里轻柔的呼吸，最轻最柔的呼吸与颤动

你仿佛向西而行
手持一把银光缤纷长短自如的月翎
一根战神曲巴可当年送给月亮神丽晰的玉簪
你骑着从天而降的白骁马
一匹主宰万物命运的白骁马
一匹金翼闪闪遇火不燃遇水不沉的白骁马
穿越闪电的草甸荒界和戈壁
滚过雷声的山脊原林及裂谷
大片大片呼吸着扑面的西风
大口大口痛饮着西风里的骤雨
你仿佛看见同阿妈避难的溶洞
狼叫明灭不定游荡过来的溶洞

原羊堵在洞口的溶洞
你忆起阿妈月牙般的眼睛
几颗你心里生根的浆果

你仿佛醉倒了
醉倒了如雪飞舞的月光
醉倒于野花竞放的草甸
你张开圆满的鼻翼，为那一缕缕芬芳
你紧闭晶莹的眼睛，听那一阵阵心跳
一块月光，一块闪光的宝石
从清幽的冥空徐徐降临
一个美丽无比的少年
站在一朵纯白的吉云上
云边坠着七颗天真烂漫的星子
他秀发飘拂的额头有一对弯弯的羊角
放射着五颜六色的洞彻心灵的光华
他羽翼丰润的翅膀停在半空
散发着奇花异草的肝胆俱裂的暗香
他透亮如蝉羽纯美如白莲飘洒如飞雪的轻纱
随着阵阵西风秀秀潇扬娟娟翩舞
他玉兔嬉戏文鱼穿梭丹鸟啁啾的眼睛
流出一片无边的柔情无限的爱
他雪莲花瓣一样燃烧的芳唇
微微一笑，天地亮成白昼
他面对躺在野花竞放的草甸上的党项
平静地说

流浪了万年的圣猴
被折断双翅逐出天堂的天使
一个部族永远的英雄

你要去完成一项使命
你要拿着我送给你的月翎
骑着天帝普宴赐你的白骁马
你要翻过九十九座山涉过一百零八条河
你要击败阻止你前进的豺狼虎豹
你要向西而行回到你的故乡孪生湖畔
那里有一尾放牧狼群的鱼
她的额头有一颗雪痣
她叫玛雪

你从野花竞放的草甸翻身而起
跪倒在丽晰清雅超逸的长裙之下
你双手接过月翎
银光缤纷蜃气缠绕温馨绵延的月翎
你好像听见白骁马的长啸
恢宏博大旷久辽远响彻天地的长啸
你侧耳倾听的这一瞬间
丽晰留下一道光柱一股秀芳一条花径
飞回月宫

你一伸手从梦中惊醒
岁月的骷髅上搭起的帐篷映照高空
劳作一天的阿妈安然熟睡
守护的原羊站在帐外
挂在西天的月亮冰清玉洁
一切的一切依旧如昨
你策马奔向孪生湖
奔向大地最灿烂的部分
奔向期待已久的影子
奔向神秘的源头

为女而战

辉映两轮皓月的孪生湖畔
她脚步的陨石雨敲打着你敞开的心扉
走过的秋草地绽开一朵朵乳白色的花
你感到声音里溢出的芬芳
令你痛不欲生死而无憾的芬芳
一片漫天飞舞的瑞雪
一汪渔舟轻漾的涛水
一轮红光绚丽的夕阳
她是你的另一半自己
心驰神往的时光
魂牵梦绕的地方

白骁马遇火不燃遇水不沉的金翅
展开一野洞彻灵魂的光芒
白骁马嘶鸣，雷声滚动
恢宏博大旷久辽远响彻天地的嘶鸣
穿过你漫长的疲倦和瞬间的美梦
你睁开双眼，高原颤抖
黄昏铺开四面
一层又一层的苍狼降临八方
黄昏的苍狼悄悄向你围攻而来

你猛然站起，风一样飞上马背
手中的月翎闪出清冷惨白的剑光
你向曾经围困你和原羊的苍狼冲击

向垂涎篝火和舞蹈的苍狼冲击
向消失于草海尽头的苍狼冲击
白骁马，矫健神速的虎啸龙吟的白骁马
左冲右突
四蹄之下狼群翻滚哀号遍野
月翎，尖利玄妙的风驰电掣的月翎
上下飞舞
舞到之处血光四溅狼迹一片
党项，眉宇间闪动日月光辉的党项
大声吼叫
吼叫声把狼群扔向灵山又被弹回
摔成天空和夜色的伤口

这是怎样的一次生死搏杀啊
倾泻的狼血映红风暴
群狼的尸体堆满回声里的空白
飞扬的枯草飞扬着枯草

猩红的天空
凌乱的草滩
越来越淡的夜色
你的心头又有萦绕的芬芳
芬芳里有你终生苦寻的影子
影子里有你创造生命的源泉
源泉里有你漂流的象征的城堡
你为之而战的离翔之触聚
她白玉的纤手召唤着你出窍的灵魂
她舞动的新云化成一片彩色的雨
你和月翎和白骁马沐浴着虹的光芒
感觉着湖的心跳

激动着她的美丽

她就是西风里的声音
声音里溢出的芬芳
最轻最柔的呼吸与颤动
你的另一半自己
守护爱情的月光
流淌生命的兰湖
水神花处临居住过的地方
从默鲁山流出浣洗万物的圣水

穿过野马之滩
越过札拉山口
辉映两轮皓月的孪生湖
阿妈失落的两滴清泪
故事中预言的雪崩，分娩的帐房，魔鬼的血爪
阿妈心灵上永难愈合的隐痛
你血液里熊熊燃烧的烈火
你顺着火向打马而去
苍狼野马和魔鬼挡住去路
前面的苍狼一线排开
血红的目光流出一片曾经的仇恨与贪婪
后排的饿鬼们穿着羊皮骑着野马握着弓箭
为首的仍是那个嗜血的妖魔克虏
她头戴骨饰双目流血长舌过颈
你举起月翎，白骁马四蹄腾空向前冲去
她甩下马鞭，箭镞和苍狼一齐射出
你挥舞月翎，箭镞纷纷而落苍狼滚动如石
她高举狼牙杆，黑压压的饿鬼向你猛扑
你用闪着寒光的月翎轻轻一挑

她向你头颅砸下的狼牙杆飞向灵山
你闪电般冲出左右两翼围来的饿鬼
你不管他们怎样穷追不舍
只看见一尾鱼从西方升起

鱼，在被你看见的瞬间
变成一位美似女神艳如紫莲的女子
她的额头有一颗亮亮的雪痣
是玛雪
是大地神另于勒的使者
是放牧狼群的神奇的鱼
就在羊皮缝制的黑帐之外
无处躲藏的终点
流徙尽头的卜居
风雨过后的彩虹里

青青的雪花

雪花盛开，你看一朵朵天空的花
大片大片春天的颜色
舒展着你纤尘不染的宁静与芬芳
雪花飘舞如神灵
你听神灵的预言敲响心中的雪花
茫茫苍穹冬季的梦幻
缓缓归途月光的秀发
西风走过大地留下的骨骼

你和玛雪相拥坐在白骁马的金翅上
雪花从天堂来到你们的脸庞
留下火阿妈欣慰的一笑
你们向祭祀神明的灵山飞去
玛雪向她的梦里飞去
你向玛雪的梦里飞去

从高原到高原再到高原的风
追寻家园的苦难、苍凉和悲壮
吹响梦中惊醒的伤口
吹响天堂的一朵朵白雪
沿着黄河而迁徙的歌
翻滚的牛羊和女人闪耀着血色的荣光
被鹰驮向蓬勃向上的积雪山脉
驮向不落的太阳的旗帜

雪花依旧飘零，你看一双双飞翔的手
默默地轻抚红云的脸颊
你眨着夜色深处的睫毛
脉脉凝望着雪花深处的玛雪
像雪花里的水一样歌唱
时间之外秋波荡漾的洁白的鸟鸣
滑翔着幸福和白骁马幸福的足音

你仿佛又见圣洁的月亮神丽晰
看见他原是一块羊一样的红石
只因创造天地的白鹤从他身边飞过
他就变成了白色而充满了爱意
如同你找到放牧狼群的鱼
因你的注视而变成光辉的女孩
你好像找到了那种绝美的感觉
心里顿时舞起了火焰，在雪原上滚动

雪花和雪花重逢
执手倾诉迟到而神奇的重逢
遥远的黑帐与丽晰指引的重逢
雪花凝成甘露，洒在你们一起的生命里
雪花燃烧着自己，点燃一片又一片茂盛的枯草
以及藏于草中的风
雪花站在地上，心与心消融的一吻
你看你听多美的一次死亡
青青的雪花，爱情青青地成长

天地一色

党项又见同阿妈避难的溶洞
灵山北麓落水潺潺的溶洞
兰湖旁边众芳菁菁的溶洞
永远的精神的家园

党项和玛雪走进珍藏黄昏的梦乡
走进翠藓滴蓝温泉喷涌的圣地
一竿竿修竹鸣叫着静谧
千年丹崖上琼枝玉叶荡漾着群猴
一朵朵娇花怒放着情歌
鬼斧神工的石座石床悬挂着龙珠
一缕缕月光
一潺潺流淌的熔岩
流淌着神灵的光华和幽香
流淌着玛雪和党项

党项　我赞美神灵啊
我赞美至高无上宽宏伟严的天帝普寞
赐我灵魂的原气护佑的大鸟驰骋的白骁马
我赞美辽阔无涯博大慈善的大地神另于勒
赐我肉体的影子守卫的原羊生命的家园
我赞美辉耀飘风信芳醉雨的月亮神丽晰
赐我玄妙的月翎爱情的神力自己的一半
我赞美万物之根高不可攀的山神玄灵比
赐我成长的摇篮猎牧的高原歌舞的篝火

我赞美万物之源深不可测的水神花处临
赐我甘甜的乳汁沸腾的血液精神的栋梁
我赞美玛雪啊
赞美你与白鸟媲美的歌喉
赞美你与瑶草同芳的呼吸
赞美你与谷火争辉的雪痣
令我窒息的巨大的美啊
我愿死在你的怀里
如兰湖里的一块羌盐

玛雪　我想在童年里歌唱，在冰草的露珠上舞蹈
我想把雪山揽入怀里，把脚印留在云端
我想流进大海，带走江河源头的蓝天和草原
我想把白石放进体内，嗅一嗅婴儿的气息
和气息里的光中之光

落日西沉，彤云浮起
翠绿高洁的修竹舞起枝干
和着凤凰的双鸣引吭高歌
轻风送来一草一木的笑声
传来文鱼说着草叶说给花朵的话语
会唱所有歌曲的丹鸟
把悦耳的歌声放进每一滴雨中
放到党项和玛雪的眼睛里
黑山高不过兄弟的坚
青海深不过姐妹的净
白骁马伫立洞外
像当年强壮美丽神奇的原羊

党项　玛雪啊，羞落野花的雪莲花

不染纤尘孤傲冰雪的无瑕玉
你呼出的瑞风敲响兰湖
亘古不绝的山系频频回首
你光芒的秋水震动灵山
千奇百怪的岗岩缓缓舞步
你秀唇的焰火点燃孤桑和草甸
原羊的玛多一片鲜亮一片祥和

玛雪　党项啊，流浪了万年的圣猴
火神艾旦丙唯一的儿子
屡受妖魔克虏和苍狼的迫害
让你承受众神承受不了的委屈和耻辱
让你成为苦苦寻找夜晚的白昼
让你历尽磨难创建家园创造部族
我愿永远陪伴着你
和你的幸福一起幸福
和你的痛苦一起痛苦

在这有苍狼饿鬼和妖魔的高原
有白头鹰白骁马和牛羊的高原
有董拉党项和玛雪的高原
不知昼夜流出溶洞或者溶洞凝固昼夜
文鱼丹鸟何在
不知灵山深入兰湖或者兰湖容纳灵山
天空大地如何
不知党项和玛雪去了哪里
风雪依旧飘洒
雪白的灵魂里，一颗星星
在梦里闪烁乍醒又眠

祭天

湖泊连着湖泊的岁月之岸
阳光与风声站成岩石的英雄之家
辉耀着安宁的高山与流水
歌声在黄河上下反复回荡的董拉
舞蹈在玛多方圆来回飘扬的董拉
蹒跚着庄重的西风向灵山走去
指引的阳光
她脸庞绽开的一朵朵鲜花
仿佛朵云的啼哭气息如兰
牧歌里的马群
她攀缘而上的高原
摇曳着波浪起伏的神光和虔诚
没有路的灵山
山神玄灵比在人间的住所
山里的每一块白石里都有一个可爱的婴儿
她与荒山野艾喁喁对语
一股紫薇的清气环绕着游魂
完整的供品的牛羊沿着山脊奇异地升起
奇异升起的董拉
面对西天，长跪山巅而成为山巅
双唇颤动，朗朗祈祷而成为祈祷

太阳靠近灵山之根兰湖之源
靠近白昼与黑夜的边缘
玄黄的缺角的月亮翩翩于默鲁山脉

淡淡地俯视着曲折北去的黄河
你和玛雪山水无阻风雨兼程
西行时阿妈清亮的泪水
千万不要伤害苍狼的告诫
祭天之日定要归还的叮咛
一只火焰的苍鹰闪过北山羊的雪线
你倏然感到大地的力量冉冉升起
匆匆向神光即临的灵山驰去

灵山之巅，一炷紫色的烟火
一股猎猎嘶鸣的旋风直冲霄汉
一道落英菲菲的彩虹横贯西东
天使的大鸟围绕紫烟栖于苍空
祭台上的牛羊栩栩欲生泪花莹莹
她双手举过头顶又慢慢放下
她高仰头颅触及西天又砸向大地
她咏唱着神秘的颂语又默默无言
强健高大的原羊无比美丽地面西而跪
随着董拉俯首抑或咏唱
你和玛雪远远地听见

阳光升起黄河之曲
月光凝聚积雪山脉
星光放牧析支水草
天地造化大鸟原羊
八个孩子九个地方
无数石头一只火狐
一只火狐
火狐

滔滔东逝的黄河牛羊成群
岁月的骷髅创建了英雄之家
你幸福的死亡重获新生
玛雪销魂的梦长出双翅
董拉的目光流出一丝丝血红的忧伤
紧紧拥抱着玛雪和你欲言又止
她知道玛雪有孕在身希望你好好照顾
她知道相聚便是离别希望你听懂她的咏唱
她知道苦难还在等你希望你勇敢坚强地面对
一阵不祥的马蹄由远而近
声声苍狼的嗥叫喷涌着漆黑的怒火
白骁马的嘶鸣震倒了拴马的树
董拉推着你们急切地说

孩子，你们快走
化成白头鹰的阿爷会保佑你们
这是神的旨意
命运的白骁马会载着你们
到一个太阳升起的地方
我随后就来
就在你们的头顶上飞翔
就像一轮飞翔的火焰

永生

黑色的风暴旋过野马之滩
浓重的乌云驰过札拉山口
一起向黄河之沿扑来
晴天炸响的霹雳翻腾着急促的马蹄
一泻千里的山洪席卷着苍狼的吼叫
一起向玛多之晨扑来
断裂的高原喷吐着火红的熔岩
融化的河谷咆哮着滔天的残冰
一起向英雄之家扑来
仿佛阳清上升阴浊下沉
天倾西北，地陷东南

原羊，那头美丽的原羊
沐浴着扑面而来的腥风血雨
怒视着追寻而至的苍狼的残冰与魔鬼的洪水
护卫着面西而跪默默祈祷的董拉
护卫着数不清的牛羊马群
护卫着玛多的神圣

神啊，请拯救我们

白骁马，黎明的白骁马
遵从神的指引，铭记董拉的叮嘱
载着你和玛雪向东疾飞而去

没有名字的山峰和裂谷一如平川
高耸入云的原林和瘦骨嶙峋的戈壁一闪而过
还有落泪的阳光

苍狼燃烧着复仇的目光
一步一片灰烬地逼向原羊
搜寻让他们哀号遍野的白骁马
血光四溅的月翎
把它们扔向灵山又被弹回的吼叫声
穿着羊皮骑着野马握着弓箭的饿鬼们
两翼包裹着逼向董拉
一身黑暗腥气冲天指甲如剑的妖魔克虏
对董拉吼道

你当年从我的手心逃掉
我没有吃上你儿子的肉而痛苦万分
他竟敢抢走我从孪生湖里捕到的鱼
那是我们最美丽最高贵的公主
你快告诉我，他们去了哪里

鸟蹲胸对着风，鱼卧头迎着浪
披发蒙面膜拜西天的董拉
平静安详地唱道

他们在灵山北麓兰湖旁边的溶洞融为一体
快乐为他们感动，幸福为他们祝福
他们遵从火神艾旦丙的指引
去寻阳光升起月光凝聚星光放牧的地方
我的使命已经完成
我要回到天地的怀抱
党项是神灵命名的英雄

他迟早会铲除你们这些嗜血的恶魔
神啊，请让我成为一轮火吧

黄河在泛滥
淹没瀛寰的洪水即将到来
董拉，盼望春天的公主
梦见圣猴从天而降的女孩
分娩没有阿爸的孩子的女人
抱着党项沿着黄河漂流的阿妈
在白骨遍野的草甸上安家的始祖
养育英雄长大成人的白鹤之化身
猛地仰起头颅
长发飘向身后
她紧闭双眼
感触时光的翅膀
她微微含笑
谛听灵魂的跳动
她双手合十
默念神秘的咒语
她凝成一尊石头
石头化成一股青烟
升上苍穹

神啊，请让我自由地飞吧

你看冰雪的神
灿烂着大片大片的阳光飘过极顶
你看一丛丛语言的族帐从天而降
一无所系的白云
和羊群
和女人

卷二 | 草绿星灿

这扇神秘的大门已经关闭
那扇神秘的大门即将洞开
我仿佛看见你
从白高河岸的毛屋飞进梦乡

太阳鸣叫爱情的水草地
积雪山脉长出一片厚厚的月光
神鬼放牧着星群放牧着灵魂
你接纳着他们的赞美啊
祭祀与庆典徐徐降落
又冉冉升起

你自然去敲守林的深夜和大雪
月光涨紧紧拥抱山脉的地方和那将清醒的孩子
你也通达的水声刻在山上
弟子在山上奔驰

路旁的会有一次哀悼的仪会
她嗅到死亡前走荒野的气息
如一根羽毛以放色的深情疾飞而去
一片片凄凉的月光覆盖了她
流泪的狮子草叶舞蹈着时间的长发
而她如诉如泣地敲打着命运之神
她急促地呼吸 陷入星空的回忆
还发了的孤独以流水
这一切梦的岁月不朽的万林
她将伤害的善良还给更快乐的伤悲

哦：在她的身上
开出最红最美的花

大地花

这扇神秘的大门已经关闭
那扇神秘的大门即将洞开
我仿佛看见你
从白高河岸的毛屋飞进梦乡

一片黎明绽开瞬间的石头
孪生湖的梦里飘起一串鸠鸣
你呼唤的熏风淹没久伫记忆之岸的玛雪
成为一棵紫雾轻绕的孤桑
一朵为你燃烧的花触到残冬的目光
你的倩影渐渐舒展并且漫向童年
深不可测的幽宁笼罩了迢迢前路
时间之神期待着召唤的时刻
风声里的昨天挂满悲伤
阿妈的灵魂仿佛飞过碧空
如荒原的夜
凝望一棵树的成长

大地，一朵永不凋谢的花
雨从天空里潇潇而下
每一滴雨都含着凄美的倾诉
诞生于太阳女神忽亘爱泪水里的足也尼
是永远泪流满面的雨神
是忽亘爱伤心的泪水
伤心天帝普寞与黑头顶的浪漫

把金色的长发铺遍天地
命运的白骁马载着你和玛雪
在花上驰骋
幻想而出的诗
冰一样注视着你

载育万物的大地之花
一种原初的气韵游向漂泊的未来
你感到她的芬菲如雪飞舞
向渴望之源幽幽荡去
你燃烧的根搁浅于生命的冰窟
创造的春意遥遥无期
曾经的千山万水唱着神明的歌谣
沉向纯净的自己
而看她开放的人
在看她身上的阳光

党项，她盛开的天空雨
玛雪，你灿烂的大地花
你迷恋着芳草茵茵的湿地
她享受着跳动如初的光芒
你们沉浸于伟大神圣的群星闪烁的城堡
玛雪佩带的羊骨
散落于草丛间

涛声依旧，不知黄河奔向哪里
你把流泪的花瓣捧在手心
让高耸云霄的红桦林飘洒成画
画中之人呼吸着你温馨的兰气
看你被无形的影子追逐

遁入阿妈从前的雪里
灯火阑珊的祥气缭绕的月城
有你另一半的最初的家园
她千百遍地呼唤你
你微微启开睡眠洒了一地光辉的雨
走进另一扇更加神秘的大门
为她守住花期守住根源的秘密
冬眠已久的爱情
遵从月亮神丽晰的指引
开始解冻

天空雨落在大地花上
一条部族的母性的河
一条来自家园奔向家园的河
一条勇往直前的精神的河
向着永恒的方向滔滔而去
你们在熟悉的水声里
看见森林尽头一只火焰的狐
还有光辉的手
敲响你高高举起的头

火狐

磨亮万物的声音从峡谷滴落
与天浑同的荒原凄美地平铺而去
白骁马的蹄印羁留于冷酷的天外
党项和玛雪像一片水草
触摸这片没有生命可以死亡的荒凉

风，从干裂的嘴唇空旋而起
庞大的云群噼啪作响地游来荡去
阳光，一根根脱落的枯枝
坚硬地砸在垂死挣扎的高原
仿佛有一块石头被点燃
被赤裸裸地点燃

石头，你看自己一样的石头
一块滚动着金光的冰
一朵飞翔着暗香的花
一道闪耀着涛声的电
眨眼间消逝为一股没有自己的风
你猛然想起守护的原羊和大鸟
月光凝聚积雪山脉的地方和阿妈漆黑的预示
你把熟悉的水声刻在心上
策马在心上奔驰

玛雪注定有一次灵魂的约会
她嗅到死亡滑过荒野的气息

如一根羽毛从夜色的眼睛疾飞而去
一片片凄凉的月光覆盖了她
流泪的狮子草叶舞蹈着时间的长发
西风如泣如诉地敲打着命运之神
她急促地呼吸陷入空谷的回忆
让最后的孤独化成流水
让一切的梦幻长成不朽的石林
她将伤害的荒芜还给更纯粹的伤害

吻，在她的身上
开出最红最美的花

梦，死亡永远的恋人
她看见前方一团站立的火
你看见一只亮丽的火焰的狐
你们被火狐凝固于没有生命的边地
旷古的山峰诉说着你们流动的血脉
一声混沌如初的巨响
打开你们心中熟悉的水声

那是前方黄河的水声啊
白骁马跪倒在地
玛雪泪如泉涌
党项放声痛哭
你感到一种水草丰美的亲切
想在火狐的怀抱倾倒九死一生的苦难
而一现即逝又无处不在的火狐
只留下一条水声的雪线

从残冬到残冬

荒原越过荒原的狼群远远而去
牛羊是光芒是雨露是追寻的家园

从此岸到彼岸
比黄河还长的水声透出一片鹿鸣
鹰在鹰群中长出拯救灵魂的翅膀

从党项到玛雪
膜拜火狐的啼哭已被风干
你们把时间神称为伊司仄
把你们的摇篮称为析支
把你们称为山河

河曲生产与命名

谁绽放着缱绻的白高之水
曲折北去的黄河的一根肋骨
南下卷入长江的积雪山的一群雪豹
阳光升起月光凝聚星光放牧的高原啊
溪黄草长成天鹅的花

谁滚动着七色之光的四月
江河源头诸神居住的默鲁山轻翔而至
绵绵雪域众神嬉戏的孪生湖飞奔而来
乳峰高耸腹部隆起圣水激荡的河曲哟
紫红色的野棉越过风声

谁灿烂着追寻的析支的家园
地界溶洞珍藏的原羊
再次强壮美丽神奇地破土而出
啃弯月牙及月牙里潺潺流淌的童话
守护英雄摇篮的大鸟
背负着岁月的祭祀和灵魂的荣光
朴素地盘旋着泪水盈盈的西风
黎明的醉马草期待着倾吐的花季哟
期待着命运的白骁马
和玛雪的手

月光望着河曲丰满的身子
望着像满月一样滚圆的玛雪

轻轻洒下一片纯白馨香的吻
星星一个个睁开梦的眼睛
将雾气蒙蒙的春寒拂向曾经的冰川
那只亮丽的火焰之狐
停于兰湖的灵山上空
温柔地抚摸着诞生的时间之发
一种熟悉而陌生的疼痛掠过草地
你感到列石的使命
用双脚的鼓点整齐地围住玛雪
唱起雷电穿过血管的祈歌
舞起孤鬼为之哭泣的风云
原羊，大地神另于勒的将士玛雪的守护神
把自己铺成一张柔软的床
大鸟，太阳女神忽亘爱的使者党项的守护神
与火狐围成温馨的穹庐
玛雪躺在原羊之床上
月光斜斜地飘在玛雪身上
一片圣洁

越过黎明前的寂静
群鸟的啼鸣忧郁地悬于草尖
遥望灵山与兰湖开垦的净地
羚羊之角栖息着殷红的烟霞
苦苦创造种族的党项啊
你心灵碎裂地歌舞了几度岁月
为玛雪和体内的孩子沉浮着自己

你的歌声，天空流出的血
一滴一滴洒在羊床的周围

你的舞蹈，一群遁入狼穴的夜色
深沉的睡意渐渐露出一丝丝光亮
渴望了无数个春秋的党项啊
你无比虔诚地祈祷着神的光顾
向至高无上的博大慈善的天地祈求
你的手掌，你的双膝，你的额头
数不清的膜拜由伤口记录

神啊，请护佑我的玛雪和孩子
只要玛雪平安
只要孩子活着
我宁愿死去

玛雪是你的影子，你的肉体
是你的大地，你的黑夜
是你另一种形式的生命之源
她心里只有至亲至爱的你
只有揪心的未来的英雄
她承受着比死亡更痛苦的痛苦
时时刻刻面临着吞噬一切的无底之渊
她被剧痛的汗水浸泡着
觉得自己成了一具干瘦如柴的骨架
她被猎猎作响的大火焚烧着
好像每一滴血液都化成了飘扬的灰烬
她被无形的大山重压着
巨大的窒息欲要炸裂她高贵的头颅
她被狼牙一样的寒风撕扯着
灵魂的碎片一朵一朵盛开
随即凋零

她碎了
山峰崩裂
高原翻滚着呼叫
她被孩子撕碎了
火山喷涌
黎明的羊水融化了岩石
她被孩子撕成花瓣了
大地震动
一个个峡谷巨大地裂开
孩子从她碎了的身体来到人间
五个可爱的男孩终于离开了母亲
五个雄性的天空终于离开了大地
五个明亮的太阳终于离开了夜晚
升起一片辉煌

五个孩子的虎啸龙吟
顺着孪生湖里的默鲁山上的极木
越过天境传到天堂
雨神足也尼奉天帝普寞之命
降下金色的甘霖
岩石的力量在洗礼中渐渐苏醒

五个孩子的电闪雷鸣
翻卷着黄河的浪花逆流而上
波及隐隐作痛的玛多和孪生湖
妖魔怒吼，野马嘶鸣，苍狼嗥叫

五个孩子的狂风骤雨
刮过黑暗之母的地界泻入地狱
冲洗着装满罪恶的尸骨

和欲望上熊熊燃烧的烈火

五个孩子诞生的析支
生育神玄灵比载歌载舞
积雪山同白高河一片沸腾
大鸟飞起一道绚丽的彩虹
托着玛雪的原羊溢出甘甜的乳汁
白骁马的翅膀阳光如歌

玛雪是一朵飘荡的云
你是系着她的一块坚石
孩子的啼哭愈合着她受伤的灵魂
你疯狂的吻缝补着她碎了的躯体
她终于回到自己
在你的心里荡起百合花的微笑
那颗月亮神丽晰点化的与谷火争辉的雪痣
放射出一道神圣的母性之光
她将五个孩子揽入宽广的怀里
倾听着他们跳动幸福的时刻
呼吸着他们纤尘不染的气息与红晕
你一头扑进玛雪的怀里
像她的孩子一样泪水夺眶而出
你听见火狐慈祥地呼唤着你和玛雪
呼唤着一个个凭空而降的孩子的名字
一个个被风传诵事迹的英雄

沐万
桑非子列
格宜岁
尔冬帕拉
者南

太阳根

你看那座山的大海，一轮沐浴的太阳
秀发飘扬，滴着晨露的鸟鸣
翩翩起舞地飘向处女的蓝天
一群席卷风云的天马滚过山川
染绿析支的水草地和牛羊反刍的梦
谁站在时间的黄河岸边
看白云怒放色彩缤纷的阳光
和金羊毛上的蜂群

阳光，无边无际的根
纤细如歌的一片覆盖
渗入任何一棵小草或者无穷的荒原
呼出山巅上百兽欢呼的气息
绿绿的阳光穿过林涛
叮当作响地叩击着玛雪和子孙们的鼾声
你默默地与太阳对视
风在你们间轻轻流淌

阳光，永远来临的陨石雨
打开穹窿之源的心与血
流浪的卵石落在骨头上
狩猎的弓与羚牛的泪光栩栩如生
雪融入血的事物里。蹲伏的白头鹰
尝到太阳鲜艳的味道。心在潇潇大雨中
摇曳如初。守护的原羊吹响草叶的牧歌

谁是一滴被污染的水，
葬在没有极限的荒漠里，
永远无家可归

阳光，一棵火焰的树
承载着虚空的一个个头颅
一只独行于黑夜的脚
遮蔽天地的一面面旌旗
像轻翔于苦难之中的兀鹫
余音袅绕地涌动着
天堂的灵魂之光
天境的精神之气
人间的心之水
地界的生命之土
地狱的肉体之火

被泪水碰出泪水的命运之马
四蹄的风声丢失了奔腾的高原
潜藏于白高之冰的火神艾旦丙
跳跃于每一缕阳光上的太阳女神忽亘爰
期盼着你和玛雪的一声呼唤
子孙们的一声呼唤
第一声呼唤

你看波涛着血与火的夕阳
给析支穿上金黄色的裘褐和天空
渐渐沉向赤鱼游弋的寒潭
像早出晚归的阿爸，为孩子们顶天立地地蓄养
纵横四海地放牧生命的根
和触聚又离翔的源

故事的手

这是太阳旌旗猎猎的风光
感觉的危崖上泻下一片鸢鸟的鸣叫
白昼的灰烬忽明忽暗地空翔
舞成天空的倒影一如白云与草木
这是爬满苔藓的石猴
站在血缘的祭台上唱着世界之草的歌
你本原的洪水被气息均匀地传承
析支是摇篮里成长的成长
绚烂的马群与繁荣的部族一起繁荣

党项　神啊，博大慈善的大地神另于勒
让我们苍老的躯体长成青青的冰草
蹦跳的心长成草丛里的牛羊
让我们流淌的故事长出西风的手
静静触摸党项的岁月
天地和后裔

当积雪山顶的积雪融化了乌云
被十月洗亮的卜居只剩下流徙的飞痕
长命草把历史的花絮洒遍黄河之曲
预言的白骁马扬起梦幻闪烁的鬃毛
一片巨型的宁静吞噬着密不透风的荣光
一轮青藏高原不落的太阳
一只尽情挥洒七色之泪的鹰
一颗金发纷纷飘零又疯长的头颅

被腾空而起的独角豹一口吞掉

天昏地暗
七灾星狡黠着魔鬼幽蓝色的焰火
万物结冰
你像从前的雪崩充满深不见底的裂谷
呼吸断裂
玛雪舞动的风之长歌悬于高空
心跳骤停
罗都感到死神麻悉弗的窥视
东南西北地游荡
无处不在地隐现

党项 男人们啊，拉开你们沉睡的弓
把饮血的箭射向黑暗
女人们啊，举起你们神奇的髑髅
把燃烧的血泼向没有声响的伤口
孩子们啊，放开你们纯粹的歌喉
把壮美的牛羊献给长满眼睛的独角豹
太阳女神啊，请听我们的祈求
让我和玛雪和大地融为一体
让我们的灵魂永远飞翔
还有创世的风

不知是由于祭献还是诅咒
或者是太阳被大鼓惊醒
独角豹翻滚着剧烈的疼痛
与天空一起沉重地跌入地狱
被复活的锁链捆绑于阴森森的冥庄之门
太阳振翅遨游着滔滔碧水

白高河岸被欢呼的目光涂成一片鹅黄
长裙曳地的西风拂过灵山与兰湖
唱着秘密遗传的生命
跳着盲女巫的灵魂
于守默之中放纵雷电

党项　孩子们啊，你们不要寻找了
我和玛雪已经訇然倒下
你们不要回避生命尽头的恐惧
我们已经合为一体无所不在
孩子们啊，你们看哪
那泉水是我的眼泪
泉水里的金子是我闪光的眼睛
那洞穴是我的鼻孔
洞穴里的风是我轻轻的呼吸
那峡谷是我的嘴唇
峡谷里的白玉是我坚硬的牙齿
那山峰是我的乳房
山里的石头是我孤傲的骨骼
那草丛是我的毛发
草丛里的牛羊是我不枯的爱
那江河是我的血液
江河里的乌龟是我不老的心
那灵山是我的根
灵山里的鸟是我飞翔的灵魂
那兰湖是我的源
兰湖里的鱼是我创造的生命
那天上盘旋的光是我的原气
原气里的影子是我美丽的玛雪
孩子们啊，你们要学会爱啊

爱一鸟一兽一草一木
就像爱你们的孩子一样

析支，古老而年轻的析支
沐浴着残阳如血的悲剧
一片烟雨空蒙的葱郁之林
时隐时现地跳动于苍天的边缘
不知历经多少代的罗都
和众人步履如石地攀上积雪山顶
泪水于缄默的魂魄里来回徘徊
一支噼啪作响的火把
在雪人的头顶愈长愈高
仿佛照耀着归家的路
一个美如死亡善如空幻真如灵魂的圣猴
从大地的乳头升起
驾云而去

蓬勃向上的山脉

月亮反刍心底涌起的西风
飞得最远的星星背负着河曲的伤痕
剩下这睡眠盘旋的高原
把尾巴扎进泥土
把四肢伸向东南西北
把黑紫的嘴唇举向天堂
一切都在不分昼夜地孕育繁衍和成长
党项部落里著名的人物却住在传说的洞穴
无人知道他们是党项的第几代传人
只有他们的名字和故事
像一座座山脉及山间流出的一条条江河
流传至今

敦巴

与香象搏斗过的敦巴
常常睁着鹰隼的眼睛独行于高原
他只狩猎捕食动物的动物
心爱的猎犬被香象踩死
他像一支竹箭射向香象
想如红脸盘和黑头顶那般砍下香象之牙
又怕香象之牙变成妖魔
就在他犹豫的一瞬
他被香象用鼻子卷起抛下悬崖
有人看见他跌落时飞成一只大鸟
但无人知道他飞向了哪里

刺女

从冰块里找到火的刺女
她瘦削而美丽
仿佛是火神艾旦丙在人间的化身
一块冰经过她的抚摩就成了月亮
让阳光从月亮中穿过
火就在羊毛里站立起来
传说她是玛雪的孙女
像火一样
有遍布天地的婴孩

鸣龙

一生在太阳下牧马的鸣龙
为党项放牧着红白蓝黄黑五色的骏马
遇到战事，他就把马赶回部落
平时，他就从高原的一个草场牧到另一个草场
碰到他喜欢的女人就给她一群马
离开女人就不再想起
直到他七十九岁的生日那天
二十一个大大小小的男孩
从四面八方打马而来
他从孩子们的身上
开始一个一个地回味

沃灯

祭祀祖先的沃灯
党项人称他为厮乩
他住在白高河源红石峡的岩洞里
坚守着永远之家的神圣与宁静

他整天转着一个五色的经轮
不停地说着一种人们听不懂的话
在羊皮上画着一些神奇玄妙的符号
他沉默的时候
头颅在天堂双脚在地狱

温杜普

躺在云马身上周游世界的温杜普
他是沃灯的独生之子
他很小时就想顺着黄河去看大海
却被一匹从天而降的云马载到埃及
他看见复仇女神妙无赤乎的头像
在天竺又看见四个头颅的妙无赤乎
他到阿尔卑斯山向神请教妙无赤乎之谜
神却让他去罗布泊沐洗
后来，传说他登上一座名叫驳马的山
在山上刻了一个太阳
十二座金字塔和一群牛羊
便头西脚东地躺在山顶成为山顶
后人说他像一座仰卧的睡佛

拉杰术名

与妖魔克虏争战过的拉杰术名
他的阿爸被克虏吸干了鲜血
他举着旗幡发誓要为阿爸报仇
蓬头垢面衣不遮体不思饮食地走在风雪之中
他感到克虏尾随身后
如剑的血爪向他的脖颈伸来
他猛地转身挥舞旗幡
克虏顿时像一颗象牙钻进土里

克虏将永远在土里行走
除非她找到一位公主
附在公主的身上
妖魔复活的那一天
便是英雄出征的时日

阿洼

射落暴风雪灾星的阿洼
他用一生的时间
用一千块石头熔铸了一支箭
用一千年的树根做了一张弓
用一千匹骏马的鬃毛拧了一根弦
在一个暴风雪肆虐的夜晚
他向大笑的灾星射了一箭
他被射落的灾星砸进大地

埋

聪明的子孙就像埋的埋
他知道鸟兽在想什么
知道人在想什么
知道神灵在想什么
知道石头在想什么
知道风在想什么
他刚刚领回一个女人就再也不知道了
当时他才十九岁
族人哭倒一片

罗都

罗都是蓬勃向上的山脉
是娶了吐蕃女阿巴

生了七个儿子的拓跋氏先祖
他的儿子都是英雄
是额头如山丘击退吐蕃的山薄浪
是举起巨石与汉人争战过的知革浪
是渡河时走在水下的嵬京领截
是眼窝凹陷住在草原之城的哈哈
是黑牛犊一般制伏香象的药出没嘿
是脸庞黑红拔下老虎利爪的恶恶屈达
是在大地边缘找寻丢失的牛羊的耶壮
是洒在青藏高原的一个个部落
一个个不落的太阳

神啊，请你君临

一

领唱 这是最残酷的七月啊
一场飓风吞噬了我们旗幡林立的家园
小白花洒遍草海的牛羊
压弯枝头的果子和新鲜的雀鸣
仓皇逃入饿狼之家的野兔
还有蓍草对兰湖年轻的感觉
都被庞大的苍茫的暴雪葬入地狱
大鸟空旋着幽灵的哀叫
原羊的奶水被孩子们吮干
簌簌闪光的蒲公英成了天壤之别的距离
狮狼虎豹从夜的皮肤蜂拥而至
挖出不幸的僵硬的羊群
我们没有生存的食物啊
羊奶果子里长大的英雄们
牦牛狼群里长大的一个个家族
西羌吐蕃吐谷浑女人里长大的一座座部落
你们随我一起祈祷
祈祷神赐食物给我们

合唱 嵬子朔啊，我们的狩猎神畜牧神
请你从地界的岩洞君临析支
赐给我们食物啊

罗都在沉默里手舞灵山足蹈兰湖
文鱼沸腾着玛雪的融融春水
呼喊的风鞭打着雪花又弹回呼喊
纯美的小羊羔站在咩咩的水坡上
如同盲女巫赤裸的痛苦被残花漂白

蓬勃向上的罗都
率领众人吟诵着圣猴的秘示
猛烈的阳光为箭镞涂上一片金黄
曾经的陷阱无所不在地潜伏着巨大的芳唇
传统的力量浸透木棍石斧弯弓
一只灰狼倒在敦巴的雨里
血色的弧光抛向白高之岸
几只食鱼的黑颈鹤溅起圆羊齿的水花
另一片水花是一双双冰凉的视线
一头挟风而来的虎
被拉杰术名一棍砸出喷薄的朝霞
雪陷进雪中
党项仿佛从雪中升起

二

领唱　这是热血凝固的七月啊
我们被魔鬼的严寒堆在一起
依偎着一丝淡淡的希望互相取暖
孩子们在阿妈的怀里颤抖着天真
男人的胆汁顺着目光滴落
星光灿烂的艾草枯木及火石
均被愤怒的狂雪所熄灭
我们没有歌舞的火啊
每一个部落的子民

你们随我一起祈祷
祈祷神原谅我们的过失
赐火种给我们
并且一代一代不熄地传递

合唱 艾旦丙啊，我们的火神
请你从天堂洞天府的南宫君临析支
赐给我们火种啊

又是那只亮丽的火狐
突然莅临众人膜拜的蓝天
如流星向白高河划去
一支当年的箭贯穿你和玛雪的心
刺女再次从河里捞出一块圆圆的冰
一块圆圆的月亮
刺女捧着冰跪向太阳
阳光穿过冰射向羊毛
羊毛被点燃
积雪向四周退去
众人火一样跳起

三

领唱 这是冰蓝色的七月啊
我们惨白地煎熬着贫困的明天
遍开紫花的醉马草的血
树洞里青稞化成的乳汁
丹崖上漏滴的泪
被成群结队的雪一饮而尽
随后海阔天空地倒下
我们没有了水中的火焰

盲女巫的颂歌没有了光泽
疲倦的男人萎缩在遥远的往事里
月光找不到自己羊角的影子
我们没有祭天的酒啊
所有的党项的子孙
请随我一起祈祷
祈祷神赐酒曲给我们

合唱 卓尔思啊，我们的酒神
请你从天堂洞天府的中宫君临析支
赐给我们酒曲啊

跪拜的罗都抬起睿智的目光
一位摇摇欲倒的神趔趄于半空
耀眼的光辉里溢出一缕缕酒香
他荡游着一个亮似水晶色如枫叶的壶罐
白玉的无名指把酒弹向天和地
还有一滴落在罗都高举髑髅里
众人匍匐在地
潮动如蚁
叩首不绝

鹰是高原的旗帜
天空在孤独的翱翔中越升越高
黄昏像踽踽而行的熊
危岩的犬成为罗都说不出的预言
一曲曲敬神的羌笛打开栅栏
牦牛在反刍声中日渐苍老
罗都仿佛被黄昏映照着
也被篝火映照着

罗都分不清映照盲女巫的是月光还是篝火
只感到声音里溢出的芬芳
最轻最柔的呼吸与颤动
还有女子们身上月光的味道
众人赤身裸体地围着烧烤的篝火
十个髑髅里醇香的酒
随着盲女巫唱起辽阔的颂歌跳起鹰旋之舞
这是第一场雪落的日子
这是三年后的一个日子
这是杀牛羊祭天的日子

盲女巫与白骁马

不知多少年后一个太阳破碎的日子
时间神伊司仄把这天拓展成百年缩小为一瞬
云天悬垂
岩峰如浮出高原的呻吟
荒地隆起
百鸟齐鸣的花雨霎霎而下
满脸花纹裸露青春和风韵的盲女巫
躺在白头鹰环顾的碧草丛中
被宇宙的琼浆玉液
滋润成一朵徐徐吐艳的月光之花
白骁马，天帝普寞的使者
奔向银光菲菲的析支一隅
卧在盲女巫的身边
头戴桂冠的长虹
触聚又离翔了天地

盲女巫　我知道你会来到
我不会骑在你的身上
我知道你主宰着我的命运
我的眼睛看不见这个世界
我用灵魂观看一切
我看黄花、岩羊和众人
我看泥土的清香烤羊的膻气遥远的狐臭
我看虫唧、叶落与雪融
我看柳芽的细嫩皮肤的柔滑月光的凉意

我看生命的酸甜苦辣
命运的白骁马啊，请告诉我
我怎样才能看见过去和未来
看见天堂天境与地界地狱

白骁马　你觉得看见过去和未来就看见了
你觉得看见天堂天境与地界地狱就看见了
你看见什么就是什么

这是大酋长党项的属地
一望无际的草海
长满了帐篷和牛羊马猪
这是神灵创建的家园
清新的空气荡漾着清新的水
以及牛奶的阳光

盲女巫　我看黄花、虫唧和酸甜
令我幸福得像一条小溪一块岩石一颗星星
众人灵魂深处的丑恶
我太多的看见太多的知道太多的思考
令我长歌当哭疾首起舞
命运的白骁马啊，请告诉我
我如何才能从痛苦的渊薮拔出自己

白骁马　你把看见的知道的思考的事物
再放回事物里
把你放回你自己里

乌云渐渐散去
阳光的金羽轻轻旋绕
风是羊毛里没有名字的小动物
一方洞天悬起雉鹑脆绿欲滴的雨声

身心空白的盲女巫
看着自己远方的影子
像一湖抚摸着水的水
白骁马，一块闪光的玉
一叶被水或浮或沉的舟
淡淡的气息淡淡地萦回

盲女巫　我在母腹中就成了盲孩
不知道阿爸是谁
我出生后便失去了阿妈
不知道谁让我在荆棘上歌舞
我祭祀天地的圣猴向山水神祷告
不知道度过了多少岁月
命运的白骁马啊，请告诉我
我的命运

白骁马　你的命运
是不逝的祈祷
是不死的歌舞

从高原到高原再到高原的风
追寻家园的苦难苍凉和悲壮
吹响梦中惊醒的伤口
吹响天堂的一朵朵白雪
沿着黄河而迁徙的歌
翻滚的牛羊和女人闪耀着血色的荣光
被鹰驮向蓬勃向上的积雪山脉
驮向不落的太阳的旗帜

盲女巫　我同太阳月亮星星对过话
我同花草树木鸟虫鱼兽对过话

我同流水石头火焰对过话
我同雷电风云雨雪霜露对过话
我同帐篷瓦罐石斧对过话
我同春夏秋冬上下左右对过话
我同想象痛苦死亡对过话
命运的白骁马啊，请告诉我
我如何才能同神灵对话

沉默如惊雷
倾诉似飞雪

长如百年短似一瞬的日子
被环顾的白头鹰写在蓝天
预测雪崩的故事跪在冰上
凝成一尊石头的咒语仍在洪水上漂流
析支一隅站起来的碧草
幽幽地吐露着真纯的芳泽
没有亲情友情爱情的盲女巫
永远激发着男人的爱情
创造着心的家园
诗一样冰清玉洁的盲女巫
永远升腾着灵魂的歌唱
绚丽的荣光遍吻行云流水
赤裸着梦幻色的盲女巫
永远狂舞着精神的原气与影子
燃烧的乳房抖落满天星辰
咀嚼醉马草的命运神白骁马
身后跟随的是盲女巫
身前飞翔的还是盲女巫

月光的月光

飘舞

月光飘扬
古典的长发飘扬
淡紫色的小雪飘飘扬扬
白银与五彩石的碎片飘成旋律
党项和玛雪的子孙们在黄河曲的一角
倾听着天空丝丝缕缕的声音
与月光共舞

党项的灵魂啊，你苦苦恋着的月光
一朵忧郁高悬的云雾之草
在临风而立的石头平平仄仄地绽开
一双双结冰的眸子
回荡着月翎闪烁的节拍
一只只月季花的手
像白骁马一样大片大片地云翔
月光踩在曾经的月光上
留下美丽的鼓点
马蹄和疼痛

被月光轻抚
被漫无边际的叶子拥抱
被芬芳弥漫的瀑布涵盖
她唱出一朵朵火焰
舞起一群又一群光芒的鸟

风从四野八荒游荡过来
轻轻旋起你和积雪草上的月光
飞越星星的虫鸣和灵山
你看月亮的额头有一对弯弯的羊角
释放着洞彻心灵的肝胆俱裂的光华与暗香
还有你无边的忧伤
无边的梦

今夜的月光
他精神里轻歌曼舞的女孩
一条回家的路
从夜晚伸向夜晚

涵盖

月光泼墨于朴素的旷野
一座座英雄的部落越长越大
在倒影巨大的空白里
你守着桃花和源头的喁喁私语
童年的水声从亘古不绝的雪山淙淙传来
悬崖上的牛羊潮动成画中的风景
青青的牧歌被苍狼反复回味
月光跳跃于枝头
惊醒一丛丛做梦的风
以及厚厚的往事

月光，洒在生命里的羌盐
你大口呼吸的气与思想
她不敢描绘的心跳
跳动着孪生湖浓浓的思念之情
弯弯地放牧着夜色

摇曳着犬吠

像月光一样的草甸
一片一片展开影子的原色
潺潺流淌的线条
飘浮着野菜和烤肉的馨香
像部落一样的月光
含着陶罐永不凋谢的羞涩
阴晴圆缺地透视着远方
你看见她含情脉脉的窗口
明净而亮丽

今夜的月光
栖落心头的一瓣节节花
几声猕猴如雪飞舞的啼哭
渗入骨髓的一片空明
他朝着家的方向铺开自己
抱着酒一样的月光
沉沉睡去

融化

月光如羌笛
最纯粹的响声涌出灵魂
太阳在原始森林的背面
流着一尘不染而晶莹夺目的泪
月光如白玉的手
积雪山的石阶上风起云涌
一群翅翼生辉的天使从天穹飞过
她躺在时间神伊司仄的花瓣上
透亮如婴儿

怀着小草呢喃的月光
以极木之树的方式凝望
那座白帐房升起的篝火
那位步履生花的天鹅之女
那首激荡冥冥薄暮的圣乐
洗涤你伤痕累累的舞蹈
不尽的烟尘及爱情

月光，纯贞的故园
舒卷着不羁的白云和浪花
松涛，歌声的月光
开满了原初的野花与鹤鸣
还有一双含苞欲放的眼睛
静静地把你融化
那是秀秀潇扬的娟娟翩舞的轻纱
透亮如蝉羽纯美如白莲飘洒如飞雪的记忆
在飞虹与西风的岸边
透过树枝颤动的琴弦
祈祷的雨声淅淅沥沥
被月光普照又飘出月光

今夜的月光
让他深入生死之间的宁静
接近那扇不朽的栅栏
站成一盏黑夜边缘的灯
抑或党项女子手中的月光
月光深处的回声

触摸

月光，天使之神抖落的羽毛

大地上林立如竹的苍天
飞进梦里的蒲公英的异香
晚风拂起的霜叶覆盖了霜叶
缥缈的更声被天堂的美酒浇透全身
月光，神灵的语言
一道洞穿迷途的闪电
一声叩响心扉的惊雷
一边翔舞一边预示
正在同你对话

月光，你生存的水和追求的气
随着江水潜入地界的海底
缘于烟火攀上天境的山巅
你感到一片天帝普寞君临析支的温馨
像目光遥不可及的眼睛
波动着大地的色彩
升腾着孤桑的一枝一叶

月光，从苍茫到澄明
升起或降临于任何一方孤独的水域
照亮每一个萍踪浪迹的黑夜
拥着星群吻着披雪独眠的一鸟一石
月光从喧嚣到安宁
留在祭祀西天的离别里
停泊于游牧晚归的族帐前
天堂月宫里的男神
如一树燃烧的桂花
创造着你的世界

今夜的月光

他的天堂和诗的翅膀
月光的月光
他灵魂与梦幻的故乡
一如透明的婴儿
他永远永远的触摸

拓跋突起

析支，天下黄河第一曲的析支
为圣猴驾云而去一直飘洒着碎石的雨
膜拜的众人成为另一重触及天宇的积雪之巅
伴着西风空旋的白骁马
从水的身上看出一座翻身跃起的山
给童年的族帐涂上一抹昏烟袅袅的笛声

长歌当哭疾首起舞的盲女巫
清澈透明得像一条扔掉两岸的江河
不分彼此地旋转着神灵与众人之间穿行的语言
尝尽孤苦踏遍风霜流传无数代的拓跋达措
于祖先耶壮的洞穴吹响故事的苍天与草地
一次次乌云翻滚地卷走虚空又剩下虚空
抑或一块被命运踢落的巨岩
无比沧桑地长在通往荣光的路上
如梦似幻地矗立于英雄面前
矗立于细封氏费听氏往利氏颇超氏野利氏房当氏
和米擒氏拓跋氏八大部落的面前
仿佛越过死亡的陷阱
就能拥有一朵再生的花

独角豹的吼声滴着夜色
妖魔的阴影已经划过血液
灾星正在密谋一场争战的暴风骤雨
吐谷浑传说的公主举着摄人魂魄的陶罐

冥庄之门为谁而开

黄河曲啊，党项羌族的发祥之地
另一段时间之草轻奏着月光的羌笛
不眠的歌声回荡于行云流水的卜居
耶壮的子孙都已长成庞大的部落
原林和飞鸟一齐歌唱
石头与百兽相互嬉闹
牛羊同野花大片大片地盛开

八大部落最强盛的拓跋酋长拓跋达措
从低垂的冰草上嗅到饿鬼残留的气息
于盲女巫淋漓尽致的风雪里
他泪花闪闪地看见
浑身长牙披发蒙面赤身裸体的妖魔克虏
把一双血淋淋的手伸向孪生湖英雄的摇篮
天使的大鸟俯冲而下
头戴骨饰双目流血长舌过颈的克虏
把密密麻麻的箭镞和苍狼一齐射向白骁马
月亮神丽晰的月翎上下飞舞
一身黑暗腥气冲天指甲如剑的克虏
把博大慈善的始祖董拉逼向泛滥的黄河
牛羊马猪的白骨堆遍玛多
他看见饿鬼骨余嗜血的手已经飞临析支
为神秘失踪的马群和杀退苍狼的猎人
为对唱情歌的放牛郎与牧羊女
为党项部落及守护神的安宁
他要高高举起血酒的髑髅
敦请天堂洞天府西宫的战神曲巴可
与妖魔饿鬼一决雌雄

战神的大鼓已经敲响
长着眼睛的灵魂从苍白的堆石中纷纷鹊起
星星神多多贝优的画符遮盖黄昏
满脸花纹裸露胴体的盲女巫
唱起西风扫过秋林而牛羊落泪的祈歌
跳起滔滔浊浪弥漫四野八荒的大鸟之舞
马牙连起的脚铃声渗入众人的骨髓
灾星一个一个睁开幽蓝色的眼睛
阴森森的杀气充满万事万物的每一个毛孔
人皮大鼓上盘曲的九首蛇身的曲巴可
用尾巴炸响穿越古今纵横万里的雷电
旋风升起，盲女巫穿上风声
黑云下沉，众人静如猛虎
雹雨倾倒，拓跋达措搭箭张弓
像先祖阿洼射落流星那样
拉开曲巴可恩赐的神臂弓
拉开灌进雷声烤上闪电的神臂弓
拉开射向灾星和妖魔鬼怪的神臂弓

当东方的亮光羞似处女
大地的头颅泪水涟涟地昂起
背着神臂弓骑着赤电马抱着吐谷浑公主的拓跋达措
望着青海湖里倒映的自己
和一层层波浪上强盛家族的暗示
他觉得自身是远祖党项的一次延续
是对远祖往事的一种回忆
他感到一双明亮的眼睛照耀着他
俨然一位莅临灵山之上的神
他看见心中一座羽翼频频颤动的月城
轻翔的水鸟驮着灵魂的咒语

一匹圣光四射的白骁马从岛上飞过
一个用醉马草编织的花冠
落在公主的头上

公主从马上跌下
像一块死守海子的岩石
拓跋达措踏遍世界也未找到的妖魔克虏
竟从公主的影子里流淌出来
流成一摊黑色的腥臭的水
随即飞成一只蝙蝠
一只尖叫着冲向西风的手
几颗滴着血液种向草原的牙
拓跋达措鼓满雷鸣的弓射出闪电的箭
吐谷浑娇美的公主从梦中惊醒
像一轮白云掩面的旭日
升起于一个崭新世纪的清晨

副歌 金黄的露珠挂满草尖
青藏高原迎来了百鸟齐鸣的一天
远行的英雄啊
我们盼望你与神灵的太阳一起出现
七色的花儿铺向天边
黄河之曲洒遍了牛羊成群的灿烂
远行的英雄啊
我们等待你同绝尘的赤电马一起凯旋
庆贺的喜酒映红脸面
积雪山脉点燃了载歌载舞的火焰
远行的英雄啊
我们迎接你和美丽的公主一起归还

展开而兀立的土

一

土在悄无声息地行走
在水与火猛烈的撞击下行走
一如沉睡于光中之光的时间之神
把亿万斯年的风放进无所不在的石头
一野从枯黄到芬芳的滥觞
瞬目之间笼罩于土的四肢及头颅
破土而出的手仿佛在白鹤的旋飞里触及天堂
金子般的歌声拂面而来
土的光芒摇曳着宇宙的黑洞
冬眠中惊醒的草原努力向天空迈进
一片泥土的气息铺平浑圆的躯体
饥饿的狮狼虎豹在皮肤的皱襞里相互追逐
一条条流水将土陷成沟壑峡谷
弯曲已久的关节发出滚过旷野的鼾声
传说的火焰从身体里掏出一座座高大的山脉
黑紫的嘴唇被雪融化
土是创造世界的第四种元素
是除了光气水火之外的一切事物

土起源于那场剧烈的大火
就是火神艾旦丙焚毁大雪崩的那场大火
大火过后的孪生湖只剩下无边无际的土
一层柔软的皮肤裹住世界的骨骼
瘦削而凄美的艾旦丙乘烟而去

狮首人身长着十八只手的复仇女神妙无赤乎
依旧蓬头垢面衣不遮体不思饮食地复仇
把她的石像遍布天涯海角
成为无法破解的妙无赤乎之谜

二

土是遍布世界的岩画
是最简单最朴素最根本的美
土在旋转中放开歌声
在飞向天堂的歌声中经历昼夜与春秋
土在花红柳绿的呼吸中
展开沧海桑田庞大的创伤
土刚强有力地敲击着马蹄
轻声细语地唤回黄昏的鸟鸣
让遗传的炊烟飞向星辰
反刍夜色的牛羊与土相融
一道道栖满月光的栅栏
那是土的牙齿
是凿刻下来而又返回月亮的岩画
就像兔子的躯体返回狼的躯体
狼的躯体返回人的躯体
人的躯体返回土的躯体
土所孕育的花草树木飞禽走兽鱼虫虾蚌
在土肝肠寸断的疼痛中
被土领回故乡

党项和玛雪离开了土
从大地的乳头驾云而去
党项是火神艾旦丙创造的土
他在人间目睹了土所经历的苦难

土辽阔深厚的肉体和慈善圣洁的灵魂
被严寒冻僵，被狂风撕碎
被牛羊马猪践踏，被野长的森林吸干血液
被挖成狩猎的陷阱，被掘出珍藏的骨头
被烤肉的火烧掉眉毛，烧焦肌肤
被沸腾的水煮过手指，煮过跳动的心
土一直梦想与天相融却遥遥无期
日夜守着自己的灵魂却一个个出逃
党项是土流泪的灵魂却飞向了天堂
那泉水里的金子，峡谷里的白玉，山里的石头
那草丛里的牛羊，江河里的乌龟，兰湖里的鱼
那一鸟一兽一草一木
都是党项留给子孙的土
让子孙在土里创造更多的土
而土的泪水默默流淌
默默地流进地狱

三

土折叠着昼夜的边缘
卷动着冬天与春季的界线
土身穿野花头戴冰山
为饥饿者捧出金黄的青稞
为患病者长出治病的草
为长眠者找到依山傍水的梦乡
土把生命的重量给了万物
给了长不到天上的山与树
给了跑不出土之目光的人和梅花鹿
如同婴儿熟睡于母亲的怀抱

土的目光是满天的星斗

土的呼吸是东南西北的风
土的血液是滔滔东逝的水
土的心是深深包藏的火
土的孩子是除了光气水火之外的一切事物
土紧紧地抱着事物的脚
抱着每一块五颜六色的石头
那是时间神伊司仄从身上撕扯下来的石头
是伊司仄每年扔向大地的石头
是敲醒大地让春天开始的石头
那飞回天空变成星星的石头
是土闪光的小阿妹

复活

你离翔或者触聚于事物的根源
朴素得像风走过树林雨回到大地
原气在故园的血管里守默
影子于迁徙的裘褐里放纵
无处不在无所不有的梦啊
站在一片草叶上摇曳着过去流向未来的光中之光
你望着被黑暗渗透的析支

那是一种丧失了灵魂之光的黑暗
积雪山顶高举着余烬纷扬的头骨
沧桑的皮肤上结晶着夜的血与泪水
黄河之曲布满了厚厚的饥饿
一群回不了家的牛羊断断续续地呜咽着
青藏高原如一顶漆黑与寂静搭起的帐篷
只剩下各种各样跪拜的身体
离翔或者触聚于神灵与众人之间的盲女巫
用羊毛和冰块寻找火焰
在触及又未触及语言之躯的时刻
她看见一面精神的旗帜飘扬着寒光

有什么比太阳的依依西沉更加悲壮
那是一滴泪水渗入辽阔而漆黑的大地
向千里之遥的草根一步一步走去
你感到西沉的析支已被物质凝固
影影绰绰的山峦折皱蒿草飞扬的空气

一叶叶逃亡的翅膀划破岁月
死一样肃穆的大河撑起一顶顶预示的族帐
命运的白骁马光临灵山仿佛又要远足
几声乌啼雪飘于众人的心间
虔敬的众人翩跹于影子里漫游于神话中

太阳栖止于夜的枝头
时间神伊司仄从身上撕扯着声响的石头
他每年向大地扔一块石头让春天开始
他每月向月宫扔一块石头让月亮盈圆
他每日向日宫扔一块石头让太阳升起
历史由此流动
他扔掉的石头都变成了星星
他被鱼一样梦一般的星星围困着
他整天整夜一年四季地沉沉睡去
忘掉了天堂天境人间地界地狱所有的事
和他所有做成的梦

这是一座灵石堆起的祭坛
一堆永不熄灭的通向天堂的营火
一首盲女巫忽明忽暗吟诵的诗
雪野上弥漫出一片不敢目触的神圣
你穿过漆黑与寂静织就的帐顶
越过艾草徐徐唱响的紫烟
散发着烤香的羊羔和牛犊跪在两旁
一个盛满血酒的髑髅天才般立于祭坛中央
还有一位仰面而躺头朝东方一丝不挂的少女
像一朵迎风怒放的雪
一经触摸便能融化整个世界

你想起玛雪分不清黄昏或篝火的那次映照
画有圣猴的红白蓝黄黑的五色经旗
因你的注视鹰一样飘飞
色彩象征的光气水土火的五界神鬼
因风的传递接纳了党项人的膜拜
杀死妖魔克虏射落灾星抢娶吐谷浑公主
而成为党项八大部落酋长的拓跋达措
率领成千上万的众人面东而跪
祈求你像太阳一样升起在冬季的最后一天

你是时间唯一的梦
梦是你回家唯一的指向
感觉犹如飘逝的当年
从原气到滴水再到陨石
你正在完成遥远之光的跨越
完成物质到精神飞扬
完成一个部族的梦想

当年你和玛雪化成一片丰美的水草与牛羊
留下一野遮天蔽日的疼痛和遗憾
从大地的乳头驾云而去
放牛郎来不及穿上皮衣冬天就来了
传说中的雪崩再次纤尘不染地呈现
世界仿佛是一棵冰缝中努力成长的草
血红的夜色沉入眼睛
牧羊女领着羊群走在泥泞而光滑的盼望里
柔弱的羊只一个个滚下冰雪的悬崖
随着雾气飞翔的鸟雀飞成了岩石
漫山遍野的绿色被阵风轻轻擦掉
饿狼搜寻食物的目光一去不返

叮当作响地撞击着被冻僵的雪

这是最漫长最漆黑最严寒的冬夜啊
拓跋达措率领众人面东而跪
在没有一丝亮光的冰天雪地里
与死神麻悉弗争夺着最后的一声长啸
祈求你的莅临
像太阳升起，如春天开始
有神降临就有石头放射光芒
有石头亲吻大地就有草木吐出绿色
汪洋恣肆的盲女巫如一片恍然隔世的黎明
飞舞于时间回眸的仪式之中
依偎生命边缘的祷告行进着生命的庆典
有什么比太阳的蹦跳而起更辉煌呢
那是一个被死神扼住咽喉的小孩
猛地挣脱而扑进阿妈的怀里
眉宇间闪现出一片感天动地的泪光

党项啊，我们的大神
没有你的日子
族人都是漆黑、严寒和饥饿
都是一滴滴融化不了的水
心里充满着死亡的阴影与虚空
党项啊，创造部族的英雄
你的复活就像元始之始
请你君临青藏高原
将你伟大神圣光荣的火
种入万事万物的灵魂深处
种成一轮永不沉落的太阳
普照永远神秘的风

石头里的爱情

一

主歌

天上的太阳头发修长
青青草里的牛羊儿闪着金光
阿哥放牛我牧羊
牛儿壮来羊儿弱
阿哥啊，阿哥
你别跟我争草场

这是牧羊女的歌声
自昔日的俏皮中流出一丝丝幽怨
从乍暖还寒的咽喉里升起一股猛烈的云
颤抖的歌声袅袅飞扬
仿佛为神高高举起一颗滴血的灵魂
一只向上盘旋的燃烧的鹰
把缤纷的碎石抛向四野八荒
以及没有长大的羽毛和叶子

这的确是牧羊女的歌
是人们学不会的歌
是牛羊跟着回家的歌
是充满阳光、空气和水的歌
此刻像噼啪作响的火焰
舔着刚刚开始的春天
驱赶着成千上万的牛羊越过清晨的栅栏
他分不清被火焚烧的是石头还是歌声

觉得一团火焰被另一团火焰所唱
唱在他心里

他知道奇美的牧羊女不愿顶替公主远嫁吐蕃
在枯枝堆中点燃了火
牧羊女的歌声融化了他的三魂七魄
艺神奂羽只为牧羊女而降临
他正向烈火走去

二

主歌 天上的星星眼睛明亮
积雪山巅的紫莲花正在开放
阿哥跳舞我鼓掌
牛儿站来羊儿卧
阿哥啊，阿哥
你别跟我学歌唱

绕过族帐和太阳的背面
穿过九曲回肠的酣然沉睡的时间之石
旋风的火光在牧羊女的草甸上空手舞足蹈
犹如盲女巫的颂歌飞翔于五界
接纳祭祀的火神艾旦丙在白高河源空悬如梦
梦里尽是牧羊女星光灿烂的眼眸
积雪山脉悄悄地融化着大地
一股股生命的溪流奔向绝唱的草甸
围着火堆的牛羊身披彩霞泪水潸潸
为血缘里的一次远行频频顿首
一层一层地挡住他接近牧羊女的路

他轻轻又轻地唱起牧羊女的歌

渐渐唱出了火焰的味道
看见了歌声里旋绕的金色的光环
一种走向精神之源的力
他在牛背上匆匆地行走
从一颗星星到另一颗星星
似乎达到了月光返回月亮的境界
岁月被翻越
歌声被穿透
火焰被淋湿
一片空明

自从酋长拓跋达措射杀了妖魔克虏
被克虏掳去被囚于山洞被施了魔法的他俩
才回到久别的牛羊群中
牧羊女因而奇美无比
放牛郎却变得丑陋不堪

三

主歌 树上的月牙儿嘴唇冰凉
驰骋高原的英雄们一齐眺望
阿哥饮酒我喝汤
牛儿瘦来羊儿小
阿哥啊，阿哥
你别跟我进毡房

这是怎样的一次行走啊
行走于深陷记忆的金黄色的沼泽
行走于他和牧羊女架通心房的拱桥
行走于越过天境直抵天堂的极木之树
殷红的毛丛留下他的一足一痕

辉煌的火光透过他喧哗的躯体
阵阵夜风在他的歌声里嘤嘤啼泣
牧羊女的光芒散发出一股股焦灼的剧痛
以及越来越弱的芳香和气息

副歌

阿妹啊，我俩在牛背上长大
童年的歌谣被苍鹰驮向月光的故乡
我俩在多尔多草甸上放牧牛羊
被丝毫不染的阳光养育成人
我俩坐在河边数着天上的星星
数不清的时候看见爱神丽晰洒下一片羞涩
电闪雷鸣撞击心灵的那一瞬间
让我们拥有一生的平静

阿妹啊，你是风雪里的一朵紫莲
我就是陪你争妍的那一枚绿叶
你是烈火中的一朵雪花
我就是伴你升腾的那一滴泪水
你是党项部族的天使
我就是托你升起的那一片翔云

阿妹啊，请让我走进你的毡房
让我成为你的一团火焰
一团为你燃烧的火焰
与你一起回家

群星盛开高原

当青藏高原走进黄昏
滋润根与源的春夜哗哗坠落
一声长啸，神辉四溅的巨石徐徐转动
升到孤桑不可企及的地方
给时间之梦穿上水草破壳的星光

为你歌舞的盲女巫躺进昨日不眠的阳光里
让光的血液渗透她的每一寸空白
狂欢的众人流成江河
把骨髓里的漆黑严寒和饥饿扔向两岸
流放了自己一泻千里的情欲
孩子们抱着亲切的髑髅
一如冲出栅栏的马驹奔向草原
继续你的拓跋达措面对茂盛的吐蕃
不知该怎样泅渡神性的白高与河曲
因你仰面而躺头朝东方的少女
像一朵迎风怒放的雪的少女
一经触摸便能融化整个世界的少女
你还记得她身上月光的味道
又想起玛雪分不清黄昏与篝火的那次映照

可爱的少女
就是被妖魔克虏施了魔法而奇美无比的牧羊女啊
她把牛羊跟着回家的牧歌唱成了火焰
与走进毡房的放牛郎一起燃烧了自己

在多尔多草甸的灰烬中
只为析支留下一块石头
一块圣洁如雪的石头
一块紧紧拥抱的石头
一块刻满爱情的石头
你说他们就是日月
就是你永远的珍藏

你的原气像太阳升起如春天开始
东南西北飘扬着你影子的旗帜
为牧羊女和放牛郎送行的谷火尚未熄灭
盛酒的髑髅在茫茫水草上漂流
沉默的众人簇拥着日月石和相通的灵犀
牛羊高亢低回的呼吸升起一片光辉
牧羊女的阿妹没藏氏野笑着跑向灵山
你还在牧歌青青的阳光里徘徊
感悟着一种无法言说的流动
仿佛就在你复活的那一瞬间
玛雪成为那颗最可爱最明亮最壮丽的星座
大地在成长的花草树木中飞翔
天空从消融的积雪之巅上流泻
你回首眺望
望得青藏高原一片葱绿

谁从河边的一从冰草上
看着一个春天渐渐长大
谁在冰草的一滴晨露里
看着一轮太阳姗姗升起
谁在灵山顶上召唤着羊群
学会了那首人们学不会的牧歌

艺神奂羽于歌声里
挥洒着金色的火光

纵横千万里的析支啊
阳光如婴儿的手咿咿呀呀地挥动
轻触着遍布高地的白金灿灿的族帐
空气里的乳汁如一朵朵盛开的鲜花
西风衔着酒的芬芳飞向东方
清澈透亮的黄河载歌载舞地北折而去
留下的是比星星还多的牛羊
还有色泽纯粹的风驰电掣的骏马
神灵频频光顾的灵山高矗西方
山中的每一块石头
都在讲述白头鹰火狐党项和玛雪的故事
白高河与积雪山已经成为神话
成为你永久的象征
众人永久的回忆

太阳鸣叫爱情的水草地
积雪山脉长出一片厚厚的月光
神鬼放牧着星群放牧着灵魂
你接纳着他们的赞美啊
祭祀与庆典徐徐降落
又冉冉升起

卷三 | 天飘地移

这扇神秘的大门已经关闭
那扇神秘的大门即将洞开
我仿佛看见你
从陇山峡谷的来路飞进梦乡

一个人行走于高原
雪花里传来雏鹰的啼鸣
男人和女人行走于高原
岩石上长出丰美的水草和牛羊
一群人行走于高原
身后尾随着一个部落的人
足印和足印叠成一片荒原
流徙是你飘扬的旗帜
哪里有他们灵魂的卜居

埋在永远无法忘记的那个夜晚
就像永远无法停地被埋在宇宙之间
那呼啸的火焰存在宇宙的始终
孩子们的哭喊声如时间的岩石般撕成碎片
流着泪水爬进烈火中的路径
那喷血的尖牙刺进祖国的腹部
野蛮民族侵进城下发生一阵阵惊恐的巨响
复仇的种子渗透血河
火山若是石的生命穿过火焰呢 我为火焰
地球在解体的影子里
一遍又一遍地呼唤着守护的大写和传承

请接受我壮丽悲伤的敬意
请拯救我无辜的孩子
无辜的女人和孩子

从河流到城市到村落的山
掩于小学堆土的五月二
静静地浸入闪映着辉金的未来的花苞里
他们得看见一只白天鹅飞过霜降的八里

日月石

这扇神秘的大门已经关闭
那扇神秘的大门即将洞开
我仿佛看见你
从陇山峡谷的来路飞进梦乡

当他们如喧嚣的泥泞凸现于你的面前
凸现于你枕着月牙儿独眠的杉树林中
已是一片片被风挤出声音的绿叶
龟裂的悲愤灼伤着他们沉默的根与翅膀
你在高耸入云的枝头泪水涟涟
默念着传说里牧羊女和放牛郎火焰的咒语
珍藏于血液里的日月石从他们头顶飞过
像另一半月亮闪着殷红的忧郁
传出披着迷雾的歌声和白骁马飞越歌声的足音
日月石落在他们身后疲惫不堪的影子里
于杀气弥漫的黑夜中划响弧光
双脚向大地伸去
身体向南北蜿蜒
头颅向天空野长

这曾是一块相跪而拥吻的石头
把牛羊跟着回家的牧歌唱成火焰
像一株积雪草含着整个世界的眼泪
瞬间长成一座陡峻如削绵亘千里高不可攀的丽石山
头颅肩膀和背部流淌着一圈光的轮廓

在漆黑的夜空与漆黑的石头之间
散发出一股皮肤上阳光的芳香
犹如一道隔开天地的闪电
隔开了从千里之外追杀而来的吐蕃
党项的子孙在丽石山下跪成一片水草
一片追寻根本又被牛羊追寻的水草
一片熊熊烈火中努力孕育水草的水草
在秘密传承的牧歌里
向你膜拜
向天祈祷

他们是党项最西端的野利氏族人
祖祖辈辈在江河源头放牧着不落的太阳
他们有乳汁荡漾的可可西里湖
有芳草萋萋的山谷与高原
有无边的牛羊和骏马洒遍孩子们无边的梦
有紫莲花一样娇美的女人缝制着岁月的毡帐
可就在那个狂风怒吼的黑夜
成千上万的吐蕃包围了他们秀丽的家园
一座又一座的族帐被火点燃
牛羊马群越过栅栏四散而逃
逃成一团又一团昆仑山滚动的火焰

孩子们在酣然沉睡中被喊声惊醒
他们睁开天蓝色的眼睛
就看见燃烧的火箭穿过帐顶落在身边
他们哭喊着阿妈
晶莹清亮的泪水流进嘴里
他们爬向火焰爬进阿妈的怀里
最后的一片哭喊颤抖着一丛丛哀戚的冰草

颤抖着当年种向草原的克虏之牙
那哭声是一股托天而生拔地而长的力量
吹响族长贯穿长空和血液的牛角之号
高原的英雄们冒着密集的锋镝
救出受伤的老人、妇女和孩子
就整个地扑向了敌人
连同复仇的影子
滴血的梦

被救的人们开始逃亡
这是他们生命尽头的选择
从碧草连天牛羊肥壮的秋季
从溪流纵横灿若星辰的族帐
从长矛飞舞血流成河的烈火
他们蓬头垢面衣不遮体伤痕累累地逃亡
逃亡成为他们共同呼唤的名字
他们一边逃亡一边掩埋死去的族人
他们的孩子不再哭泣
他们的泪水流向心里
流向心里的火

没藏氏家族的牧羊女
她当年与放牛郎化成牧歌
那是真诚相爱的人才能听到的歌啊
像神话中的可兰石长成祥云缭绕的默鲁山那样
今夜的日月石长成阻挡敌人的丽石山
牧歌便在山上山下来回飘扬
他们把头埋进膝间默默祈祷
不管天上的月亮是否藏起脸来
他们知道驰骋高原的英雄们飞成了月光

光盐一样洒在他们溢血的眼睛里
他们看见火焰里的阿哥在高空舞蹈
雪花一般飘舞着他们不屈的灵魂
他们听见阿妹丢失的手挥洒着风雨
曾经的掌声化为一片无边无际的灰烬
他们相依为命的牛羊马群
山崩地裂地滚到咆哮的血河里
阿妹的毡房仍是火焰中的火焰

阿哥啊，你是火焰中的神
请告诉我们
我们的家园在哪里

葬雪

今年的第一场大雪飘在它的风上
飘在天地间的秘密谈话里
仿佛是一次离翔如千山万水之后的触聚

这是不期而遇的秋雪
扑向正在回味太阳余温的石头
以及河岸静静绽放心跳的野花和浪涛

这雪是一个透亮的婴儿
悄无声息地挥舞着幼小而白嫩的手
触到鸟儿就和鸟儿一起飞了

这雪是一群季节的碎片
在高原的头顶自由自在地舞蹈
舞累了就随便落在一个随便的地方

落在草叶上就成了草叶
落在盲女巫的手上
就成了永远飘向天国的纸钱

这是一列缘河而上默默送葬的人群
密密麻麻的白色透不过一丝风声
象征光气水土火的红白蓝黄黑的五色经旗
如一条向上流淌的森林之河
长发掩面腰裹羊皮的一男一女

抬着缩小的孪生湖中的默鲁山
和默鲁山上贯通天堂天境人间地界地狱的极木之树
向五界之神鬼传递着灵魂的祷声
猴面文身遍涂白粉的四个男人
肩扛一具画满图案和符号的孤桑之棺
一片冰冷刺骨的气息笼罩着九月
人们抬着献祭的牛羊
抱着盛满血酒的髑髅
举着呼呼作响的火把
背着陪葬的弓箭、石斧和陶罐
还有两位泥塑的少女
众人寂然无声地行进着
倾听着秋雪化成万事万物的声音
那是一首再生的歌
灵魂再次的舞

从一条河飘向另一条河的雪
在风的翅膀上背负着小小的黄昏
雪飘的声音是花朵绽开的语言
是孩子的手在阿妈的眼前柔声柔气地挥舞
挥舞着秋天的果实的气息
苍鹰随着低垂的天空越飞越低
羽毛上闪烁着雪的光辉
一只最后的蝴蝶被雪染白
被风拯救

默默送葬的人群匍匐于白高河源
盲女巫在裸露着卵石和树根的河床上
舞蹈着秋雪吟唱着人们听不懂的咒语
好像是对生命河的一种祭祀

是请求祖先接纳来者的一遍祈祷
或者是超度灵魂飞向天堂的一次饯行

而被饯行的是没藏氏家族的族长
八十岁的没藏飞病逝于拓跋宁丛率众东迁的途中
隋开皇六年九月，没有人为他哭泣
他刚刚跨过人们为之哭泣的年龄
族人扛着他和返回故乡的雪一起返回
越过析支来到祖先安息的红石峡
先期抵达的匠人引开河水
已在峡壁上凿开一眼口小里大的洞穴
棺盖上一层没有融化的雪
如无数只蝴蝶栖落于凝固的岁月

盲女巫完成一种飞天的仪式之后
就静静地躺在香火袅袅的祭坛上
泥塑的少女开始了没有起点也没有终点的远足
她们走在越来越少的原气和影子里
复活于点燃送葬物品的焰火中
风声已被岩石封住
浑然一体

当白高河回到自己的河床
像没藏飞回到永远的家园
白高河应当不呼名
十级墓向来比水清
而水是栅栏是石门是无敌的英雄
守护着源远流长的一方安宁

水是追逐草场的牛羊

成群结队地从门前流过
水是背负西风和羌笛的苍鹰
不舍昼夜地在头顶盘旋
水是一种勇往直前的力量
于党项各部的血管涌动如初
宛如雪在雪上飘落
火在火上燃烧
都是归家的舞蹈

歌唱有风或无风的毡帐

从冬天到狩猎冬天的网
尚未抵达的树叶展开目光尽头的原野
风从八月一直走到被雪掩埋的一滴滴热血
逃亡的部族捡起熠熠闪光的马骨
搭起一顶顶分不清女人与月光的毡帐
让巨大的创伤于宁静的夜晚
从花朵回到大地最初的根须

羌笛响起，响在记岁的草木和失眠之间
响在野利埋格深及灵魂而恨入骨髓的伤口
回荡出一种青铜与铁相撞的声响
他在雪做的白帐让雪填满躯体
孕育生命的风已经吹向女人
吹向风中摇曳的苍鹰和与雪相融的羊只
图腾的摇篮渐渐长成英雄的青藏高原
抚慰人心的歌声响彻梦里
那是风神更且菲和女人的合唱
悠悠的羌笛让雪在风中
飘向雪中的风

埋格永远无法忘记那个夜晚
就像永远无法把风放在雪的上面
那呼啸的火箭落在雪上的毡帐
孩子们的哭喊声如时间的岩石被撕成碎片
流着泪水爬进烈火中的阿妈

那嗜血的长矛刺进裸露的腹部
野利氏英雄訇然倒下发出一阵阵惊雷的巨响
复仇的种子遍洒血河
灿若星辰的牛羊穿过火焰而成为火焰
他躺在鲜红的影子里
一遍又一遍地呼唤着守护的大鸟和原羊

请接受我壮丽的伤口的敦请
请拯救我无辜的族人
无辜的女人和孩子

从河源到析支再到松潘的风
栖于小草破土的五月上
静静地渗入倒映着群星的未来的花苞里
他仿佛看见一只白头鹰飞过霜降的八月
远处传来雪崩的巨响并且久久回荡
一只火焰的狐狸高挂中天
曾经泛滥的黄河淹没了太阳的女儿
一只白光四射的圣猴向东轻翔而去
留下天空燃烧之后的足印
一顶风声里黄昏的族帐

现在，埋格赤裸着草甸上布满的悲伤
像迷失于悬崖边缘一只悲伤的鸟
他倾听着雪一如倾听着逃亡之途呻吟的哀鸿
那是从故土飘来的土啊
一点一滴地落在他奄奄一息的希望里
他触摸着雪就像触摸着月光分娩的婴儿
他可爱的婴儿啊
从火焰到空气再到他火焰的肺腑

他从燃烧的血中站起
站成一个不再逃亡横扫一切罪恶的英雄
他没有远祖党项寒光闪闪的月翎
但有比鹰爪锋利的坚冰和傲骨
他没有冲向敌人的伙伴
但有无边无际的雪和牛羊的骨灰
他没有跨过太阳的白骁马
但有岩石上羽毛丰满的名字
那名字就是野利复仇
就是洗掉野利部族额头上刻满的仇恨
还有仇恨中逃亡的耻辱

他恍然如梦地从雪地上站起
扯过仅有的半块羊皮扎在腰间
风却扯过黎明前的黑暗穿过他的身体
穿过红桦树留下淅沥不止的疼痛
掩面的长发树成猎猎飘扬的旗帜
冰蓝色的风绕过一顶顶凋零的族帐
女人颤抖的歌声里泪滴滚动
在他的心上滚成一只只燃烧的羔羊

歌唱艺神奂羽的女人
把我从眩晕的血火中背出来的女人
吮吸我伤口里脓液的女人
请不要用泪水为我送行
请让我像太阳一样向西而去
去为我们的孩子和部族立成绝壁

与酒同醉

一朵白云，你嗅到的一股酒香
仿佛青藏高原的蓝天都飘向祭祀的火焰
朴素的气息与你荡漾的光辉一起滑翔
滑过颤动的树梢，你栖于酿酒人的白帐
一堆太阳的头骨于白高河边沉思着冬天
几只巨大的木桶芬芳缭绕如同往事
积雪山上的雪莲缓缓展开天使的翅翼
不眠的蜂群采撷着你心里小小的悸动
甜蜜与苦涩的旌旗开始寻找天空
高远如流放了江河的黎明
水的火焰匆匆陷入女人而充满爱情
青稞在皮绳紧箍的木桶上
升起一双透明的手
一片鸽子眼里的天空

酿酒人看见你隐现于房当氏的上空
漆黑的丽石山放射着一圈时间与空间的光轮
祭祀酒神卓尔思的烛台
一条柳枝从盛酒的髑髅里徐徐长出
摇荡着一股浑身微微泛红的旋风
他知道酒的灵魂已被吮吸
酒从躯体的沉醉中渐渐清醒
像一摊站不起来的水

他再次把水与火放进日子的花丛

让小鸟的羽毛在不断的凋谢中不断地盛开
于紧紧拥抱的黑夜里接纳酒神最初的气
让破碎的梦在一次又一次的酿造中
从静止的水到纯白的云再到敲打心灵的雨
让历史的火光从星星的草垛上
挺身而起如一尊目空一切的岩石
重获时间的童贞和空间的纯粹
重获自然的创造之力
重获新生与辉煌

你和那朵沉醉的云一起沉醉
在沉醉的风上放开穿透死亡的羌笛
你就是党项啊
就是青藏高原不落的旌旗与太阳
党项人永远祭拜的祖先和神灵
猴面人身的内心有着鹰的强悍羊的柔善人的原气
投身于寂静便是怒涛汹涌的海子
一朵浪花把复仇的月翎送到你的风上
白骁马的长嘶如流星划过
而谁浸泡于沉醉的酒中
和着你的笛声
唱着一首呕心沥血的歌

酿酒人是从不饮酒的党项人
他永远醉在酒飘舞的灵气里
只有酒才使他通体亮成一片鸟羽
在蓝天白云间自由不羁地飞翔
只有酒才使他酿造了酒
酿造了生命里真诚的生命
他望着挂满日月星辰的花草树木

从时间神伊司仄扔出的石头里
等待着任何一个木桶像马奶一样溢出
又让女孩返回含苞待放的春天
让黄昏的鸟飞向你纤尘不染的天国
或者让一个个封存着话语的陶罐走进各个部族
他就站在他阳光闪闪的伤口里
望着月亮在水中的又一次盈满

你看酿酒人的酒源源不断地流成江河
流向北去的黄河流进南下的白高河
党项人与事物对话的心扉被酒打开
鹿和水草都会唱出石头里的歌谣
无边无际的酒站成原始森林的火焰
飘舞的气息一如顶天立地的酒旗
党项人的额头上闪耀着神灵的光辉
数不清的太阳和酒一起跳着鹰旋之舞

你看啊，酒神卓尔思和艺神奂羽
已经莅临松潘星光灿烂的夜空
给酿酒人一个亮似水晶色如枫叶的壶罐
盛满了天地的乳汁、血液和骨髓
给盲女巫一个奇花异草编织的花冠
洒下一片返回天真和家园的歌舞

你看啊，七色的花朵在雪原上迎风怒放
怒放的花朵传出啾啾唧唧的乐声
翻飞的蜂群闪烁着酒滴的金黄
一朵朵白云披着风声游向山谷的童年
原始的诗一次次抒情地创造着自己
一如盲女巫创造着神与人之间的极木之树

你看啊，一个被雪飘醉的世界
一个填满距离和陌生而全新的天地
一个洁白如初酒香扑鼻诗味绵长的王国
那是雪地上洁白的毡帐
洁白的牛羊
洁白的女人
和月光

发丛如火焰

一

他的阿妹被他的朋友抢去
他不相信他的朋友骑着黑马驮走了阿妹

他从阿弟的眼睛里看见阿妹的泪
他把几只兔子扔在阿妈的沉默里
他走出兽皮的帐房一声怒吼
天，就整个地黑了
包括白云的碎片和风声

他蓬头垢面地走在夜里
走在他火焰的气息之上
狩猎的日子，他没有见到他的朋友
他射出的箭怎么也追不上野猪
野猪跑进斑头雁的翅膀里
碰到一只梅花鹿，他只是傻傻地站着
梅花鹿和他的阿妹一样美丽
一头苍狼向他步步逼近
猎鹰从他的肩头呼啸而去
后退几步，他落入自己挖掘的陷阱
在陷阱里，他想着不知去了哪里的朋友
直到残阳和兔子一起落下
好猎人不猎兔子
好猎人不能空手而归

二

他的阿妹被他的朋友抢去
他不相信他的朋友骑着黑马驮走了阿妹

他和他的朋友一起长大
放羊时，他俩和朝阳一起出栏
跟夕阳一起归来
谁有一块骨头都要分给对方
狩猎时，他俩遇到了狼群
便用石头把苍狼砸得嗷嗷直叫
穿着狼皮的他俩成了孪生的兄弟
吐蕃入侵时，他俩一个突围一个断后
保护着老人妇女和孩子们冲出敌阵
满身的伤口与鲜血闪耀着光芒
他俩放过的牛羊被吐蕃掠走
党项人的灵魂经历了一次火的洗礼
在一片灰烬上
他们重建家园
重升党项的旗帜
和旗帜上的太阳

他一直没有回家
望着一朵水淋淋的白云被风撕碎
手里的石斧渗出了汗水
他想着阿妹的万红月盈圆的那一天
让房当氏的酒把他浇透
他一直赤身裸体地走在灌木丛中
把黑红的血留在刺上
把被刺折断的刺留在肉里

他感到刺的疼痛
感到自己被刺折断被火焚烧被气窒息的疼痛

他是守护阿妹的刺啊
阿妹是他守护的花
他没有守住阿妹啊
阿妹还没有长大

三

他的阿妹被他的朋友抢去
他不相信他的朋友骑着黑马驮走了阿妹

他仿佛看见雪白而娇柔的阿妹
被他的朋友卫慕氏捆在一顶皮帐里
一滴滴泪水洒在湿湿的茅草上
在思念阿妈的喃喃声中醒来睡去
他是费听家族猎过金钱豹的男人
他发誓要杀了他的朋友为阿妹报仇
心里顿时蹿出一条喷火的蛇
他打不过他的朋友和朋友众多的兄弟
党项流传千年的习俗闪烁于鹰背
他请了邻族的妇女
请她们大吃一顿
请她们放火烧毁他的朋友的家

他的朋友不会与妇女争战
与妇女争战是不祥的事情
他的朋友也不能救火
救了火便是违背了神的旨意
他的朋友只能呆呆地看着

成群的牛羊从火中逃出
他的阿妹扑进他的怀里
邻族的妇女疯狂地舞蹈
十几座族帐于大火中
升起而又落下

这里没有报不了的仇
也没有忘不掉的仇人
他蓬头垢面走向他的朋友
在大火的旁边，他俩围石而跪
久久地凝视里充满了蓝天和草原
他的阿妹把一个髑髅放在裸石上
转身离去时脸上泛起一片羞涩
他俩刺破右臂让血与酒相融
右臂里涌动的是争战的血
饮下血酒，他的血就流在朋友的血中
朋友的血也流在他的血中
他俩又成了亲生的兄弟
他俩便没有了怨仇
他俩便大声发誓

如果背信弃义再复仇
全族男女秃发长癞疮
牛羊马猪鸡狗全死光
晚上睡觉毒蛇入帐房

四

他的阿妹被他的朋友抢去
他不相信他的朋友骑着黑马驮走了阿妹

他的猎鹰从乌云回到他的身边
青藏高原的雨来到松潘大地
来到升起而又落下的火焰上
来到他俩歃血盟誓的话语里
梳理了他的头发
洗净了他的脸庞和躯体
已结腹心同乳水
彼此发誓比命贵

他的阿妹跑出皮帐跑在雨中
那只美丽的梅花鹿仿佛还在望他
他的朋友卫慕氏躺在地上任雨敲打
任雨敲打的还有他俩相互融合的气息
费听氏从雨中站起一声长啸
党项的话语和雨一起飘洒

水洗的是万物
火洗的是万物的灵魂
而被水清洗的火
让火回到火中
让气回到气里
让光回到光中之光

西风卷孤叶

从高原到高原再到高原的风
追寻家园的苦难、苍凉和悲壮
吹响梦中惊醒的伤口
吹响天堂的一朵朵白雪
沿着黄河而迁徙的歌
翻滚的牛羊和女人闪耀着血色的荣光
被鹰驮向蓬勃向上的积雪山脉
驮向不落的太阳的旗帜

是谁再次背负着一颗星的光芒
怀抱着百合花开出的梦
飞翔于超越时间和空间的翅膀上
自黄河沿到黄河曲再到积雪山麓的枝头
从水草的私语中触到被风雨放牧的风雨
触到雪域高原的一滴血
一滴你所创造而遗忘而流浪的血
流浪的血注定了一个流浪的命运
命运的白骁马注定了一个灵魂永远的飞翔
永远地接近与神对话的沉默

在沉默中唤醒惊雷
夏日的雨洒遍大地的每一寸皮肤
你是大地上一棵高大的树
沐浴着想到阳光随即来临的阳光
一千多个年轮刻在你不屈的骨头和岩石里

那些猎牧、祭祀或者交媾的图画
忽隐忽现地飘舞于众人流淌的西天
根与源巨大的开拓一如种子顶起石头
光辉四溅地穿行于唐贞观三年之中

他在你淅淅沥沥的预示里穿行
身后的族人走在西风翻滚西风的上面
一枚枚叶子被雨漂泊并且敲打
他们沿着暴涨的黄河蜿蜒而行
心里装着被吐蕃焚毁的家园
他们向着太阳升起的地方而行
额头上深刻的仇恨和羞耻被长发覆盖
他们顺着拓跋宁从走过的路向传说的中原而行
铺天盖地的雨落在泥泞的疲惫里
他们是酋长细封步赖和他的族人
是你枝条上的一簇叶子
是离开根还能生根的叶子
是一个家到另一个家的叶子

他在这里成为被遗忘的一滴血
又在何处远离根和枝头而迷失于物质
生命的苍白顿失升到天堂的轻盈
和坠入地狱的沉重
被连绵不断的雨砸入泥土
于泥土深处寻找另一滴血
这是在未来世界的全部生活
荒远如一声柔弱的虫鸣

来自天境的雨
洒下白发掩面的无边无际的亮光

带来雨神足也尼叩响大地之树的回声
来自默鲁山谷的沧风
承载着你追寻家园的叶子
飘扬着你崇尚白色的旗帜
雨在风中穿行
从风中穿过的雨便回到了大地
回到了久别而温暖的家
风在雨中穿行
从雨中穿过的风依然是风
是诞生后就一点点死去的风
是永远浪迹天涯有家难回的风
而被雨敲打被风席卷的叶子
有的和雨一起渗入大地
有的和风一道飘向东方

他是党项的一滴血
在细封氏部族迁徙的风雨中
在不能生也不能死的孤独里
从泥土的深处找到白骁马的蹄印
找到回家的雨和雨冰凉的躯体
找到风脱落的羽毛与风声
只是没有找到另一滴血
另一滴血已经离开了大地
飞进一片飞翔里
一片越过飞翔的飞翔里

梦儿

啼哭

卫慕力石在皮帐的门口转来转去
转成当年那头落入陷阱的虎
一片铺天盖地的漆黑
像默鲁山的手一阵一阵地挤压着他
他满脸通红喘不过气来
被囚的眼球正在突围溢出鲜血
他双手捧着将要碎裂的心
嘴里含着羽翼渐丰的灵魂
在悬崖旁边等不下去的等待中
一个洪亮而清澈的声音
从结冰的空气里颤颤悠悠地穿过
如一缕春风抵达他尚有一息的躯体
他被神灵拯救
一跳而起
飞进星光灿烂的夜空
碰疼儿子的啼哭

酒罐

力石的朋友费听那都
迎着儿子的啼哭打马而来
牵来一匹比梦还白的小马驹
当年卫慕氏骑着黑马抢走费听氏的阿妹
费听氏请了邻族的妇女焚毁了卫慕氏的家
阿妹端来盛酒的髑髅

他俩饮下血酒又成了亲生的兄弟
又在一起放牧狩猎抗击吐蕃
几十年后，两个家族再续姻缘
那都十五岁的阿妹费听毛卓
成了力石帐里的女人
毛卓的儿子成了卫慕家族的小王子
成了他们头顶上不落的万红月
那都亲了外甥的额头
被房当氏的酒泡了一夜
被拶铁马驮进了太阳
驮进了太阳的酒罐里

命名

当儿子还没有出生时
他们就找遍了众人的话语
始终找不到一两个合适的音调
直到儿子诞生于四月
四月是山青水绿百花盛开梦想绵绵的季节
毛卓的阿妈从梦草甸匆匆赶来
梦草甸是毛卓生长的地方
她们还未见面就想到了一起
想到的都是梦的声音
梦儿就成了儿子的名字
叫一声卫慕梦儿
恰好叫着力石的一个梦
一个水草丰美牛羊遍野族帐灿灿的梦
一个被党项创造又延续党项的梦

酣睡

毛卓织不成毡走不动路了

儿子便提前来到了月光高原
盲女巫说二十八日是中原的年历
这一天，对儿子的一生都有了意义
他跑进皮帐看见儿子睁着黑亮的眼睛
看着袅袅萦绕的酥油灯
儿子饥饿的时候
花瓣一样的小嘴就咂吧个不停
轻轻地哼哼几声
吃饱了就跟自己玩上一小会儿
微微地笑上几下
便香香甜甜地睡了
睡成黄河之曲的一块白石头
雪域高原的一朵紫莲花
茫茫夜空的一弯月牙儿

期待

盲女巫告诉他
他的女人毛卓生了个男孩
轻得像只白天鹅
最重要的是她们母女平安无事
他爬出渐浓渐重的夜色的陷阱
长长地出了一口气
把心和灵魂放回原来的地方
把地上的篝火拨旺
把儿子放在他和毛卓的中间
家里有了神赐的小天使
连日来他一直恍然如梦
看一看儿子纯白的脸
一脸的稚气与透明
摸一摸儿子小小的手

羽毛一样柳芽一般的皮肤
仿佛让他触到最原始的语言
那是生命的素朴和童贞
是记忆中遥远的感觉
是对儿子的殷殷期待
期待儿子梦一样地成长
梦一样地叫一声阿妈之后
叫他一声阿爸

做梦

族里的大事是他有了儿子
儿子的大事是不舍昼夜地睡觉
有时猛然惊醒
双手抱着自己的小脑袋
两条小腿胡乱地蹬着
仿佛要蹬掉身上的夏天
然后皱几下眉头
打一个长长的哈欠
伸一两个懒懒的腰
又坦坦荡荡地睡去
毛卓说儿子刚刚做了一个梦
他想儿子的眼睛是雨后的蓝天
儿子的梦该是雨后的彩虹吧

安静

当儿子啼哭的时候
他就把儿子抱到帐外
儿子立刻安静下来
看吹羊角号的大公鸡
摸小羊羔摇晃的头

把小手放到牧羊犬的舌尖上
儿子最爱看角上栖着小鸟的梅花鹿
在湖边饮水
还有湖里飘荡的白云和蓝天
儿子好像有一点沉思的样子
儿子与大自然最亲近了
儿子本身就是一个小自然呀

说话

族里的事情太多
他把儿子放到摇篮里
一壶牛奶没有烧开
儿子已大声地喊开了
他放下手里的活陪儿子说话
给儿子唱白鹤飞呀飞的儿歌
儿子也咿咿呀呀地说着
哼出一两句嗯啊嗯啊的长调
其实儿子感到了孤独
只是不会说话
如同他心里的诗
却找不到表达的语言
一种最单纯的语言
只传递一声啼哭
或者欢笑的语言

戏水

把儿子放进水里
就是把鱼放进了大海
儿子用小手拍着水
蹬着小腿儿游着泳

儿子喜欢在水里睁大水汪汪的眼睛
他喜欢看儿子跟水玩耍
洗不洗儿子的小身子
儿子的身上都散发着乳香
那是不染纤尘的芬芳
是淳朴自然的气息和光泽

哭笑

去了一趟吐谷浑
他无法带回青海湖里的蓝天
还有火辣辣的阳光与歌谣
只给儿子带回一串玛瑙手链
把手链戴在儿子的手上
只见一朵白云采摘了红樱桃
他看着吃手的儿子
儿子一脸惊讶地望着他
小嘴一撇想要哭泣
他说梦儿乖
梦儿不哭
抱儿子去照喜欢照的铜镜
儿子一咧嘴又笑得很甜
他看见铜镜里的自己
还给儿子带回了吐谷浑的黑土地
和青青的草原

情结

他们跨上枣红马
牵上阿舅送给儿子的小马驹
从卫慕族帐奔向百里之遥的梦草甸
驰向黄河岸边阿姥的家

他和毛卓在马背的摇篮里
在童年的边缘连绵起伏
儿子却在毛卓的摇篮里
静静地望着远处的风景
儿子的眼里有一条线
两头是情的结
儿子从一个家挪到另一个家
中间是人生的流浪

欢聚

来到阿姥的族帐
儿子的脸上百合花盛开
阿姥的脸上一片阳光和雨露
儿子扑进阿姥的怀里
把脸蹭在阿姥的脸上
阿姥爷喊着儿子的名字
梦儿回来啦
梦儿长大喽
放羊归来的小阿姐
硬从大阿姨的怀里抱走了儿子
他和费听部落的亲人聚在一起
频频端起盛酒的陶罐
饮下的便是一家灯火
一大族人在一起就是节日
可他们离开了家
把家含在眼里去看世界

复仇

吐蕃再次进犯松茂的消息
自西而东地在一支支飞箭上传递
飞箭在信使的背上闪耀着血红的光芒
信使在奔驰的马上汗水淋淋
奔马在萧萧的风上喷吐着夏日的火焰
你的气息载着复仇的种子
回荡于党项各部的每一面旗幡
老人妇女孩子赶着牛羊渡过黄河
高原的英雄们骑着骏马
从四面八方拥向丽石山麓

丽石山曾是一块相跪而拥吻的石头
是一座牧羊女和放牛郎爱情的化身
是一种党项人拒绝羞辱的生命本源的力
丽石山曾经隔开了千里之外追杀而来的吐蕃
野利氏族人在山下跪成一片水草
在秘密传承的牧歌里向你膜拜
你看成千上万的吐蕃人
正从陡峻如削绵亘千里高不可攀的丽石山之南缘
向松茂地区猛扑而来

颇超敦是众多信使中的一位
像当年猎过金钱豹的费听氏一样
蓬头垢面骣骑马上
他发誓要杀了偷走他十六头白牦牛的仇人

不像费听氏那样请妇女到仇家放火
他有能力复仇并夺回可爱的白牦牛
只是仇人的阿妈不幸去世
他便在一片巨大的甲叶上
刻下仇人的头骨和十六头纯白的牦牛
不分清醒和睡眠地背在身上
他等待仇人阿妈的祭期过后
可吐蕃又来进犯他们水草丰美的家园
他只好向他的仇家打马而去
他要把十万火急的飞箭传给仇人
他要和仇人一起出征
一起抗击吐蕃

眨眼间，党项各部的人马
点集于丽石山南缘牧羊女的脚上
以拓跋多多为核心布出了猛虎下山的阵势
这种点集的神速是你划过的闪电和雷鸣
被羞辱的党项不会有两个脸面
已死去的英雄不会有两条生命
那首天上的月亮把脸藏的牧歌
又在山上山下来回飘扬
驰骋高原的英雄们抬头凝望
阿妹的毡房又在心头燃烧

金色的天空灵魂飞舞
大鸟穿过寂静的呼吸的森林
擗算的竹条舞起盲女巫的手
原羊站在阵前如一把石头的弯刀
夕阳的眼睛和七月的骏马
生命的翅膀和空气的牧鞭

火焰的弓箭和紫莲花的脸
无边无际的等待里填满了风暴的鼓
和人皮大鼓上骤起的风暴
以及盲女巫风暴中的祈祷

党项的大酋长拓跋多多
党项的英雄好汉
党项的一草一木
现在请跟我一起祷告吧
我们和汉人和吐蕃是同一个阿妈
像白高河黄河雅鲁藏布江那样流淌
可吐蕃屡次杀戮我们的英雄
掠抢我们的女人和牛羊
强占我们的草场
焚毁我们的家园
我们众多的部族已经迁徙到了中原
我们不为众多死去的族人复仇
将是我们党项部族永远的耻辱

现在请跟我一起祷告吧
祈求狮首人身的复仇女神妙无赤乎
展开她十八只可长可短的手
祈求风神更且菲从东方升起
卷起一股横空出世的劲风
祈求雨神足也尼从天而降
倾泻一场冲洗鲜血和罪恶的山洪
然后，让我们的英雄
跨过刀箭
跨过鲜血
跨过死亡

颇超敦死了。他巨大的甲叶被箭穿透
甲叶上的头骨被箭穿透
甲叶上的十六头白牦牛被箭穿透
甲叶碎在喊杀声中
颇超敦死了。他死在仇人的怀里
一滴泪水从眼角滚落
那滴泪水是他最后的一口气
那里包含着所有的仇恨与谅解
包含着所有的依恋与挣扎
包含着他整个的自己与世界

颇超敦从丽石山上滚落下来
党项人和吐蕃人也从丽石山上滚落下来
他们拥抱在一起滚落下来
犹如殉情的恋人
而丽石山的鲜血流进黄河
丽石山的躯体回到泥土
丽石山的灵魂穿过大地
在火中疾首起舞

狩猎冬天

你的子民和太阳一起醒来
一起走出漆黑的疲惫的帐房
青藏高原又是一野漫无际涯的雪白
白得令人仰望天堂里舞蹈的光中之光

这是一场从丽石山顶飘来的雪
背负着山上大片大片的血迹
种植于每一个党项人气息如兰的梦幻里
阿妹的牧歌里牛羊匝地如火蔓延

这是一场从复仇的七月飘来的雪
用宁静的手抚平紫莲花的创痕
雪中的一点一滴的绿色
显示着翔鹰的孤独于朵云之间

这是一场死中复活的雪
一声又一声祭山的长啸
裸露着盲女巫飞舞的青春
和命运的白骁马守默而放纵的力

你躺在人们看不见的雪上
想着成为那颗最壮丽的星座的玛雪
想着被黄河淹没而变成火狐的董拉
想着在雪崩中飞成白头鹰的董部酋长
还有守护的一闪即逝的原羊和大鸟

树梢上的积雪
哗哗而落

用雪做成狮狼虎豹熊狐獐鹿
做出它们纯洁的灵魂
把它们纯洁的灵魂献给神灵
请神灵把它们的肉体赐给众人
庄严肃穆的祭祀和敦请之后
山神玄灵比和狩猎神嵬子朔显现如水中之月

盲女巫把永远年轻丰满美丽的裸体埋进雪里
让雪充实她每一处灿烂的虚空
让雪成为她具有神性符号的生命
让雪升起她而接近天堂和纯粹的语言
盲女巫被她创造的雪掩埋着
一群被围猎的藏羚从她身上滚过
一只马蹄在她身上轻轻一点
她看见你骑着白骁马伫立于积雪山顶
望着盘羊角上的云
和梅花鹿身上令人落泪的花

他们在坦荡如婴儿熟睡的雪原上
放上自己的脚奔马的蹄和猎犬的爪
追逐幼鹿的孩子踩碎雪的孩子
随风飘扬的是雪最后的啼哭

他们把大自然的天籁撕成碎片
扔出石头掷出刀枪射出木箭
比天国还要平静的雪原
顿时流出藏羚的血马鹿的血以及食肉兽的血

他们扛着猎物和夕阳满载而归
留下狼藉遍野千孔百疮热血横流的雪原
越过冬日的风躲进乌云
躲进乌云堆起的乌云里
让雪在怀中孕育

雪背负过丽石山英雄的血迹
谁来背负这片雪原流出的血
你从积雪山顶飞马而来
洒下一路纷纷扬扬的泪水
盲女巫还在另一片未被污染的雪中
努力完成一个雪阿妹的高扬与幻化

鹰，一只又一只长鸣的鹰
在受伤的雪原上来回盘旋
盘旋成铺天盖地的雪
一片纯白

拓跋多多

拓跋多多仿佛立于丽石山牧羊女的脚上
还在拉着先祖拓跋达措的神臂弓
准备把烤上闪电的箭射向妖魔克虏
那是曾经从吐谷浑公主的影子里流出的水
随即飞成一只蝙蝠的克虏
是被射落后滴着血液种向草原的牙
缘于渗入草原的英雄之血而复活
成为隐藏于草丛中的嗜血之王
已把另一颗长牙喷进他的胸膛
复仇女神妙无赤乎从天而降
拓跋英雄扑下石山

你跣足于时间之河逆流而上
抵达用草木记岁的历史之峡谷
为多多进行一次滴血的凭吊
他曾在祖传的积雪山的极顶
倾听党项金子的话语穿透穹宇
一个盛酒的髑髅一把黑铁的弯刀一面人皮的大鼓
静静地让风的小女儿吹出笛声
他曾在广袤无垠的松潘草原上
眺望白高河边白石上的白石
神圣的祭坛上一圈圈紫烟袅袅升起
紫烟里的梦开出一朵透明的花
那是朴素的灵魂的家园啊
在今天与昨日雄鹰的翱翔下面

那棵高原哺育的大树
依旧像祖先坚守着白高河一样坚守着雪山
他曾在保卫草场的点集中荣光四溅
溅到英雄和战马的眼睛里
长矛箭镞和月牙弯刀一片血红
滚落的石头里传来当年苍狼的嗥叫
天空和夜色的伤口上风起云涌
他平静得如同大地，一任飘雪覆盖

他已成为白高河源红石峡的一部分
成为俯视松茂高原一颗流泪的星
他把随身携带的羌刀留给拓跋赤辞
子孙们射落的星星
从他不透一丝气息的石门之前悄悄流过
他把战神曲巴可赐予的神臂弓留给西风
让党项人永远铭记他悲壮的站立
神圣不可侵犯的岩石昭示着又一个黎明
他把一种精神留在丽石山的太阳里
大鸟的羽毛射出火焰的箭
原羊的角上一片刀光剑影
他把比生命更珍贵的梦留在党项的旗帜上
远离大树的枝叶的泪水濡湿背影
频频回首的牛羊与黄昏对视

他为部族留下顶天立地的英雄
留下紫莲花一样娇美的生命的摇篮
留下多如冰草灿若星辰美似白日的牛羊和骏马
他只带走一个部族的耻辱
一个兄弟被一个兄弟掠杀的耻辱
一个兄弟被另一个兄弟劝降的耻辱

他在诗与传说之间被酒打倒
又从滴血的影子里挺直脊梁
继续触摸婴儿的第一声啼哭
触摸火上燃烧的土
土上流过的水
水上萦绕的气
气上升起的光
还有自己上的自己
他好像还在牧羊女的牧歌中
拉弓射箭的双脚深深陷入石山
他骑过的驵骏马嘶鸣不绝
一弯月亮于山顶上淅沥着房当氏的酒
呼唤酋长和阿爸的风声渐渐东去
与拓跋部有着婚姻关系的吐谷浑已被唐军击溃
党项酋长拓跋赤辞于贞观九年率众附唐
被封为西戎州都督并赐李姓

现在，他成千上万的子民
背负着青藏高原所有积雪的山
和山上的每一声鸟鸣
沿着来自雪山的黄河阿妈
向着太阳升起的地方走去
像党项人的始祖董拉那样
漂流于大地的双乳之间
如阿妈看见孩子那样
早已忘掉生产时的剧痛
有部族的分离便有部族的融合
有巨大的耻辱便有巨大的抗争
有精神的坚守便有精神的家园

白牦牛

谁都不愿离开赖以生存的松潘草原
这里有嫩绿茂盛的水草和漫山遍野的牛羊
有伸手可触的白云和比他女儿眼睛更蓝的天穹
有终年积雪的神山和倒映神山的圣湖
尤其是雪山顶上娇美的紫莲花
那是他们崇拜的神啊
在他们的灵魂里芬芳如初
如一个无法接近而努力接近的梦想

谁都不愿被强大的吐蕃奴役或者屠杀
明天的黎明便是他们别无选择的选择
他们将向中原的庆州迁徙
他们将是最后一批离开松茂的房当氏族人
他们将向无法带走的大地和天空
长长地哭别
长长地膜拜
长长地叩首

夜如狼群
房当木勒在深渊的边缘
听见帐外的白牦牛反刍着月光
白牦牛，全身白得纯粹的白牦牛
今夜和他一样无法入眠
它静静地卧在逝去的岁月上面
沐霜的身躯比霜还白

白牦牛两眼放射着星光的白牦牛
此刻有晶亮的泪滴从眼角滚落
一滴泪水滚落另一滴泪水

他的女儿被泪水惊醒
白牦牛，温顺老实聪明的白牦牛
它仿佛听见另一头白牦牛的召唤
声声哞叫如雷电的皮鞭抽在身上
它好像想起一段浪漫的往事
分不清怎样是反刍怎样是回味
只是痴痴地望着东方的亮光
想从亮光里看见那头白牦牛的眼睛
哪怕是轻轻地
甩一下尾巴

一夜之间
比女儿大一岁的白牦牛
苍老得没有了健康的血色
女儿抱着白牦牛的头哭了半夜
把最后的夜色哭成一泓晨光闪烁的水
白牦牛只是默默地望着女儿
不时地用舌头舔舔女儿的手
或者用干裂的嘴唇把女儿推开
任凭女儿怎样拉它起来
它依然卧如生根的磐石
白牦牛是他女儿最好的朋友
女儿喂给它的是干草
它喂给女儿的是乳汁
他没有办法分开女儿和白牦牛啊
女儿的阿妈被吐蕃抢去

白牦牛就是女儿的阿妈

众人赶着牛羊驮着毡帐低着脑袋
尾随西平王拓跋守寂扶老携幼地从他面前走过
向东几十里地逶迤而去
这是一次空前的民族大迁徙啊
从松州到庆州
从唐开元元年便开始了迁徙
为保存他们的树根的力
为部落的生存创造大地的屹立
木勒把六岁的女儿抱上马背
为女儿的白牦牛磕了一个长长的头
他倏然从白牦牛的眼睛里
看见一滴清澈的泪水
那里有燃烧的火焰和四射的金光

女栅

一

十六的月亮在泾河上洒下一片岩画
骨勒布云来到河边吐绿的小树林
等待迁徙时他背着涉过渭水的女孩
他背上的温馨早已渗入骨髓
女孩的莞尔一笑却一直盛开于眼前
昨天，他又见到唱着情歌的女孩
女孩把羊群放进汉人的冬麦地
仿佛回到了青藏高原的冰草丛中
他把女孩的羊群赶到河边
女孩坐在地上嘤嘤哭泣
嗔怪地打了他小小的一拳头
他就和女孩一起放羊
任羊啃食他们心里萌芽的草

女孩和神秘的风一道而来
扑进他的怀里像一只迷途的羔羊
他送给女孩一头猎获的野猪
女孩送给他一把月牙形的羌刀
他轻抚着女孩流淌月光的长发
女孩坐在他的腿上溢出缕缕酒香
他说了一些黑夜的话
女孩脸上的火焰烧透全身
他的嘴唇被女孩堵住
女孩的嘴唇被他留下

布云和女孩缓缓倒下
倒在河水哗哗的草地上
美丽的月光
轻轻打在他们美丽的身上

二

布云和女孩已经成为一人
他们的相约里星光灿烂
他们的躯体和灵魂
一只烧制的彩色陶罐
盛满了燃烧的血红色的酒
布云和女孩已经无法分开
分别里的女孩泪水绵绵
阿爸阿妈陪着女孩一起憔悴
还有越来越瘦越来越少的羊只
布云在刻骨铭心的疼痛里翻来滚去
用从不离身的羌刀在身上划开一道道口子
然后才能平静地看血流动
让血把心碎的他
载到心碎的女孩的身边

这是泪洒黄土高原的一日
桃花盛开的鸟翼上有风小憩
他握着女孩的小拳头
来到像积雪山一样的陇山
女孩想着那首没藏氏的牧歌
想着牧羊女和放牛郎化成的日月石
觉得自己也是一块岩石
在山间一块岩石的上面
布云和女孩默默地并肩而躺

静如止水地望着伸手可摘的飘云
还有偶尔飞过的一两只小鸟

他们也想飞起来
飞成一只鸟
一只无法分离的鸟
一只飞向天空的鸟
一只回到故乡的鸟

三

女孩的亲人跋山涉水地找到他们
女孩的亲人没有哭泣
女孩的亲人觉得这是男女之间的乐事
女孩的亲人知道布云和女孩飞成了一只鸟
只留下一幅岩画

画上的他们一丝不挂
光明磊落得像做梦的婴孩
一只手拉着另一只手
相互的手拉着脖间的绅带
最后的力量穿透岩石
生命的河水在峡谷中汹涌奔流
线条较粗的躯体勾勒出一片安详
满足的笑意荡漾于逼真的脸庞
咽喉处的勒痕艳如紫莲
头顶上的太阳洒下沁人肺腑的花瓣
脚边的岩石上有青青的草随风摇曳
他们好像在跳古老的连臂舞
又好像在学比翼鸟的飞翔
或者他们仅仅在岩石上躺着

永远地躺着

女孩的亲人找到布云的亲人
把女孩的羊群赶到和市
换回五颜六色的丝绸
布云的亲人请来巫师
牵来高大强壮的牛
在陇山山腰的那块岩石上
他们的阿妈为布云和女孩梳理了长发
用彩绸把他们小心翼翼地包在一起
并且裹上一层过冬的毡
他们的阿爸把牛的四蹄捆住
用木棒把牛击毙
用干草把牛缠绕
密密麻麻地缠绕

这一切都在巫师念念有词的仪式中
行进如太阳的冉冉升起
从劈开的竹条的数目里
巫师找到一处吉祥缭绕的峻岭
他们的亲人扛来枯树与枝条
架设了一座一丈多高的木栅
把他们放在木栅上面
把牛放在他们的下面
把火放在牛的眼睛里

阿妈哪，我已长了胡子
你知道我已有了男人的样子
阿爸哪，我已梳了发髻
你知道我已有了女人的美丽

四

这是漫天飞舞的党项民歌
仿佛是布云和女孩在尽情吟唱
这是天下一场罕见的大火
火上的滚滚浓烟直冲霄汉
徘徊的或者盘旋的或者舞蹈的灵魂
都在这场穿越泥土和岩石的大火中
历经一次永不熄灭的洗礼
鼓声响起
响亮的鼓声随着大火上升
并且传向党项人的族族帐帐
他们的亲人在陇山的峻岭上
喝着房当氏的酒
酒在他们亲人的心中熊熊燃烧
他们的亲人在大火的周围
唱起颂歌跳起连臂之舞
像一只只展翅欲飞的鸟
唯有巫师在等待月亮的升起

升起的月亮已不是十六的月亮
十六的月亮落在布云和女孩的故事里
现在的月亮里有一位左手握凿右手抡锤的人
刻着永远凿刻不完的岩画
传说那人就是骨勒布云
而被他凿刻的岩画
就是和他一起飞天的女孩

碰断翅膀的水

一

雨，在雨声里飞翔
雨声是一片片冰凉的鸟鸣
是天地之间一种沉默已久的放歌
云土之间一个流徙尽头的卜居
雨，从天堂飞到人间
小小的翅膀一个个被大地碰断
溅起无边无际的鲜血的碎片
雨，哭泣着流成小溪
渗入草木的根是想返回故乡
雨，漫山遍野地奔跑寻找另外的雨
两岸的牛羊成了雨盛开的野花
雨，被水卷入江河
河上漂流着被弃的帐篷和陶罐
无形的雨有了河的形状
裸体的雨穿上了岸的皮衣
纯净的雨被万物的躯体一点一点地污染
雨，在浑浊中下沉自己
让不再纯净的雨涌向地狱
在地狱的烈火中再获纯净

你是被折断翅膀的天使
你复活之后长出一双雨的翅膀
你俯视着一河从高原到中原的水
彤红的灵魂之光烛照着找寻黄河的目光

纯白的精神之气回旋于水上升起的风
天蓝色的心之水流进血液
生命的黄色之土捧起一朵朵跋涉的足迹
肉体的黑色之火打开地狱里的哭声
你飘扬的旗帜指向大漠边缘的草地
那位把夜色哭成一泓水的女孩藏在水底
白牦牛的哞叫穿透逝去的岁月
陇山山腰的那幅岩画回荡着水的鸣叫
十六的月亮把水洒在火上
青藏高原红光四溅

如果世界洪水泛滥
躯体就会漂向远方，无法回到故乡

二

雪是水最美丽的花，为受伤的心而飞翔
为死去的心而落在雪的身上
雪的花瓣被飞舞的灰尘碰落
静静地躺在山顶遥望云里飞翔的雪
倾听心里流动的水
期待轻风拂掉身上的征尘
雪却在砸醒大地的石头下
在小草破土的春天，在扶起小草的水里
被水大片大片地覆盖
雪断断续续地哭出了水的声音
和水一道肩负起浣洗世界的使命
浣洗一个个肮脏的躯体
一把把滴血的刀剑

党项水神花处临居住过的兰湖

是你一湖永远透明的水
把任何事物放进湖里
都会变成初临大地的月光
让尘封已久的车轮回到遥远的历史
回到赤鱼浮出水面的幽静
从污浊回到清澈的兰湖
被你的光辉穿透水的蝉羽
布满花纹的石头如土紧抱的灵魂
寻找兰湖或者被自己寻找
月光反刍的声音来自奔跑的露珠
一朵娇美的紫莲花芳芬于高原的雾里
那该是让女人回到女孩的兰湖吧
是抚平所有伤口的圣水
让一切返回原初的灵气
在盲女巫的祈祷中飞奔而至
与你的心一起波涛

如果世界的水被污染
心就会渐渐干枯，无家可归

三

冰是被冻僵的水
一群白牦牛静卧于白雪皑皑的山顶
虔诚地接受阳光和风的雕塑
一旦站起便会染绿所有的草地
冰是冬眠的火焰
内心珍藏着火神艾旦丙的秀发
让阳光从冰块中穿过
羊毛就会将枯草点燃
冰是水做梦的石头

一如盛酒之髑髅照耀着姗姗而来的新娘
时间神伊司仄一跃而起，石头的泪水
倾盆而下，传说的冰融化成水
诗的水升华为传说

传说源头的孪生湖，大地神性的眼睛
是你复活的两颗蓝色的玛瑙
是你讲述的史诗出发的地方
孪生湖的水永远仰望着天堂
面对孪生湖便能看见自己的灵魂
水面上的波纹闪烁着一生的预示
水底的涛声诉说着来世的路途
从孪生湖里流出的水始终向着大海
象征着生命过程的全部

从天堂到高山再到人间
从人间到低谷再到地狱
从一尘不染到红尘滚滚
从生命的完整到失去纯贞、青春和健康
光洁的身体渐渐被土浸透
心和水一样在伤痕累累中流进荒凉
自由的灵魂一层层被欲望束缚
成为无法被水洗净的水
被永远向下的水带入地狱，经受火的濯洗
化成清风而升向天堂或者永远沉沦

如果世界没有水
灵魂就下不了地狱，更回不到天堂

问询一棵生命的树

一

往利非乘着黄河的浪花逆流而上
积雪山脉布满滴血的蹄印
一两声乌啼悲戚而且茫远
白高河消瘦地穿越着消瘦的析支
吐蕃放牧着他们天堂里的牛羊
骑着他们的骏马砍伐着东南西北
长河，涌动着鲜血和乳汁的黄河
你在哪里
大树，开满梦想和生命的极木
你在何处

你是大地上一棵高大的树
沐浴着想到阳光随即而来的阳光
越过四肢强健膀阔腰圆的默鲁山
深入乳房滚圆臀部肥大的孪生湖
贯穿天堂天境人间地界地狱的生命树
被幸福的蜜蜂和痛苦的苍蝇围绕
触聚又离翔的枝条长弯了枝条

你的树上生长着各种各样的树
有松柏楠杉也有桃李桑杏
有杨柳榆槐也有桂檀梓桐
每一棵树都是伸向天空的男人
男人的手创造着丰满的大地

你的树上养育着大大小小的树
有的茂密苍翠有的枝叶稀疏
有的刚刚吐出新绿有的仅剩几枚黄叶
每一棵树都历经着春秋与冬夏
历经着从追寻到创建到焚毁再到追寻的家园
如同树神乞布罗罗的血液
从最深的根涌向最高的枝头
每一棵树上都有白鸟栖息
最远的东枝上栖息着最多的鸟
其他的枝条上栖息着被缚的鸟
冰冷的地面上栖息着死去的鸟

二

往利非仿佛看见你
看见你挺拔于他紧闭的眼睛里
众多缤纷的芳香妖艳的花朵
打疼他目光空旋的宇宙
争战的暴风雨将花打落
疾病的暴风雪使花萎缩
一枚绿叶的男孩移向花内的女孩
眠雪的寒梅，戏水的桃花
拈露的丁香，含羞的百合
流焰的牡丹，栖风的夏荷
溢彩的扶桑，醉雨的金菊
弄影的秋兰，吐芳的雪莲

每一朵花都是你最朴素的语言
或者含苞或者盛开或者凋零
都在你的树上呈现出一种境界
每一朵花都是女人的另一种生命

一种被欣赏被赞扬被崇拜的美
花里开出的花则是女人心上的花
清纯如花神
娇美似紫莲

三

往利非该怎样描述他看到的景象
该怎样把梦的果实捧给十六的月亮
你的树上长满了树和花朵
还有各种各样的草
吱吱呀呀的叫声透出一派天真和浪漫
不管是冰草还是蒿草
不管是狗尾草还是雁子草
还有很多你尚未命名的草
都是你生命之树的一部分
每一种草都是飞翔或奔驰或游弋的动物
有鱼和食鱼的黑颈鹤
有身上开满野花的鹿与金钱豹
更多的是难以分辨的牛羊马猪
由青到黄再由黄到青的草
甘愿为了被吃掉而茁壮成长
而开着小白花的蓍草
是草最美丽的神
是你一瓣开花的灵魂
是他梦中独奏的心事

往利非背负着寄居的岁月和泪水
和一个爱做梦的部族的叮嘱
久久独行于白雪灿灿的青藏高原
蓝天白云依旧伸手可触

而无法触及的还是那棵语言的树
童年的栅栏，拴马的篝火
星星的祭坛，髑髅的颂歌
岩石的鼓声，珍珠的闪电
饮水的车轮，太阳的马奶
冰草的旗帜，掩面的苍鹰
原气的羌盐，影子的陶罐
仿佛一个梦在另一个梦中碎裂
只有卜居于白骨里的箭
流徙于枯草上的风

花开的忘却

在飘荡着雀鸣和黄昏的小径上
在对陇山之巅飘雪的万般期待中
在米擒尔丹思念阳光高原的一草一木的时刻
尔丹拉起她不敢伸出的小手
走进骨勒布云和女孩的那片小树林
小树林依旧倾听着泾河的水声
布云和女孩却在十六的月亮里
凿刻着永远凿刻不完的岩画

就让尔丹用青铜色的峭壁挡住来风
把今日的最后一缕夕阳给她留下
尔丹讲着黄河泛滥时淹没董拉的故事
仿佛有一只火焰的狐飞过头顶

她展开蓝玛瑙的梦
一直向黄河源头的玛多飞去
她说她看见了一群河边饮水的白牦牛
几只静静吃草的梅花鹿
还有疯歌狂舞的盲女巫
她就这样坐在尔丹的腿上
双手托着很古典的腮颊望着尔丹

望入林的归鸟
望夜的栅栏笼罩八荒
望得幼小的星星探头探脑

一个个躲到她瘦小的背后
她摘了一朵小黄花插于鬓角
要尔丹当她的小毛驴，明天驮她回娘家

尔丹的女人是汉人，她青杏子的眼睛
总是含着尔丹最想看而躲躲闪闪的娇羞
她红樱桃的芳唇
只把甜蜜和温馨留在尔丹无眠的枕畔
她善良宽容慈爱的心
常常让尔丹想起被吐蕃杀害的阿妈
尔丹要保护她像保护自己的眼睛
尔丹要永远爱她如爱自己

他俩向她家走去
为她赶着运送粮草的三套马车
她一侧脸偷偷笑成一朵桃花
尔丹的脸颊飞起雨后的彩虹
感到她的呼吸散发着雪的温暖与清香
她落在路上的湖蓝色的目光
倒映出尔丹心里的一串串涟漪
他们沉浸于无声的话语中
马蹄并排着马蹄
马车上的她和甩着响鞭的尔丹
仿佛在轻轻地跳，缓缓地舞

尔丹的女人还在娘家
尔丹在黄昏漫过陇山的时刻等她回来
重温那份甜蜜和激动
今天是最后的一个冬日，中原西边的这个村寨
雪，始终没有来过

尔丹这个被雪遗忘的孩子
一直病在青藏高原的那朵雪花里
拥着这片无望的残冬
以树的方式回望秋水，用刻骨铭心的期盼
为她铺就一路的缤纷和金黄

从阵阵凄风中
尔丹竭力捕捉那缕特别的芬芳
仿佛每一朵鲜花都是她
都在治疗尔丹的疼痛
可新的伤口无比优美地盛开又被她移到心上
尔丹颤抖着手把立春的钟声关于门外
幸福地倒在等待里面，紧贴无泪的大地
聆听她亲切动人的脚步，踏雪而至

尔丹的女人真的踏着春雪而来
面对比党项女人温柔的她
面对绕过陇山的泾河水
面对患有心病的自己
尔丹从遥远的回忆中渐渐走出
将积雪山花开的季节还给积雪山的冬天
让残酷的遗忘促使他向前
向着崭新的世界大步迈进

迈进广阔而深厚的泥土
像汉人一样背负太阳面朝黄土
辛勤地耕耘、播种和锄草
让麦子在她的纺织声中
在她自编自唱的歌谣里
大片大片地金黄

流向黄河

你是他们高高举起的旗帜
从草甸到麦田再到荒漠的飘扬
黎明在一片犬吠中露出脸色的苍白
你是他们头顶飞翔的雄鹰
从刚刚熟稔的庆州到沙枣树苦涩的银夏
没有路的路边留下哭泣的石头和灰烬
你是他们支撑生命的精神
盲女巫潺潺流淌的故事牵着孩子们的目光
几只羯羊在贫困的走动中沉沉睡去
你是他们永不沉落的太阳
从一个飘雪的春天到另一个无雪的寒冬
飞沙走石的狂风卷起部族的新婚之夜
你是他们白光四溅的圣猴
从疲惫不堪的篝火到咀嚼草根的马
饥饿和疾病于赤裸的树上窃窃私语
你是他们历经火浴的灵魂
千里跋涉的大树远离了蓝天和泥土
远离了被雪掩埋的青藏高原的根
放纵是对源的守默
离翔是为了根的触聚
流徙是另一种方式的卜居
前面是梦里生长的水草
后面是穷追不舍的箭镞

又见黄河

又见始祖董拉见到的黄河
蜿蜒曲折勇往直前的精神之力
荡漾着乳汁和鲜血的生命之源
又闻一声混沌如初的巨响
一河打开远祖党项和玛雪心中水声的水声
那是黄河的水声啊
是水草丰美牛羊遍布河滩的亲切
是骏马奔驰一浪席卷一浪的壮丽
是女人生产族帐连着族帐的繁盛
唐广德二年
党项大首领拓跋朝光率领平夏部落跪在岸边
一任激动的泪水湿透苦难
永远年轻丰满美丽的盲女巫
唱起紫烟缭绕的颂歌
舞起赤身裸体的河水
只剩一口气息的族人和牛羊
不顾一切地涌向黄河
成为汹涌向前的黄河
奔向大海的黄河

你是大地上一棵高大的树
从玛多的黄河沿到析支的黄河曲
再到银夏的黄河岸
永远接受党项人景仰的大树
从黄河里举起你驰骋高原的英雄
举起你美如白日的女人和漫天星斗

你把被拽断的根扎进大地
在深厚的黄土上荫护着你舞蹈的子民
擦去他们穿越苦难的眼泪和血液

填平他们一个个开花的伤口
又把开花的果实捧在枝头

你是大地上一棵历经创伤的大树
兄弟的狂风折断你茂密的枝叶
滴血的手指被卷入狂风
时代的暴雨敲打你高昂的树冠
不屈的思想被砸进洪水
北方的严寒覆盖你哆嗦的躯体
心里的火种被掠夺而去

但你身边有不竭的黄河
体内有不竭的气息
头顶有不竭的光辉
那是来自天堂的黄河
带来始祖董拉的歌声
带来青藏高原的问候
带来温暖心灵的微笑

一滴泪水滚落另一滴泪水

告别被缚的鸟和被奴役的家
追寻离开积雪山巅的大树
尽管他不知道你的旗帜飘到何处
他仍然要挥别这段爱做梦而没有梦的岁月
去寻求你枝头的阵阵涛声

只缘他是你遗忘的一朵白云
诞生于部族的孪生湖里
如当年放牧狼群的鱼
在空旷的苍穹下逆风飘游
曾被乌鸦剪碎过晶亮的远翔之梦
被夏雨洞穿过翩翩起舞的足音
被厉风连根拔掉过满头的银发
被寒霜染红过莫名其妙的微微一笑
从西南之角到东北之涯再到东南之滨
他带着壮丽之星玛雪的问候
孤苦伶仃地飘着
一个无家的孩子
浪迹于天上天下

在躁动不安的孪生湖
一股苍狼的龙卷风从湖底旋起把他聚合
一弯幽光从雷霆的瞳孔爆出将他炸裂
一个复活的精灵从乌云的部落越栏而出
踏着太阳女神忽亘爱的足迹

在永远新鲜的风浪上悠然飞翔
他想给大地一块多情的绿荫
给黄河一叶不被狂风咬破的浑脱
给大漠一滴能使枯黄显绿的雨露
风，失踪于他走过的路上
路，断裂于他断裂的目光上

而月光在静静地洗涤他
你的名字在他的幻想里闪烁
他深深感到极度失望之后的幸福

党项啊，我的守护神
请告诉我，你在哪里

这是释放诱惑的眼眸
还是波动情潮的乌发
这是飘溢鸟语花香的圣地
还是盛产神话传说的海洋
他极目俯视无边无际的大树
为了那一系列山洪般的表白
他高仰头颅豪放地呼唤

闪电，请拭亮我乌黑的眼睛
让我把黑夜洞穿
雷鸣，请震落我耳鼓的红尘
让我尽情聆听神的教诲
暴风，请撕掉我多余的裘褐
让我羞落栖居高枝的鸟群
太阳啊，请升起我的梦想
请溶解我一切的一切

让我还原为一滴赤裸裸的水
然后陨落
热热烈烈地陨落
死去活来地陨落

这是你愤怒的发丛
林立于黄河岸边欲要刺穿沉重的夜幕
奏响生命撞击死亡的序曲
他是你羌笛悠悠的一个音符
裂变为晶莹铿亮的水珠
抚摸你粗硬的肌肤
温柔地凝望你一尘不染的心魂
他变形为痴情的月亮之河
冲击你不屑一顾的傲气
死死地缠绵你挺拔笔直的身躯

他是你的水啊
是一滴从左眼滚到右眼的泪水
是一滴滚落泪水的泪水
就让他放肆地流一回吧
一直流到你高贵的脚下
就让他为你而碎吧
顺着你的根走进诞生万物的大地
成为你叶脉中的一滴绿血
随着你的叶簇由绿到黄
再由泥土返回枝头
永远流淌

争战与和处

从雪域高原到黄土高原
跨越的不仅仅是一条条江河或者一座座山脉
不仅仅是风霜雨雪和严寒酷暑
而是党项人频频回眸的童年
漂移的天空闪烁着额头上的星辰
漂移的大地渐渐露出惨白的骨骼
漂移的大树留下一路的哀雷和盲电
以及跛脚的霜

从流徙的昨天到今日的卜居
曾经的恬静已在梦里悄悄凋谢
载着圣乐的西风不知何时君临平夏部落
曾经的飘雪落在拴马的篝火上
绵绵不尽的月光洒下通过根须成长的青白之盐
曾经的水草再也等不到坚守的白牦牛
牧羊女的牧歌飘出黄土呛鼻的味道
党项啊，大地上一棵高大的树
连根拔掉地来到曲折南下的黄河之曲
却把另一个黄河之曲
遗落于吐蕃茂密的森林里

党项逃出吐蕃穷追不舍的火箭
又陷入汉人劫掠的毛乌素大漠
一群群牛羊从他们压弯的脊梁滚滚而去
头破血流的哭喊声撞击着苍天

他们的耳朵里挤满雷声的雕像
还有统治者放纵的豪强
他们曾经驰骋高原的马群被赶走
英雄们的翅膀被折断而散漫山川
一任风沙舔去他们心上的血泪
呆呆地望着紫莲花一样的女人
被马车载去

瘦骨嶙峋的传箭人
行走于饥饿的峡谷和山顶的寒风之中
把僵硬的双脚留在星星的鞋子里
结冰的头发指向每一个党项
两千多年的放纵与守默
他们是天空下一堆寂静的石头
用死亡的嘴唇紧贴大地的心脏
一个个太阳的吻
聚起地下金属的响声

党项人开始起义
他们纷纷睁开睡眼
抬起低垂的头颅
把鹰的目光投向宰杀牛羊的刀上
他们迈开大步
从四野八荒聚集而来
一起走向汉人的道路与城墙
走向他们自己的骏马和女人
他们伸开屈服已久的胳膊
把紧握的铁拳砸向灵州和盐州
砸向唐朝皇帝的头

争战，为追寻的家园而争夺战斗
把光芒的根深入泥土之源
把一个身体放到一群身体当中
用整个的身体交流力量和梦想
血和伤口便是最本质的语言
大地在死亡中受孕
火在火上飞翔
风在风中奔驰

有争战才有和处
才有遍洒天空的月光
平静的离翔犹如回忆往事
回忆远方羝羊角上残存的黄昏
还有咬弯地平线的一排排断箭
他们渴望和睦相处
一如渴望水草、牛羊和女人
用一千张狐皮换取五百斤青铜
一棵树的枝条握住另一棵树的枝条
树上长满了牛羊马驼
也长满了茶叶、丝绸和金银
一条河与另一条河都流进了黄河
河边有一位年轻的阿妈
洗着孩子的衣服和笑声
洗着历史的血迹和泪痕
洗着石头上的浪花

风翔霄汉

一

羌笛响起于极木与大树之间
射入寒潭的月光充满幽怨
缠绵高枝的飞鸟流露着凄切
一阵阵羯鼓扑面而来
与黄河的涛声缀成一片鹊起的羽舞
时而徒然周旋时而屏息翘望
仿佛顿失黄昏之林的鸟啼
使漫天的晚霞顿失姿色
身披金色蝉羽的西风
终于载着圣乐萧萧而至

在默鲁山口徘徊的西风
只为寻找被风承载的灵魂
在昆仑山巅眺望可可西里湖滑翔的水鸟
把风的语言传给跃出水面的鱼
风，自身聚集而又被自身分解
析支的每一根草上都有你抹不掉的影子
于积雪山顶触摸穹隆
或者隐身于灵犀之洲
风，在众神呼之欲出的脚背上
凝视高原上沉睡了千年的岩石
倾听月光溅到岩石上碎玉的回声
风是山的宁静，水的波涛
是鸟的胸毛，鱼的尾巴

是花草树木的歌唱，牛羊马驼的奔驰
是天空的衣衫，大地的眼睛
风是触聚而又离翔的力
是原气和影子无法分开的道路
是梦的翅膀，生命的种子
是光的透明，神的话语
风是超越时空的时空
风是风自身的阿妈
和孩子

我们的壮歌啊
仍然滴着风里飞翔的血泪
被风堆成的黄土高原又被水切成沟壑
我们的墓丛啊
依旧生长着疼痛难忍的火焰
飘摇的原始酒旗呜咽而上
我们的西风啊
请裸露你从未裸露的胴体
请把我们的灵魂
举向天国

二

风，你瞬间的影子
从阿妈熠熠闪光的名字里
探寻山之根和水之源的本真
沉醉于泱泱大水之中并且任意涂抹
历史的卷册被风翻开而且朗读
月光里的每一滴水都有党项的血缘
风，潜行于大树的心底
追逐而又指引时间的石头

企望梅花的雪行进一次空前绝后的流徙
你将忽明忽暗地感到
在鹰翼上流淌的阳光
在岩画里吮乳的羔羊
在母体里挥舞的小手
你沿着紫莲花攀缘而上
风是你永远抵达的光芒

让我们在一朵云彩上奏响天国的音乐
让我们的盲女巫点燃颂诗的篝火
让我们美丽绝伦的女人
与山川同歌，与牛羊共舞
让我们英勇无敌的英雄
披甲上马，涉过酒溪
为我们的孩子
出征

三

征尘飞扬，风卷起滚滚浓烟
党项的大树依然沿着星象辐射
风的声音从树的内部飘出
随之响彻苍穹
如同漫过毛乌素的乳汁
沉浮着烈火中的城池
以及来回空旋的鹰
而月光渗入风的血液
风成为你唯一的坦途
一条被火承载的坦途
一条通向光辉灿烂的坦途

我们就是大山
托起永不西沉的太阳
我们就是大水
载起破浪向前的浑脱
我们就是大火
升起猎猎作响的旗帜
我们就是西风
就是一种源源不断的精气
永远来自大地之宫
穿越古今
横贯霄汉

一个人行走于高原
雪花里传来雏鹰的啼鸣
男人和女人行走于高原
岩石上长出丰美的水草和牛羊
一群人行走于高原
身后尾随着一个部族的人
足印和足印叠成一片荒原
流徙是你飘扬的旗帜
哪里有他们灵魂的卜居

卷四 ｜ 城起高原

这扇神秘的大门已经关闭

那扇神秘的大门即将洞开

我仿佛看见你

从黄土高原的城堡飞进梦乡

马啸驱赶牛羊的地方尘土飞扬

蒸土筑城的号声被苍鹰肩负

一座城池于汗水中拔地而起

一群人向紧闭的城门冲击

更多的人在城垣的四周

让自己开出一朵朵碧血的花

又让暴风雨的马蹄从花上踏过

而谁以一叶花瓣的方式看你

看你的旗帜猎猎飘扬

承载地上爬行的一只红红的蚂蚁
蚂蚁的梦里
有一块巨大的骨头

那是一群被梦追逐的牛羊
繁衍的牛羊繁衍着蓝蓝的梦
洒满红红归还的月光
顺着山水流淌的血液打湿枕畔和远山
那是脖子上的一把美刀
刀在夜下的时候梦从梦中惊醒
那会是远古敌人的冷枪杀戮血流成河的山岳
还没来得及静静和梦去浸透光芒斑斓的血泊
那是一把抓在手里的美女
死不挣扎的拳头没有一根发丝
游荡的灵魂如同前朝帝王之私之~~尊~~萧训不定的君王
被~~[illegible]~~民带走的女孩在归宿里梦着月亮
那是梦的孩子
是孩子的孩子

你是被战马赤地的梦

光中之光

一

这扇神秘的大门已经关闭
那扇神秘的大门即将洞开
我仿佛看见你
从黄土高原的城堡飞进梦乡

当你闭上时间的眼睛
让漆黑的目光把天空涂得更加漆黑
久久地涂抹不留一丝空白
然后你像石头一样凝视
凝视仿佛没有距离而又遥不可及的前方
一片混沌在冉冉上升
那是一片各种色彩的融合
在互相碰撞互相渗透互相升华的过程中
一个蛋黄渐渐从浑浊中浮起

滚圆的蛋黄由黄变红
滚圆的蛋黄在地平线上滚动
滚圆的蛋黄变成一个深远而明亮的白点
一颗不眨眼睛的星星挂在天边
一只白蚂蚁在大地上缓缓爬行
周围是一片蛋清的漆黑与寂静
这就是光啊
就是你眼睛记忆的光
是党项人怀念的光

是夏州节度使拓跋思恭梦里透出的光

二

那是大地绽开的花
是戏水的桃花，含羞的百合，流焰的玫瑰
是娇美的紫莲花稍纵即逝
却留下撞响灵魂的暗香
那是芦苇荡里的白天鹅
全身纯白得没有一丝杂毛
不管是徐行如舟击起浪花还是引颈高歌
都是君临人间的天使
那是篝火跳起的羽翼之舞
年轻的党项女子戴着羊的面具
轻盈的盘旋被花朵托起
脚上的铃铛传来天国的圣乐
那是最真实的生命
唱出最真实的歌

拓跋思恭梦着你的梦
像现在一样梦着你的过去和未来
你的梦就是党项的梦
是一片水草一野牛羊和一群女人的梦
是高原上一座座城池高矗的梦
是一个爱做梦的部族强盛的梦
你本身就是一个梦啊
自始至终地被每一个党项人
翻来覆去地梦着

三

那是大漠上的一泓清泉

为逃亡到此的残兵败将献出全身
一任他们狂饮洗去征尘和屈辱
让他们想起阿妈的乳汁想起家园
那是久别后婴孩的眼睛
蓝得没有一丝云彩，亮得一片春光明媚
水洗不到的地方
被婴孩的眼睛一遍遍地清洗
那是伤口上一双女人的手
拔出箭镞，挤出脓血，敷上草药
把止不住的泪水洒在缠绕的布条上
把心的疼痛留给自己
那是虚空里的虚空
充实着宇宙的暖宫

拓跋思恭是你梦里的一滴血
是你创造而遗忘而流浪的一滴血
是找到回家的雨和雨冰凉的躯体的一滴血
是找到风脱落的羽毛与风声的一滴血
是一片越过飞翔的飞翔里的一滴血
现在，为了你和他共同的梦
成为黄土高原上滚动的一滴血
如大地上爬行的一只红红的蚂蚁
蚂蚁的梦里
有一块巨大的骨头

四

那是一群被梦追逐的牛羊
繁衍的牛羊繁衍着党项的梦
渴盼征人归还的目光
顺着泪水滚落的血滴打湿枕畔和远山

那是脖子上的一把羌刀
刀在落下的时候梦从梦中惊醒
白昼是遮天蔽日攻伐杀戮血流成河的白昼
黑夜是宁静祥和梦想缭绕光辉灿烂的黑夜
那是一把抓在手里的美女
死后攥紧的拳头没有一根发丝
游荡的灵魂如同骨勒布云永远凿刻不完的岩画
被他带走的女孩在月亮里梦着月亮
那是梦的孩子
是孩子的孩子

你是拓跋思恭追求的梦
梦是你星星的语言
是梦神多多贝优的暗示
指引众人朝着星星的方向勇往直前
梦是光中之光
如同太阳跳动的心
在每一个人的灵魂深处
在每一只牛羊马驼豺狼虎豹的灵魂深处
在每一根草每一朵花每一棵树的灵魂深处
在每一滴水每一块石每一团火的灵魂深处
在所有生命吐纳的气息里
万事万物可以死去
万事万物的梦走进历史
永远不朽

回到析支

寻梦

他回到析支正是唐中和元年
是想寻找一千多年前那个一滴血的梦
像一只大地上爬行的蚂蚁
穿越着石头迎面扑来的时间的隧道
他仿佛看见长发掩面祷声雷动的党项人
在黄河岸边匍匐如蚁

赤裸着青铜色胴体的盲女巫
于燃烧的荆棘上颠痴地舞蹈
白色的玛尼堆上祭献着牛羊
和盛酒的髑髅

吐蕃的亲兄弟
河曲长大的党项人
从没有黄河的庆州到黄河南下的银夏
刚刚创建了白仙鹤的家园
却要到中原帮助汉人攻伐另一部分汉人
跳着鹰旋舞的党项人
只想回到青藏高原月光的故乡

留在石头上的足印和符号
一种为阿妈为女人为孩子献身的悲壮
他用滴血的灵魂背起
在历史闪光的碎片里

任黄河随意地飞翔

独行

在析支独行
沿着天下黄河第一曲逆流而上
他是一只逃出栅栏的羊
心里猛地长出了青草

雪水流成的黄河
绕着积雪山清清地流淌
流淌如婴孩的眼睛
蓝得透彻

他已到阳光高原的边缘
不知何时能到记忆深处的玛多
看看孪生湖里放牧狼群的鱼
孪生湖，两颗又大又圆的蓝宝石
是黄河神性的眼睛
永远望着天堂
望着背负荣光上升的鹰
不留纤尘

到家了

他坐在大地的骨骼上
坐在开满小蓝花的八月里
看着黄河里沐浴的太阳
一河的金子光辉四溅
这是高原跳动的心
是远处飘扬着灵魂的经幡
被风驮向更远的远处

他从银夏的黄河而来
一位名叫才让草的吐蕃女孩
把星星的羊群扔在山间
从香巴盖的黄河
骑着神灵的白马飘飘而至
女孩接过他装着梦想的行囊
灿灿一笑犹如童年
女孩拉起他无处退缩的手
用羞羞答答的党项话说道

到家了，到家啦
阿爸等着你

温馨

旗幡飘舞旗幡圣洁
山间的清泉穿过村寨
曲曲折折地流向黄河
一家吐蕃人铺着羊皮的炕上
他和女孩的阿爸盘腿而坐

被阳光挤掉水分的牛粪
珍藏着阳光里的阳光
于泥炉中燃起金色的火焰
铜壶里的酥油茶
飘出家的气息和温馨

真的到家了
家在透明的青稞酒中
泛起黄河满脸的红晕
纯真的生命回到原初

把青稞炒面和酥油茶抓到一起
不管抓成什么形状
放到嘴里都是泥土的香味
如同把牛羊放到草原上
把白云放到蓝天上

故乡

析支的黄河
积雪山脖间的一串项链
闪烁着蓝玛瑙的光泽
吐蕃女孩胸前的红珊瑚
让他想起黄河中游
白金灿灿的族帐

弯弯的河曲
鹰在蓝天白云间盘旋
白牦牛在绿草地上咀嚼着阳光
洁白的帐包连着帐包
炊烟升起如牧归的吐蕃民歌

民歌流淌的是爱情
黄河流淌的是家园
还有生生不息而色彩缤纷的家园
不管流到哪里都是故乡

泪水

将要离开积雪山
还想看一眼积雪山上的日出
却见一只小羊走出山洞
一边吃草一边流着泪水

小羊，无家可归的小羊
在他的心里成为泪水
成为草原的泪水

这是青草举过头顶的八月
他把洞里躯体冰凉的老羊
眼睛一直望着洞外的老羊
不知为何死去的老羊
埋进花朵深处
想着小羊日日夜夜的守护
初升的太阳穿透血液

他抱起咩咩直叫的小羊
去寻洒在山上的羊群
黄河，宽广的黄河
抱着他奔向草原帝国

回家

析支就是黄河曲
就是黄河从吐蕃语到党项话的曲折北去
再由党项话到汉语的迂回南下
他望着黄河的纤纤细腰
算着羊皮船漂进大海的时日
一位吐蕃人在岸与他之间
用身体行走

吐蕃人磕着长头
紧贴大地而又飞向天空
吐蕃人走过的地方
一串串鲜红的血滴

在草尖上熠熠闪光

他想：吐蕃人把所有的牛羊
都换成了黄金
把美丽的女人和可爱的孩子
留给了遥遥无期的期待
把老阿妈装满虔诚的青稞炒面
背在瘦削的肩头
他想：吐蕃人在向更高的高原走去
就像黄河走向更低的大海

吐蕃人却告诉他
他是回家路上的孩子

上路

挥别析支
用两年的时间行走于蓝天的铜镜里
一朵朵白云向他伸手
散漫于山间的羊群
被小溪串成一圈圈珍珠手链
一座座牛皮搭起的帐包
那是传说里尕海的泪

析支，住在他心上的析支
是一河净土高悬的水
涌动着朴素的石头和语言
是拍在墙上的牛粪
大片大片地呼吸着阳光
是飞进他肺腑的空气
飘荡着婴儿身上的乳香

是冰草拔节的声音
来自大地阿妈的心间

那位名叫才让草的吐蕃女孩
将会成为谁的家园
他不知道自己是回家
还是去流浪

独臂牧羊人

牧羊人在无定河岸一觉醒来
落入河里的夕阳迸出一望无际的血
在他梦的边缘绣上一圈徐徐吐艳的花
对岸的地平线一片枯寂
滚动着毛茸茸的曛光闪闪的羊群
一次次弹回他水草丰美的眺望
他不知道羊群如何于他的梦里越过黄河
成为满天的晚霞
他不知道羊群里眨眼的石头
是谁的灵魂

牧羊人无法涉过无定河
就像他无法返回梦里
找回他梦里丢失的羊群
牧羊人在无定河岸郁郁孤行
滔滔南下的河水万马嘶鸣
他从小就跟着党项大酋长拓跋思恭
宁射黑雕不射兔
只猎豺狼不猎鹿
他十五岁时就成为一名铁鹞子
随着绀青的狼烟离开赫连勃勃的白城
被活捉黄巢的呐喊卷进长安

九首人身的战神曲巴可形销骨立
于腥风血雨的城空时隐时现

满目的脑袋上刮过四月的风
颉颃飞舞的刀枪刺破储血的陶罐
党项的八千精锐从汉人的尸体上践过
他高举的月牙弯刀还未落下
就被凭空飞来的剑剁掉右臂
猛烈的疼痛把他掀翻在地
马蹄像雷声一样炸开他的头颅
他觉得自己被马群切成碎块
肌肉骨骼和血液均已断裂
连他的呼吸都充满了砉然的剧痛
他爬到长安城的一角
扯开身上的羊皮裹住喷血的肩头
裹住被汉人打开而抛弃的伤口
那一刻，他看见死神麻悉弗在天上飞翔
他的右臂在天上飞翔
幽咽的灵魂在天上飞翔

牧羊人在无定河岸郁郁孤行
几只扬幡招魂的苍鹰悬望如刈草
仿佛自枕藉的堆石里搜寻着腐烂的肉
他不知道他如何被长进马驮回夏州
一双女人的手抚平了他身上的鳞伤
他知道他的右臂离开了他
正如八千精锐的一半留在了长安
帮助汉人攻伐另一部分汉人
收复的是汉人皇帝的国都
换回的是原本属于党项人的五州之地
和拓跋思恭称王五州的权力
中原赐予先祖拓跋赤辞的李姓
再次赐在夏国公的头上

而他则从一名英雄回到了牧羊人
回到了石头中间

牧羊人仿佛看见夏州栅栏里的羊群
看见黄昏里茕茕孑立的右臂
那是他寻找家园而有家难回的孩子
是他还未长大而被折断的枝头
是他形影不离而飞向太阳的猎鹰
他觉得他丢失的右臂
在放牧他丢失的羊群

牧羊人丢失了羊群
比他当年丢失右臂更加心痛
他丢失了自己的右臂
便离开了他的战马、弯刀和疆场
却碰到一位像右臂一样的女人
他丢失了大酋长的羊群
便丢失了他新婚的性命
那一百零八只山羊带走他的灵魂
他的目光洞穿黑夜
眼前的石头全是他牧归的羊群

牧羊人是耶壮的子孙
但他不能像耶壮那样
在大地的边缘找寻丢失的牛羊
牧羊人在无定河岸郁郁孤行
不敢再想他的羊群回到了夏州
仿佛从牧羊人回到了人本身
从无定河回到了黄河

闪病

一

是谁把落雷的儿子埋进血液
暴涨的无定河运走了神灵的白马
一股股蓝气袅绕于陶罐的新异之隙
篱栅旁的沥水被犍牛踩出残阳的轰响
盲女巫还在编织珍贵的琅石
长角的风延衮着万里山川
一群昏鸦呜咽低回于夏州城堞
宛然魑魅魍魉的影子闪着幽光
深知奥义的人被语言击倒

钟鼓喈喈，脚镯琮琮
文身的厮乩端着髑髅甩着响鞭
诵着驱鬼的咒语
来回婆娑于一排瓦房之前

二

是谁坐在那棵高大的树端
把七颗星子揽在怀里冥想如鎏金
纷纷雪飘的灵符烛照了莽夜
落进孟秋的果实犹如霖雨身后的蓑衣
你依旧是吹响銮铃的麾鞭
接纳着黑头顶和红脸盘的稽首称颂
浓密的虬须上挂满露珠与睿智
一队人马从中原的身体里挖走熟睡的辎重

一杆杆梭镖挑破边关

夜色冥茫，万物寂寥
双目紧闭的厮乩和一对金童玉女
把丝毫未伤却病入膏肓的米擒氏首领
从正寝迁至耳房

三

是谁在新奠的垛口上傲视中原
吊运榴木的辘轳转出昨日皴裂的喊杀
一钩新月脱掉云裳而隐身于酒帘
西风自青藏高原的冰雪之唇菲菲拂来
载着焰火的驷马高车碾过帐顶
一个秃发的头颅在梦中唤着守护神的名字
牛羊停止反刍使秘宝黯然失色
朔方王拓跋仁福只为守城将士泫然泪下
扼腕嗟叹不绝于耳

灵山熹微，兰湖霞蔚
熏沐一新的厮乩换上粹白的衣衫
跪在神辉普照的供桌之前
一边祈祷一边叩首

四

是谁迎着衮衮的西风豪饮醍醐
攻伐灵魂的号角一丝一缕地隐去
一碗清水泛出兰草的芳泽和况味
雪青色的泪光穿透鸣镝回响的瓮城
空中飞翔的头骨载满了铩羽的覃思
刀伤熠熠的枣红马在咴咴声中走向铠甲

烽燧上的狼烟解开羁縻
鹄望的云豹还在裂谷洗涤着凝血的征尘
一只獒犬尾随麋鹿而去

魂幡飘荡，符咒翔舞
奉神逐鬼的厮乩走出晦暝
走在架通五界的极木上
走在与神鬼对话的桑烟上

坚守夏州城

一

战歌

肝已裂，未曾倒
箭尽了，决不往回逃
党项的英雄嗷
年迈的阿妈为你们默默祈祷
赶走豺狼虎豹，把家园守护好

盲女巫高亢低回的歌声
从阿妈默默的祈祷中如丝一般抽出
如丝如缕地在城堡上空纵横交织
织成一片遮天蔽日的巨网
党项人看见网上站满了神灵
原羊奔驰，大鸟翱翔
围城的敌人看见妖魔鬼怪在头顶笼罩
攻城的鼓声奄奄一息

夏州城，赫连勃勃率众蒸土夯筑的都城
城外是后唐五万大军两个月的攻打
一孔孔地道在挖掘声中向前蠕动
被任命为夏州节度使的安从进
为无法进入城内而摔碎叹息
和后唐长兴四年七月
城内是党项的英雄们坚守着锁钥
在雉堞与云梯上的敌人抛洒热血
惨叫声与盲女巫的战歌汇成一片狂怒的海洋

党项大酋长拓跋彝超站在浪尖上
默诵神秘的咒语
一脸的青铜之光

二

战歌

肠流出，缠在腰
枪断了，赤手如弯刀
党项的英雄嗷
美丽的女人为你们放声喊叫
赶走豺狼虎豹，把家园守护好

谁也分不清哪一声是女人的喊叫
哪一声是盲女巫饮泣的歌
在混沌如初的响声里
跳动着几万个党项人崇拜的太阳
黑色的山峰把喊声高高举起
毛乌素大漠掩埋了坠城的敌人
流向夏州的无定河被拦腰砍断
一个披发如旗的头颅展开双耳飞过长空
火焰的七月汲取全身的水分
戎装的麻魁，党项的女兵
把泪水和马尿滴进英雄们旱透的嘴唇
生命在烈火中熔化并且铸造
在流血的伤口里淬火，寒光闪闪

一万名党项英雄就是一万把嗜血的美刀
一个接一个唤醒骨髓里尚武的本性
挺立于夏州城头
一起发出金子的共鸣
和祖先留下的回声

三

血在流，心在跳
战死了，头颅向河套
党项的英雄嗷
可爱的孩子为你们吹响牛角
赶走豺狼虎豹，把家园守护好

夜，静如积雪山脉的雪
黑似地狱没有尽头的油灯
城外的五万后唐大军一片寂然
好像在等待突袭的鼓声
盲女巫在夏州城堞上喃喃自语

人出生的第一件事就是啼哭
啼哭从此伴随人的一生
出生本身就是苦难啊
为什么还要把自己的苦难凌驾于万物之上

拓跋彝超在似睡非睡之中
找到血液里闪光的智慧
野立卜石念秘咒，赞雷角剑敌遁走
在盲女巫旋飞的仪式中
一队人马悄悄打开东门
肩负着让战争结束战争的使命
把敌人的粮草埋进了黑夜
还有黑风里的残月和北斗

献马

一

三百匹骅骝马连成黎明
所有的露珠都在吆喝声中一一熄灭
在马蹄踩过的地方汇成烂漫的无定河
从夏州流向汴京。你在六月的云里

给一线排开的马队穿上绿荫
荫护着出嫁路上的公主
那里没有西平王拓跋彝殷的草原
只有宋帝赵匡胤的沙场。一阵荒凉的风

拾起草绳绊着前腿的马蹄
三百颗太阳在羊肠小道上滚动
身上背负的黄河只剩下鬃毛飘扬的喘息
埋住赶马人的喊声。你光芒的秋水

二

敲醒梦见白马君临的潼关
无数个星星被南下东折的黄河射到天上
疲惫的赶马人一路打听灯笼高悬的驿站
身上的月牙弯刀杀气袭人。夜的更声

栖息于骅骝马的每一根赤毛上
十六名蛰伏的党项人和马一起
反刍着青藏高原掷地有声的阳光

和大风吹散的阿妹。你感到的隐痛

是献出的马与未献的马将会于沙场重逢
一起抵达野花盛开的空白
留下的马骨将横亘于你沸腾的胸间
成为一种排山倒海的奔驰。黄河依旧

三

依旧流淌着部族的泪水乳汁和血液
一只鹰在天空看见横穿马群的兔子
一支箭看见鹰而把兔子钉进石头
谁在长歌当哭。你创世的洪水

漫过中原大地的传说与神话
一首民歌从头到尾地面对麦地和清风
在水一方的女孩看见歌声里的骅骝马
把果实的炊烟挂在村头。桃花的女孩

住在一个名叫桃花峪的村庄
拾麦穗一般拾起经过她门前的一串串目光
三百匹骅骝马映红黄昏的脸
洒满月光的犬吠一夜未眠。你是党项的精魂

四

来自青藏高原那颗不落的太阳
来自银夏大地那面永远飘扬的旗帜
劫马的汉人与赶马的党项人在刀上相遇
骅骝马的长啸聚起风云。新割的麦地

一如向汴京延伸的伤口

三百匹骅骝马一直把黄河驮到畿辅
长大的黄河撒开四蹄奔向渤海
十六名赶马人顿失三魂七魄。一场大哭

狂舞着生离死别的六月之雪
赶马人的归途立如绝壁
仿佛那三百匹骅骝马凌空而起
拉着太阳的马车与你同行

在此岸伐倒彼岸

一棵树倒下来
砍断的脚露出惨白的骨碴
又一棵树倒下来
视死如归的树碰断手指
一棵棵树倒下来
无头的风扬起茂密的长发
一棵树倒在另一个树的身上
僵直的躯干上睁着死不瞑目的眼睛
绿血横流的树桩
你看见夕阳的脸庞泪水潸潸

黄土高原深处的秦州
缓缓东流的渭水北岸
一个名叫夕阳镇的旁边
一野透不过一丝风声的原始森林
利斧的砍伐把硬伤裸给苍天
把最后的疼痛辐辏于转动的高原
你看见党项酋长尚波于骑着骊马
用青铜长剑指挥着他的几百名士兵
刺杀立于宿土而手无寸铁的古代陶俑
捣毁鸟儿孵育生命的家园
锯断守护大地眼睛的睫毛
树神乞布罗罗被绞痛惊醒
他的一根手指掉到地上

汉人用树的尸体包装汉人的尸体
党项人用树的尸体换取包装党项人的丝绸
一具具树的尸体顺着渭水漂流而下
一卷卷丝绸逆着渭水打马而来
物质与物质的交换里没有灵魂
树的灵魂在高空盘旋而泣血
丝绸的灵魂被蚕蛾放进桑叶
人的灵魂在物质里变成物质
一种名叫黑洞的物质

你坐在渭水河岸的一块石头上
发现树的尸体被锯成木头
盖成幽居的房子或者做成四套马车
箍成汲水的桶或者造成荡水的舟
还有埋入地下的棺椁
这让你想起古老的石头和骨骼
一块石头里珍藏着一部历史
一截骨骼里流淌着一个部族的血脉
你高举太阳的头颅大声呼喊

请不要斫断我孤傲冰雪的躯干
请不要玷污我纯贞圣洁的阿妹

乞布罗罗掉在地上的那根手指
瞬间长成一棵参天的大树
树的手指向四面八方蜿蜒伸展
无数条游动于迹地的蛇
受惊的骊马驮着尚波于狂奔远遁
几百名伐木的党项士兵
没有逃出树枝的追逐

一个个吊在树上

传说渭水北岸的那片桃林
的确是树神乞布罗罗的手指幻化而成
那树上的桃子便是当年伐木的士兵
每逢被砍之树的祭日，便是桃子的成熟之时
至今，人们咬一口桃子
仍可看见殷红的血肉
滴着殷红的血

尚波于一生与树为敌
他又从集了千余人渡过渭水
在渭水的南岸扫荡着葱郁的松柏楠杉
那是雨神足也尼常常光顾的地方
足也尼最喜欢躺在绿树青草丛中
听花朵歌唱，看叶子舞蹈
当足也尼重返人间时
发现与他一样垂髫的朋友
尸体横陈，白骨累累，哀鸿遍野

足也尼口喷鲜血涕泪瓢泼
他要把尚波于葬进大海
他要为乞布罗罗缝合伤口
他要用九天九夜的暴雨席卷刀斧
他要用天境的大善洗涤人间的罪恶
他要用高过山峰的洪水给众人敲响警钟
让众人永远铭记在心
杀害飞禽走兽和花草树木
就是砍掉自己的手足
就是埋葬自己的天空和大地
就是死无葬身之地

不息的大气

一

气，栖居于天地之间
一位冥思的哲人盘腿端坐于巨大与渺小之间
气，把头颅伸进宇宙的黑洞
充填着日月星辰之间的空白
气，将脚趾插入雅鲁藏布大峡谷
弥漫于花草树木之间的每一个缝隙
气，用双翼覆盖着山川与湖海
浸透一切事物的一切时空
宇宙是气生长的身体
大地是气孵育的卵
一百年一千年或者一万年之后
党项的气依然纯白
依然无时不有无处不在

气没有颜色
宛如没有颜色的宁静
但气又有所有的颜色
蓝天白云雷电彩虹春夏秋冬
都是气变化无穷的影子
气没有气味
仿佛没有气味的黑夜
但气接纳了所有的气味
接纳了花的馥郁山的烟岚和水的蒸蔚
让阑珊的晚炊及祭祀的煨桑返回家里

气没有冷暖
就像自己感觉不到冷暖的阳光
但气默默地蔓延着东南西北
升腾或者降落
迎送着晨昏和寒暑
渗入悄悄溜过身边的日晷和更声
渗入每一滴血液

党项啊，你从枯木岩石和冰块里
挖出火焰并且高高举起祭祀神灵
你把默鲁山积雪山和灵山
背到一座座城池破土而出的黄土高原
你把青藏高原纯白的气
灌输于每一个子民尚气复仇的骨髓
把昨晚的月光留到现在

二

气，孕育于天地之间
静静地躺在积雪山顶默如黄金
气创造着风的飞翔云的奔驰雷的啼哭和电的闪耀
创造着震惊五界的儿子
气，无所不在无时不有地抚育着万物
抚育着撕裂气的森林与污染气的黑血
一次次包容了原始的罪恶
气，广博而深厚至善且大气
缘于天帝普寞和大地神另于勒的呼吸
缘于光水土火四种元素的呼吸
缘于万事万物的呼吸
呼吸不止
大气不息

回翔于天地之间的气
以风的姿态上下左右翻卷着自己
像巨大的陨石扑向大地
咆哮的长河冲进大海
在高空剧烈地炸响而花瓣一样飘舞
气在气中奔驰
吐纳着从春天走向秋天的气息
追逐着自黄昏里脱缰而逃的夜
以及夜里流浪的星星和萤火

气在气中呼喊
落雷的鼓槌击打着乌云
山崩地裂的鼓声中万马嘶鸣
伫立于默鲁山巅的狮子之王
发出遍布气旋的吼声
乌云里嬉戏的巨龙
闪现着一道道旁枝斜出的蓝光
气把声音流布到四面八方
唤醒沉睡的风神更且菲
敦促他用弹奏万物的手
寻找他丢失的头颅

党项啊，是谁涂黑气的脸
用水挤走陶罐里的气
把气吹进浑脱
用火烧焦气的秀发
但气始终弥漫于每一个部落
是谁向气一剑劈下
气正好裂开一剑的缝隙
让剑通过之后随即合拢

没有留下一道伤口
那是任何人伤害不了的空白
是任何人不能伤害的大气
气因而崇高和伟大

三

气，默默地奉献着自己
气把自己送到人和动物的体内
将浊气一丝一缕地回收
气把自己埋到植物的根下
那一朵朵挂着晨露的花朵体现着气的微笑
气把自己融到水里
让所有的鱼虾龟蚌打开腮颊
气把自己放到每一块石头里
让石头里的那段故事充满血色
气是万物的精神的故乡
一口气可以置人于死地
一口气也可以使人死而复生

党项人的第一声啼哭与气结缘
唤回天空游荡的灵魂
党项人的最后一口气与气永别
吐出被禁锢一生的灵魂
气是运载灵魂的马车
把洗净的灵魂载向天堂

党项啊，气就是你的化身
就是创造万物的第二种元素
气在气里栖居和飞翔
气在气里孕、育成长与死亡

气没有故乡更没有归去的地方
气的肉体是天地间的每一个空隙
气的灵魂是气中生长的光
是与时间有关的光

地斤泽的血

太阳依旧升起
仿佛从血海中捞起的一个青铜之鼎
一滴又一滴的血咬断十月的地平线
缅邈无涯的毛乌素大漠
历经一夜罡风的啮噬而绵软如粼波
溪如蛇行草没牛羊的地斤泽
一簇簇青烟包裹着乌云的裂口
没有风。只有静
只有比贺兰山还重的静
少艾般的地斤泽在死去
在肃寂无息地死去
大片大片地死去

你走向夏州北部三百里的地斤泽
一股牛毛延烧的气味透出不祥的战栗
马靴里的半截腿兀立眼前
这是党项女人用牛毛毡缝制的靴子
如英雄的细马守护着倒下的英雄
你将尚有余热的半截右腿搂在怀里
涟涟的涕泪洒在凝血的骨碴之上

你不敢相信你看见的惨景
一堆堆被焚毁的毡帐蜷缩一团
只留下如泣如诉的灰烬
和落泪不止的烽烟

除了一匹被血浸红的白牦牛还在站立
一切都已倾圮如陷沛泽
满目的身体上长满箭羽的灌木丛林
身体旁的鲜血铺成栗色的漏夜
一个个裸呈的女人被惊恐折断了纯美
黝黑的皮肤上怒涛汹涌
一颗砍掉的头颅眄视着乘坐马车的太阳
哪一个身体是他曾经奔驰的马车
一个小孩被僵硬的阿妈紧抱在怀里
冻红的脸蛋上泪痕交织
五百多个在梦里徜徉的党项人
五百多个被砍杀声惊醒的党项人
五百多个来不及穿上衣服的党项人
仅仅一瞬就堆成遍野的尸体
与成千上万的孩子及伤残者
与千余顶熊熊燃烧的毡帐
纵横枕藉地躺在地斤泽的血泊里
躺在黑鹅如焦木的十月
躺在煞白的阳光下

你想起盲女巫说过的一句谶语
为自己酩酊大醉而肝胆俱裂
你在胸前刻下都巡检使曹光实的名字
他率领数千精骑偷偷地来到地斤泽
于皓月当空的冬夜
屠杀了柔如羔羊的老人妇女和孩子
掠去比星星还多的牛羊马驼
驮走拓跋继迁的阿妈和妻子
砍碎党项人游牧草原的梦
焚毁大酋长子孙绕膝的家园

你把一句幽光莹莹的咒语立在地上
这是一把飞向曹光实的羌刀
羌刀将一直在他的头顶旋飞
这是一杆从尸首中站起来的旗帜
气息奄奄的幸存者仿佛见到了神灵
他们拖着残体纷纷向你跪拜
他们一个个地被你搀扶起来
他们精神上的创伤一道道地痊愈
他们擦掉眼泪燃起大火
恭送他们的亲人踏上归程

从喷血的厮杀中
从孩子的哭叫中
从黑夜的烈火中
拓跋继迁和他三岁的儿子德明
及数十名骑从逃到贺兰山下
这是远祖温杜普称之为驳马的山
是他周游世界之后躺在山顶的山
继迁觉得他也会躺在这里
成为温杜普刻下的一座金字塔
他欲哭无泪悲如心死
为地斤泽无辜的死难者
为不知死活的阿妈和妻子
为无处栖身的自己

公主骑着三千马

三千骜马从阴山旋转着铺挂而下
猛然抬首的英雄将长发甩到雄浑的肩头
三千野花雀跃于三月之巅
流光溢彩的脊梁融化了整个世界的冰雪
三千谷火狂奔疾驰长啸如猛虎
祭祀战神曲巴可的狂舞攻下一座座州城
三千青铜撞击石头于四野
酷似驳马的贺兰山眨眼间长出青翠的芳草
三千北雁滤过晨光一片叮当作响
远离大兴安岭的北风吹奏着党项的黄河渡口
三千浊浪隐隐飘出泪湿嫁衣的歌
这一离开便无归期的公主把金簪插在山头
三千闪电挑蓝天为雪花的飘扬
众兽之神白骁马展开金翼莅临云端
三千车轮碾过牛皮大鼓
黑压压的苍鹰捡起浪迹天涯的灵魂
三千狂风挖出凝固的大地之乳
遮天蔽日的黄土填满流血的沟壑峡谷
三千乌云席卷着装满烈酒的陶罐
呼出的酒气醺醉沐浴一新的太阳
三千暴雨夹杂着冰雹和陨石
陷入泥土的语言风干成狩猎的岩画
三千瀑布腾起粗犷的狼烟
一野怒放的紫莲花顿使日月失色
三千熔岩剧烈地切割着山腰

漫山遍野的肋骨冒着丝丝缕缕的青烟
三千山洪拔掉原始森林的根
飞旋的绿叶架起天地幽会的鹊桥
三千烈火烧焦春天的眉毛和秀发
月亮还在夜里寻找走散的星辰
三千山顶雪崩一般落进伤口
一半的历史在此成为永远的秘密
三千骜马簇拥着契丹的义成公主
从阴山旋转着铺挂而下

拓跋继迁率领几百名骑从
伫立于阴山脚下的边境线上
迎接嫁给自己的契丹公主以及陪嫁的三千骜马
一如迎接凯旋的大军
又像炊烟袅绕地祭祀天地
一线排列的木桌上摆满盛酒的髑髅
四肢盘卧的两只山羊散发着烤肉的香味
几十顶洁白的毡房肃立于红桦林中
四周飘荡着红白蓝黄黑五色的旆旗
几位党项女人精心地煮着奶茶
做着党项人招待贵宾的虎脑之羹
木桶里浴洗的水缭绕着兰草的芳香
一切都在静静地等候
一番离翔之后触聚的淋漓
拂过牧犬耳畔的风
传递着众人的呼吸与心跳

三千骜马从阴山旋转着铺挂下来
在山下的草甸上环绕片刻便停止了奔腾
三千骜马断断续续地仰天嘶鸣

不断地透出契丹牧马人吆喝的长调
三千骜马在咴咴声中咀嚼冰草
偶尔传来的响鼻蕴含着阳光的味道
三千骜马缓缓走动并扬起马尾
正如丽人跳着抒情而柔美的长袖之舞
三千骜马像一汪五颜六色的湖
轻风走过而波光粼粼
三千骜马如停泊港湾的浑脱
乘风破浪之后的平静本身就是一种风浪
三千骜马是创世大水留下的翡翠
七彩的光芒迸溅出改变世界的沧桑之力
三千骜马经过一场山崩地裂的驰骋
把阴山塑造成一匹驰骋的骜马
驰骋的骜马在众人的眼睛驰骋
驰骋的雄姿在众人的胸膛驰骋
驰骋的蹄声在众人的血液驰骋

此刻，世界一片荒寂
仿佛所有的生命都停止了呼吸
就像两军阵前剑拔弩张的对峙
一声令下三千骜马将如传说中的狻猊扑面而来

此刻，山下的马群站成悄然降临的黑夜
显示出整个阴山的沉重与肃穆
迎亲的党项人像一排排拴马的桩
依旧深陷于马群腾跃的惊心动魄之中

此刻，继迁乘上驷马高车向山下驶去
几名党项侍女捧着礼品紧随其后
几百名将士如梦方醒

纵身上马欢呼雷动

此刻，三千骛马魔幻般绽开一朵纯白的花
那就是契丹的义成公主
她戴着白帽穿着白衣骑着白马
向继迁的马车姗姗而来

此刻，继迁把公主扶上马车
握住公主冻红的小拳头
就在这一握里公主成为继迁的新娘
成为跟随继迁打天下的麻魁之首

占卜

炙勃焦

苍穹低垂，群鸦凄鸣
一支尾随羝羊的木箭穿透柏林
牙齿耸立的篱笆之门开启江河
翻越贺兰山的风声一片氤氲
漂浮于溶溶流川的星座载魂远逝

奂羽，盲女巫供奉的智慧神
隐现着无定河岸雾里的花朵
盲女巫，党项文身涂面的厮乩
犹如戴着脚镣的孕妇掬起水中之月
围绕一堆羊头骨吟啸而行

羝羊肩胛骨上的肉
是党项祭祀畜牧神嵬子朔的供品
肩胛骨的脊梁是神灵居住的默鲁山
近脊处是红脸盘黑头顶的族帐
近旁处是敌人的一座座州城

千军万马在肩胛骨上摆开如蚁
青烟徐徐的艾草飘成战旗
肩胛骨上被燹火烧焦而布满的裂纹
艾烟飘荡的方位
都被盲女巫看出成败的征象
乃至伤亡的人数

掰算

一句咒语脱口而出
一万乌云的马车轹过毛乌素大漠
一道珍珠串成的挚电落入坑堑
插进岩罅的泣杖统领千军
一阵阵斜雷在沙场上蔓延着吉凶
铠甲的叶片闪烁着彩虹的披面长发

冥冥之中，一炷香火
从锈蚀的渴望之源一跃而起
盲女巫扔掉兽皮绽放如火中之莲
盘旋的哀丝遁入空泽

一把咯血的青铜宝剑
劈开贯通天地的三尺新竹
裂到第几个关节
劈成多少根枝条
都昭示着众妙之门的天机

环绕灵物而翔的谷火遍布八荒
玛尼堆上的头骨默诵着西天的箴言
所有的穹庐都在迎风冉升
有人在大地的边缘找到丢失的牛羊
诞生于琵琶乐声源头的婴儿
说出盲女巫的占卜之语
出兵不利而屯田丰收

矢击弦

夕阳把羊首舞传授给一朵朵浪花

岩画的皱褶里回响着创世的雪崩
一只鹫鸟点燃马群蔚起的长啸
牧歌里的脱兔使黄昏怦然倒下

溪谷萧森，榛莽蛰伏
荒冢之河顺着圉人的脊梁熠熠而流
被荆棘围困的积雪气息若兰
栖于绝顶的智者杳然入寂

在巨大而幽邃的天籁之中
用箭矢敲击弓弦的盲女巫
从各种声音里剥离着残秋的预兆

一队人马将逆着猎猎北风偷袭睡眠
狺狺犬吠打开夤夜的城门
猛虎的吼声里潜行着劫粮的三千骜马
五谷神宣里青从潺潺流水中捧起刍粟
莺鸣呖呖将有病灾降临于栅栏
铮铮佩玉传来人丁兴旺的福音
党项的孩子骑射于荒芜之野
仿佛语言之菊开遍河泽

咒羊

一只山羊肃立于十月的旷野
枯槁的狼尾草投下泠泠作响的夜色
穿过毛丛的风声发出獒犬的嘘声
堆石上的燃香嫩如蘖枝
几支鸣镝与流星一道豁伤阆苑的光

虔敬的盲女巫用砾石垒起一座州城

一遍遍诅咒喂羊的秫米
祷祝着面向城堡的山羊
围绕山羊播种谷火

初日滴露，雯云延袤
戴着羊首面具的盲女巫盘腿趺坐
穿着狼皮的屠夫手起刀落
山羊的肠胃里堆满长戟和甲胄
咚咚鼓声聚起浮厝周围的黄沙

马啸回到金戈使一群衰惫的孑遗叩谢上苍
羊心积血如舔着刀口的雪豹哀嚎不止
攻城不克似跛马跬步于深山峻岭
歃血的盲女巫把占卜之城踩成齑粉
转身把阳光一饮而尽

死与生的降临

宋景德元年五月初五的黎明
党项汉人吐蕃等部族游牧躬耕的塞外大地
宛然孕育着一个普天同庆的节日
不管是毡帐穹庐还是瓦房泥舍
门前都斜插着新折的柳枝
西平王拓跋继迁定都且更名为西平府的灵州
城门大开男女老少穿戴一新
纷纷来到滔滔北去的黄河岸边
一顶顶婴儿的帐篷反刍着涛声
红白蓝黄黑五色的三角旗轻抚着流浪的长发
一堆蓍草燃起横跨黄河的旋风
白石垒成的祭坛上
堆满了烤羊、粽子和盛酒的髑髅
悬垂于四周的丝绸散发着雪白的吉祥

这是一场百川归海的祭祀
党项人祭拜的是黄河水神花处临
是让女人回到女孩的兰湖
是神话源头永远仰望天堂的孪生湖
汉人祭拜的是楚国的三闾大夫屈原
是忧愤以抒情的大诗人
是怀石投江的流放者
吐蕃人祭拜的是雪山女神
是大地上高耸的乳峰
是世界江河发祥的源泉

所有的人都在黄河岸边匍匐如蚁
恭候着心中的太阳

三轮品字形状的太阳
从一马平川的黄河蹦跳而起
三道彤红的光芒在水面随波轻荡
水神花处临的金发架通两岸
面东而跪的众人叩首不绝朗朗祈祷
而一声婴儿的啼哭响彻云霄
仿佛是初升太阳的啼哭

猛虎怒啸于翠微的山谷
罡风从每一道裂缝聚集而起
巨龙长吟于漆黑的深渊
景云弥漫了每一方天穹
盲女巫听见党项诞生时的啼哭
看见董拉走进浑圆如家的太阳

这是青藏高原血脉里的啼哭
大鸟飞起一道绚丽的彩虹
原羊溢出甘甜的乳汁
白骁马的翅膀阳光如歌
盲女巫看见被孩子撕成花瓣的玛雪
听见火狐慈祥地呼唤着一个个孩子的名字

这是继迁之孙德明之子的啼哭
从西平府电闪雷鸣地传来
十万白鹰在黄河上下来回盘旋
十万天马踏着白云纵横奔驰
十万长角的风聚起咆哮的巨浪

环绕蓍草之烟飞翔的盲女巫
听见水神花处临吟唱的颂偈

大象一来河泽清
日月一出国土明

状如驳马而怀抱西平府的贺兰山
是传说里祥云缭绕神灵居住的默鲁山
是祭祀天地日月山川江河的积雪山
是每一块石头里都有一个婴儿的灵山
是在燃烧的牧歌里长大的丽石山
拓跋德明曾经携妻卫慕长兰登上贺兰山顶
在浓阴匝地的柏树下
在圆锥形而白光四射的屈石旁
把从小饲养的羝羊献给屈石
献给生育神玄灵比留在人间的影子
当晚卫慕长兰梦见白龙绕体
从梦中惊醒遂觉有孕在身
怀胎十二月的卫慕长兰
望着男婴神采奕奕而眼冒青光的脸蛋
心头一阵战栗

这个男婴诞生于黄河岸边的西平府
诞生于祭河的太阳初卂之时
他就是元昊
就是军师张浦命名的孩子
就是万物元始如日中天的象征
他被抱到阿爷的帐内立即停止了啼哭
刚刚出生的元昊见到的却是阿爷的最后一面
西平王继迁中了吐蕃六谷部首领潘罗支的毒箭

他叮咛儿子德明一定要与宋辽和处
嘱咐军师张浦一定要极力辅佐
望着孙子元昊只说了一句
拓跋氏后继有人大业有望
便溘然长逝
年仅四十一岁

西平王继迁与夕阳一起落入贺兰神山
黄河岸边的三堆篝火
如三轮太阳倒映于滚滚长河
头戴羊首面具而赤身裸体的众人
时而随着催人泪下的唢呐
跳起飘飘欲飞的比翼舞
就像骨勒布云和女孩飞天的姿态
把房当氏的酒洒遍天下
时而随着幽怨凄切的羌笛
跳起久旱祈雨的雩舞
惊天动地的哭声淹没夜色
黄河的涛声回到金戈铁马
时而随着雄浑低沉的埙乐
跳起从天空俯冲而下的鹰旋舞
肃穆的祭坛放射着天葬台的神光
倏然的沉默使声音结冰
被冰雕塑的众人仿佛听见

河海地上流
流下灌诸州
火星入南斗
天子下堂走

党项的盲女巫
在黄河岸边躺成一条浪花怒放的河
她来自青藏高原的雪山
奔向遥远广阔深沉的大海
她一次又一次地死去
又在死亡中一次又一次地诞生
她离翔千年而又自我触聚
卜居大地而又来回流徙
她生命的全部意义
就在于架起人与神鬼之间的桥梁
在于把流水刻成岩画
把风云变成黄金

三则传说

之一

传说很久很久以前
有一位名叫罗都的智似万红月的英雄
他的名字具有山的威力
是一座蓬勃向上的山脉
他不想做小事只想做大事
娶了美如千白日的吐蕃女阿巴
为他生了七个儿子

他的七个儿子都是英雄
是山薄浪、知革浪、嵬京领截
是哈哈、药出没嘿、恶恶屈达
是拓跋氏的祖先——耶壮
罗都率领着七个儿子统一了部落
击退吐蕃，打败汉人
制伏香象，拔下老虎的利爪
在大地边缘找到星光灿烂的牛羊
占领妖魔克虏的八角碉堡
当上了国王

之二

传说很久很久以前
汉人皇帝的都城有党项人居住
都城的北边有一座名叫曼西的山
山上住着一位名叫格胡的神

有一天，格胡骑着白马自天而降
来到城里那位最娇羞的党项女人帐内
他一住就是七天，白马伫立门外

恰好在一年零七天之后
党项女人生下一个长有牙齿的男孩
当时日挂中天，西边却出现了灵异之星
汉人的占星官赶紧向皇帝禀报
有一个男孩在都城出生
他将来会夺取皇帝的社稷
皇帝命令占星官继续占卜
以便找到那个男孩以绝后患

党项女人知道汉人的易占十分灵验
遂把男孩藏在一个土坑里
坑上覆了树枝
树枝上再放一碗水
占星官施展了各种各样的方术
预测的结果都是男孩尚未出生的征兆
大海下面有一片森林
森林下面有一个洞穴
男孩就在那个洞穴里
皇帝一气之下杀了占星官
并下令杀掉城内两岁以下所有的男孩

两岁以下的男孩都被杀死
都城被一浪高过一浪的哭声淹没
出城葬子的人络绎不绝
党项女人也将她的儿子装进棺材
用马车载出城门

轻轻地放在黄河边茂盛的灌木丛中
最娇羞的女人返回都城时
哭得晕倒在地

那个男孩躺在草丛中
每天有一头黄牛前来给他喂奶
每夜有一只白鹰飞来给他温暖
有一天，雷电交加大雨滂沱
男孩泡在雨中饥寒交迫
看见一位汉族老妇人尾随黄牛来到身边
男孩被老妇人抱回家里
成了老妇人的义子

男孩长到七岁时
联络了七个志趣相投的男孩
逃往都城北边的雪山深处
将山中的樵夫、猎人和牧羊人编成军队
只身回来向汉族老妇人请教夺取都城的方法
老妇人让他把马鞭马粪抛入黄河
让他七月十五领兵前来如此这般

十四日那天，老妇人登上城墙捶胸大哭
皇帝派人前去询问缘故
老妇人便来到皇宫对皇帝说道

当年你没有杀死的那个男孩
已经联合了党项各大部落
他是天神的儿子是党项的大酋长
明天将有不计其数的大军前来攻城
我们若不归顺汉人将被杀绝

次日清晨，皇帝率领众人前往黄河岸边
果如老妇人所言
他们遗落的马鞭马粪已使黄河变了颜色
皇帝为了保全臣民的性命
只带了两个侍女捧着玉玺走出城门
正好与党项大酋长及七个骑士相遇
大酋长杀死了汉人皇帝而当上了国王
并取他阿爸格胡神名的格字
起名为格祖王

之三

传说很久很久以前
在太阳刚刚升起的时候
一个男孩诞生于银州的无定河边
龙吟虎啸的啼哭
使三百匹经过银州的骅骝马裹足不前
男孩出生后长着两颗白牙
每逢哭喊时便放射出两道白光
男孩食无定河的鱼饮无定河的水

七岁那年的一个冬天
他带着七名骑士出城狩猎
有一猛虎从山坡上徐徐走下
男孩让骑从隐藏于柏树林中
独自一人高居树巅张满铁鹤
一箭射中虎眼
党项各部由此知道他的姓名
他名叫拓跋继迁

继迁二十岁时，宋太平兴国七年五月

祖辈苦心经营三百多年而雄视一方的五州之地
被族兄拓跋继捧轻而易举地献给宋朝
没有了山，虎怎能立足
没有了渊，鱼怎能跳跃
继迁与七名骑从商议
便称乳母病逝需到郊外安葬
由八匹白马拉着灵车
众人执绋牵引鼓吹齐鸣地出了银州
走到一片沙漠的边缘
骑着浮云马的继迁一声令下
众人扔掉灵幡打开灵柩取出刀剑弓弩
打马向地斤泽奔去

地斤泽是党项人游牧聚居的地方
那里水草丰美牛羊成群
继迁把先祖拓跋思忠的像供在正寝
向党项各部的豪右说道

我们拓跋氏世代生息的五州之地
现在全部献给了中原
那里的党项人失去了自由
难道我们不去光复先祖的大业吗

众酋长纷纷响应
并将最美丽的女儿嫁给继迁
跟随者状如流水

继迁与银州的党项人取得联络
计划里应外合夺回州城
便向一位汉人询问取胜的办法

汉人只说了一句调虎离山
于是，继迁与宋朝守将约定日期
于葭芦川纳节投降而诱杀了都巡检使曹光实
一举攻克银州报了血洗地斤泽之仇
那一年，银州马生二驹地产嘉禾

继迁向契丹请婚
于阴山之下迎娶了端庄的义成公主
陪嫁的三千骜马被鞍鞯和辔头全副武装
载着戴盔穿甲执槊持弓的三千将士
于浦洛河大败宋军夺取刍粟四十万石
为五谷神宣里青举行了盛大的祭祀
索回被献的五州之地和出使宋朝的军师张浦
随后结集重兵攻陷灵州
改灵州为西平府
当上了西平王
至今还有一个继迁寨
屹立于无定河边

杀鬼招魂

甘州城外，太阳的头颅纷纷滚落
奔驰的旋风被砍掉四肢
一把飞刀将一具具尸体堆成晚霞
三月的血液泉喷于天空而雹砸于大地
羯鼓，马嘶，喊杀
伴奏着一场鬼神涕泣的死亡之舞
奉西平王拓跋德明攻袭甘州的党项军主万子太保
率领几十名骑从劈出回鹘的重围
他的三千精骑死伤殆尽
他的伤俘和战马被残杀
他的粮草和鞍辔被点燃
他在回鹘可汗夜落纥的耻笑中
从马上一头栽下

三日后，万子太保和十几名骑士
用刀刺面以不复仇为大辱
披发蒙面怒目圆睁张口伸舌如厉害鬼
凭空降临于甘州城下
用套马索缚住几名守城的回鹘兵卒
打马而去并拖出一路的灰尘
在女人如胭脂牛羊多似星的焉支山下
他们把拖得半死的回鹘兵卒捆绑于树
一边射箭
一边在荆棘上忽哭忽笑赤足舞蹈
一边诅咒

一边为殉节的三千精骑长跪叩首
一边忏悔
一边祈求守护神大鸟背负流浪的灵魂
从黄昏到黎明

张浦再次统兵三万围攻甘州
攻城一月，女墙依旧
依旧高矗于檑木滚石和乱箭之上
党项营寨却屡遭夜落纥的突袭
张浦带着伤亡过半的残兵败将
像夏日的雪花飘摇于沙陀大漠
一个个耷拉着脑袋步态蹒跚
若来一场沙暴必将全军覆没
张浦猛然觉得天象诡异
突然有人高喊

大家快跑
夜落纥追来了
回鹘追来了

党项将士连爬带滚地跑到黄河岸边
发现身后并无追兵
原来是军师张浦施了一个饿狼逐羊之计
众人在八月的黄河里
尽情地洗涤着劳乏创伤与羞愧

党项的厮乩将一把黄河卵石
顺手撒在平坦整洁的黄沙上
石子呈现的图案
厮乩断定军中有鬼故而攻城不下

让众人在一块阴湿低洼的地方
挖了一个深坑
把枯枝布条和羊皮做成的杀死鬼
高高举起而摔入坑里
厮乩念着中阴得度的密咒
众人在坑边诅咒詈骂一通
棍打石砸刀砍箭射一番
将鬼掩埋而踩实
并使鬼坟平整如初
否则给鬼留下出来的门

如果说西平王德明梦想的党项王国
头颅是高昂不屈的贺兰神山
双脚便是由南向北的黄河圣水
左臂是世代经营的灵夏
右臂定将是伸展的河西走廊
德明亲率大军再伐甘州
行至豺狼出没的冰草湾时
一颗恒星现于白昼
自东向西经天徐过
德明倍感恐惧下令班师

徒行几百里空手返回
这不是党项人出兵作战的风俗
盲女巫在先锋折回的地方
建了一座逼肖甘州的城池
在城头扎了一个命名为夜落纥的草人
万子太保和张浦都射中了九箭
年仅五岁的元昊一箭就将草人射落城下
生生死死无数代的盲女巫

袒露出她迷人的青春和风韵
众将士一片欢呼
群马爆发出一野草原的呼唤
德明把元昊抱到夷枭马上
仿佛看见儿子将甘州城一举拔掉
听见向西逃窜的回鹘
唱着匈奴当年唱过的歌

我失焉支山
我的牛羊无光泽
我失胭脂山
我的女人无颜色

拓跋德明

夏王拓跋德明斜躺在病榻上
双眼闭成一块装满火焰的冰
仿佛觉得贺兰山于一夜之间横空出世
如默鲁山托天而生拔地而长
似游龙奔马蜿蜒五百余里
巍巍屹立于塞外大地黄河西北
白雪皑皑的山峰戴着天堂
一声声鸟鸣流播于苍松翠柏
层峦叠嶂的峻岭吐纳烟岚
一股股清泉奏响芬芳满衣的排箫
他携妻祭祀屈石时的谷火还在跳动
贺兰山早就在心地扎下根须

从高原到高原再到高原的风
追寻家园的苦难、苍凉和悲壮
吹响梦中惊醒的伤口
吹响天堂的一朵朵白雪
沿着黄河而迁徙的歌
翻滚的牛羊和女人闪耀着血色的荣光
被鹰驮向蓬勃向上的积雪山脉
驮向不落的太阳的旗帜

他牵着日行千里的夷枭马
穿行于参天的白桦与葳蕤的草木
心中顿生色即是空的禅意

七层八角的陵台矗立眼前
浑厚沉闷的钟鼓诉说着创业的艰辛
墨绿色的脊饰展翅欲飞
风吹铃铎驱赶着王陵四周的清静
他跪在西平王继迁的献殿
把吐蕃六谷部首领潘罗支血红的头颅
放在油灯闪闪香火袅袅的祭坛上
鼓乐骤起，唢呐齐鸣
祷声如潮，众人跪拜

他努力垂钓着往事
听从盲女巫传达的神灵的旨意
把父王厚葬于贺兰山的臂弯
那时他就想到迁都
从你来我往地居四塞的西平府
迁到背靠贺兰脚踏黄河的怀远镇
一年四季地陪伴孤零零的父王
但他首先联合六谷部的旧部报了杀父之仇
遵从父王倾心内附的遗命
遣使向宋奉进绝无二心的誓表
复受定难军节度使晋爵西平王
并得到宋帝赵恒赏赐的袭衣锦带和银鞍勒马
以及银一万两绢一万匹钱三万贯茶二万斤的年赐
他立即贡献御马二十五散马七十橐驼三百
叩谢皇恩
一则誓表换取了大量的财物
也换取了连年征战后的休养生息

他看见延州边境的榷场
那一片人来人往的繁荣至今依然

党项的牛羊马驼毡毯青盐麝香羚角苁蓉甘草
汉人的缯帛罗绮瓷器青铜茶叶五谷
回鹘的珠玉翡翠兜罗注丝熟绫斜褐
吐蕃的牦牛盘羊象牙虎皮虫草红花
还有各个部族的语言民歌和舞蹈
都在那里自由交换
自此灵夏与宋朝辽代和平相处
各地使者来往不绝
他继承了父王的遗志
背靠契丹内附汉族
西掠吐蕃健马
北收回鹘锐兵
然后牧马南下

朝佛五台山
甘霖降草原
龙腾贺兰山
两月出河岸

这首众人传唱的民谣
又在德明的耳畔上下回翔
他猛地睁开眼睛又缓缓闭上
想起他在鏊子山上大建宫殿
出入延州境上乘坐着大辇方舆
卤簿仪卫一如中原帝制
好像自己也是一个皇帝
而现在他已病成一轮云层里的夕阳
把宣布建国称帝的使命留给后代
想起他的一生就是与宋辽顿息兵戈

全力向西开拓
以白龙腾跃于贺兰山顶为祥瑞
迁都怀远以承天命
更名为庆州而谋万世之业
心头涌起一股淡淡的欣慰
令他遗憾的是河湟流域和肃瓜沙三州
还在吐蕃与回鹘之手
灵夏的后院时时受到威胁
如同威胁他心灵的病痛

他知道儿子元昊站在身边
妻子卫慕长兰煎熬着草药
中原的御医给自己把脉
盲女巫围绕篝火在荆棘上狂舞
回鹘僧人诵着唵嘛呢叭咪吽的六字真言
他知道阵阵西风从贺兰神山拂来
一片片秋叶落在宫殿门口
庆州城里的子民酣然入睡
他们的梦里星光灿烂
他也向梦里踽踽走去
去追寻党项的翅膀
董拉的火焰
白头鹰的鸣叫

显道元年

正月

显道元年是党项第一次使用的年号
白髑髅喷出酒香，罐罐茶咕咕鸣叫

黔首赤面的党项人从草根里刨出春节
鹰旋舞漏下天堂的光羊首舞捧起女子的美

太子元昊携着契丹公主穿梭于族长的寨堡
一大片箫鼓琴笛使很多人当上新郎

一对殉情的男女在山崖后刻下交媾的岩画
毡帐穹庐产下羔羊，嚼着雪堆里的青稞嫩叶

落入春季的山川绣上一道道磷光
骣骑野马的尚白之王飑现于第九层天梯

一团幽蓝的火在木椽塔内绽放如莲
风干驼头的大漠有鸟掘井

二月

背着玛瑙的野雁叫开一路杏花
一条条江河放牧着储青的毡帐

众人于贺兰山间畋猎樵牧
卜筮的福地把嫩绿的手举过头顶

出使宋辽的使者来去都是归家
裸露青春的盲女巫走在树上

贺兰神山瑞雪永积，黄河两岸柳枝骀荡
虎豹鹿獐漫山奔跑，果树芜荑遍地成长

潺潺流水领着鹤唳飘出丛林
人们把猎获野牦牛的英雄屡屡抛起

葬礼隆重举行，种子埋进土里
一碑红月亮立在山上

三月

白鸽和斑鸡的歌声穿透桃花
身披兜罗的西风带来域外的珠光

一队牦牛驮走青白盐运来丝绸与茶叶
五色经幡飘扬着语言和形体

愿诸神得胜人畜吉祥
白银肚上的金乳房高高圆挺

男人在高大的肩头张开线网
女人在丰满的胸前放飞白鸟

葱茏的草木燃起艳丽而带刺的花
党项的艺神奂羽君临宫阙

一匹蓍草扎成的马
喝了几口雨水便腾云而去

四月

夏季的第一天是牯牛的哞声
催促人们植树的杜鹃宣布着西平王的赏赐

整个境内没有荒芜的丘陵和思想
背负太阳的农人守护着新娘

那一座座丁香吐芳的山头
一汪汪波光潋滟又风情万种的湖泊

绸缎旁边的野草蔓延如火
翻滚的波浪绊住奔向疆场的马群

一位戴着白帽穿着白衣骑着白马的公主
呼唤着她荣光闪耀的三千骜马

青蛙蹦跳，乌龟矍铄
悠悠羌笛吹出北方的忧伤

五月

宋朝册封德明为夏王的消息状若旋风
一场蒲月的甘霖普降高原

横跨南北的彩虹把酒灌进每一顶毡帐
女人挤奶，孩子放牧，男人凿刻岩画

牛羊于草甸上倾听阳光的虫唧
声声驼铃荡起绿洲的气息

独臂的老人怎么也数不清身上的伤口
金钱豹带着它的孩子舔着积水

夕阳在贺兰山巅碰碎鸟蛋
一钩新月在丝绸之路上踽踽而行

回鹘把闪烁的醉眼戴在党项女人的脖颈
鹰把生锈的星星一一擦亮

六月

一个太阳倾泻到十座山上
泥泞的洼地蒸腾着盛开的蝴蝶

满脸火光的铁匠来自东方
羚羊与香獐青梅竹马地走进深山

一座山丘长出红色的鸡冠
蹲在路边的牧羊犬啃着炊烟

日到中天山中之神长出翅膀
被风吹掉的帽子戴在黄河的头上

党项人镶着软玉的马车白光迸溅
伏月，从荷苞里孵出的鸟一身金黄

一野麦子倒下沉甸甸的头颅
鸟背上驮着打开心扉的歌谣

七月

你看，兰秋把麦子堆成一万对乳房

把十万族帐百万牛羊喂得膘肥体壮

一串露珠直到中午还挂在孩子的梦里
鸣唱的鹌鹑让每一个人都感到吉祥

稻谷即将成熟的日子钻进捕雀的网
兴州的七十二湖倒映着天堂

你看，镇星犯鬼的星象一片诡异
一场大风扬起鹿身上的花

射向羚羊的箭落在一块璞玉上
兰湖旁的天鹅舞姿娉婷

灵山上祭祀五谷神宣里青的鼓乐
铮铮铛铛如瀑布披风而下

八月

灵夏的酒宴摆满月桂
党项女人梳着高髻饰着簪钗穿着茜草浸染的长衫

火辣辣的民谣在酒坛搅动
吹排箫以助兴敲土鼓为节拍

元昊率领一万精锐
昼伏夜行地去攻畜牧甲天下的凉州

赶着七十匹御马前往中原的使者
驮回一藏佛经普度慈航

收割的谷地露出泛青的胡茬
储青就是把阳光装进绿叶

一位找不到客栈的孤行者
今夜会被十五的月亮找到

九月

元昊一举拔掉得而复失的凉州
留下守城的重兵采菊凯归

一位穿着白袍的新娘伫立于琵琶声中
一个汉族士兵接住她抛起的白石

西风乍起，群鹿鸣叫
逆风奔驰的岩羊传来狮子的吼声

小麦大米豌豆屯满粮仓
一座座簇新的毡帐如雨后的蘑菇

在天的意志和云的威力中婴儿诞生
一个个地叩响神秘的门

落在高地上的霜一片圣洁
萝卜和茄子在地上赛跑

十月

十月是黑色而年轻的母狼
不知被谁剪掉长发的黑风骤然飞起

一个濯濯的脑袋撞进女人的怀里

咯咯直叫的黑头鹅一如烧焦的木头

灵魂于白城黑堡之间飞来飞去
拓跋德明病逝宫中

整个塞外哭声盖天贺兰山麓泪水裂地
党项人为五十一岁的夏王哭碎身心

白头鹰、火狐和党项在空中盘旋
又一颗天才的头颅高矗大地

北山羊遁入筛选阳光的森林
每一片落叶都收藏着风声

十一月

冬天的第一场大雪飘遍塞北
旷野上分不清哪个是雪人哪个是孩子

盲女巫于灵山之巅主持着祭天的仪式
金钲大鼓齐鸣，桑烟香火轻绕

崎岖的山路没有冻结心头的爱情
牧人把羊群赶进葭月

继承王位的元昊
把天神地神的名字一一呼唤

复仇女神妙无赤乎的耳朵里喷出火焰
没有人听懂鹿儿夜里的喃喃谵语

一对留在湖边的天鹅依偎如春
树木叶子落尽而侠骨傲立

十二月

敲响铜鼓吹起箫，迎接新春向前跑
摆开酒罐肉香飘，娶了美女心里笑

子孙三代像多节的竹子聚在岁末
族长的帐里坐着远方的亲戚

最寒冷的日子被风带走
珍藏于冰块里的火焰期待着召唤

喝下烧酒碰上鬼，软了胳膊又软腿
扳过阿妹亲一嘴，五脏六腑化成水

在眼睛里失眠的眼睛点燃泪珠
腊月的太阳倒映着冰川

一帘浅梦缘于彩云的轻抚而紫莲盛开
伟大的时间啊，你又忘掉了谁的故事

宗哥之神

寒风砭骨
被冻红的太阳穿上厚厚的云裳
苍天默哀
为阵亡于鄯州城下的众人一一惜别
白鹰空翔
凄婉的鸣叫铺下一野无望的黑暗
西平王嵬名元昊于宗哥河岸悯然泪下
被水飘荡的夏兵一直针扎着眼睛
临死前的哭喊和马啸撕碎乌云
纷扬的大雪是乌云倾泻的血
是天堂喑哑的白发
是黄河含泪的影子
是贺兰山流浪的灵魂
白色的血淹没了整个世界

他三伐吐蕃没有割取一寸疆土
难道河湟流域是雪山女神的领地
是青海水神的王国
是战神守护的家园

一

显道二年秋九月
白杨萧索，白霜遍地
苏奴儿攻打牦牛城失败的消息传遍兴州
元昊约请各大部落的酋长围猎于贺兰山麓

几只羚羊和马鹿倒在箭里
燃起篝火，斟满烧酒，割鲜而食
共商举兵事宜

元昊亲率大军奔赴河州
救援被吐蕃执俘的苏奴儿
攻打数月，牦牛城固若金汤
一个诈和之计却赚开了城门
凶鸷的元昊挥起鲍老大旗
羯鼓骤响，牛角泣鸣
周边留发头顶光秃耳垂重环的夏兵
卷起复仇的狂风暴雨
犹如破土而出的妖魔克虏
尽杀全城的将士
掠去不计其数的牛羊马驼
把漂亮的吐蕃女人
驮在马上
纵火焚城

他觉得自己不曾失败于吐蕃
而是失败于来自青海湖畔的宗哥河
好像宗哥河是吐蕃的守护神
是神圣不可侵犯的禁地

二

广运二年冬十一月
五谷满仓，羊肥马壮
元昊点集了五万人马
征讨从邈州徙居青唐的吐蕃首领唃厮罗
却被吐蕃的十万大军截断后路

元昊转身扎营，射出火鸦子焚烧毡帐
驰马掩杀，夜袭肉搏
这一仗打了八个月之久

他忆起二百多个餐风饮露的昼夜
胸口猛地长出一把剐心的钝刀
尤其是他率领胜利之师横渡宗哥河时
一场大水自天而降从地涌出
吞没着与水搏斗的兵卒和战马
吐蕃人掘开上游的堤坝
党项人在七月的怒涛中浮起又沉落
令他永远不堪回首
唯一欣慰的是他聚起残兵
树起二丈多长的鲍老大旗
翻过白雪皑皑的祁连山脉
一举击败回鹘攻下肃瓜沙三州
完成祖父两代的遗愿
把兴州的右手伸到玉门

吐蕃决堤淹没夏兵的七月
一粒砂子磨着眼睛
一根木刺留在指甲缝里
一只老鼠噬咬着心头的肉

三

大庆元年冬十二月
天空阴沉，朔风呼啸
元昊经过不到半年的养精蓄锐再度大兵压境
渡过刺骨的宗哥河
并在河里插上表示水浅的小旗进围青唐城

与唃厮罗激战三天三夜
元昊带领败兵撤退时
涉入插有小旗的河里
却被河水溺死一半人马
辎重盔甲淹没殆尽
原来是唃厮罗派人将旗帜移到深水

圆面高准的元昊一阵眩晕
从驮他过河的白龙驹上滚到岸边
他看了一眼即将结冰的宗哥河
又一次觉得宗哥河是神的河流
来自青海湖畔汇入黄河
正如党项汉人吐蕃来自不同的源头
但都是黄河的儿女
都流淌着生命的本性
激荡着部族的气节
放射着神灵的荣光

英雄的悲剧

党项的英雄山遇惟亮
于宥州的镊移坡五花大绑
面对骑着白龙驹的元昊和一排弓箭手
他知道自己必将死于乱箭之下
九死一生再死一次才能飞回青藏高原
只可怜无辜的妻儿、阿弟和亲属
他紧闭双眼
默诵唵嘛呢叭咪吽

左厢监军山遇惟亮是元昊的叔父
从小与年龄相当的元昊一起玩耍
一起骑马射箭狩猎捕鸟
他率领族人作为元昊的先锋
声东击西地攻下六攻不破的甘州
昼伏夜行地夺回得而复失的凉州
他的夏人剑削铁如泥见血封喉
他的党项弓百发百中射敌没羽
他的名字令敌人望风而逃
他和元昊一起征讨河湟
从刺骨的宗哥河爬上岸边
一举夺取了肃瓜沙三州
奠定了灵夏两万余里的版图
他与阿弟惟永分掌着党项的左右厢兵
现在却要抛尸夏宋边境
还落了个党项叛臣的罪名

他不禁心中悲起
横扫秋叶

山遇惟亮的脑海掠过一个想死的念头
只有死，他才能坦然地面对先祖
才能洗掉身上的冤屈从奇耻中解脱
面对鹰眼圆睁的元昊
他将追随那些被元昊杀戮的人
和他们一起在地狱一盏油灯的黑暗里
承受地狱之火的浣洗
那是元昊的阿舅卫慕山喜和几十口族人
是元昊的亲生阿妈皇太后卫慕长兰
是元昊的妃子卫慕白多

驻军于银州的山遇惟亮
奉命来到贺兰山麓
与元昊及各部豪酋刺臂血于髑髅
共饮血酒而盟誓攻伐中原的延州
他掌管着左厢深知关中情形
力谏元昊罢息铁戈而坐享岁赐
他看出元昊脸色阴沉
方知几句话已铸成大错
他知道性凶鸷多猜忌峻诛杀的元昊
定会设法诛他
只好携带家眷及珍宝名马内附宋朝
可他八十余岁的阿妈独孤氏
无论如何也不愿离开故土
他与老阿妈洒泪而别
身后的大火腾空而起
老阿妈点燃了寨堡

和自己

山遇惟亮日夜兼程来到延州
延州守将郭劝却把他拒之城外
惟亮向郭劝恳切陈诉
郭劝却认为他内附有诈
阿弟惟永惟序号哭喊冤
郭劝却命令兵卒把他们五花大绑遣送宥州
恰与率兵前往延州兴师问罪的元昊相逢于镊移坡
山遇惟亮面对瞄准自己的弓箭
心里掠过一丝小小的慰藉
他被中原遣回
元昊攻伐延州的借口便不复存在
他用自己和亲属的死
换取党项和汉人的和睦相处
惟亮看着一支支箭射向自己
射中的却是一座英雄的雕像

据说山遇惟亮至死站立
望着贺兰神山的眼睛白光四射
全身的九个箭孔
流出洁白的乳汁

尚白

一

你是来自积雪山脉和白高河源的党项
是河源头颅上的一山白雪
是白雪骨髓里的一位雪山之王
是雪王祖先珍藏的一点纯白
是自古到今永葆纯洁的原色
是拒绝污染坚守神圣的本性
你本身就是积雪山流成的白高河
流淌着泪水、乳汁和血液
流淌着水草、牛羊及女人
流淌着你流落他乡的八大部落
你本身就是严寒雕塑的积雪山
巍巍屹立于祥云缭绕的圣地
屹立于每一位族人的心灵
宛然一轮不落的太阳

你是崇尚白日的党项
白日就是白色的可兰石吐出的白气
是白气上升变成的白色的鹤
是白鹤向上旋飞而燃成的太阳女神忽亘爱
白日就是白鹤留在大地上的白色的世界之卵
是从白卵中走出的太阳腿女子
是成为世界上第一个人的白身黑头顶
白日就是白鹤化身于人间的董拉
是在白骨遍野的草甸上安家的党项始祖

是白光闪闪美轮美奂的阿妈

二

你是太阳创造的党项
太阳是你永远飘扬的旗帜
你是崇尚白色的党项
白色是太阳伟大而不朽的本色
如同红脸盘一般的阿爸和月亮

你是以白鹰和白羊为图腾的党项
白鹰是与天河秘密对话的董部酋长
是雪崩时飞成的如雪似冰的鸟
是党项男人俯冲而旋起的鹰旋舞
是催人泪下且勾魂摄魄的鹰笛
白羊是不知从何而来向何而去的原羊
是一道野兽不敢接近的栅栏
是党项女人姗姗走来并暗送秋波的羊首舞
是斯乩占卜时用艾草炙烤的羊胛骨

你是凶猛如鹰又柔善似羊的党项
就像白天的背面是黑夜
男人的背面是女人

三

你是崇尚白石和白骨的党项
白色的可兰石长成祥云缭绕的默鲁山
山顶发生过一场剧烈的爆炸
炸出一个宫殿闪金光奇花吐幽芳的千里平原
成为天堂天境之神在人间的住所
火神艾旦丙在山下遇到那个英俊的凡间男子

于孪生湖畔度过一个绸缪的春天
而从山顶炸飞的白石落到世界各地
每一块白石都是掌管生育的山神玄灵比的影子
每一块白石都传出婴儿的啼哭
落在贺兰山上的白石名叫屈石
就是你的子民拓跋德明携妻卫慕长兰
把从小饲养的白羝羊祭献的那块圆锥形的白石
白石使卫慕长兰梦见白龙绕体而有身孕

白色的骨头遍布大河上下
用白骨堆成祭祀神灵和祖先的祭坛
用白骨占卜牛羊的康疾五谷的丰歉党项人的福祸
用白髑髅盛满饯行与凯旋庆贺与祭祀的酒
用白髑髅里的水洗去浑身的奇耻大辱
用白髑髅把四处浪荡的鬼一一唤回

白色的石头上刻满了传说
白色的骨头里流淌着血脉

四

你是崇尚白气的党项
白气是充填一切空间和时间的力
是人世间东南西北奔跑的风
是从天空落下又从大地升起的云
是万事万物吐古纳新的呼吸
为一口气而活的党项
追寻创建焚毁再追寻着永远的家园
白气是党项天境的精神
是文字民俗诗乐歌舞岩画和雕塑
如同天堂的红光是党项的灵魂

是大地神鬼生殖图腾巫术及占卜
如同人间的蓝水是党项的心
是亲情、友情与爱情
如同地界的黄土是党项的生命
是天空陆地湖海鸟兽森林及草原
如同地狱的黑火是党项的肉体
是暖宫、家庭和坟墓

白色让白色以外的颜色净化为白色
白色让白色成为透明

你是崇尚白色的党项
你的子民以白为美善真
以白为牧农商
牛羊长得高大肥壮就是美
大地献出金灿灿的五谷就是善
用驰名的党项马换取丝绸就是真
这是与你一起崇尚白色的子民
是触聚中离翔的男人
是流徙里卜居的女人
是独穿白衫的元昊
愿立白金西方，构筑万乘之家
把你灌入党项人血液里的白色
举到天空

建国大夏

一

火星入南斗天子下堂走的民谣
自元昊诞生的五月五日一直流传至今
性雄毅多大略通兵法善绘画的元昊
一举攻破六攻不下的甘州而被立为太子
气识英迈身先士卒诸蕃折服晓浮图学的元昊
于父王德明的灵位前，继嗣王位

他削去唐宋所赐的李赵姓氏
改祖辈的拓跋为嵬名自称吾祖已有六年
他率先秃发
灵夏境内的头发落叶般随风飞舞
他准备称帝
广建宫城营造殿宇的百姓挥汗如雨
他创立官制
中书枢密翊卫司群牧司等文武之班垂直纵横
他独穿白衫
衣着紫绯穿靴执笏腰佩弓刀的文官武将站立两边
他规定兵制
年龄十五至六十的男人都是奔赴沙场的正军或杂役
他确立军名
左厢神勇右厢朝顺黑山威福等十二个军司分驻各地
他始制番书
野利仁荣于阁楼里演绎成犹如符篆的六千多字
他更定礼乐

裁剪九拜之礼为三拜改革五音之乐为一音
他设立番字和汉字两院
与中原往来的表奏中书汉字旁列番书

二

在塞上在朔方
在贺兰山麓在黄河两岸

经过拓跋继迁手握乾符大举义旗悉降诸部的创始
定都灵州
经过拓跋德明结好宋辽西掠健马北收锐兵的奠基
迁都怀远镇
经过嵬名元昊诛慑豪族斥地千里革古鼎新的努力
升兴州为兴庆府
经过党项汉吐蕃等几代民众的浴血奋斗
拥有了东临黄河西尽玉门南接萧关北控大漠的疆土
和遍布境内的牛羊马驼
拥有了几百万勤劳善良的民众
和几十万强悍勇猛的兵将
拥有了抗衡宋辽抵御鞑靼的国力
和吐蕃塔坦称臣张掖交河稽首的威望

三

在中国西部雄浑广袤的大地上
一个部族众多的王国正在孕育

大庆二年十月十一日
蓝天如洗，阳光普照
贺兰山云蒸霞蔚，黄河水波金荡银
西风微拂，旌旗轻飘

金钲铜鼓惊天地，排箫羌笛请诸神
苍鹰盘旋，骏马长啸
祭坛上桑烟通天，兴庆府人头攒动
一身白衣的元昊走上百丈阶梯
于艾香萦绕的祭坛前
向天地诸神和列祖列宗伏跪叩首
向一片肃穆的民众和世界宣布
建国大夏

元昊自称世祖始文本武兴法建礼仁孝皇帝
改年为天授礼法延祚元年
追谥祖父拓跋继迁为神武皇帝，庙号太祖
先妣野利氏为顺成懿孝皇后
追谥父亲拓跋德明为光圣皇帝，庙号太宗
母后卫慕长兰为惠慈敦爱皇后
立妃野利达娃为宪诚皇后
儿子宁明为皇太子
封赏野利仁荣、嵬名守全、张绛等专主谋议
杨守素、钟鼎臣、嵬名聿荣等受纳诸司
野利旺荣、野利遇乞、成逋等分驻十二监军司地

祈苍天厚土
荫我大夏王国
愿贺兰神山黄河圣水
佑我万乘邦家

箫笛号齐鸣，举国上下山呼万岁
鼓炮震天响，牛羊马驼海啸吉祥
佛僧诵真经，五色经旗浪涛迭起
酥油灯常明，三日大宴喜气洋洋

鹰旋舞勾魂，日月星辰醉眼蒙昽
羊首舞展美，男女老少满脸金光
一切都沉浸在王国诞生的节日之中
沉浸在华夏部族创造的辉煌之中
沉浸在无边无际的喜庆之中

四

这是创建于十一世纪的王国
是中华大地上与宋辽鼎立的边陲政权
这是创建于丝绸之路上的王国
是中国历史上的重大事件
这是党项汉吐蕃等部族创建的王国
是以武为根以牧农商为本的新生势力
这是背靠贺兰脚踏黄河的王国
是民众几百万地域两万里的部族大家园
这是嵬名元昊宣布创建的王国
是任何人都不可遮掩篡改和否认的史实
这就是大夏，自称大白高国或白高大夏国
就是汉籍史书上所称的西夏
也称夏国、河西、弥药、唐古特等

马啸驱赶牛羊的地方尘土飞扬
蒸土筑城的号声被苍鹰肩负
一座座城池于汗水中拔地而起
一群人向紧闭的城门冲击
更多的人在城垣的四周
让自己开出一朵朵碧血的花
又让暴风雨的马蹄从花上踏过
而谁以一叶花瓣的方式看你
看你的旗帜猎猎飘扬

卷五 | 依山荡水

这扇神秘的大门已经关闭
那扇神秘的大门即将洞开
我仿佛看见你
从大夏国都的皇宫飞进梦乡

面朝太阳而背靠茫茫大漠
头顶苍天而脚踏塞上江南
左臂曲成河套而右臂展开河西走廊
这个顶天立地的巨人就是大夏
一匹骏马将自己驰成贺兰之弓
两端绷着风起云涌的黄河之弦
每一支灌进雷声烤上闪电的箭
都是守卫家园的党项

一百年前鸽子睁开眼睛
在东方的天顶盘旋成一道冬日的风景
所有的目光都在举首仰望
鸽子排成整齐的三角队形
绕着圆圈越飞越高
好像鸽子的上方就是天空
一百年前绑在鸽子腿上的哨子
被风盘地吹响的越响越亮
「仿佛来自历史深处的嘤嘤之声
所有的战马都在驻足回听
风声汹涌的哨音是对青春的一种挽留
也是对灵魂之声的一次诀别

家乡沉浸于惊疑之中
一声巨响炸开好水山的平静
在鸽群消失的天空
九首指身的金玫战神由巴马徐徐下沉
家乡从空白中看出了死神
也看见夏季人们的面容上显现花纹地理开示来
眼眸间就来了暮四合

贺兰山岩画

一

这扇神秘的大门已经关闭
那扇神秘的大门即将洞开
我仿佛看见你
从大夏国都的皇宫飞进梦乡

贺兰山上，你刻画着因缘的经轮
涌出山谷的红尘滚滚东去
千里之外的涛声一阵一阵润泽山麓
大地上盛开无数的众妙之门

贺兰山上，你骑着树木青白的驳马
原羊之角挑起祭天的桑烟
盲女巫的颂歌通向天境
骨勒布云顺着月光返回大地

贺兰山上，你吹拂着灵魂的旗幡
圆形图案里的白狐冲出围猎
野牛的眼里流出被血浸红的夜色
月牙弯刀从凹陷的蹄印里嗅出香味

贺兰山上，你把盘羊看成饱满的乳房
把车轮看成辐射原欲的生命之门
昂首的青蛇在连臂舞中喷吐烈焰
一对脚印将青涩的果子藏在花朵之后

二

一群仙鹤跳在水的两旁
一只山雀从符咒里探出脑袋
一对弓箭架起雨后的彩虹
一头猛虎的体内栽满栅栏
一顶草帽戴在孕马的头上
一个长着松树的头颅走在风中
一截城墙上摆满盛酒的瓷碗
一道蜿蜒的山丘放射着星光
一只雄鹰守护着襁褓中的婴儿
一个勇士向猎物的嘴里插进双臂
一位盘髻的女人怀抱吮奶的羔羊
一行西夏文字使出征的羯鼓咚咚作响

三

贺兰山上，你走出岩洞而乌云散尽
大智若愚的黑熊在树根上磨着爪子
飞石索抛出的石头悬在半空
一支箭射落另一支没有射出的箭

贺兰山上，你站在山顶极目远眺
叠在一起的手印和马蹄在天上飘荡
赤身裸体的格斗传来女人的叫喊
扑向幼鹿的金钱豹猛然停下

贺兰山上，你把月牙儿拴在枝头
登天的云梯上盛开雷电的耳朵
四只黄羊站在食肉兽的腹中
驮着青盐的双峰驼把星星踩进溪水

贺兰山上，你呼唤着神灵的大鸟
酒神卓尔思在一朵雪花上载歌载舞
躺在云马身上的温杜普睁开第三只眼睛
山上的大佛呼之欲出

四

头发飞成风声，触及白云之唇
天地之驹奔驰着自己的肋骨
风吹草低，皮肤涌出甘泉
惊醒的牧鞭甩起牛羊群里的虎啸
右手敲击左手，向阳的胸膛一片灿烂
梅花鹿的身上绽开盾牌和天体
眼睛睁圆青铜之弓，鹤唳声声
陷阱里的牧羊犬摇响盲女巫的法器
畋猎樵牧，天堂住在心间
牦牛的脊梁驮着纯白的八座佛塔
民谣随烟而去，灰烬逐渐融入岩石
苍鹰飞过投下不能临摹的骨骼

五

贺兰山上，你走进自己刻画的塔
被逐的马鹿只剩下鹿角
发光的人像只剩下眼眶
燃烧的篝火只剩下石头

贺兰山上，你像穿越历史的万红月
从商周到刚刚建国的大夏
自苦井沟升起于麦如井落下
驳马的身上骑着十万将士

贺兰山上，一代一代的凿刻者从山上走过
没有刻下他们的姓名
一代一代的凿刻者把画留在山上
自己却躲在画的后面

贺兰山上，一次次死去又一次次复活的盲女巫
将她的眼睛变成太阳和月亮
照耀着开在石头上的花朵
刻在骨头上的神话传说

创建文字

五月的天空刚刚泛白
大夏国都东侧的日月楼已经醒来
几声轻微但很遥远的咳声
试图唤起雄鸡的一片啼鸣
野利仁荣打开面南的房门
满目的青草送来泥土的芳香

他拉开东面的丝绸窗帘
迎面扑来的黎明把一桶清水洒在地上
一把精美的夏人剑斜挂墙壁
丝丝缕缕的飘带透出血色的寒光
一个雕花的马鞍放在门旁
阁楼下的骅骝马随时都能出征
一件散发着书香的长袍叠在枕边
淡淡的曙色和宁静落在每一个角落
他独伫窗前，望着太阳怎样把髑髅里的酒
洒在饯行的白云上

且让时间在此停留，一点一滴地把他浸透
从血管涌到他布满沧桑的手
栖息于每一个犹如符篆的文字上
让他依旧凝视东方
在冥冥之中超越现实、历史和梦想
他伸手梳理了一下头发
一股熟悉的香味从身体飘出

夏帝嵬名元昊造出第一字时的那场大雪
又在日月楼的汉籍上纷纷扬扬
他沿着香味的方向努力返回
创造文字的五年时光全是幻觉
仿佛一个个文字并非他写在纸上
而是从纸里飞出来的鸟

野利仁荣在纸上创建了一个王国
他为党项的神灵命名
把呼唤神灵的虔诚放在眼前
神灵便在名字的刻写中从天而降
他把字连成词汇，把词汇融进万事万物
让到处游牧的党项话回到字和词新婚的家园
并使话语载着字词悠然飞翔
而太阳女神为何对应忽亘爱三字
广大的地面为何对应大地一词
他已经无法记起
已经成了无法破解的谜语

他回到记忆深处
却没有找到影子下面的秘密
太阳升起使黑夜成为回忆
一部用番文翻译的汉籍
正被阳光照出树叶上的斑点
番字是元昊和他模仿汉字而造
笔画却比汉字更多，他的心头一阵战栗
复杂的西夏文字与单纯的党项话
没有融为一体
似乎注定了一个王国的神秘
和一个部族的命运

夏人剑

他有一把剑，但他不知道
剑来自哪里。他记得一位侠客吹剑如笛
笛声波及之处电闪雷鸣
他梦醒之后漫天飞雪

他捧剑而跪，在心里默默祈祷
直到云散日显。这是一把怎样的剑
剑颈上盘旋着一条青蛇
细长的蛇信潜伏着吱吱作响的火焰
剑格上围着九个血红的头颅
让人感到战神曲巴可无比的威力
一个白色的符号绣在菱形的紫旗上
分明是一个勾魂摄魄的髑髅
剑鞘的两面雕刻着飞翔的鹰
四周镶嵌着艳若血滴的玛瑙
他想将剑拔出，剑已滑落在地

他把剑挂在腰间
就成了一名西夏的铁鹞子
他穿戴着刀枪不入的铠甲和头盔
骑着倏忽百里的党项马
他用铁链把自己捆在马背
冲锋陷阵了一个多月而当上了队长
率领装备精良的三百骑兵
常常冲出方阵突然闪开的缺口

他只是挥舞着剑鞘
把自己挥舞成一把出鞘的剑
将密不透风的偃月阵搅得一片狼藉
而他的剑却从未拔出

统军得知他有一把神奇的剑
便命令夏州的铁匠照此铸造
所有的铁匠都不敢将剑拔出
只是仿造了剑柄和剑鞘
就成了天下第一的夏人剑
一把一把地飞舞于长空

他有一把剑，但没有人
见过剑的锋芒，仿佛剑已深深地葬于鞘内
是需要血的祭祀，还是等待一句解密的咒语
即使能够将剑拔出，剑可能电光一闪
腾空而去。他似乎想到了什么
平时把剑挂在腰间
睡觉时把剑抱在怀里

他看见盲女巫把剑舞成了柳枝
所到之处晴空响雷大地裂开
恍惚之间，一个白白净净的婴儿
在盲女巫的头顶扇着翅膀
身上笼罩着一圈金黄色的光晕
他记得盲女巫说了一句十分熟悉的话
从一场大雨中猛然惊醒
他却怎么也想不起来

打开天空的鸽哨

一队轻骑出自陇山
背对冉升的太阳向西疾行
二月的好水川寒风凄鸣
秃着枝干的柳树一片肃穆
马蹄踩在地上震碎河面的冰
蜿蜒百里的旌旗哗哗作响
又见夏军遗弃路边的牛羊
一道命令加快了主力的脚步
宋军将领任福手持四刃铁锏
亲率大军穷追不舍

当先锋抵达好水川的川口时
几十个泥盒散落路旁
里面传出砰砰跳动的响声
从小孔里望去一片漆黑
各种各样的猜测显示出话语的奇迹
任福在旗帜的簇拥下打马而来
几名士兵颤抖着手打开泥盒
泥盒里顿时飞出一群鸽子

一百多只鸽子腾空而起
在宋军的头顶盘旋成一道冬日的风景
所有的将士都在举首仰望
鸽子排着整齐的三角队形
绕着圆圈越飞越高

好像鸽子的上方就是大堂
一百多个绑在鸽腿上的哨子
被风猛地吹响而越响越亮
仿佛是来自历史深处的琴瑟之声
所有的战马都在驻足倾听
几声沉闷的响鼻是对哨音的一种挽留
还是对灵魂之声的一次惜别

宋军沉浸于惊疑之中
一声巨响炸开好水川的平静
在鸽群消失的天空
九首蛇身的党项战神曲巴可徐徐下沉
宋军从空白中看出了死神
也看见夏军从两面山上黑压压地猛扑而来
眨眼之间铁骑四合
被团团围困又被大片撕裂
在夏军猛烈的冲杀之下
喷薄的鲜血融化了结冰的好水川
年轻的尸体在悬崖下堆成山头
宋军陷入西夏伏兵的包围之中

从上午激战到黄昏
任福身中十箭枪中左颊绝喉而亡
他的儿子惟亮亦战死疆场
一万八千人马全军覆没

夏天授礼法延祚四年二月的一个黄昏
一位刀口流血的夏兵
躺在宋兵冰凉的身旁
从人嘶马啸中好像听见了鸽哨

随着漫天的雪花飘飘而下
一瓣一瓣地落在他滚烫的脸颊
透心的清凉减轻了他胸口的疼痛
他睁大眼睛在天上寻找
西夏的鸽子终于出现
没有排成整齐的三角队形
但绕着圆圈越飞越低
一直飞到他的身边

在一片鸽哨的轰鸣中
他缓缓地闭上眼睛
把一野白雪留在身后

招魂

一

宋军在好水川战败的消息传到汴京
中原大地大雪纷纷
朝野上下一片震悼
宋帝赵祯为之旰食
宋军大将韩琦收起残兵败将
向驻地踽踽而行
一边悄无声息地行进
一边洒泪掩埋死去的将士

当他们抵达镇戎城外时
却被几千名父老乡亲挡住归途
只见乡亲们捧着士兵穿过的衣服
提着成串的纸钱
几个小孩站在刺骨的寒风中
一声声呼唤弥漫四野

我的爹爹啊
当初你随韩将军出征
你却留在了好水川
如今韩将军归来
你的魂魄能随韩将军归来吗
归来吧，我的爹爹

二

当韩琦亲率部队前往救援时
好水川只剩下漫山遍野的尸体
夏军早已远走高飞
附近村庄的牛羊马驼踪影全无

他从枣红马上翻身落地
立刻被乡亲们团团围住
他失去光泽和血色的脸颊
浑浊的泪水成线地涌流
他颤抖着双唇却说不出话来
让人感到他内心深处的愧疚无法倾诉
一任乡亲们抚摩着他冰冷的铠甲
好像铠甲上栖息着一万多将士的英魂
几位戴孝的新娘跪在冰上
那冰是她们的泪水凝结而成

我的夫君啊
当初你随韩将军出征
你却留在了好水川
如今韩将军归来
你的魂魄能随韩将军归来吗
归来吧，我的夫君

三

韩琦集合本部兵马一万
又从镇戎城新募勇士八千
交由任福率领前往迎敌
只可惜轻敌冒进而被伏击

八千勇士无一生还
他面对勇士们的亲属
不知该怎样抚慰他们心上的剧痛
他扑通一声跪在地上
戴盔的头颅叩响大地
发出一阵阵剧烈而沉闷的响声

黄昏即临，火焰一堆一堆地燃起
撕心裂肺的哭诉响彻天空
几位老人没有找到自己的儿子
便抱着伤残的士兵号啕大哭

我的儿子啊
当初你随韩将军出征
你却留在了好水川
如今韩将军归来
你的魂魄能随韩将军归来吗
归来吧，我的儿子

待命

一场秋雨让大夏王国醉了三天三夜
连太阳都一醉不醒
今晨被风托起
仍把酒气喷在坑坑洼洼的积水上
远远望去分明是一朵朵火烧的云
把守夏宋边境的夏兵一脸呆滞
好像他们身上未落滴雨
古道旁边的白杨林叶子渐黄
几顶纯白的毡帐散落其中
收留了刚刚陨落的晨星

张元 （在帐内踱步）
我们奉吾祖元昊之命来到萧关
待命三日还等不到新的命令
派往兴庆府的急脚子也不见归还
我们去掠宋境的牛羊
可这十几号人马岂不自投罗网
我们打道回府
可吾祖怪罪下来岂不丢了性命
这可如何是好呀

吴昊 （盘腿坐在毡毯上）
国相，你先别急
吾祖让我们在此待命定有要事
只是吾祖恩赐的御酒已经见底

我派人去镇戎城买酒吧
有了酒，咱们一直在此待命
那才逍遥
今生今世我们回不了故乡
能在故乡的酒里大醉一回
那才惬意

张元　（走出毡帐，仰望长空）
想当年你我屡举不第
我们空有一腹韬略一身鸿才
真是有心待搦月中兔
更向白云头上飞
雄鹰翱翔的高度
枝头的麻雀怎能看见

吴昊　（扶着一棵白杨树，任凭秋风拂面）
是啊，那时你搬起巨石砸死蛟龙
方圆百姓视你为除魔的大侠
你口吹铁笛夜游山林
群聚的盗贼闻声而逃
我们结伴出游塞上而更改名字
在墙上写满张元吴昊饮此
果然被巡逻的夏兵押往兴庆府
得到夏帝元昊的召见
险遭杀身之祸而被重用
我们辅佐吾祖
取得三川口、好水川和定川砦三大战役的胜利
迫使宋朝签订了庆历和约
真是恍然隔世啊

三名夏兵驰过萧关
他们抱着贴有红纸的酒坛
在张元的面前翻身下马
半跪于地将酒坛高高举起

夏兵一 （喘息）
国相，请喝华州酒
我们抱着都快醉了

张元 （瞪大眼睛，万分惊疑）
华州酒是我家乡的酒
你们出去不到半个时辰
岂能买到

夏兵二 （一脸得意的样子）
我们走到半路
碰到一群中原的汉人
他们的毛驴车上拉着十几坛酒
我们把银子都掏了出来
他们连一坛酒都不卖给我们
我们就抢了三坛回来

夏兵一 （慢腾腾地）
有两个穿着汉族服装的党项人
说要把华州酒献给吾祖
我们才不信呢

张元蹲在地上抚摩着酒坛
久久地抚摩而陷入沉思
他从坛口嗅了嗅酒的气息

脸上掠过一丝不易察觉的微笑
他登上萧关道旁的一个土墩
透过高原的阳光
逆着拂面的秋风向南望去
一队汉人正向这里走来
一辆毛驴车上载满了酒
他看见走在前面的是自己的父亲
看见了吴昊的妻儿
看见了他和吴昊的几十口家眷
向萧关走来

偃月刀

夏都的秋色渐渐浓重
一夜之间天国的霜都落在了枯叶上
风搀扶着跛腿的枯叶走了很远的路
并把枯叶堆在冬天的门口
风从门缝挤进皇宫
看见元昊站在油灯与刀之间
他的影子斜斜地贴在墙上
心腹正对着偃月刀的刀尖
吊在半空的油灯被风摇醒

夜，一直深到井底的水面上
那片没有羊群拥来的平静散发着暗香
他觉得面前的刀就是一口深井
轻轻一动就会打开地狱之门
看见火红的铁烙在胸口
听见阴森恐怖的鬼哭狼嚎
他浑身战栗但不知道是梦是醒
只有汗水侵入眼睛
随即又被泉涌的泪水席卷而出
他的眼前一片模糊
仿佛攻打沙州的回鹘横尸城下
墙上的偃月刀越来越细
细成一根闪光的针并且刺进瞳孔
他大叫一声，风瘫坐在油灯里

偃月刀曾是元昊的心爱之物
赐予屡立奇功的天都大王野利遇乞
却被汉人盗走又弃于边境
说是遇乞准备投宋的信物
当偃月刀重回元昊的手中时
已经布满阴云，只是没有了刀鞘
现在，偃月刀像一条发光的蛇
在元昊的身体里游动着
从他的眼底游到视神经
穿过鼻窦而到达咽喉
又从支气管直抵肺尖
在偃月刀游过的部位都留下了伤口都流着鲜血
偃月刀最后停在右肩胛的内侧
好像犹豫了一下便开始环切
那嗞嗞作响的切割声
从体内到体外，从微弱到响亮
只听啪的一声，元昊的右臂掉在地上
正如野利遇乞轰然倒下
一声惨叫在谁的内心响起
又在谁的内心回荡不绝

坐在油灯里的风清楚地看见
偃月刀切掉了元昊的右臂
回到了油灯摇曳着影子的墙上
只是刀尖不再对准影子的心腹
而风扑灭了油灯，驮起流血的右臂
在大雪纷飞的天都山下
风找到了偃月刀的刀鞘
把右臂埋在里面

寻找失踪的女儿

一位白发的老阿妈
站在省嵬城北门一线排列的人群中
她听说坚壁清野的大火映红了十月
飞沙走石的狂风席卷了河西大地
辽帝耶律宗真亲征的十万大军践死无数
西夏取得了河套之战的胜利
她看见元昊骑着白龙驹
向两边的老人妇女孩子挥舞着宝刀

一个孩子被全副武装的麻魁抱到马上
一个女人被浑身是血的男人久久相吻
一个老人抱着失去右手的士兵老泪纵横
一路上团聚的亲人在哭泣
等待团聚的亲人也在哭泣
蜿蜒南去的夏军在哭声中穿行
只有老阿妈没有哭泣
一棵叶子落尽的白杨树
站在秋冬交汇的风口

老阿妈青衣单薄
一双毡靴已有几处破损
她一脸菜色瘦骨嶙峋
但她的浓眉毛大眼睛高鼻梁方脸盘
显示出党项女人特有的美丽
她满头的白发随风飘扬

拄着一把插在鞘内的夏人剑
静静地向北眺望

她眼里透出一股刚毅与柔情交织的光
又从绝望中流露出一线强烈的希望
绝望使她僵立成一块浪涛里的礁石
而渴望又使她内心的海洋风起云涌
她知道在骏马奔驰和雄鹰飞翔的地方
有一条通向天堂的路
但她的双脚分明在一寸寸地下陷
她猛然一阵颤抖
一个声音从心里跳出

你要去找你的女儿

老阿妈的女儿是一名夏兵
是三千麻魁中普通的一员
女儿身经百战练就了一身铁功
这一仗并没有从黎明打到黄昏
是一阵狂风打败了辽兵
女儿怎么就没有归来呢
老阿妈向沙场走去
难道女儿掉进了陷阱
一丈多深的陷阱女儿肯定爬不上来
要么女儿的腿受了伤
正一瘸一拐地往回走呢
不敢想的是女儿已经死去
就是死了也要找到女儿的尸首
要架起一座木栅
让女儿在烈火中升入天堂

在两军大战的沙场
除一层黄沙和几处烧焦的草地
全是辽夏将士的尸首
几缕青烟还在缭绕
插在尸体上的刀枪随风摇晃
残鳞败甲发出丁丁零零的响声
浓重的血腥味阵阵扑鼻
一匹蹬腿的战马流着眼泪
眨眼之间黑压压的秃鹫在天空盘旋
老阿妈似乎看见了死神麻悉弗
还有孤鬼么央和杀死鬼兀巴那尚
在秃鹫的翅膀上哈哈大笑

从上午到黄昏
老阿妈的手抚过了几千名夏兵的脸
擦去他们脸上的黄沙草灰和血迹
但没有找到她心爱的女儿
老阿妈长叹一声
她多么希望不要找到女儿
在阵亡的夏兵中没有女儿的尸首
女儿就有可能活在世上
哪怕是被辽兵抢走
女儿迟早会带信回来
或许女儿追杀辽兵之后
从另一条路返回了省嵬城
或许女儿就走在凯旋的队伍中
只因女儿穿甲戴盔满脸灰尘而没有辨认出来
正如老阿妈听见外孙的哭声
回荡在渐渐漆黑的旷野上

圣节的背面

当四季的第一个月初一为圣节在国内推行
当大夏国都以东十五里的高台寺落成开光
当礼佛祈福的官民络绎不绝之际
元昊却在戒坛寺沉醉不醒

一把偃月刀切掉了元昊的右臂
他在皇宫昏睡了三天三夜
三天三夜的大雪覆盖了所有的枯叶
驮走右臂的风藏在每一朵雪花里
令他不寒而栗
他睁开在梦中流泪的眼睛
寻找心头和右肩的阵阵剧痛
却发现右肩的伤口已经愈合
并且长出了一只手
这令他万分惊讶

元昊还在沉睡
一位名叫没藏讹勒有着凤凰之意的尼姑坐在床边
一只手握着元昊的手
另一只手轻抚着元昊的额头和脸庞
她戴着帽子依然绝美
如果她一夜之间长出秀发半遮脸庞
那将是何等的倾城倾国
美丽的确是一股不可抗拒的力量
还有她眼角流露出来的一丝诱惑

元昊抚摩着自己的右手
他似乎在哪里见过这只手
这只纤细而修长白净而灵巧柔软而无骨的手
曾经拨动过他心上那根最隐秘的弦
一道闪电照亮他最漆黑的一隅
由此他一直思慕着这只手
想握住这只手把天下第一的美女揽进怀里
现在这只手却从自己的右肩生长出来
藏在他的袖筒里

没藏讹勒看着元昊一时难以睡醒
便像一只小猫钻进元昊的怀里
她嗅着元昊身上特有的汗香
这汗香里有她难以言说的隐痛
她曾是天都大王野利遇乞的妻子
遇乞死后，元昊接她入宫
却被遇乞的侄女野利达娃皇后发觉
幸亏念了旧情留了她一条性命
发配她到戒坛寺出家为尼

冬去春来，她随元昊外出狩猎
在两岔河为元昊生下一名男孩
起名谅祚
寄养在兄长没藏讹庞的家里
讹庞已经当上了国相主持国事
但宁令哥在五年前就已立为太子
而且还有美丽过人聪明机智的野利皇后
整个西夏国内只有她一个常戴金起云冠
皇后和太子就是两座高不可攀的大山
立在没藏讹勒的眼前

三四年过去了
与其说是元昊的右臂越长越长
不如说是向外生长的右手带出了右臂
已经长到了他的膝盖
这令他心生疑窦
他曾经的右臂就像一把偃月刀
不管有多少敌人重重围困
只要刀光一闪便纷纷倒毙
就是那只右臂为他打下了江山
帮他创建了大夏王国
可现在的这只右臂
根本不知道他内心的所思所虑
不懂在宋辽之间怎样立足
他明明感到一场灾难正在孕育
但他找不到灾难的源头
他的确看见一道死一般的光束
但他说不清光的颜色

元昊一跃而起
没藏讹勒吓得大喊一声
两人都有一种魂飞魄散的感觉
让怦怦直跳的心平静下来需要多长时间
是一阵风的刮过还是一场雪的悄悄降临
而一道夕阳的光束穿过门缝
斜斜地插在地上
看上去正是一把出鞘的夏人剑

离宫箫歌

坐在贺兰山上的党项
你能说清怎样是醒怎样是梦
怎样是醒中的梦和梦中的醒
怎样将醒说成梦把梦说成无
你沉默不语
只有一阵寒风掠过离宫的台阁

盲女巫曾在元昊的梦里留下谶语
昊王渠是游在山水之间的妖魔克虏
是绑在奔马四肢上的绊索
是插在王国皇脉里的尖刀
但渠仍在贺兰山与黄河之间
在太祖继迁太宗德明安息的王陵与国都之间
向北蛇行三百余里
王陵只能依山而无法傍水
国都只能傍水而无法依山

你曾在元昊的酒杯里放过一棵遗忘的草
当时银光一闪
他却把酒赐予了没移里迷
一位太子宁令哥选中的妃子
一个有着天使之貌魔鬼之身的美女
元昊执意册封没移里迷为新皇后
废黜皇后野利达娃于别宫
遗弃没藏讹勒于戒坛寺

在贺兰山间筑起蜿蜒数里的离宫
连死神麻悉弗尾随而至都浑然不觉

远远仰望，离宫之外的山坡一片桃红
披着灯光的鸟儿是从枝头上长出的叶子
每一条小溪每一棵松树每一块石头都彻夜无眠
尤其是从离宫传来的鼓乐
使夜行的马蹄渐渐放缓
从都城兴庆府到贺兰山麓
宁令哥和母后的族人野利浪烈骑着黑马
黑马是党项部族复仇的马
狮首人身长着十八只手的妙无赤乎时隐时现
妙无赤乎是神话中的复仇女神
几十名蓬头垢面的妇女高举火把
她们是前去纵火的野利族人
不管谁与妇女争战都是不祥的事情
不管谁去扑火都有违神的旨意

乐声弥漫，在夜色上洒着牛奶
羯鼓响起，满天星斗摆开偃月之阵
一阵阵迎面扑来的香气时疾时徐
一束束穿过树隙的月光源源不断
一只柔软而温暖的手轻抚着疲惫的脸庞
一种超越时空的力量自心底升起
宁令哥驾云飞翔而沉入深渊
回到童年又在天堂沐浴春光
静静倾听，琵琶声是一根根纤细的针
穿透钢盔铁甲扎在他的每一个穴位上
沉闷的埙声来自大地的心脏
恍惚之间就被黄土埋到咽喉

古琴如溪，在全身的血管里潺潺流淌
一曲阳春白雪荡起穿越雪竹的和风
羌笛苍凉，将大片的霜悬在半空
如果落在地上将是漫无际涯的灰烬
夹杂于金钲铜钹之间的木鱼
使一首小工调长亭歌响彻五界

你在歌声中忽明忽暗地闪烁
一个悬在山顶上的不熄之灯

元昊不知道宁令哥站在宫外
更不知道几十名妇女埋伏于枯草堆中
他斜躺在没移里迷的怀里
一只夜光杯频频将酒送到唇边
他醉眼蒙蒙，悬吊的油灯不停地摇晃
羽衣舞已经演到中序部分
十几名身披白纱的女子轻歌曼舞
敲打着灵魂的木鱼
将肉体凝为岩石而又化成青烟

你看元昊从黄河岸边的西平府一路走来
他穿着白衫佩着弓矢骑着白龙驹
携着契丹公主走向野利大族长的寨堡
于贺兰山麓追逐中箭的马鹿
你引领他一脸庄严地走向百丈阶梯宣布建国
在好水川挥舞着鲍老大旗
于黄河河套与风一起打败十万辽军
可你阻止不了他出入香火缭绕的戒坛寺
驾着马车驰向贺兰山的深处
你只能等他在鼓乐歌舞中参悟人生的奥义

在美女如云的酒色中顿见本性

起火了的喊声传遍离宫
恰是台上的羽衣舞音繁节急之后
十几名女子不歌而舞之时
只见乐师舞女和众妃乱成一团
没移里迷推开元昊夺门而逃
顷刻之间，偌大的离宫中剩下元昊一人
而他还在默鲁山上与白鹿红狐喃喃私语
与父王德明煮酒对弈
传递神灵旨意的文鱼闪着金光
会唱所有歌曲的丹鸟来回盘旋
一道白光在眼底一闪
他用力睁开沉醉的眼睛
隐隐约约地看见宁令哥站在面前
原来儿子一直在天堂陪伴着他
心头掠过一丝不可名状的慰藉

石头从你的眼里奔流而出
从贺兰山上滚滚而下
元昊一梦不醒
他的鼻子被宁令哥刺伤
喷涌的热血
被宫外的大光映得更加鲜红

蠕动的白蟒

只差一个时辰
大夏开国皇帝嵬名元昊
永远留在夏天授礼法延祚十年除夕之夜
年仅四十四岁，是为景宗
教唆太子宁令哥行刺元昊的没藏讹庞
执杀了宁令哥及其母后野利达娃
拥立不到一岁的外甥谅祚为帝
尊称他的阿妹没藏讹勒为太后
自己继任国相
俨然成了一个不是帝王的帝王

一条白色的巨蟒撞开兴庆府的城门
恰是太阳从黄河里一跃而起之时
黄中透红的阳光打在白蟒的身上又被弹到半空
碰洒一群鸽子的哨音
一直飘向天空的深处
向西蠕动的白蟒似乎与太阳同步
或者正是太阳一只独行的脚
天上没有一朵云彩，地上没有一株青草
荒凉的正月只因白蟒的穿越而稍有生气
春天的第三天指向贺兰山麓

首先是一片模糊不清的声音
在清晨的微风中时断时续
好像有金钲铜钹羯鼓锡杖的响声

一声声马啸连起牛哞和羊咩
又有孩子的啼哭女人的哀号男人的悲咽
还有狼嗥猿啸鹤唳乌啼夹杂其中
静静地深入声音的底层
凄婉悲怆的羌笛成了落在雪上的光
唢呐切切，如泣如诉当中透出清厉的寒气
诵经声一如山顶的积雪
覆盖于所有的声音之上
在渐趋正午的阳光的照耀下
反射出一片白皑皑的锋芒

离开兴庆府向西蠕动的白蟒
仿佛被阳光切成数不清的碎片
又连在一起不透一丝风声
仔细望去，白蟒变成密密麻麻的人群
走在队列前面的是两名党项的厮乩
他们头戴展翅飞翔的白头鹰
一身白纱长长地拖在身后
边走边将纸钱抛向天空
两名红衣男孩走在他们中间
头上顶着装有纸钱的柳筐

其后的四套马车上站满了神灵
太阳女神忽亘爰光芒四射奇美无比
月亮神丽晰长着一对弯弯的羊角
火神艾旦丙头顶篝火
羽翼上背负着灵魂的大鸟正欲腾飞
大地神另于勒体现着天帝普寞的每一种变化
贺兰山一样的山神玄灵比身披绿荫
黄河一般的水神花处临溅起浪花

其后的马车上高耸着一座金光闪闪的棺椁
成为大地上渐渐西移的另一个太阳
尾随的马车上载着八个仰面而躺的女孩
她们赤裸的身上只盖着一层轻纱
八朵一经触摸便立刻融化的雪
还有三驾马车载着牛羊衣冠刀枪弓箭棋琴书画
以及人生所需的一切物品

马车的后面是四人一排的一百零八位僧侣
他们拉着白布拧成的四条长绳大声诵经
一百零八位白发老人步态蹒跚
他们举着印有西夏经文的长条白旗
一百零八个女孩端着盛酒的髑髅
她们轻声唱着逝者生前最爱听的歌曲
七百八十人组成鼓乐法架
忽而金钲羯鼓惊天动地忽而横吹排箫深沉低回
最后是哭泣的八千八百八十八人
四条白绳一直伸到队列的尾部
合成一股拖着几个磨破衣服的孩子
他们都是逝者的子孙
正用所有的力气
拖住前行的白蟒

白蟒一直走到贺兰山下
一天走了四十多里路的太阳也到达山头
太阳落山便是葬礼进行之时
盲女巫和没藏讹勒举行了一番神秘的仪式之后
所有的送葬者都五体投地
拔地而起的鼓乐震耳欲聋
撕心裂肺的恸哭使降临的黑夜阴森恐怖

在一野神秘的漆黑之中
逝者像一粒种子被埋进大地深处

这是风角城皇帝嵬名元昊的葬礼
从清晨走到傍晚，从夏都走到贺兰山麓
整整出殡了一天
所有修建王陵的人都被杀死
贺兰山麓一夜之间隆起了三百六十五座王陵
和数不清的陪葬陵
但没有人知道元昊葬在哪里

夜里的灯

从高原到高原再到高原的风
追寻家园的苦难、苍凉和悲壮
吹响梦中惊醒的伤口
吹响天堂的一朵朵白雪
沿着黄河而迁徙的歌
翻滚的牛羊和女人闪耀着血色的荣光
被鹰驮向蓬勃向上的积雪山脉
驮向不落的太阳的旗帜

然而，一个陶罐已经躺在夜的肩头
所有的花纹都藏在火烧之前的泥土里
陶罐的口是夜脸上唯一的器官
仿佛在凝视比根还深的死亡
呼吸着无边无际的气息
拥着一草一木悄声细语
又好像在倾听时辰从体内穿过的足音
感觉阴云铺开的一丝丝凉意
以及把所有的眼睛变成石头的原气
或者说陶口只是一块圆圆的翠玉
放射着淡绿色的光
并使夜的身体无限延伸而吞没天地

夜是夕阳吐出的血
一棵天涯的草戴着皇冠
一匹从空中飞过的白马留下歌声

一枚跳跃出来的叶子就是三月
九座宝塔在河上漂流犹如远征
贺兰山的洞窟里卧着狼和羊群

一只灯笼漫天飞舞
闪着清澈见底的光
舞到之处，夜色纷纷飘落
又闪电一般围向灯的四周
不停飞舞的灯划破了夜的黑纱
不断涌来的碎片瞬间愈合而不留一丝伤口
是灯舞到夜的体内
还是夜把灯当成跳动的心
一场旷日持久的争战比羌笛悠长
一个是驰骋沙场的王
一个是充满宁静的空
还有一个是半人半神的盲女巫
在黄河底下举着石头

党项独自飞过夜空
流星一般成为夜的伤口
一队人马向东行进
两只灯笼映出一驾四套马车
他们赶着牛驴扛着农具
戴盔穿甲的将士骑在马上
他们走热了周围的夜
一股初春的芳香始终走在前面
他们走在沉默的深处
连呼吸马蹄和脚步声都一片漆黑
仿佛要去偷袭一座金碧辉煌的宫殿
让所有的夜匍匐在地

或者是将王国的珍宝埋进大地
然后和夜一起神秘地消失

初升的太阳埋葬了夜
夜的影子留在树木房屋和山脉的脚下
蜷缩于峡谷岩洞及一个个眼睛之后
麟州屈野河边的闲田裸露着乳房
像盲女巫一样散发着迷人的气息
眨眼之间，一野绿纱在远处飘荡
一直飘到屈野河的两岸
分不清是麦子还是冰草
每一株上都挂着灯笼

长塔铃声

不管青铜钟声怎样擦去黎明前的黑暗
几颗晨星已是井里吊起的水桶
扁担一闪而躲在草垛的后面
天空渐渐上升，直到露出鸟鸣一样的蓝
不管夏都的男女老少怎样蜂拥而来
承天寺塔落成典礼的日子怀着祥瑞
与佛结缘的没藏太后大赦天下
小皇帝嵬名谅祚在虎皮大椅上乍醒又眠
不管鼓乐颂歌怎样此起彼伏
一位紫衣执笏的文官宣读着碣铭
分四叶之重光，契三灵而眷佑
你成千上万的子民都在举头仰望

承天寺塔与朝阳一同升起
仿佛一棵破土而出长了一夜的菩提树
又似传说中立足于地狱伸手于天堂的极木
灵禽玄鹤的鸣叫于五界回荡不绝
阳光在八角形的刹顶停留了片刻
唤醒绿宝石内心深处的灯
把一片片黄金贴在塔身
将一件长满莲叶的袈裟披挂而下
每一个拱形的窗龛都是或睁或闭的眼睛
每一个叠涩的砖牙都隐藏着神秘的真言
楼阁式砖塔挺起一身的简朴与淡雅
十一层倒影突现佛光于长空

一具承天接地的傲骨无风自鸣
一片来自虚空的乐声涤荡于心间
木鱼声声，袅绕的香火摇响悬铃
回鹘高僧的演经声触到盘旋的苍鹰
羌笛如雪，落了一地的雀鸣
金棺银椁里的顶骨舍利发出回音
翻阅大藏经的风声时隐时现
长明的酥油灯照亮前生与来世
坐在莲花上的十一面观音驾云而至
罕见的大雪飘遍西夏的天空和大地
一群羊于贺兰山上四散觅草
一位党项人在塔里一坐成佛

承天寺塔必将永矗大地
没藏太后大崇精舍中立浮屠之举也将载入史册
然而，建塔五年的数万兵民现在哪里
他们怎样砌成二十丈的高塔吊起巨大的刹顶
又怎样在塔壁镶嵌琉璃于檐角挂上铃铛
他们有多少人带着伤痕消失于红尘
又有多少人积劳成疾流尽血汗倒在塔下
普度众生的佛啊，你可看见
谁赤裸着躯体站在十月的雪中
谁驾着马车在雪地上疾驰而去
谁像雪一样在空中飘舞
谁如沉默的大地被雪覆盖

灯里的漆黑

西夏国相没藏讹庞点燃酥油灯时
才发现盛着酥油的银盏是元昊所赐
银盏依旧，闪着若有若无的白光
而戎马一生的武烈皇帝早已长眠山下
酥油里的灯捻是阿妹没藏太后所捻
曾经盘在盏底照亮戒坛寺的漫漫长夜
现在戴着金色的皇冠圆圆地向外散射
与边缘的漆黑相互渗透
灯光由浓到淡，漆黑由浅到深
从白色到灰色再到黑色的光团
随着他的呼吸微微移动
使他的寒夜更加宁静

今夜无风，寒冷在一寸一寸地加深
火苗随着他的呼吸轻轻摇曳
他投在墙上的影子不停地抖动
又如一支毛笔在空中写着野利仁荣创造的文字
他看不清楚更不认识
但字里肯定包含着他内心巨大的隐秘
他长叹一声几乎把灯吹灭
在这样一个漆黑而寒冷又死寂的深夜
整个世界都已沉睡
如果失去这盏酥油灯的陪伴
那么他比佛还要孤独

他出神地望着酥油灯
站在银盏边沿上的火苗
像一枚毛茸茸的柳芽
仿佛春天已在窗外向他招手
透过淡黄色的灯焰
他惊奇地发现
灯焰里有一点麦粒大小的漆黑
顿时，他感到透彻骨髓的严寒

他平时只是上香拜佛
从未这样静静地看过酥油灯的燃烧
也根本没有注意过灯焰里会有什么
棉花捻成的灯捻凝聚着酥油
酥油顺着灯捻燃成了火苗
火苗在灯捻的头顶燃烧
灯捻在火苗里开成一朵黑色的花
这是一种神圣的黑暗还是一个不祥的预示
是该吹灭油灯还是任其燃尽

酥油灯在火石点亮之前像个熟睡的婴儿
一经点燃便开始咿咿呀呀地说话
熄灭后就会落满世俗的风尘
但不管埋没了几度岁月
一旦点燃仍能获得新生照亮黑夜
使白昼更加明亮
使万事万物具有佛性
他已经摆脱不了灯与自己的关系
酥油灯捻灯焰以及灯焰里的一点漆黑
似乎都体现在他的身上

然而，他恍然看见元昊斜靠在银盏里
一群嫔妃围在身边，鼓乐歌声回荡不绝
元昊醉如酥油
但眼睛眯成一盏酥油灯上的两个火苗
一直刺向他的心脏
他大喊救命却发不出声音
他张口吹灯却没有一丝气息
他连闭上眼睛的力量都没有了
只听见没藏太后的声音
断断续续地从远方传来

阿哥啊，我和吃多已狩猎贺兰山
夜归途中却遭到李守贵的伏击
我身上中了十几箭啊，我死得冤枉
谅祚还不满十岁啊，我死不瞑目
阿哥啊，你要为我复仇
为我复仇

他看见李守贵一家的头颅
在一片白雪上滚动而留下深深的血痕
每一只眼睛都是灌满雷声的神臂弓
铸上闪电的箭镞随时都能射出
他双眼一闭
只想把女儿没藏匝宜嫁给谅祚
他可以继续随意诛杀
杀掉六宅使高怀正和毛惟昌
他们的妻子曾是谅祚的乳母
杀掉儿媳梁乙那
她是与谅祚私通的汉人
杀掉谅祚为儿子报仇

然后自立为帝

可他的头颅怎么也滚到了地上
滚到了一片茂密的青草丛中
没藏家族所有的头颅都滚在一起
唯独没有梁乙那的头颅
难道他就这样死了吗

他一阵战栗，浑身疼痛
射向阿妹的十几支利箭好像都射在自己的身上
又一齐扎在心头
他猛地睁开眼睛
天已蒙蒙发亮
半截灯捻蜷缩于空空的银盏里
灯里的漆黑
在他看见的任何一个事物上

预言的大水

他已经平静了许多
已经从拔起族帐的噩梦中游弋出来
几次卷入水底又竭力浮起
现在他爬在一块木板上注视着前方
在飘荡庐舍的水面触到黄昏的脸
在一头牛的心里听见纯粹的金之声响
他划水绕过枝头
却无法绕过自己成为枯叶的命运
以及淹没所有鸟鸣的水声
不管他怎样放飞目光都看不到岸边
他想潜入水底去找一个名叫西璧布诺的女孩
可他全身的力气都化成了泡沫
一个神圣的乳峰在眼前倏然一闪
一缕死神麻悉弗的气息令人陶醉

他多么怀念给布诺打制铁锄的那一天啊
他碰到了布诺的手
差点碰打布诺端着的酒碗
他喝了一碗布诺的马奶酒
浑身猛然有了用不尽的力量
他望着布诺没有躲闪的眼睛
两颗跳动的心已经被他打进了铁锄里

铁锄，铁锄，你在哪里
布诺，布诺，你在何处

这是怎样一汪浩渺无涯的水啊
每一个时辰都被水搅成一团
决堤的七级渠淹没了灵兴平原
不知道卷走了多少牛羊马驼
冲毁了多少毡帐穹庐
多少男女老少沉入水底而又浮到水面
多少佛门弟子合不住双手

这是怎样一片吞噬生命的水啊
大地沦为一个深不可测的陷阱
所有的树梢都是呼喊救命的手
漂流的木头上栖满秃鹫
一顶毡帽漂在水面却找不到自己的脑袋
他成了一只走不到岸边的鞋子
从一个帐顶漂向另一个写着经文的木板
从一棵柳树的枝头漂向一群羝羊的角
水底的石头发出嘤嘤的泣声
似在呼唤他被水漂白的爱情

水已涨到极致
狂风在水里陷成漩涡
太阳终于抬起头颅
把光辉洒在没有倒影的水面
天空蓝得令人想起做错的事情而忏悔不已
水上的一切都是死亡的影子
他感到布诺的召唤从空中掠过
召唤他走向一个全新的天地
如同党项和玛雪融为一体的溶洞
那灵山北麓兰湖旁边永远的家园

他突然眼冒金星
面对滔天之浪把双手钉进岩石
攀上雄鹰筑巢的悬崖
抽出目光洞穿广袤的红尘
在大河上下游过二九一十八道河湾
经历了九九八十一次磨难
他感到自己沦丧的感觉与水相融
苦苦追求的家园在肃穆的积雪山
伫立如佛

木鱼之声将他托起
一炷香火升起他所有的愿望
他在白马的墓园长跪不起
天空噼啪作响地燃烧
大地波涛汹涌地奔流
天地之间是一片无边无际的废墟
曾经一片圣洁紫莲花怒放的积雪山
已经化成了水

这场大水里有盲女巫留下的预言
两个汉族女人将把西夏推向水中
几十万党项子民将被溺死
他用尽力气把预言刻在一块贺兰石上
把石头卡在白杨树的枝杈里
相信大水退去会被侍卫发现
他万般无奈地望了一眼兴庆府
顺着大水漂流北去
为布诺重塑一座紫莲盛开的积雪山
然后平静下来，在佛一样的平静中
等着布诺的归来

月悬萧关

此刻，他看见萧关
高矗于宋夏边境的峡谷上
西夏的鲍老大旗迎风飘扬
一夫当关万夫莫开的气势横贯霄汉
曾经看见萧关就看见了满月
回家只是眨一下眼睛
可这次他觉得萧关就像一把月牙弯刀
巨大而沉重地高悬于关口
只等他经过时从头顶劈下

他出了一身冷汗，纵目望去
当时春暖花开的大地已是一片萧条
水稻糜谷莜麦大片大片地枯萎
所有的果园都被害虫掏空
牛羊马驼死在找水的路上
没有一缕轻风和一声鸟鸣
寨堡和树林之间充填着巨大的死寂
天上没有一朵云彩
只有一轮骄阳抖着身上的万丈红尘

他和两名党项人奉旨出使宋朝
进献五十匹党项马以求九经和唐史
宋帝赵祯退马赐书并设宴招待
他第一次感到中原的天高地阔
告别汴京的黎明正是夏收时节

穿过阳光浮动的杏林
走过一望无际的麦茬地
他紧握着党项的长鞭匆匆赶路
一个银色的光环始终在前方闪烁
像一盏灯却比灯明亮
如渐渐西移的太阳但不耀眼
应该是一只脉脉含情的眼睛
一直亮在他的内心深处
那无处不在的目光死死地牵引着他
即或稍停片刻他都心急如焚

他离开兴庆府时
十四岁的嵬名谅祚诛杀了谋反的没藏讹庞父子
废黜皇后没藏匝宜
立汉人梁乙那为皇后任其弟梁乙埋为家相
并在全国推行汉礼
他精通汉语文字可以成就一番功名
但他是没藏家族中的一员会不会受到株连

一行大雁向南飞去
那该是党项艺神奂羽的脚印
在天上创造着史诗和艺术
记载着党项的神话与传说
在贺兰山顶留下一幅太阳女神的头像
和一个祥云笼罩的山谷
那里的泥土可以充饥
树上长满花花绿绿的衣衫
荷花开遍所有的石头
彩云如鸟，人们秉灯起舞

他望着萧关，守关将士的刀枪闪着寒光
一缕古诗中的风拂面而来
在瓦釜雷鸣的萧瑟里含着旷世之怨
在悲雨的淅沥中昂着永不屈服的头颅
他怀抱惊涛拍岸的黄河
一任哀丝豪竹的碎影从八荒涌来

他潜入蝴蝶的梦中
依傍空明的日月之气
倾听千里之外声嘶力竭的残叫
他走进一片枯死的白杨树丛
在生命的边缘静静思索
仰视天地间最纯粹的飞翔
他在天都山的一股炊烟里
环绕擎天之柱旋风一样升起
随着桑林舞曲翔云一般巡游
可他看见那个在他心里也会受伤的女人
站在凄鹤唳天的旷野上
一个衣衫褴褛的稻草人
注定熬不过即将来临的寒冬

他不知不觉地走到了萧关
五十四党项马已经嗅到了黄河的芳香
他浑身一阵酸痛
一脚踏在塞上另一只脚还在中原

一队铁骑

一队铁骑从一线天堑侥幸通过
穿过被猎犬啃过而不剩骨头的驿站
在悬挂烤羊的铜镜上咫尺而行
落霜的麦草垛只剩下千军万马的回声
靠在墙上的余晖伤痕累累
古树颤抖，一杆杆旌旗隐藏于河底
太阳落泪，大地之穴喷出被水包裹的火焰
妖魔克虏的黑血犹如熔岩奔泻
发自内心的祭祀坍塌于滚滚浓烟
无边的灰烬上飘荡着白昼之星的凝视
一队吐蕃人马穿过死神麻悉弗的峡谷
却在洮河西岸陷入宋军的深渊

一队铁骑飞翔于沙陀以南的大漠
庞大的翅膀扇起一股遮天蔽日的旋风
黄沙落下，苍鹰的鸣叫沙哑而且雄浑
并使蓝天垂到被风撕碎的经旗上
铁骑沉入沙海又挺立浪尖
疯狂地浣洗着渗出战袍的汗水
贪婪地把金箔贴在身上
堆满两岸的牛羊使黄河更加宽广
但他们的眼里只有彩旗飘扬的夏都
他们带着依附夏国的降表
带着西使城及兰州一带的土地
还有几百帐吐蕃人生死存亡的命运

一队铁骑越过天都山
一串花朵在青草丛中一路盛开
几朵吐蕃的红花和几千朵党项的紫莲花
在斜阳的照耀下反射出花朵内部的光芒
一齐奏响的鼓乐托起花中开放的花
一袭白衣头戴凤冠的西夏公主嵬名霄莉
两道剑眉守卫着碧波粼粼的杏眼
峭壁一般的鼻梁挺立于娇羞的脸庞
她小巧而可爱的芳唇闪着光泽
淡淡的粉红里透出酒香
她微微含笑却流露出内心的忧愁
她将嫁给吐蕃首领禹藏花麻

一队铁骑从雪山涌出
千年积雪瞬间融化成一条奔流的河
一条飘扬着五色经旗和人喊马啸的河
一条载着玛瑙翡翠和吐蕃女孩的河
把刻满佛经的石头留在岸边
把黄河的涛声挂在前方
找到黄河就找到了牛羊遍野的家园
吐蕃首领木征迁使表请依附
梦想着迎娶一见面就会爱上的西夏公主
吐蕃首领拽罗钵率领三百余帐族人投靠夏国
与党项汉人共饮黄河之水
同望黄河里的三个太阳

修行榆林窟

隐逸

走进河水切开的古铜色的万佛峡
西夏阿育王寺的释门赐紫僧惠聪和六名随从
在一股青烟中飘向晚霞盛开的天穹
受伤的流星带走他们整整一个秋天的步履
滚滚红尘的起点亦真亦幻地浮动

他将长着一百零八角的太阳留在塞上
任凭西风在荒凉的头顶堆起沙丘
月亮的另一半被天空埋葬
榆林河里的鱼从他雨后空气的伤口一跃而起
他扯过紫色袈裟隐身于光风霁月的岩洞

看陨石的话语在夜的隧道一闪而过
听干枯而冰凉的鸣叫纷纷飞出壁画
一群饿狼的呜咽
在狭小而博大的洞口凝聚成水
他合众生与佛在手掌

沉郁

在一片混沌之中触摸雪的啼哭
想象旭日的婴儿通体透明
一只三条腿的梅花鹿尾随从容西行的羔羊
与风浪迹，有家难回的泪水
在每一个足印里开出紫色的莲

他感到自己静若处子又奔如脱兔
想穿过阴阳之界拥有那个轻盈的冉升
却不敢撞入刚刚出浴的处女般的晴空
只望着大藏经从高耸入云的树上哗哗坠落
六字真言默如惊雷

他把苍老而嶙峋的背影贴于洞壁
注视这片不是空白的空白
如期而至的凯风挡住兴庆府的钟声
他在即将冰封的榆林河里化身为鹤
孵化不肯出世的卵石

默诵

他打开一扇天地之间的门
静泊于象征的虚幻之外
盲女巫的颂歌被温馨的记忆挤出岩缝
洞箫响起，一片黑暗从眉间落下
他感到剩下的一颗灵魂就是羌盐

月光的百合在裂谷飞翔
飞天的手臂在岩洞飞翔
千手千眼的观音在体内飞翔
闪电摇曳，落雷轰鸣，白马之塔直冲霄汉
青鸟的翅膀掠过他碎裂的荒野

从大地深处抬起烟云之颅
搜寻那朵永恒的充满回音的莲
一片片蝉羽舒展于木鱼钟磬与低诵默读之间
他闭上昼夜之眼从洞窟走向洞窟
走向洞窟的洞窟

超越

在一点烛光的普照中
他面对圣人的峭壁玄想一叶云帆的沉降
当年的牧童跨过沧海与桑田
一座佛光四射的大山高矗于世界的中心
他燃烧的嘴唇向天空徐徐张开

一群岩羊弥望河岸的萋萋芳草
铁锈色的花蕊溢出一丝瑰丽的疼痛
神话从岩壁脱落，血迹犹新
蝴蝶之梦飘成悲患的瀑布又如蛟龙腾起
鸟语虫鸣的古乐回旋于星光灿烂的洞窟

在生即是死的雪线上，灵肉融化
一任风的旗帜拂过峰峦一无所系
他成为被风弹响的雪中之莲
又像风一样吹散身上所有的东西
连空也一起吹散

飞翔

飞越智慧之谷，盘旋上升
一片绿海随鹰起伏伸向西方的冰峰
透过遥想中升腾的树影
他冥思的月岛迥别于一切灿烂与萧瑟
在空蒙的帷幕之后同天地为常

沉落之后的一次次飞翔
一个茶禅一味的瞬间在他心中闪着金光
像一个举灯夜行的盲者

为那株西风的草放喉歌唱
从云散月朗到雪满心宇

在四十天的屏息与暗影之间
一束柔弱似水的香火照亮原始之域
一种来自祭坛的搏动令人眩晕
他成为一片洁白的羽毛
从魔幻的天庭疾然入岛

幻化

雪飘入西海，春的舞蹈弥漫云间
他的眼前浮现出一枚燃烧的莲叶
一幅闪着红晕的壁画
一座洞窟如家的青山
在安澜的海面上与雪共融

终于接近至尊至圣的婵媛之岛
那片属于自己的空明
他捡起石阶逶迤而上
聆听空谷的跫音来自远方
燃指供佛的羌笛吟风伴浪而去

峡谷是他的乾坤，洞窟是他的家园
在宁静的月岛随地卧·雪独眠
于清幽的碧落随意来回荡漾
月光自他的双眼迸涌而出
天海一片蔚蓝

宋夏开边

夏帝嵬名谅祚于夏拱化五年十二月淫羸而亡
年仅二十一岁，是为毅宗
时年八岁的长子嵬名秉常即位
但母后梁乙那垂帘摄政
其弟梁乙埋升为国相
与大将都罗马尾贵族罔萌讹结成统治核心
排挤帝系嵬名家族并予以流放
西夏母党专权，境内连年灾荒
梁乙那频频掠宋以缓解国内的危机
而宋廷的变法运动逐步推行
朝野上下一片乘危灭夏的呼声
宋将引诱左厢监军嵬名山投降并占据绥州
揭开了宋夏长达半个世纪的战争的序幕
终以北宋的灭亡宣告结束

宋于筚篥城筑起扼控咽喉的甘谷城
攻城的夏兵在金鼓声中留下强弩射穿的躯体
出自原州的宋军攻袭和市
两千名死伤的宋兵被落叶覆盖
宋据绥州而遍地开花
夏军在刘沟堡刮起摧花折瓣的风暴
宋禁边境私市于金秋时节
西夏出兵庆州尽掠硕果而还
宋于绥州掘开冻土筑起绥德城
夏骑连克数寨，城外篝火连天

三千宋兵攻袭闹讹堡败逃鼠窜
再次出击却屠杀了西夏的老人和孩子
庆州的宋军行进于偷袭金汤城的路上
埋伏于洛河川的洪水冲毁方阵
二万宋兵欲取筑在滴水崖上的罗兀城
冰冷的冶铁沟乱箭齐发
宋军冒雪修筑抚宁故城
另一场大雪从天而降填没城池

夏兵的刀枪林立于大顺城
吐蕃董毡赶着豺狼撕咬夏境的羊群
围攻怀宁城的鲍老大旗密不透风
宋将燕达率领五百精兵电闪雷鸣
西夏轻骑杀掠三川寨和独家堡
伏兵濠外的宋军挡不住归还的马蹄
梁乙埋伸长的手大掠秦州
宋军一路追杀涉过血泪流成的渭水
夏军渡过屈野河却攻不下麟州
被宋兵追到长城坂只好扔掉到手的粮食
嵬名秉常亲政，惧怕宋朝出兵
点集人马出入麟府二州以示兵威

从夏乾道元年到夏大安七年的十三年间
宋夏几千里的边境线上狼烟四起
为一群牛羊一寸土地一座寨堡大动干戈
大大小小的争战不计其数
双方战死的将士不计其数
两地饥病伤亡的边民不计其数
亲政五年的秉常羡慕中原文化
欲将河南之地归还宋朝以求两国鱼来雁往

却被借此发难的母后梁乙那
幽禁于兴庆府外的木寨并断绝一切音讯
于是，宋帝赵顼在众臣的怂恿下
在杀人争地的策略上更进一步
任命宦官李宪为统帅
部署五路宋军从三个方向进攻西夏

夏大安七年的八月被血浸透
宋朝以阵亡四十万将士民夫的代价而惨败
在宋军逃往中原的路上
白骨如沙似雪，遮蔽四野八荒
西夏虽然取得灵州战役的胜利
但当时坚壁清野以十万精兵捍卫灵兴
前线空虚，粮田草滩房屋寨堡尽被焚毁
既丧失了无定河流域的几万顷良田沃野
又错过耕期，丧失岁赐，丢掉和市
宋夏边境满目疮痍哀鸿遍野民不聊生

谁是屠杀生灵的刽子手
是杀死无辜百姓的士兵
还是冲锋陷阵砍杀敌人的将军
是将千军万马置于绝境的一道手令
还是把自己送上断头台的一个妄想
不
他们不是
他们不过是刽子手中的一把刀
他们用自己的躯体堆起一座最高的山
而刽子手就坐在山顶上发号施令
身边站着嗜血的恶魔

问苍天，问大地，问日月，问星辰
该怎样才能让刽子手住手
把他杀死吗
可杀死他的人又成了新的刽子手
尸体堆成的高山将越堆越高
那么乞求他放下屠刀
但他的心本身就是一把屠刀
还有一群恶魔等着吸血
佛啊，天下所有的将士贫民
都在五体投地地恭请你
恭请你把人心中的恶魔化成空无

椎心泣血

孟小洁又一次昏倒在父亲的身上
她大约十七岁，是中原的汉人
却看见党项神话中的妖魔克虏
一个头戴骨饰双目流血长舌过颈的嗜血之王
用如剑的指甲挖掘着她的眼睛
可只掘出黄沙而没有一丝水的痕迹
马粪里的水已被挤尽
永乐城的一半军民干渴而亡
她的五脏六腑也在燃烧
呼出的气息带着被火箭灼焦的味道

她想睁开眼睛却有一片无比沉重的漆黑
是黑夜还是乌云，她看不见星星
又有数不清的星星跳来跳去
她也成了一颗飞向高空的星星
却碰到一滴又一滴的雨
比她还大的雨把她带回地面
她仿佛被雨浇醒
比雨点还密的夏兵架起云梯爬上城头
又被雨点砸伤滚滚而下
在震耳欲聋的羯鼓声中，城门大开
夏兵从东南西北蜂拥而入

孟小洁跪在父亲的身边哭昏而又醒来
她没有泉涌的泪水

也没有放声大哭的力气
只是乱发掩面不住地悲咽着
犹如一场暴风雨之后的遍地落英
在渐渐的平静里让人听见她心碎的响声
为宋军做饭的母亲和两个哥哥随种谔出征
在盐州被大雪埋葬
绥德城外的送别成了永远的铭记
她跟着父亲戍守永乐
城池沦陷于暴风骤雨之中
从堆积如山的尸首里找到父亲
她一下子就昏死过去
她紧紧地抱着父亲号啕大哭
哭声炸开横山上的石头隆隆滚下
泪水流成另一条无定河滔滔南去

她在永乐城外哭了五天五夜
为死去的亲人哭泣
为永乐城阵亡的二十万军民哭泣
为自己生不如死的命运哭泣
只有哭泣才能宣泄她内心的悲愤
濯洗她灵魂上的累累血迹
为什么不从灵州战役的惨败中吸取教训
为什么在依山无泉的夏境修筑城池
为什么把兵民宝贵的生命视如草芥
她哭哑了嗓子
哭瞎了眼睛
哭得七窍流血

九月的一个清晨
跪在父亲身旁的孟小洁只剩下一把枯骨

抱着父亲的手臂显示着最后的力量
可她的哭声始终回荡于永乐城上
守城的夏兵为之落泪
按照汉人的丧葬习俗
选了一块依山傍水的吉祥之地
为孟氏父女举行了隆重的葬礼
并立了一块白色的石碑
上面刻着八个血红的字
一位西夏诗人的题词

山花似锦，涧水如蓝

祈雨

在银州与夏州之间的一片丛林里
方圆的官兵和居民在太阳升起之前一律赤脚而来
他们面南而跪头上顶着即将干裂的陶罐
手上捧着牛羊的肩胛骨默默祈祷
紧闭双眼想着淅沥不绝的雨声

在他们的前面是八个女孩
正如当年献给你的那朵迎风怒放的雪
一经触摸便能融化整个世界
她们面朝太阳斜躺在木板上
长长的秀发雨丝一般垂到地面
身上盖着一层薄薄的轻纱
穿过树林的阳光在上面绣上红花与绿叶
她们的小腹上放着一个盛着奶酒的髑髅
偶尔有风拂过，轻纱欲去还留
她们身体的芬芳于酒香里若隐若现
即使一块顽石也会怦然心动
何况是伫立于祭坛上的雨神足也尼

从春到夏，银夏大地未落滴雨
粮食绝收，草滩荒芜，树木枯死
饥渴而亡的牛羊马驼难以计数
你的十几万子民聚集于无定河岸
有人用自己的孩子换取粮食
有人顺着无定河漂到了黄河

更多的人投奔了宋朝
而秉常下令从甘凉诸州运往银夏的粮食
还在日夜兼程

在祭坛与半圆形排列的八个女孩之间
党项的厮乩以盲女巫为中心小步旋转
一个拿着两把羊皮大扇呼呼生风
一个身穿黑衣撑着灰布如鹰盘旋
一个举着几束线香左右挥舞
还有一个打着背上的羯鼓敲着胸前的马锣
而盲女巫左手托着水碗右手握着一把芨芨草
一边跳舞一边把水洒在八个女孩的身上
口中念念有词，似乎在说

东起风西起风四面起风
南聚云北聚云八方聚云
上闪电下闪电漫天闪电
左响雷右响雷遍地响雷
昼下雨夜下雨天天下雨
神下雨鬼下雨我也下雨
一年四季风就雨
啊咕啦呼哇呀哭

当年七级渠决堤淹没了灵州和夏都的平原
给西壁布诺打过锄头的铁匠
把盲女巫的预言留在树上
谅祚得到侍卫的禀报但没有在意
三个月之后，立汉人梁乙那为皇后
从此梁乙那独断专权十八年
是与宋朝相互攻掠的十八年

是双边军民伤亡近百万的十八年
而银夏千年不遇的大旱
似乎是奂羽预言里的一个暗示
暗示三个月之后，梁乙那将干渴而亡
但预言里的两个汉族女人
还有一个是谁

盲女巫和官民从日出到日落
在你的昭示下完成祈雨的仪式
天上依旧没有一丝风云
太阳似乎每天都在长大而且下沉
熊熊燃烧的火炉悬在枝头
树上的麻雀一只又一只地掉在地上
太阳从贺兰神山徐徐落下
龟裂的田野上仍然蒸发着热气
你倏忽一闪
去找能让足也尼睁开睡眼的紫莲花
盲女巫念了一遍咒语
点燃献祭着牛犊和羔羊的木栅
于滚滚升起的浓烟里扶摇直上

凉州词

离开中兴府便拥有了一路的田园牧歌
抵达凉州才感到心里有一种难以承受的恬静
如雪一般飘飘洒洒
他穿越冬天的边境，也在穿越红尘的边缘
一袭破旧的战袍冰冷地裹着乡愁
他不敢停步，怕站成一个堆满梦想的雪人
但前方仍然一片漆黑

冬季的凉州不曾落雪
春风吹过雪反而来了
来得寂然无息又急促地敲响门扉
惊人洞见半空中伤痕累累的云
他孤行街头，感受自己心底的火焰
让小鸟一样迟到的雪栖于发丛
可雪只在空中，刚刚落下便化成了水
他不忍前行，怕踩疼名叫梅花的汉族女孩
只是一心想着雪会落成厚厚的棉衣

雪越过漫漫长空从白杨树上飘落
不飘不落的是一只叫不上名字的鸟
沐雪的小鸟偶尔鸣叫一声
清亮而且深远
他从雪的回音中感到与小鸟一样的孤独
便情不自禁地学鸟鸣叫
还没有学会却惊飞了鸟儿

只见春天从枝头孵出

一阵风把他吹醒
一幅马踏飞隼的窗花在脑海飞旋
沙陀大漠埋葬了他九死一生的枣红马
茅草一样的头发是他不变的命运
欲洗尘世却如竹影扫地
从水中掬起的月亮碎在手上
一株旷野上淡淡绿着的冬麦
让他走进羌笛声声的黄昏里
在雪地上踩出遍地的眼睛

他的一个手臂
在绥州城下成为留不住的翅膀
他的名字千利迷丑
在他当了逃兵之后渐渐被人遗忘
客栈灯笼下的雪地闪着幽幽的紫光
雪越下越大，覆盖了他坎坷不平的一生
不再担心无路可走倒也轻松如风
连同手足也温暖起来
他像一块被雪融化的冰

他似乎知道自已要去哪里
不愿带走街上的一个问候
可一个高高悬挂的圣灯金碧相间
那该是阿育王不眠的杏眼
在一座七级佛塔的顶端辉耀日月
那该是西夏屡现灵应的感通塔
他停住脚步眺望塔下的树
树下的一汪雪水

一枚熬过冬日的叶子无风而落
浮于夜的水面
这个圆圆的圣灯却沉入水底

本来并不遥远他却走了很久
快到护国寺的门口
渐渐看清一扇亮着的窗镶在阁楼
淡蓝色的帘子透出几缕轻柔的红
好像只为他而亮
亮成温馨的家
眨眼间的对视一切话语都是多余
只让虔诚的心攀缘而上
他席地一坐把头埋进膝间
不管小窗是亮是熄
他已经拥有一片永远的淡蓝

酒里飘起的羽毛

梁乞如望着辽帝耶律洪基恩赐的御酒
心头掠过一丝凯旋归来的欣喜
辽使捧着盛酒的银碗举过头顶
她望着白中透红的美酒
仿佛看见香山之巅一块千年的冰凌
正在一滴一滴地融化
伴着承天寺诵经的钟声
滴入火炉发出哧哧直响的声音

她的父亲梁乙埋去世的那天
从黄河里运来的冰块眨眼之间就融化了
哥哥梁乞逋遵从先帝之命继任国相
可是银夏大旱，她的姑姑梁乙那
被大地深处的水举向天国
只留下一句世受封爵勿忘宋恩的遗言
不到一年，二十六岁的夏帝嵬名秉常忧愤而逝
她作为秉常之妻夏国皇后
不拥立儿子嵬名乾顺为帝还能有谁
乾顺虽然不到三岁但有她和哥哥辅佐还怕宋廷
何况重修了都城，并更名为中兴府

她向辽使询问了一些燕京的情况
尤其听到辽帝十分赞赏她攻掠宋边之后
她满面春风
连面前的酒碗也盛开一朵纯白的花

从天女散花般的芳香里
她知道是能在燕京越过寒冬的天女花
花蕊里有一点很难察觉的粉红
该是在花瓣上翩翩起舞的花公主
传说谁能听到花的歌声就能大彻大悟
她似乎听到一种瑟瑟的风声
又觉得是宫外急促的脚步

当年，辽帝耶律宗真亲帅十万大军发起河套战役
却在元昊卷起的狂风中差点被俘
为雪单骑逃脱之耻乘谅祚新立之机
再次兵分三路亲帅中路横渡黄河
俘走了有着天使之貌魔鬼之身的没移里迷
但黄河上绵延百里的战舰粮船损失惨重
第三次攻夏，辽军包围兴庆府烧杀掳掠
将贺兰山里的粮食尽运回国
耶律宗真终于挽回两次失败的面子
自此双方使者往来频繁
夏国向辽进献金佛和贝多叶经
辽答应助夏收复宋军占据的罗兀城
近五十年来，夏辽和好如初

她望着清澈见底的酒
觉得酒真是上苍赐予人寰的琼浆玉液
是五谷的精髓花朵的魂魄神灵的眼泪
是被水包裹着的火焰
能让人忘却忧愁尽弃身外之物
让人展开双臂巡游天地与古今
让人回到童年洞见自己的本性

酒啊，这个大千世界上唯一的知己
面对耶律洪基赐予的百年佳酿
她真想大醉一场
对着酒碗倾吐内心的秘密
睡上三天三夜，等她醒来
又是一个叱咤风云的女中魁首
她却看见一盏酥油灯将要熄灭
想让侍女添上酥油
一阵阵撕心裂肺的哭声令她惊讶
好像在很多年前又似乎在遥远的地方
难道是风把哭声带进皇宫
她最怕的只有风

七年前，她亲率大军围攻环州
解围返回时却被旋风一般的宋军围困
她扔掉帷帐换了便服才得以逃脱
去年，她帅兵攻打平夏城十三天
寒风骤降，冲折能载百人的高车
她划破脸庞大哭而遁
从夏大安十一年到夏永安二年
她和哥哥攻掠宋边十四年
不知道洗劫过多少寨堡城池
不知道死伤过多少党项的子民
她觉得自己是一个罪人

她似乎累到了极点
竟然生出一个飞向中原的念头
再看银碗里的酒便有了一根想飞的羽毛
从碗底轻轻又轻地飘游上来
五年前，哥哥穷兵黩武引起民愤

又露出叛逆的蛛丝马迹
被几位党项大首领聚兵剿灭
当天，她看见一根羽毛飘过兴庆府
不断地变幻着迷人的色彩
跳跃着令人销魂的舞步
一直向南飞去，她怔怔地望着
不由自主地接过辽使高举的酒碗一饮而尽
正想说再来一碗
她恍然发现自己就是盲女巫预言的另一个女人
但她不知道酒里真的浸泡过羽毛

甘泉佛光

当他终于跨越死亡
一种行云流水的力量顿时涨满全身
坚强了他目光触及的一切夜景
从凉州到甘州，他经历了整整一个冬天
感通塔的金光一直在前方闪现
护国寺的晨钟暮鼓始终敲打着头颅
他在接受剃度的刹那
看见自己的双手滴着鲜红的血
他是西夏的一名铁鹞子
在攻掠宋边的十几年间
他手握党项刀砍死过七个宋兵
又被宋兵刺瞎左眼
师傅喊了一声法净
他身上的三十六个伤口顷刻愈合

星星从额头划过
岁月抚慰过的鸟鸣一片一片地顶出鹅黄
月牙儿在小小的草尖上眨着眼睛
他在烟云笼罩的旅途
感觉一扇关闭而又敞开的门
一扇门的关闭使另一条道路海阔天空
一只眼睛的睁开使另一缕亮光曲径通幽
不要问他从何而来向何而去
正如月亮隐没于浊流而浮现于清水
月亮依旧明亮，何谈来去

河西走廊的夜空睡满婴儿
一块冰从冬天走到春光明媚
一团火焰从城墙的裂隙飞出
一个彩色的陶灌被风击碎
一声狼嗥随着目光滴成他的倒影
他尾随月牙儿踽踽独行
终于成为西风的驿站
他从一座寨堡的边缘经过
圣者的呼吸开启了他混沌的右眼
并在他的左眼留下一道金色的闪电
一种响在风闲云静里的钟声波复一波
荡成一件往事的涟漪
他站在原本漆黑却感觉明亮的旷野上
倾听天空流淌的水声

穿越甘州，一排柳树私语如吻
挂满白天滴落的雀鸣
面朝甘浚山，一个天高云疏的净地
他感到一朵莲花的绽放酣畅淋漓
该有一阵西风掩面而来
从心的最底层卷起梦中见过的云
该有一场润泽万物的春雨淅沥而下
濯洗所有风尘中逃不掉的足迹
让他泥泞的背影融进大地
让他轻松地穿越那缕瘦弱的光
在触到天籁的同时
必将触到自己的明月

夜深人静，一团光晕闪现于甘浚山上
在他看见的刹那便点亮了心里的灯

空手浪迹的他洞见归乡的坦途
那块孤独的冰化成沃野
那片最初的叶子开成花朵
他似乎变成了一只透明的鸟
飞过树林寨堡和山梁
自雾霭飞进晴空，从混沌飞向澄明
在抵达山顶的瞬间
却看见光晕在山脚下枕臂独眠

在甘泉旁边，一尊卧佛盖着沙土
犹如被黑夜裹着的一盏青灯
引领法净于一夜之间走到了甘浚山下
他跪在地上刨开浮尘
把佛和黎明一起请回甘州
佳音于瞬目之间传到了夏都中兴府
夏帝嵬名乾顺十分高兴
派遣嵬名思能指挥军民建寺供奉
并赐名为卧佛寺

成安公主

成安公主已有七天滴水未进
她闭着双眼静静地躺着
不管是侍女呼唤她皇上看望她
还是贤妃曹氏伏在她的耳边轻轻诉说
她都是一脸的平静
不知道是睡是醒
看不出一丝的烦恼忧伤和幽怨
所有的风浪已经过去
她只剩下一缕微弱的气息

二十年前，乾顺屡次向辽请婚
辽帝耶律延禧封她为成安公主前往西夏
告别燕京后她流了一路的泪水
她才十六岁，又逢烟花三月
当年义成公主骑着三千骜马嫁给西平王拓跋继迁
兴平公主嫁给太子元昊
而她要嫁给崇尚文治的乾顺
或许能抚慰一下乾顺心上的创伤
只因辽使曾用鸩酒毒死了他的母后梁乞如
她止住哽咽，抬起秀丽的脸庞
天地悠悠的幽州台已到眼前
她好像在对自己说话

你是耶律南仙也是契丹公主
但更是一个普通的大辽女子

即使一朵含苞待放的玉兰花
如果没有人欣赏也会自己枯萎
命运安排你横渡黄河
你在此岸能停多久

这就是秦始皇称之为德水的黄河
她第一次见到如此雄壮而宽广的河流
脸上露出恍然如梦又万分惊讶的神情
尤其是千万朵浪花竞相开放
根本看不出任何一瓣的凋谢
一朵浪花在河心跳出
落下后又在前面盛开
又一朵开在河心的浪花看似一样
但已不是刚才盛开的那朵
那朵浪花已经挺立于突起的浪尖上
一河的浪花不断地绽放
每一朵都在努力展示最美的一面
一河的浪花不停地流淌
每一朵都在无穷的变化中得以永生

一河流水被伏在河底的礁石
碰出一河生生不息的花朵
党项羌族就是另一条黄河啊
在析支碰出一野的牛羊
在银夏碰出一座座州城
在塞上碰出一个大夏王国
她是一条来自北方的河
会在夏都碰出一朵怎样的花

成安公主在夏国度过二十个春秋

儿子仁爱就是她心头开出的花朵
一朵英俊聪明并且多才多艺的花
却耳闻了辽境内的女真族日益强大
首领完颜阿骨打在会宁府称帝建立金国
经历了金兵攻陷辽都的风暴
仁爱力请父皇出兵救援而哭干了泪水
可夏军在宜水大败又被涧水漂泊
仁爱阻止父皇向金纳贡称臣而长跪不起
可父皇仍然遣使奉上誓表
耶律延禧越过沙漠直奔西夏
却在应州新城以东被金所俘
辽国灭亡
十七岁的西夏皇子仁爱
宁愿死去而不愿臣金

成安公主既失祖国又丧爱子
心被撕裂的声响夹杂在她的哭泣里
她找到出嫁时那身契丹公主特有的服饰
又默默地放到箱底
她曾请求乾顺把她送回燕京
生是大夏的子民
死后让她在父母的身边尽一点孝心
可现在大辽已亡故乡已毁
她曾说过想在黄河上漂流一回
一直漂到她来时的岸边
那个久久伫立并丢失玉佩的地方
可命中注定她是黄河里的一块石头
在塞上江南生活了二十年
她对乾顺和西夏有着深深的眷恋
正是这份眷恋使她不能自拔

她穿上乾顺送她却从未穿过的那套服装
缓缓地躺下

这一躺下就是七天
没有人知道成安公主在哪个时辰离开人间
但有一滴晶莹透亮的泪水一直挂在眼角
那该是她一生都没有说出的话
一个在黄河上开花的梦想

流尽泪水的茶叶

接近环州，浓烟遮蔽了蓝天
一顶草帽在风的头上火光四射
这是一座空心的城
每一个沦陷的家里都挤满哭泣
传说的青鸟早已在喊杀声中飞向南方
你找不到那位站在羽毛上的女子
雷雨骤降，落在地上都变成了血
足迹漂浮，大地张开殷红的嘴唇
被雨洗净的世界还会有风么

你死一般蜷曲于贺兰山的一个角落
冷的时候把头埋进膝间
鸟儿衔走了所有的贡品
留给你的只有落在伤口上的霜
你在一个乌云弥漫的夜晚
踩在冰上摘了一束芦花
却被芦花割破了手
染红整个无雪的冬季
你回到山间感到她在身后披着长发
弯弯曲曲的叹息荡成祭祀的鼓乐
你却不敢回首
一个雪人伫立于血色的原野上

你随着驮盐的骆驼前往环州
望着党项人怎样换取中原的茶叶

你最喜欢幽香得有些神秘的茉莉花茶
只嗅一嗅香味便足以陶醉
可环州已属金国，宋都汴京已经陷没
宋帝赵佶赵桓被俘
北宋灭亡
她和父亲开着的茶店还在吗
她还活在世上吗
一顶熟悉的旧草帽挡住去路

去年的一个清晨十分宁静
环州城外的小径依然悠长
北风轻抚着她羞红的脸颊
一声声蛙鸣叩击你沉醉的心扉
你捧起她的脸才看清她的明眸
那里有湖泊的静谧森林的深沉草原的辽阔
有雪山的纯洁大漠的炽热篝火的燃烧
可她说那里面只有你
而你的骆驼留下西夏的青白盐
驮走中原南方的茶叶
还有她洒下的泪水

七月初七是你们相约的日子
环州城外的小径是你们相见的地方
她似乎站在白马川上眺望北方
弹着一曲哀婉凄凉的琵琶
她好像跪在山坡下放声痛哭
燃烧的纸钱在空中飞舞
她仿佛就着一盏油灯捧起满地的茶叶
被泪水浸泡的茶叶散发着生命的清香
她挑着两担茶叶走到环州北门

从城门出来只穿着一身破旧的灰布衣服
凌乱的长发披在肩头

你简直不敢相信自己的眼睛
她为什么没有随着汉人逃到南方
她怎样躲过金兵燃起的战火
她会不会跟随自己回到西夏
回到甘泉清冽山花烂漫鹿鸣翠谷的贺兰山
在山坡上开出一块田地
养上几匹马放上一群牛羊
关键是要搭一座茅屋生一群孩子
一群党项羌族和汉族的孩子

面朝太阳而背靠茫茫大漠
头顶苍天而脚踏塞上江南
左臂曲成河套而右臂展开河西走廊
这个顶天立地的巨人就是大夏
一匹驳马将自己驰成贺兰之弓
两端绷着风起云涌的黄河之弦
每一支灌进雷声烤上闪电的箭
都是守卫家园的党项

卷六 | 马驰鹰旋

这扇神秘的大门已经关闭
那扇神秘的大门即将洞开
我仿佛看见你
从塞上江南的佛塔飞进梦乡

不要说东临黄河西界玉门
骏马驰过的大地都有大夏创造的奇迹
不要说南接萧关北控大漠
雄鹰飞到的天空都有党项放射的灵光
不要说岁月无情
正是岁月掩埋着一个部族蔽野的白骨
也不要说大地冷漠
正是大地承载着一个王国覆灭的命运

头马领着勒里的之后
跟尝着十分钟吃过的苜蓿花
鲜美的味道使它不禁发出一声长嘶
接着便在山坡上撒欢起来
沉默已久的马群如同炸开的花瓣
散落于一人多高的草丛里
有的直立于山坡挥舞着前蹄
有的绕着圈子漫山奔跑
有的嚼着青草在地上打滚
让青草洗去它们身上的汗迹和伤痕
抚平它们结痂的伤口和皮革勒出的印痕
嘶鸣和响鼻连成一片

一匹白马载着金将兀术挥师南下
践踏偏安的南宋王朝
直至被韩世忠的宋军阻截于黄天荡
自此金人不敢再轻易渡江南下

一匹全身洁白的回鹘高昌的马驹
竟是一匹使节的坐骑了
它还有一个比天马还好听的名字

马放天都山

这扇神秘的大门已经关闭
那扇神秘的大门即将洞开
我仿佛看见你
从塞上江南的佛塔飞进梦乡

一

一匹汉马载着举国之重的玉玺
宋帝赵桓之弟康王赵构
于夏正德元年五月在应天府即位
建起南宋并辗转南下定都临安

在西夏的天都山下
一万匹卸去鞍鞯和辔头的战马
它们一身轻松却怔怔地望着
都想从对方的眼里找到蓝天
天上飘着几朵灰白的云

有风轻拂，在马群之间旋转
扑鼻的草香里并没有异常的味道
便将目光投向了头马

头马刨着黝黑的土层
品尝着小时候吃过的苜蓿花
鲜美的味道使它不禁发出一声长啸
接着便在山坡上撒起欢来

沉默良久的马群如同炸开的花瓣
散落于一人多高的草丛里
有的直立于山坡挥舞着前蹄
有的尥着蹶子漫山奔跑
有的嚼着青草在地上打滚
让青草洗去它们身上的血迹与征尘
抚平它们结痂的伤口和皮带勒出的印痕
嘶鸣和响鼻连成一片

二

一匹女真马载着金将兀术挥师南下
旨在消灭新建的南宋王朝
连克数州后被宋军阻截于黄天荡
自此金人不敢轻易渡江南下

一匹全身纯白四蹄乌黑的马驹
它是一匹纯粹的党项马
应该有一个比头马还好听的名字
你叫它一声闪丹亚
它就成了党项话里的一头白虎
身体缩成一团而又猛地展开
背部的曲线闪现着千钧一发的力
阳光打在身上弹出银色的闪电
它是一双扇动的翅膀，从山底飞到山顶
打一个直立并发出惊天动地的嘶鸣
让所有的马都认定它就是未来的头马
它是一根飘扬的羽毛，从天都山顶飘飘而下
卷起一万朵凌空飞舞的花瓣

放到天都山的马群吃饱了就睡

渴了到山下的小河里饮水
马群从闪丹亚呼出的气息里嗅到豌豆的清香
一块熟透的豌豆地被夜色笼罩

三

一匹契丹马载着梦想的宫殿
率部西征的耶律大石
于夏正德六年二月在叶密立城宣告称帝
建国西辽，随后定都于虎思斡尔朵

春天来临，天都山上的草尚未泛绿
马群吃着越过寒冬的草
把母马和马驹围在中间
用雄壮的脊背迎向呼啸的西北风
所有的马都静静地站着
任凭落在身上的月光被风卷走
几声夹杂于西北风中的狼叫惊吓了马群

一万匹骏马奔下天都山
奔泻成一条月光的河
倒伏的枯草尖上火花闪烁
隆隆轰响的马蹄踏响祖厉河谷
村寨里的牛羊瑟缩着身子
犬吠四起，人们裹着毡毯四散而逃
连一只小鸡都在想着发出的事情
马群在天都山与祖厉河之间奔驰了一夜
看上去有点消瘦但个个精神焕发
尤其是被汗水洗净身体的闪丹亚
好像长出了锃亮的新毛
连它的眼睛都透出神性的光芒

四

一匹党项马载着夏帝嵬名乾顺
接纳了金兵追杀的辽国遗民
拒绝了金帝完颜晟征兵的要求
整个夏境将士卸甲马放南山

从春到夏，年复一年
狂风暴雨和鹅毛大雪都来过山上
就是没有惊吓马群的狼嗥
尤其是头马一直盼望着什么
常常做出受惊的样子漫山奔跑
可它跑不了多远就气喘吁吁
几年过去了，它的主人晋王察哥没有来过
攻打统安城的一万士兵也没有出现

只有中兴府生出的一朵灵芝
从天都山的上空徐徐飞过
背负着乾顺所作的灵芝歌
以及他随灵芝而去的预言

荒野上的麦穗

这是地震创造的荒野
天帝普寞的白头鹰滑翔着
滑过酸枣刺上无期的干旱
你接近荒野如同用爱伤害一位少女
只好绕过敏感的春日
于热烈之外回忆在水一方的牛羊
带着横空出世的足音
面向圣洁的积雪山迈出潇洒的一步
一座火山之子
在荒野的腹部破壳而出

你走向荒野
空旷的力使石头发出声响
一个个饿死的足印成为岩画的昭示
又一次开始凝聚涌向发梢的血
只为那个破裂的太阳之卵
你成了荒野上唯一的路
身后跟着一群白得耀眼的骷髅
顺着你指向天堂的头发
挣脱从大地之宫涌出的黑沙
那是你被大地陷没的数千子民的幽灵
他们倾听着影子发出的潮汐
将肉体与黑沙融为一体
创造出一片梦中燃烧的麦地
熟透的麦穗使他们跳起勾魂摄魄的鹰旋舞

他们沉浸于大块吃肉大碗喝酒的往事中
摇着一束束月光给荒野涂上生机

你黑压压的饥民走在荒野
他们蜡黄色的脸庞把风凝固
从西夏的指尖向手心风行云集
直到攥紧的拳头放在胸口
一旦伸出便会砸倒一座座藏着五谷的州城
夏都以南的威州以北的定州和以东的静州
成千上万的党项人几乎同时起义

他们逃出三月的地震
飞身骑上放野的马
穿过死亡裂开的缝隙
挺直落满烟尘的呼吸和蜷缩如犬的目光
他们没有多么伟大的梦想
只想用自己皮包骨头的生命
换取儿女们成长的蓝天和沃野
他们点燃火把
把岁月的伤口留在原地
把血色的故事立成未来的怀念之林
他们打着你不朽的五色经旗
在你淡蓝色的目光下默默行进
任凭不绝于耳的悲叹随风飘扬
他们举着干枯的头颅
望着流火的铁在荒野上空飞来飞去
所有挂着星星的草丛都已折断
他们乘着天风之波沿着黎明的狼血
潜入岑寂的最底一层
大地龟裂而又隆起

一个个饱满的乳房召唤着婴儿

他们在荒野上穿行
一群黑鸟是朝霞里不落的星辰
空荡荡的马车在沼泽地里辗过白骨
众人呼出的气息里充满血腥
他们被石头绊倒
手里只扶着一株枯黄的草
他们踩着一群迁徙的蚂蚁
忽然感到头顶有一只巨大的脚
他们倒在荒野
漆黑的泪水闪烁着坎坷一生的命运
苍鹰投下一片纯粹的沉静
四面而来的风守着荒野的梦
初升的阳光融入冰凉的血液
附满灰尘的马灯比树粗糙
不知从何而来的烟雾给荒野戴上草帽

他们没有走出荒野
没有走到州城
没有见到拯救生命的五谷
自己却成了荒野上的一株株麦子
干透的身子早已支撑不住摇晃的麦穗
可风暴即将来临
卷起风暴的铁蹄越来越近

心如陶罐

在南下的路上，他偶然碰到一个陶罐
本来他可以看不见这个陶罐
或者扫上一眼继续走他的路
要么陶罐根本就不在这里
问题是他看见陶罐孤零零地立在路旁
旁边的几棵小草随风轻摇
这条路上有多少行人来来往往
他们怎么就没有看见陶罐
偏偏等他发现
发现陶罐里的水一圈一圈地下降
是太阳舀水留下的痕迹
还是干渴之人发自内心的感激

陶罐在他看见之前
是一片平坦的沃土
曾经长出过金灿灿的麦子
那么是谁的手塑造了泥土
是哪个火炉烧出了泥土的真空
而陶罐一旦出炉便充满了空气
已不是原本的陶罐
况且还有一位女子给陶罐盛满泉水
放在芸芸众生经过的路旁
他久久地注视着陶罐
看清了水留下的痕迹
嗅到了各种各样的气息

不知不觉之间陶罐里盛满了他如水的心
他可以继续赶路
可心还能跟随他吗

他给陶罐里盛满了泉水
可他不知道心在罐底还是漂在水面
那么索性把陶罐摔碎
可他的心会在哪一块碎片上
或者每一块碎片都是他破碎的心
如果心碎了
谁来为他呈现万事万物的真相
他想抱着陶罐一走了之
可这个陶罐并不属于他呀
他在这个世界上一无所有
怎么会有一个黄土烧制的陶罐
他想去找那位汲水的女子
请她把陶罐里的心还给他
可女子会说陶罐里什么都没有啊
无奈之下，他不再胡思乱想
不管有没有行人路过喝水
他每天都到山里
把装满泉水的陶罐放在路旁

不知过了几度岁月
他恍惚看见那位女子站在面前
说他可以回家了
他说他的心还在陶罐里
女子大喊一声陶罐
他不由自己地唉了一声
眼前顿时一片明亮

山峦更加葱绿，鸟鸣更加清脆
山间的那眼泉水与心相融
只是陶罐和那位女子踪影皆无

于是，他朝家走去
正如一无所系的葫芦河穿越黄土高原
他抵达黄河岸边发现自己仅像一条河
但不是融入黄河的一条河
倒像一个斜渡黄河的浑脱
从此岸划到彼岸只是一瞬

当他在贺兰山里被猎人发现时
正坐在一块石头上喃喃自语
仿佛山间的泉水都在说法
他的面前蹲着十几匹苍狼
一副竖耳聆听的样子

后来很多人慕名而来又悻悻离去
一位党项僧人奉夏帝嵬名仁孝之命
请他到中兴府弘扬佛法
他却紧闭双眼沉默不语
没有等到答复的僧人成了他的弟子
并称他为陶罐禅师
只因他趺坐的样子就像一个陶罐
但不知道里面是否已空

爬向山顶的河

这是七月一个下午
申时的太阳却出现了夕阳的血红
自古以来，党项人的太阳
始终都是艳美如母的千白日
是白色的可兰石吐出的白气
是白气上升变成的白鹤
是白鹤向上旋飞而燃成的太阳女神忽亘爰
是忽亘爰化身于人间的董拉
是在白骨遍野的草甸上安家的党项始祖
是白光闪闪美轮美奂的阿妈

今天的太阳没有了耀眼的光芒
也顿失往日的酷热
尤其是太阳周围有一圈灰色的光环
被蓝天衬托成跳跃的火焰
让所有凝视太阳的人
都感到一股渗入骨髓的疼痛
太阳在西，在不该通红的时候一片通红
地处西陲的夏国定有大事发生

这天，楚王任得敬也从太阳里看见了血
看见一个被砍掉的头颅血涌如注
周边的长发随风飘扬
他身不由己地缩了一下脖颈
一丝不祥的预感闪过脑际

但他立即镇定自如

没有人能察觉不出他飞速的闪念
他威胁仁孝上表于金
承认他分取灵州西南的一半夏国
只待金帝完颜雍的圣旨一到
他便在新筑的灵州城面南称帝
他给两个弟弟作了万无一失的部署
万一金国不予册封
他就软禁仁孝

往事如水，他从一条小溪流成江河
而且是一条爬向山顶的河
多少阻挡他的人都被淹死
他从一个北宋的汉人成为大夏的楚王
即将成为塞上半壁江山的皇帝
这之间有着多么遥不可及的距离
四十四年前，他不过是西安州的通判
面对围城的夏军，想想大势已去的北宋
他率兵民出城投降
并把自己十七岁的女儿任氏献给乾顺
得到的是静州防御使的官印

他在山下汇成湖泊
时刻准备着向上攀登
他向朝中贵族和皇族成员大肆行贿
所送的礼物件件投其所好
每次只是派人送到府上
却不托办任何事情
倒使众臣内心不安

一有机会就在皇上面前为他美言
不到两年，他的女儿果然被立为皇后
他被授予静州都统军
有了指挥三千将士的兵权

仁孝即位之后，爬到山腰的任得敬
主动请缨，率兵击败反叛的萧合达而收复夏州
追杀于黄河渡口
残酷地镇压了党项民众的大起义
杀害了领导部族起义的首领哆讹
他自以为平叛有功却不能入朝
便用金珠行贿晋王察哥为他进言
被任命为尚书令
继而成为国相
他的弟弟任得聪为殿前太尉
不久自己又晋爵为楚王
出入仪卫与夏帝无二
离山顶只有一步之遥

他在西夏专权二十余年
罢黜了多少文武官员的官职
谋害了多少宗亲大臣的性命
他役使十万兵民大筑灵州城
多少皮鞭下的兵民全身糜烂
多少疾劳而亡的兵民被扔进黄河
他连眼睛都不眨一下

现在他却跪在佛祖的面前
不停地上香膜拜和祈祷
祈求出使金国的使者已到门外

手持圣旨的金使已在眼前
他似乎听见册封他为楚国王的声音
不禁浑身颤抖不住地叩谢皇恩
他抹了一把潸潸而下的老泪站立起来
却不见金国的使者
只有林立的刀枪

白石出黑水

当白石长成祥云缭绕的默鲁山
山顶发生过一场剧烈的爆炸
炸出一个宫殿闪金光奇花吐幽芳的千里平原
成为天堂天境之神在人间的住所
而山顶炸飞的白石落到世界各地
每一块白石都是掌管生育的山神玄灵比的影子
每一块白石都传出婴儿的啼哭
都长成了默鲁山一样的高山
只有落在黑水河里的白石一直伏在河底
一任孤鬼么夬兴风作浪而无能为力

白石的形状酷似刚刚出生的婴儿
哭过几声后还没有睁开眼睛
他迎着流水斜躺在河底
腰部以下被泥沙掩埋
盲女巫从水声中得知他是一名男婴
是一块千年的灵石

白石从默鲁山顶落到黑水河里
只是一个从天堂进入地狱的瞬间
之后便是比黑水河还长的无情岁月
人们常来祭祀水神花处临
献上烤熟的羊羔、飘香的胡饼
鲜艳的水果、醉人的麦酒
他却嗅不上一丝香味

只有淡淡的水来了又去
他知道自己被山神玄灵比永远遗弃
被水神花处临深深埋葬
被时间神伊司仄拒于门外
可他仍然无时无刻地等待着
等待一阵轻盈如风的步履
送来一滴洞穿时间的处女的乳汁
等到现在，他不知道是一瞬还是千年
但还是水一样的等待

他已被水漂白
稀疏的头发和眉毛也白光闪闪
他努力回忆往事幻想未来的成长
来来往往的天使和魔鬼都是水的味道
阳光月光和星光潺潺流淌
漫无边际的天地都是水的颜色
不管是骏马奔驰还是惊雷滚滚
所有的声音都是水的声音
他感觉不到阳光的温暖与坚冰的严寒
感觉不到肉体与灵魂的疼痛
他想动一下身体却没有力气
想大哭一声却张不开嘴巴
他想喝一口有味道的水哪怕是尿
想看一眼有颜色的水哪怕是血
想听一句有情意的水声哪怕是诅咒
他最想被烈火猛烧一回
烧开他的眼睛，烧出他的泪水
他的泪水就是白银

盲女巫于冥冥之中看见伏在黑水河里的白石

她用灵魂观看一切
看见白石的肉体就是灵魂
与她有着相似的命运
她在母腹中就成了盲孩
不知道阿爸是谁
她出生后便失去了阿妈
不知道谁让她在荆棘上歌舞
她一次次死去又一次次复活
将她的眼睛变成太阳和月亮

盲女巫说道
黑水河啊。河面顿时风平浪静
伊司仄啊。时间的大门訇然敞开
千年灵石啊。一片白光射向天空
整个黑水河都成了流淌的白银
盲女巫在河上跳起了神奇的舞蹈
抖动的乳房把乳汁洒在水里
一直洒到白石的眼睛上
霎时，一个山头冒出水面
并且越长越高
直到与两岸的大地连为一体
隆起的山腰却空出了一个圆洞
黑水河从中哗哗流过

后来，仁孝在甘州黑水河边
立了一块祭告神灵护佑石桥的碑

黑水河年年暴涨飘荡人畜
贤觉圣光菩萨大发慈悲兴建石桥
是党项子民的洪福
是大夏王国的祥瑞

一路顺风

国相斡道冲已经病入膏肓
不管是小女儿整天整夜地服侍于身边
一勺一勺喂下吐蕃大师配制的草药
还是盲女巫围着篝火疯歌狂舞
把天地诸神的尊名一一呼唤
他的病情依然没有一丝好转的迹象
双眼凹陷而且青紫
一到夜晚，他的骨头透过薄如纸张的皮肤
发出闪烁不定的光
犹如月光下的几件瓷器

在他有呼气而无吸气之际
净戒国师开始为他祈祷
称他为尊敬的国相
说他求道的时刻已经来到
他将抵达一个没有阴影的光明之境

那里的一切都是无云的晴空
他一丝不挂的智慧
将引领他飞向没有中心也没有边缘的时间之外
他将停顿于这一明境之中
把他的慈爱给予一切有情的众生
即使他不能亲手送去心灵的慰藉
他也要以各种形体现身于世
哪怕是经天而过的一只小鸟

要把婉转的歌声留在空中
哪怕是山间的一块石头
要让登山的人坐下来看看风云
哪怕是绿了又黄的一株小草
也要在火焰里跳动一下

此刻，他在谛听
在体验智慧发出的清净之光
燃烧的火焰里的那片空明
在感觉自己无色无相的本性之空
清澈见底的湖水中的那种宁静
当他的智慧与本性融为一体
并成为佛的空性
他便没有了生也没有了死

净戒国师称他为尊敬的国相
帮助他回忆自己光明磊落的一生
忏悔他做过的错事
发扬他与佛法结缘的善举

他五岁时以尚书中童子举
十几岁时便精通五经
后来他将论语注译成番文
著作别义三十卷和周易卜筮断
他出任国相十几年鞠躬尽瘁
辅佐仁孝勤俭治国
他一生心系党项的子民
将俸禄尽散穷苦众生
家里除了书籍一无所有
连小女儿的嫁妆也无从准备

他从不杀生也不沾酒肉
经他放生的牛羊不可悉数
他就是党项的继续
就是滚滚红尘中佛的化身

他心平气静
在净戒国师宛如洪钟的话语中
想象他的护佑本尊
一轮有形而没有实体的水中之月
轻风拂来，一股芬芳的气息无比亲切
他就在这股气息里徐徐上升
没有执着，没有留恋，也没有胆怯
不管出现多么恐怖的景象
他都会镇定自若
在他的肉体与灵魂分离之际
他将洞见光芒耀眼的清净之身
一条奔涌于大地上空的河流
那就是他真性的光焰
光焰里传来千雷齐鸣的大音
那就是他原初的心声
心声里燃烧着五光十色的烈火

此刻，他的身体幻化为意识
他没有了物质的血肉之躯
不管是野兽还是刀枪都不能把他伤害
他已经不会再次死去
实相损伤不了虚空
虚空无所不在

在净戒国师的祈祷的三天之中

斡道冲一直处于昏迷状态
他觉得自己轻得像一根羽毛
飘荡于深蓝色的虚空里
一无所有的虚空变幻出各种各样的光芒
他没有一丝的畏惧
一道透明的蓝光异常炫目
一道灿烂的白光向他射来
一道犹如念珠的黄光将他笼罩
一道极其夺目的红光直射心底
这是来自阿弥陀佛心中的慈悲之光
他要从中求得庇护
无比虔诚地祈求进入其中
再听小女儿的哭泣也是佛法

七星宫殿

你看啊，编纂番汉合时掌中珠的骨勒茂才
独自躺在贺兰山麓的旷野上
静静地望着满天星斗
月亮尚未升起，九月的夜空透出寒气
他小时候认识的北斗七星依然如故
自己却是两鬓斑白
你看着他伸出了双手
就被一种神秘的力量紧紧吸住
指间的星星潺潺流淌
他觉得自己已经飞了起来
不像鸟儿那样扇着翅膀
也不像青烟那样徐徐上升
他只是仰面而躺飘向天空
让你透过影子看见了自己的一滴鲜血

天风飘荡着他周边的长发
在他的耳畔哗哗作响
他上升的速度超过狂奔的骏马
犹如自己见过无数次的闪电
但风声只在身后汇成漩涡
这让他感到身后有一个翻卷的浪头
他穿过越来越大的云团
几经沧桑的脸庞湿润了许多
北斗七星已成七个圆圆的月亮
只是找不到凿刻岩画的骨勒布云

他来不及搜寻那个被凿刻的女孩
一群星星从身边滑过
快得令人看不清是玛瑙还是翡翠
只在风声中听见咚咚如鼓的马蹄
白骁马遇火不燃遇水不沉的金翼
使奔驰的天马熠熠闪光
他望着天空
望着从天空深处钻出来的星星
开始只是花蕾很快就长成数不清的美女
你眨了一下眼睛，他翻身坐起
恰好坐在北斗七星的勺子里
坐在亿万颗星星的中央

纵目望去，由大到小的星星
用自己的光泽镶满黑中透蓝的夜空
他觉得自己处在一个无边无际的圆里
北斗七星也成圆里的七座宫殿
每一座宫殿都灯火辉煌
都传出你金子般的话语
他小心翼翼地站立起来
才发现踩在一片波光潋滟的清水上
他试着迈开脚步
脚下的清水成为一叶不沉的舟
他走进一座宫殿
身不由己地跪倒在地
太祖继迁和阿弟继瑗正在争论
继瑗说应该在刚刚收复的夏州建都
太祖说灵州华风浓厚可成霸王之业
黄河在宫殿的墙壁上滚滚北去
岸边奔驰着一匹山一样的骏马

他说有一颗星星犹如酒杯色泽青白
可太祖好像根本听不见他的话语
他走上前去跟太祖撞了个满怀
可他们都像一团气息
不知道谁从谁的身体穿过
他伸手去摸太祖的铠甲
似乎摸到了却又遥不可及
他急忙后退却到了另一个宫殿

他看见太宗德明身着汉帝的龙袍
在中原的仪天历前掐算着时间
景宗元昊批过番汉两院的奏表
出了一道难题测试学习番学的子弟
毅宗谅祚写下使用汉礼的诏书
匆匆返回寝宫苦读九经
惠宗秉常在木寨里脸色蜡黄
但仍然穿着汉人的服装
崇宗乾顺一一问候学习汉学的三百弟子
以尚书中童子举的斡道冲年仅五岁
他看见仁宗仁孝颁下一道道圣旨
在各个州县创建学校，招收弟子三千名
在宫中设立小学，七到十五岁的宗室子孙都要进校
设立太学，尊崇孔子为文宣帝
推行科举取士，亲选名儒主持内学
创设翰林学士院，任命王佥焦景颜等为学士
他没有找到几代夏帝驰骋沙场的英姿
只见自己站在殿下
恭候皇上降旨刻印掌中珠

他从第二个宫殿到第七个宫殿

不管是皇帝还是众臣都看不见他
也听不见他说话的声音
只有你知道他内心深处的隐痛
他只看见几代夏帝文治的一面
却看不见以武立国的恢弘场景
崇儒和文治已使党项人沉湎于酒色
一旦战火燃起该如何是好

只因他是骨勒茂才
是精通番文和汉语的党项文人
可站在殿下的那个自己怎么不认识他呢
那么他在哪里
在中兴府皇宫的白高殿里
聆听皇上编好掌中珠的指示
还是在北斗七星勺柄的一个星星里
与你忐忑不安地对话

他摸摸苍老的身体咬了一下手指
一股疼痛告诉他并没有做梦
他想起月亮，月亮便真的升到空中
并把他带到了宫外
七座宫殿上洒满下弦月的光辉
与殿内的灯火碰出五彩缤纷的虹霓
他看了一眼脚下的清水之舟
你像一团明亮的白云飞过夜空
星星神多多贝优躺在贺兰山麓
身上高耸着七座金色的乳房

放生之羊

一群滩羊卧在夏都的栅栏里
它们的祖辈是穿越大漠迁徙而来的蒙古羊
在贺兰山麓黄河两岸繁衍生息
当年嵬名仁友剿灭了分裂西夏的任得敬
被仁孝封为越王
除了丰厚的赏赐而外
还赐予十六只可爱的滩羊羔
仁友派人悉心放牧
从未骟过也从未宰过一只
现在已有三百二十四只滩羊
尤其是洁白如雪光泽似玉的羊羔
当风拂过身上九道弯曲的毛穗
令人分不清是摇曳的花瓣还是荡漾的水波

滩羊群中有一只黑眼圈的羝羊
它停止了反刍，怔怔地望着天空
只觉得天空猛地漆黑了许多
它没有找到遮蔽月亮的乌云
月亮曾是一块殷红的石头
升起之后便成了一只走在水上的羊羔
渐渐长出弯弯的羊角
直到创造天地的白鹤飞过身边
月亮便充满了慈爱
把身体和四肢隐藏于夜空之后
而羝羊是另一个弯弯的月牙

感到了黎明前的黑暗
一个漫漫长夜之中最漆黑的时辰
有多少事情在此时萌出新芽
比如一个念头将改变一个人的命运
一个美梦会葬送自己珍贵的性命

明亮的羝羊觉得黑暗有了重量
或许它已经老了
不愿像人那样被病痛折磨
只想有一把刀子送它抵达极乐世界
万事万物都有佛性
它一生吃草，没有踩死过一只虫子
没有和其他的羝羊争夺母羊
只因他的前生吃过羊肉
死后看不清暗淡的蓝光而入了畜生道
它本想在羔羊时被宰而早日解脱
却被主人一直放到苍老
还与一只母羊有了三个自己的孩子
它每到夜晚都虔诚地跪在地上
忏悔自己没有被骟的罪过
不管人们把它的跪拜说成卧倒
把它发自内心的忏悔说成反刍
它只当作过耳的秋风

黑眼圈的羝羊已把月亮望成了佛
月光就是来自佛心的谆谆教诲
是直指心扉的千千万万的手
星星就是听佛说法的无数弟子
就是站在空中的永恒的圣果
通体透明而不着一丝

永放光芒而没有阴影
即使被风云遮住
羝羊仍能看清空中的光辉

而夜空透出的淡淡的蓝
正是它漫无边际的意念所在
也是它整夜跪拜的虔诚所现
天空在羝羊的凝望中蒙蒙发亮
是一点一滴地亮
一直注视一个地方便难以感觉
但闭上一会儿眼睛
那个地方便豁然亮了许多
羝羊的内心也亮成无限的空明

此时，钟声响起
人们纷纷走出夏都
这是夏天庆三年九月二十日的黎明
是嵬名仁孝仙逝三年之祭
罗太后在大度民寺举行盛大的法会
布施九万余部番汉佛经一万多串念珠
剃度三千大夏民众
给七万七百七十九只羊的耳朵扎上小孔
穿上红白蓝黄黑五色的经线
带着光气水土火五种生命元素的色彩
成为被神眷顾的不被伤害的灵羊
在大度民寺四散而去
有的走向贺兰神山
有的走向黄河圣水
唯有黑眼圈的羝羊跪在寺外

火焰之心即真空

慧空趺坐于高台寺外
这个嵬名思能国师从火里升向天堂的地方
他忽生感慨，他三次出使吐蕃
前后几十年，历经千难万险
只因一堆熊熊燃烧的火

曾在承天寺塔一座成佛的党项人
就是在甘州修建卧佛寺的嵬名思能
在高台寺主持译经的西夏国师
一个蓝天如洗瓜果飘香的黄昏
一片镶着红边的白云飘向南方
国师趺坐于一座尖塔形状的木栅里
眼睛轻轻阖着，一片吉祥如同华盖

慧空知道国师将要远行
便诚恳地向国师请教

播种风起时，牧羊云出岳
国师若印证，弟子便娶妻

国师像一湖没有波纹的水
声音便是湖里游动的鱼

地上无丝风，天空无片云
你播什么种，你牧哪群羊

他扑通一声跪在地上
磕了三个响头

说风风已起，看云云满山
别担木栅心，只伴火焰眠

国师只是微微一笑
木栅轰的一声自己燃烧起来
高台寺的僧侣在木栅周围盘腿为吉祥
火焰在诵经声中越燃越旺
光芒直冲九霄

慧空奉旨出使吐蕃
恭请噶玛噶举派创始人都松钦巴到夏说法
大师派弟子格西藏琐布与他同行
到积雪山时正逢大雪骤降
虽是六月，他和几位随从都被冻僵
他望着茫茫无际的飘飘洒洒的雪花
惊叹于天地之间如此绝妙的壮美
他想被雪花掩埋
被雪花飘舞成一朵雪花
在空中尽情地飘舞一回

正在他眼冒金星之际
格西藏琐布念了一句他听不懂的吐蕃咒语
向雪地上吹了一口气
凹陷的雪坑里倏然钻出一个红点
一个酥油灯一般的火苗
渐渐燃成一堆透明的篝火
透明的篝火啊，救了他和随从的命

当年都松钦巴在堆垄兴建楚普寺
慧空带着赤金璎珞和幢盖再次入蕃
他看见大师戴着头发编织的帽子时有所感悟
但觉得自己慧根依然太浅
只带上大师赐予的佛经
把白教第二代祖师米拉日巴的话
当作永亮眼前的明灯

我衣如枯叶，鸟儿见了会飞远
我食如猪狗，豺狼见了要呕吐
我住如野兽，月亮见了很伤感
我行如疯子，阿妹见了只流泪
我身如白骨，仇敌见了也手软
我心即真佛，如来见了定喜欢

快到拉萨时
他循着悠扬的歌声疾步而去
一堆吐蕃人跳舞的篝火
犹如一面铜镜照出他内心的光焰
他神情恍惚地与几百个吐蕃人一起围火歌舞
从篝火的光焰里
他看见佛祖正在说法

慧空第三次入蕃
都松钦巴大师已经坐化于楚普寺
大师留下在人间转世的遗言
开创了佛教史上活佛转世的先河
不管是不显的法身还是时隐时现的报身
或者随时显现的化身都是利济众生的佛
当他回到祖国，仁孝也于同年抵达净土

他把大师的遗物交给即位不久的嵬名纯佑
便回到了高台寺

他依旧趺坐于高台寺外
连自己有多大岁数都不记得
岁月不过是一只空空的陶罐
里面盛装的物品终将消失
一叶扁舟从此岸把众人渡到彼岸
他正是岸边空出的那一部分
宇宙的虚空无期无限
一堆篝火的青烟
不过是天空里的一口气息
正如他看见自己坐在一堆篝火里
但火焰里仍然空无所有

不屈的毡帽

天地苍茫，甘州以北的旷野上
除了淡绿的小草便是反光的石头
不管是来自另一个世界的啼哭
还是羊羔微弱的咩叫
都给旷野增添了一丝活力
几棵胡杨树孤零零地站着
从枝叶间穿过的风显示着天地的空
如果飞低一点，秃鹫便会看见散落的羊群
顺着气味找到病死的羊
如果跑快一些，奔马就能碰到一个少年
一个剃度为僧的党项少年

他双手把一个木棍插在地上
把头上的毡帽放在木棍的顶端
后退一步跪倒在地
磕上三个响头
双手合十默默祈祷片刻
便站立起来戴上毡帽
双手捧着木棍向前行走三步
又将木棍插在地上，把毡帽放在木棍的顶端
跪倒叩首祈祷，如此往复
犹如吐蕃人磕长头那样虔诚无比

他再次把头颅叩向大地之时
另一个叩响大地的声音使他猛地一惊

他抬起长出头发的脑袋
一只秃鹫落在面前
身上插着一支从未见过的利箭
是谁射落了天上的秃鹫
射落秃鹫的人肯定不同凡响
一阵马蹄似乎从东西南北向他涌来
蓝天不再寂静，旷野开始颤抖
他被马蹄扬起的灰尘笼罩着
浑身哆嗦地跪在五月的阳光下
等待着死神麻悉弗把他带走

停在他面前的是一队蒙古人马
比他还要吃惊地注视着他
有一位首领模样的蒙古人问他
为什么如此跪拜一顶毡帽
他说一群人走在路上
他愿为有大德的人赴汤蹈火
三个人走在路上
他愿拜有学识的人为老师
两个人走在路上
他愿向年长的人学习处世之道
一个人走在路上
他跪拜头顶的帽子
就是跪拜在人之上的一切神灵

当得知首领模样的蒙古人正是铁木真时
他翻身站起
拍了拍身上的灰尘转身离去
却被一只手拎上马背
他在颠簸中感叹自己的命运

他名叫益德，刚满十二岁
他的阿妈是甘州守臣曲也怯律的偏房
怀上他后备受夫人的嫉恨
便嫁给掌管牛群的及里木
他长大后随着及里木来到北方
放羊于阿尔泰山下的旷野上

现在，及里木放牧的八百六十四头河西牛
他放牧的一千一百八十八只大夏羊
都成了蒙古包里下酒的肉
连他的名字也被改为察罕
只有他所崇敬的毡帽
依旧戴在旷野的木棍上

血凝

嵬名纯佑已不是西夏的皇帝了
被镇夷郡王嵬名安全所废
软禁于中兴府的一间瓦房里
窗户钉上了木条，侍卫守着房门
他从一个皇帝沦为阶下之囚不到一个时辰
而熄灭心中的怒火需要几个不眠之夜
你一脉相承的世子蓬头垢面地坐在炕上
冥思如顽石

他才三十岁，十七岁登基
遵从先帝的遗愿以仁治国以爱抚民
与周边邻族没有发生过一场战事
各国使者往来频繁
铁木真率兵抢掠河西的牛羊
他没有与蒙古大动干戈
十几年来国内没有水旱之灾
你的子民勤劳耕耘悉心放牧诚实经商
没有偷盗掳掠之举
到处都是一片欣欣向荣的繁荣景象
只要部族安居乐业王国富强昌盛
一个皇冠或许并不重要

安全是越王嵬名仁友的儿子
从小聪明过人但心术不正
身材矮小但手段残忍

越王去世后，安全没有在陵前尽孝
而是上表陈述越王讨伐任得敬之功勋
想要世袭爵位言辞铿锵有力
可安全无功无德遭到众臣的竭力反对
他只能封其为镇夷郡王
从安全凶光毕现的眼睛里
他知道安全对自己充满了怨恨

八年后，夏州一家生下一身二首的麒麟
几位厮乩占卜都是祥瑞之兆
你将派遣一位杰出的人物降临于世
安全偏偏鬼迷心窍，以为是一国两主之意
执意重蹈任得敬的覆辙
当年任得敬兵权在握也落了个身首异处的下场
安全只是一个郡王
想分国而治岂不难如登天

但他没有想到
安全不是分取一半的夏国
而是篡夺了他的皇位
他更没有想到
帮助安全篡位的竟然是他的阿妈
是他万分尊敬的罗太后

他对母后十分孝顺
每天都要到后宫请安问好
即使忙于国政不得脱身
也要派人送去礼品或者食物
母后得了头痛的病
厮乩和御医都不能治好

他立即遣使到金国求医
母后在宫中吃斋念佛
他下令铸了一个金佛送给母后
他想不明白
安全到底使用了什么手段
使一个虔诚敬佛的阿妈
剥夺了儿子至高无上的权力

难道因为母后是汉人
这使他不禁想起西夏的几代太后
太后梁乙那和她的弟弟梁乙埋
专权十八年迫害嵬名皇族频频攻掠宋边
太后梁乞如和她的哥哥梁乞逋
穷兵黩武十四年，夏宋边境白骨蔽野
皇后任氏的父亲任得敬
罢黜清官忠良
谋害宗亲大臣
胁迫先帝分国而治
而罗太后帮助侄子安全
杀死了她亲生儿子的心

他们都是汉人
给大夏的历史增添了可耻的一笔
他憎恨他们
憎恨他们一身的彬彬有礼却居心叵测
一脸的慈眉善目却心狠手辣
满口的仁义之道却草菅人命
他憎恨自己
憎恨自己的血管里流淌着汉人的血
腐蚀了一个党项人质朴勤劳纯洁高尚的秉性

污染了嵬名氏豪爽坦荡刚强神勇的本色
淹没了他光辉灿烂的心

嵬名纯佑的心已经死了
他的灵魂在黑血中垂死挣扎
但他还有一口气息
这一口气息里有他郁结的血块
母后给他的人生蒙上了巨大的冤屈
给你的脸庞涂上了漆黑的羞辱
也给自己的晚年溅上了洗不掉的污秽
这一口气多么沉重啊
一旦呼出，平地就会拔起
一座高不可攀的大山
这一口气息多么微弱啊
一个被废皇帝的几乎没有的一口气息
如果自己不去了断
别人也不会放过

漂浮的紫莲花

大夏国都城内城外一片汪洋
水面上漂满了尸体牛羊和木头
嵬名安全的女儿嵬名察合身穿嫁妆
坐在十四只浑脱扎成的羊皮筏子上
她泪流满面，不为离开祖国和父皇
只为她心爱的人被箭射死
不知被大水漂到了哪里
她也想漂到水里，可被四名夏兵围在中间
连死都无法选择，生命还有什么意义
既然已成行尸走肉，她还惧怕什么

在蒙古乞颜部的根本之地
一面九脚白旄纛迎风飘扬
一次重大的会议在斡难河源头隆重召开
蒙古诸部一致推举铁木真为可汗
为他共上尊号为天皇帝之意的成吉思汗
大蒙古国从此建立。也正是这一年的春天
安全篡夺了大夏王国的皇位
先帝嵬名纯佑驾崩于那间瓦房
谁都不知道先帝如何羽化而去
只留下一摊黑红的凝血

远在千里之外的成吉思汗
找到了入侵西夏的借口
派遣大军直抵狼山

与夏军激战四十余天攻破斡罗孩城
四处掠抢牛羊和女人
遭到西夏右厢诸路将士的英勇抗击
相持五个月后
终以粮草匮乏而退回漠北
这是蒙古第二次入侵西夏

察合略通番汉语文
尤其对周边部族的历史颇感兴趣
阅读了不少的汉籍史书
至于蒙古部族互相杀掠直到成吉思汗统一漠北
都来自中兴府的街谈巷议
这次，蒙古第三次入侵西夏
成吉思汗亲率大军出自黑水城以北
由斡罗孩的关口直逼河套
父皇任命阿哥嵬名承祯为主将
大都督府主高逸为副帅
统兵五万前往御敌
只在狼山以北的旷野上打了一仗
高逸在阵前被俘，不降被杀

蒙军攻破斡罗孩城长驱直入
逼近中兴府外的最后一道屏障
贺兰山东北只有一线相通的克夷门
安全派遣大将嵬名令公率领五万夏军前往增援
设伏于山间大败敌军
两军对峙两月之久，传来蒙军撤退的消息
夏军漫山而下穷追不舍
谁知正中成吉思汗设下的埋伏
西夏将士伤亡惨重，嵬名令公被俘

克夷门因而陷落

从夏都的城门到蒙古大营
也就十几丈的距离
可察合觉得比她十八年的生命还要漫长
她也算是西夏的公主
却被父皇献给了成吉思汗
她一旦走进蒙古大营
走进立着九脚白旄纛的大帐
她便不是原本的自己
而成了一个葬掉青春年华的女人

成吉思汗亲率蒙军围攻中兴府
多次强攻而不能破城
正值九月，天降大雨
城外的渠水湖水和黄河连日暴涨
成吉思汗下令在城外筑起堤坝
将大水灌进城内
房屋被冲毁，居民被淹死
但夏军誓死守城三个月之久
城外的堤坝决口，大水泛滥
淹没了蒙古大营，在冰冷刺骨的大水中
溺冻而亡的蒙军没有葬身之地
成吉思汗无可奈何又不愿以败而归
再次派人进城招降
父皇登上城头与成吉思汗隔水相见
几句话便决定了察合的命运
她流着眼泪告别了阿妈和阿妹察香
坐在铺着毡毯的浑脱上
向着蒙古大营漂浮而去

鹰背上的剑

一个女孩躺在野花盛开的青草丛中
轻风吹过，散乱的头发飘飘欲飞
八月的夕阳穿过云隙和草丛
在她的身上摇曳出一片斑驳的暗影
她好像在做一个纵马驰骋的梦
又好像在搜寻一只来自故乡的鹰
但她一派安详
胸前的血早已凝固于破碎的衣衫上
眼睛圆睁，几乎没有了眼角
流露出一种不可遏制的愤怒
嘴角的笑意很浅，甚至盛不下一滴泪水
却有一种干瘦如柴而终于打败敌人的那种轻松
她睡得很香
带着青草的气息和野花的芳香

从高原到高原再到高原的风
追寻家园的苦难、苍凉和悲壮
吹响梦中惊醒的伤口
吹响天堂的一朵朵白雪
沿着黄河而迁徙的歌
翻滚的牛羊和女人闪耀着血色的荣光
被鹰驮向蓬勃向上的积雪山脉
驮向不落的太阳的旗帜

她正是夏帝嵬名安全的女儿

西夏的公主嵬名察香
一年前，她的阿姐察合坐在浑脱上
一朵含苞的紫莲花献给了成吉思汗
她随从父皇出征，征讨侵犯河州的黑塔坦
在辽阔的草甸上与敌对阵
父皇一声令下，西夏将士冲入敌阵
两军搅在一起互相厮杀
敌人渐渐败退
忽然号角响起，云集的敌人从身后猛扑过来
察香和她的父皇被团团围困
护驾的铁鹞军拼命杀出一个豁口
护卫着父皇逃往河州
西夏的步跋子战死草甸
察香被俘

一只白头鹰飞越黄河
带着盲女巫的嘱托
盘旋于洮河与夏河之间的草甸上
寻找一把失踪的贺兰神剑
一把剑柄上有九个头颅剑茎上缠绕着青蛇的剑
刻着战神曲巴可战无不胜的旗帜
一把贺兰神山雪水淬过的剑
一旦出鞘凌空而舞便会大雪飘扬
一把能被月光照出紫莲花的剑
散发着西夏公主凝成琥珀的体香

在黑塔坦酋长白厮波的大帐里
五花大绑的察香一下子长大成人
白厮波给她松了绑
她抡起手臂搧了白厮波一个耳光

白斯波给她端了一碗酒
她接过酒碗泼在白斯波的脸上
白斯波动手撕扯她的衣服
她破口大骂
骂白斯波是不如野兽的野兽
是披着一张人皮的妖魔克虏
她警告白斯波，敢动她一根毫毛
她的父皇就会灭了白斯波的全族

白头鹰看见了青草丛中的剑鞘
仿佛从高空摔落而下
被石头碰掉一块雕花的铁皮
一个细长的裂缝一直深到鞘内
透出一线淡紫色的幽光
并有一缕暗香徐徐萦绕
白头鹰俯冲而下
展开比剑还要锋利的双翅
在草丛里剧烈地旋飞
被削断的花朵和草茎覆盖于剑鞘的身上
一层又一层地覆盖

察香被白斯波绑在一顶帐篷里
整天整夜地等待着夏兵从天而降
将黑塔坦一举消灭，救她回到夏都
可她等来的不是神兵
而是奉她父皇之命向黑塔坦纳贡称臣的使者
什么是晴天霹雳在心间炸响
一只魔鬼的手掏空了五脏六腑
什么是灭顶的噩耗在脑海咆哮
灵魂在昏厥的空白之中出窍而去

她被黑塔坦俘虏已经足够耻辱
堂堂大夏王国臣服于一个最下贱的部族
难道不是辱上加辱的奇耻大辱
她没有哭泣
只是乘卫兵放她解手之机
拔出卫兵佩带的剑
刺向自己的心窝

白头鹰凌空而起
碰到在空中游荡的贺兰神剑
白头鹰背负着失而复得的宝剑
正如翅膀上的一根羽毛
向着天空更空的地方盘旋而去

朝觐圣宫

西风，几度疏远的启示
曾经随意出没于他周边飘逸的长发
西风，带着灵岩圣地的气息
在水面上留下寻找太阳的足迹
而不曾光顾这间星子投宿的茅屋
拥他入眠并教他入梦的影子起身远去
不留一丝余温
朗日初升，窗外的残雪深处
一株世上最小的草挂着西风的碎影
被喧嚣淹没的他竟然无知无觉

在西风的源头有他永远的追寻
凝望天涯之路
他没有瘦马可骑只让视线深入邓林
接近悬在树上的巢
在弱水河岸，他不曾惊动垂钓之趣
只拨开萋萋芳草搜寻西风的脚步
纵是深山野岭万石之罅
他都用心触摸

大鸟，未来的预言者
栖于洞窟的风何时开启他的第三只眼
党项，来去如风的大神
在什么地方才能找到填平伤口的彩云

他和几名党项人告别大夏国都
穿过沙陀大漠一路向西
走过严寒酷暑越过千岩万壑
停泊于白骨与芦苇之间的断剑
一条冬眠的毛虫亏了月晕
蛙鸣又起，织着焉支山游荡的牧歌
偶尔传来的几声犬吠在网上打结
曾经的石头屋成为唯一的小憩
窗前的柳树不再吐绿
半截树桩只讲着一朵山丹花的故事
血染之处，东山起云西山落雪
月亮微闭的眼，星星欲滴的泪
都是静夜的影子暗示着玄机
他席地而卧
在幻想的月牙泉里侧听西风

走进鸣沙与三危之间的幽谷
他静静地倾听那只手的声音
始觉孤云出岫
恍若另一个陌生而簇新的世界
他吹响谷溪之笛竟然惹出一片鸟鸣
在浪花的私语中
他从飘飘而来步履生莲的鹿女身上
感到醍醐灌顶的西风

再看莫高窟里的壁画
他就是衣着朴素手持供养花的党项人
是青石之后一枝墨绿的修竹
是头戴花冠臂缠飘带翔于彩云的飞天童子
是刚刚画上的从殿门射进的一道白光

从五月初一到六月初一
他从一个洞窟走向另一个洞窟
终于在一幅壁画里找到你闪光的身影
他走出洞窟，跟随原本的自己
让古道隐退，让西风坦若牛背
一曲水草之歌随即从天上飘来
旷野上明镜似水

又见他挥别的栅栏
果然跳出几枚鲜嫩的绿芽
他枕书高卧已是月悬东城
在撕心裂肺的瞬间
他看见真正的西风就在他的茅屋
看见你在西风的中央光彩夺目
你就是西风啊
一片巨大的宁静把他埋葬
清澈而柔和的光辉浸入他的每一个穴位
他不管花草树木怎样荣枯
飞禽走兽怎样栖息与腾飞
不管有多少善男信女妆銮过敦煌圣宫
又有多少芸芸众生走在朝觐的路上
他只管睡去

亡国之君

如果说元昊中了北宋的离间之计
杀害了心腹重臣野利兄弟是断其双臂
那么委国事于没藏讹庞，与众妃游宴于离宫
便开了皇权旁落母党之手的先河

如果说没藏讹勒梁乙那梁乞如母党专权
使宋辽边境五十多年狼烟弥漫白骨遍野
那么楚王任得敬胁迫仁孝分国而治
成为大夏从鼎盛走向衰微的标志

如果说镇夷郡王嵬名安全篡位得力于罗太后的相助
并让成吉思汗找到了大举讨伐的借口
那么向金国求援不果而攻袭葭州
夏金八十六年没有战事的友好关系自此破裂

如果说齐王嵬名遵顼发动政变废黜安全
全面推行附蒙侵金是亡国之策
那么大肆攻掠金国的十二年
是西夏精锐尽失元气大伤生死存亡的十二年

如果说境内饥民相食的惨状
苍天为之垂泪，神鬼不忍目睹
那么统治阶层清歌夜宴的腐朽
是大夏王朝加速走向衰亡的内在原因

从夏皇建二年七月到夏光定十三年十二月
从遵顼自立为帝到让位于次子嵬名德旺
十二年来，遵顼乘蒙古攻金之机
向金国发动了大大小小的战争不计其数
在消灭金国的同时也消灭着自己
从东胜城到平凉府，从环州到积石州
夏金几千里漫长的边境线上
到处都是直冲霄汉的狼烟
各地都是攻打城池的喊杀声
多少次被金兵击败于城下
多少疲于奔命的夏军抛尸他乡
可遵顼根本不顾国内军民的死活
依旧发号施令攻掠不止

一队金兵侵扰了夏境
金国使者立即奉命前来致歉
但遵顼不肯接受反而大举出兵积石州
境内的葩俄族都管汪三郎
率领族人归附金国而成了抵御西夏的名将
但遵顼不知道这是失去军心的预兆
一首十不如歌在国内再次传唱
从元昊发动三大战役时唱起
到两代梁太后与北宋五十多年的战火
再到遵顼攻掠金国
历经一百八十多年的传唱而弥新如初
连三岁的小孩都知道国家危在旦夕
可遵顼根本不知道失去民心将意味着什么
仍然屡败屡战频频点集

遵顼心甘情愿地将自己绑在蒙古的铁蹄上

可并没有讨得成吉思汗的欢心
仅仅一个礼仪渐疏的借口
蒙军第四次进攻西夏横渡黄河
沿线的州城无力抵御
中兴府再次被蒙军围困
遵顼仓皇逃往西凉府
把太子嵬名德任推到城头

西夏遣使投降，成吉思汗领兵退去
可夏金双边的战争再次爆发
夏攻通秦堡，金侵隆州
夏围镇戎，金掠宥州的牛羊
夏陷会州，金遣使议和
可遵顼对金国充满怨恨
只因两次送信请通和市而没有得到答复
又派太子嵬名德任率师攻掠金国
太子宁愿出家为僧也不愿屠杀无辜
被废而囚禁于灵州
御史中丞梁德懿啼泣力谏与金和好共拒蒙古
被罢去官职

在党项民不聊生的寒冬腊月
在成吉思汗不断的责备之下
在位十二年的嵬名遵顼传位于次子嵬名德旺
自号上皇
十不如歌在皇宫上下回荡不绝
似乎来自很远的地方
又透出孩子们稚嫩而嘶哑的嗓音
白高殿内一片寂静
上皇新帝和文武大臣俯首倾听

一不如年年征战，田园荒芜野草长
二不如岁岁歉收，灰条白蒿当口粮
三不如青壮征丁，牛羊瘦弱无人放
四不如尺布百钱，夏民身上无衣裳
五不如榷场冷落，不见昔日繁华样
六不如老马瘦死，不闻草原对口唱
七不如血流成河，哀鸿阵阵透心凉
八不如风卷茅屋，贫病交迫雪飘扬
九不如家破人亡，生不如死天苍苍
十不如国势濒危，千疮百孔野茫茫

家园的反光

你站在贺兰山上纵目远眺
隐约可见钉在天边的黄河
一侧耳便能听见丝绸内部的响声
你扫过大片大片的稻田
一两股炊烟袅袅升起而弥漫四方
牛羊的铃铛伴随着党项的牧歌
所有的人都在夕阳西下之际
踏上回家的路

每一个人最初的家园都是暖宫
最后的家园都是坟墓
在这一条来去之间的路上
你历经磨难的千万子民
他们的家园何在

是草甸上的一项帐篷天都山下的一个寨堡
还是纵横千里的大夏王国或者整个大地
是母亲的摇篮一家人同眠的热炕
还是儿孙绕膝的天伦独自流浪的旅途
是对父母的深情厚爱把心交给后代的寄托
还是朋友之间的肝胆相照一对恋人的融合
是岩画里的太阳女神羌笛奏出的一地月光
还是诗里的一瓣花香时间留下的脚印
是崇拜鬼神的羊首舞祭祀祖先的香火
还是善恶有报的轮回敞着大门的地狱和天堂

哪一个才是他们真正的家园
哪一个家园才有他们栖息的灵魂

你依然望着城墙耸立的夏都
长在湖里的宝塔划破白云
红墙绿瓦的皇宫折射出暗淡的光
曾被大水淹过的城墙留下清晰的水痕
散落于城中的青砖瓦房
像一枚枚只漏一孔光线的铜钱
你成千上万的秃发百姓
都住在覆盖着织毛的土屋里
那就是他们生离死别的家啊
那里流过多少辛酸的泪

党项啊，西夏部族的大神
眨眼之间你去了哪里
在贺兰山上的夕阳里迎面飘来的晚霞中
或在那棵最高的树梢都城的鲍老大旗上
在黄河的浪花里雄鹰滑翔的翅膀上
或在羊羔的咩叫里人们漫无边际的想象中
你处处都在又不在一处
该怎样把你的气息吸入肺腑
让他们找到一条回家的路
该怎样把你留在他们的灵魂深处
让他们以天地为房屋
以云草为被褥以日月为生命的灯
该怎样在你的昭示下达到无我的境界
让他们以世界为家园
结束一切争战
让每一个人都能活在世上

当你站在他们的面前
已是一座须弥山上的石像
你的一脸慈善
让他们感到无比的亲切和温暖
你的目光越过他们的头顶
看见世界上的每一个角落
你的嘴角含着笑意
任凭他们怎样跪拜、祈祷和诵经
你都一言不发

黑将军

黑水城的西门訇然大开
一江黑色的洪流涌出城门
一股狂暴的旋风扬起满天灰尘
一条怒目圆睁的青龙腾空而起
咆哮，席卷，撕咬
在蒙古军营里左冲右突
城门关闭，城头的老弱病残呐喊助威
为他们背城一战的父兄子弟
为战神曲巴可降临于身的黑将军

黑将军是西夏军事重镇黑水城的守将
他脸庞黝黑身材魁梧神勇盖世
又因他常住黑水城
不管是几万将士还是方圆的族人
都称他为黑将军
至于他的姓名却无人知晓

这是蒙古第六次入侵西夏
成吉思汗以迟迟不纳质子为由
不顾长途西征的疲惫
带上也遂妃亲帅东路十万大军
首先陈兵黑水城下
指挥蒙军昼夜攻城
鲜血渗进东西南北的墙上
留下一道道黑红的血迹

在阳光的照耀下显得斑驳陆离
使黑水城更加高峻
使悲愤的蒙军顿生敬畏

黑水城高矗于绿洲戈壁之间
长方形的城墙有三丈多高
西北角的喇嘛佛塔高耸入云
城内驻扎着黑水镇燕军司
发源于祁连山的黑水河穿越大漠
经过黑水城而流入居延海
黑水河因浮不起羽毛而有弱水之称
岸边生长着一棵形状如牛的巨树
树皮如缨带，叶子似绫罗
果实落地而无声，树立岸边而无影
从滴着殷红之血的果实里
党项人认为它就是树神乞布罗罗
每逢七月初一都来祭祀
黑将军就是祭树的一面旗帜

从黑水河引入城中的一条渠水
被蒙军用沙袋堵截于上游
黑水城没有滴水已有三天
本来已被围困一个多月
城内的粮食早已颗粒无存
牛羊也被城内的兵民分食殆尽
只剩下任何人都不敢去碰的战马
在黑将军颁布的死命令里
等待着黑将军和他的勇士出城杀敌

黑将军在万般无奈之中登上城头

已是太阳西移之时
他看见蒙兵在渠边玩水
用头盔盛满渠水又泼到岸边
他倏然感到无法克制的干渴
呼出的气息都有一股烧焦的味道
尤其是士兵在城内挖井
土层下只有挤不出水滴的黄沙
士兵们把湿沙敷在脸上
顷刻之间又被太阳掠去水分

是阳光，是春天的阳光
是太阳女神忽亘爰飘到心里的长发
点燃了他全身的热血
每一条血管里都发出噼啪作响的声音
他亲手杀死自己的家人
命令将士献出所有的金银财宝
统统埋入数丈之深的枯井里
然后他和三千骑兵用草灰涂黑脸庞
从黑水城的西门冲入敌阵

黑将军与他的骊马融为一体
一声凄厉的长啸震撼天地
发出一道枯枝一般的蓝光腾飞而起
一直飞向天空的深处
后来，有人在黑水城东南贺兰山西北的地方
拾到黑将军刻着一圈髑髅的头盔
和铁丝编成的战衣
上面血迹斑斑

右臂寸断

一

沙洲是西夏西境的一座重镇
一旦失守就等于折断了西夏的手指
右手不能握成拳头
又怎能打击敌人守卫家国
沙州守将籍辣思义接到蒙古劝降的书信
他知道双方势力悬殊
便欣然同意投降
并下令准备酒肉和女人犒赏蒙军

从一缕轻飘而来的风里
围困沙州的蒙军嗅到了酒香和肉味
个个垂涎欲滴，都想第一个冲进城里
痛饮一番闻名于世的卓尔思酒
一种用党项酒神的泪水点化的酒
一种色如枫叶艳若鲜血的酒
一种水里包藏着火焰的酒
洒在湖里便有鱼儿跳到半空
洒在石头上便会开出妖艳的紫莲花
洒在衣服上便能托起沉鱼落雁的丽人
因而卓尔思酒又被称为莲花酒
据说连喝三碗就能飞翔起来
遨游天地山川尽览世外美景
还能实现心中所有的愿望
想要一个美女就会立刻躺在身边

想要黄金白银就会在眼前堆积如山
甚至还能当上皇帝君临天下

此时，沙州的夏兵打开城门
从门洞望去，大街中央摆满了酒罐和肉块
扑鼻的香味时断时续
反而充满了诱惑人心的神秘力量
谁不首当其冲

蒙军大将忽都铁穆尔奉命接受沙州降兵
他来不及说出心头的预感更来不及阻止
已被骚乱的兵卒卷进州城
城门关闭，伏兵四起，乱箭齐发
站在酒桌旁的女子原来都是草人
已被夏兵射出的火鸭子点燃
蒙军身上起火乱成一团
忽都铁穆尔知道中了籍辣思义的诈降之计
急忙率军突围撤退
他的贴身侍卫杀死把守城门的夏兵
打开城门，他和几十名残兵败将仓皇逃出
其余的几千蒙军都留在了城里

西路军统帅阿塔赤被激怒了
集结重兵再攻沙州
这是力量和数量的较量
不管夏兵怎样艰苦卓绝而宁死不屈
即使一万夏兵与三万蒙军同归于尽
沙州城下仍是蜂拥而上的蒙军
柔弱病残的居民怎能抵挡凌空飞舞的弯刀
坚守三月之久的沙州城破人亡

西夏的右手被连根折断

二

蒙军在沙州没有喝上卓尔思酒
便日夜兼程地扑向肃州
肃州自古就是酒泉
当年骠骑将军霍去病大败匈奴
汉武帝刘彻遣使赐酒犒赏三军
只因酒少兵多便将御酒倾入城东的一个山泉
将士们在泉边畅饮，山泉因此得名酒泉
涌流不息的泉水冬不结冰
蒸腾的水汽状如云烟
大诗人李白使酒泉更加闻名遐迩

天若不爱酒，酒星不在天
地若不爱酒，地应无酒泉

肃州的守将举立沙
是蒙古千户昔里钤部的族兄
断然拒绝了昔里钤部晓以祸福的招降
亲领全城兵民英勇抗敌
直到一万多将士慷慨成仁

而成吉思汗率领的东路军攻陷黑水城后
挥师东南向贺兰山进发
在阿尔不合狩猎野马时被坐骑赤兔马掀下马背
当天夜里发起高烧，就地扎营养伤
派遣使者打探西夏态度以决定是否撤兵
不料使者得到的竟是夏国大臣阿沙敢不的一顿讥讽
成吉思汗万分气愤，颁下一道圣旨

每饭必言殄灭无遗
殄灭党项人的父母直至子子孙孙尽殄无遗

当蒙军开进肃州城时
城墙内外只有堆积如山的尸体和遍地流淌的鲜血
还有几万名手无寸铁的肃州居民
他们不约而同地在大街上席地而坐
双手合十，朗声诵念六字真言
声音宛如敲响的洪钟
传遍肃州的每一个角落
所有还有一口气息的西夏人
于眨眼之间都成了佛门弟子
他们是超度阵亡的西夏将士
却使高高举起的屠刀停在半空

阿塔赤被眼前的景象惊呆了
本来攻打沙州和肃州时蒙军伤亡惨重
每一个士兵都恨得咬牙切齿
恨不得飞进城里将西夏人扒皮食肉挖心饮血
哪怕是婴儿也不放过
可西夏人在屠刀面前如此镇定
如此虔诚地皈依佛门
这样一种震撼人心的力量
如一股扶摇直上的风正在吹散城里浓重的杀气
阿塔赤率军攻陷了肃州
可他没有攻陷西夏的人心
并败在坚如磐石的心灵面前
可他又不敢违抗成吉思汗屠城的旨意
便向肃州的居民磕了三个响头
打马出城而去

肃州全城的居民被蒙军屠戮
几万个没有头颅而依然端坐的尸体
从脖颈喷出的鲜血
在街道上汇成一条河流
缓缓地向东流去
一直流向太阳升起的地方

三

蒙军屠戮肃州后向甘州推进
一路上没有遇到夏兵的抵抗
行军缓慢，但五百里的路程几天就能达到
当年在旷野上牧羊的察罕也在军中
他被成吉思汗收为养子
在蒙古草原上长大成人
在西征中屡立战功而升为大将
他从未谋面的阿爸便是甘州守将曲也怯律
他要射书入城，射去一封倾诉思念的家书
并劝阿爸以居民的生命为重以父子的恩情为深
献城归附

甘州是驻扎着甘肃军司的宣化府
察罕劝父投降的事情在城内传开
甘州副将阿绰得知曲也怯律已有降意
便秘密联络了军中的三十六位将领
率兵包围将府并杀死了曲也怯律全家
在卧佛寺前敦请帝释天显现真身
与他一起护佑卧佛和众僧
一起用至善的双手保家卫国
并许下退敌之后为帝释天建寺的宏愿

成吉思汗得知曲也怯律被杀
西夏将士誓与甘州共存亡
便离开屯兵避暑的贺兰山西麓
率领东路军直奔甘州
与阿塔赤率领的西路军会师城下
成吉思汗下令不惜一切代价攻破甘州
立功者重赏
尤其是西路军似乎摆脱了肃州居民的诵经声
在一片喊杀声中士气大振
蒙军连续攻城一天一夜
阿绰和三十六位西夏将领全部战死
而最后挺立城头抗击蒙军的是
卧佛寺崇庆寺禅定寺诱生寺十字寺五大寺庙的僧人

成吉思汗再次下令屠城
察罕跪在父汗面前极力进言
讲述了肃州百姓如何视死如归
屠城后酒泉如何干涸见底
以及西路军从此如何萎靡不振
谏诤父汗以民为重顺乎天意
成吉思汗听了察罕的一席肺腑之言
进城安抚百姓

四

如果说沙州是西夏的右手指
那么肃州便是手腕甘州是肘关节
凉州是右臂连接躯体的肩膀
现在西夏的右手指已被折断
手腕和肘关节也已断成几节
只剩下流血不止的肩膀还在抵御刀矛

这个肩膀就是西夏的西凉府
守将斡扎箦是已故国相斡道冲的孙子
起初他率兵坚守凉州
但凉州已是一座迟早沦陷的孤城
如果死守下去只能是全军覆没还要殃及贫民
只好率领不到一半的伤残将士献出凉州
于是西夏的整个右臂河西走廊
全线崩溃

与金修好全力拒蒙的夏帝嵬名德旺
原本是一个大有作为的君王
只可惜王国积衰难振
听到凉州投诚的消息之后
忧郁惊悸而逝，在位仅有三年
他的侄子南平王嵬名晛
于乾定三年七月被拥立即位
甚至没有改元，延用乾定

一颗丹心在灵州

成吉思汗接受了凉州的归附
留下一部分将士镇守之后
便穿越茫茫无际的沙陀大漠
蒙语中天一样大的腾格里
抢占黄河九渡一举攻克应里
他兵分两路
一路渡过黄河伸向西夏的左臂银夏地区
另一路由他亲率沿着黄河直奔灵州
与党项大将嵬名令公遭遇于灵州城西的黄河上

嵬名令公在克夷门一战中曾被俘获
在蒙古的土屋中蓬头垢面宁死不降
直到嵬名安全与成吉思汗订立城下之盟
遣使送礼之后才返回祖国
现在嵬名令公奉嵬名晛之命
领兵十万出自中兴府赴援灵州
在黄河两岸和结冰的河面上
与蒙军展开了空前惨烈的决战

蒙军求胜心切，夏兵悲愤填膺
几乎同时从两岸跃马出击
两军的骑兵在河面上相撞
红缨长矛和夏人剑还没有碰出火星
大批战马已滑倒于冰面
由于西夏的铁鹞子是被铁索绑在马上

被弃马而战的蒙军杀伤无数
嵬名令公急派步跋子出阵厮杀
却抵挡不住蒙古步兵的强大攻势退到了西岸
又被重振旗鼓的蒙古铁骑驰过坚冰冲毁阵营
夏军遍野的尸首堆成山头
嵬名令公率领溃败之兵逃向夏都
灵州被蒙古重兵四面包围
守将佐里知道外援无望
便如筑城一般堵死了四面城门

蒙军又一次在震耳欲聋的鼓声中开始攻城
在盾牌的掩护下步步逼近
架在城头的旋风炮
已没有拳头大小的石头可以发射
一座座云梯搭在城墙
上面是蜂拥而上的蒙军
城内的檑木和石头都已抛尽
连城头的尸体也砸向云梯
云梯上的蒙军一连串地滚落而下
受了重伤的夏兵索性抱住蒙军一起坠城
被废出家的太子嵬名德任和守将佐里
分别挺立于灵州城头
指挥西夏将士殊死守城

灵州将士饥寒交迫疲惫不堪
但个个屹立城头英勇杀敌
一个濒临死亡的西夏士兵苦苦哀求
请把他的身体当作石头砸向敌人
一个身中数箭的麻魁用最后的一丝力气
从女墙的射口处一头栽下

一位双目失明的老阿妈
跪在地上不停地叩首
城里的妇女们将家里的陶罐瓷碗等重物
全部搬到东南西北的城头上
连年迈的老人和瘦弱的孩子
也在捡拾落在城里的箭
再扎成射向敌阵的火鸭子

成吉思汗下令昼夜不停地攻城
越墙入城的蒙军越来越多
守将佐里为国捐躯
嵬名德任拒不投降
被装进麻袋用棍棒打死
因为蒙古人认为人的灵魂在血液里
不放出灵魂算是对他的尊敬和善待
而德任七岁的儿子嵬名惟忠
流着泪水恳求杀父仇人把他也装进麻袋
去陪伴孤苦伶仃的阿爸

灵州是西夏的西平府
是翔庆军司五万人马的驻扎地
当年太祖拓跋继迁在此建都
如今故宫依旧
依旧在寒冬腊月折射着抚慰人心的光芒
结成一颗丹心的十几万兵民
与灵州融为一体
他们的热血汹涌奔流
在黄河东岸流成又一条黄河
但永远不会结冰

冲天的大火

今年的冬天格外严寒
夏都七十二个湖泊的冰层就有一丈多厚
今天又是除夕，黄昏已经降临
西夏黎民的心已经寒到极点
临近死亡的边缘
可贺兰山下冲天的大火
从南到北蔓延了整个山麓
火光映红了西天的乌云
不时传来轰隆作响的爆炸声
夏都的每一个人都从城垣上看见闪烁的火光
只感到心被冻裂的剧寒

中兴府被蒙军围得密不透风
北部通向河套的斡罗孩城再度失守
王国的后背上插满了蒙古的枪矛和令旗
灵州一战，西夏的主力被彻底歼灭
灵州以东的盐州川上
逃亡的子民遭到蒙军的大肆屠杀
他们挖坑掘洞也躲不过死神的追赶
一望无际的荒原上赤地千里
被豺狼和秃鹫吃剩的白骨遮蔽四野
唯有年轻的女人幸免于难

去年五月，成吉思汗在贺兰山西麓屯兵避暑
曾在苍松翠柏间越过山梁

在倾斜的山坡上向东眺望
在蓝天和绿野的衔接之处
闪闪发光的黄河宛如挥舞的飘带
大夏国都在东升的阳光里一片金碧辉煌
湖泊与田野相映，高塔与皇宫互照
贺兰山下绵延几十里的西夏王陵极其壮丽
十一座王陵和数不清的陪葬墓
犹如散落于青草绿树间的黄金和翡翠
依山傍水的恢弘气势令成吉思汗惊叹不已
党项得此上吉之地，神灵祖先佑护子民
难怪大夏王国绵绵久长

于是，成吉思汗下令访寻各地的风水先生
以便找到夏国绵延不断的皇脉
一位神秘的黑衣人来到王陵
他看见昊王渠时便哀叹不绝
昊王渠是插在王国皇脉里的尖刀
致使王陵只能依山而无法傍水
国都只能傍水而无法依山
他在夕阳落入贺兰山之际
在献宗嵬名德旺陵台的北部
举行了一番不让任何人看见的仪式
说是大夏王国的皇脉已断
便神秘地消失了
如水汽蒸发一般

蒙军挖掘了十一座帝陵
但没有找到任何一个夏帝的遗体
王陵的大火已经烧了三天三夜
依旧没有一丝减弱的迹象

昨天下过一场罕见的暴雪
却使熊熊燃烧的大火更加猛烈
火焰和大雪在天空相逢而成为诵经之声
一轮参差不齐的光环直指人心
宛如一顶顶高低不一的皇冠

这是一场蒙军放纵的大火
一场来自地狱的毁灭一切的烈焰
把一场暴雨放进火里只有烟雾飘过
把整个天堂放进火里也只能剩下传说
在这个以心传心的传说里
尽是晶莹剔透的佛骨

夏都夜泣

为什么火要烧我先帝陵园
为什么地要毁我党项子民
为什么天要灭我大夏王国
天帝啊，这是为什么
佛祖啊，这是为什么

在中兴府皇宫的白高殿上
夏帝嵬名晛捶胸顿足泣不成声
明天是他遣使请求成吉思汗宽限一月的最后期限
太阳升起之时
他将率领文官李仲谔武将嵬名令公
带上九尊金佛九件金器九名玉女
捧着御玺地图和户籍
打开夏都的南门
向围城半年的蒙军献城投降

此时，你的哭声撕心裂肺
起初是孩子的啼哭接着便是女人的哀号
哭声里充满了血腥的味道
又带着渐渐冰凉而香火袅绕的气息
多少孩子的阿爸战死城头
多少西夏将士击退敌人的一次次进攻

成吉思汗留下大将阿术鲁领兵围攻中兴府
自己帅军渡过黄河

攻陷积石西宁等河湟地区
彻底切断了党项人回到青藏高原的路
天气渐热，成吉思汗在陇山下屯兵避暑
由于坠马跌伤又带兵攻打西夏
何况又患了一种无法医治的热病
便将儿子叫到身边留下三条遗嘱
其中一条就是死后秘不发丧
直到西夏人从都城出来
把他们全部杀死
即使他死了也要灭掉西夏

此时，你的哭声惊天动地
宛如一颗颗流星划过长空
又似一群飞速奔腾的野牛
被拔地而起的峭壁挡住去路
内镇百官外励将士的右丞相高良惠
率领将士从冬到夏日夜坚守
部下劝他保重身体
他说自己身为国臣而不能消除祸乱
使敌人深入心腹活着还有何用
他和几位文官在夏都的某一个地方
连夜挖了一个深坑
将几百万字的大夏史密封于瓷坛深深掩埋
由于劳累过度而壮烈殉国
中兴府仅存的一口生气随风而去
没有了这一口气息
夏都便成了一座死城

此时，你的哭声夹杂着叫喊
大地剧烈颤动，房屋纷纷倒塌

三百多匹乌黑的战马挣断缰绳
奔驰于东西门之间的大街上
被围半年之久的中兴府已是粮尽援绝
但战马绝对不会被杀而食
有着鹰一样猛烈和羊一样柔善的党项人
视马为掌握他们命运的神
尤其是天帝使者众兽之神的白骁马
那双遇火不燃遇水不沉的金光闪闪的翅翼
背负过多少浪迹天涯的游灵
现在，白骁马从夏都上空一闪而过
一声凄厉的长啸闪出电光炸响雷鸣
一场血雨骤降于城外的蒙军大营

天空渐渐发亮
不知道是黑夜过去还是白昼来临
或是无边无际的白色渗进黑色
源源不断的白色渐渐渗透
渐渐把黑色渗成灰色直到一片纯白
多么美好的白色啊，党项人崇尚的本色
白色的石头上刻满了传说
白色的骨头里流淌着血脉
白色让白色以外的颜色净化为白色
白色让白色成为透明
多么壮丽的太阳啊，党项人膜拜的女神
中兴府所有的兵民都看见了你
一只白色的世界之卵
一位白光闪闪的美轮美奂的阿妈
飘扬的旗帜覆盖了夏都

萨里川

当夏都中兴府的南门打开之际
正是太阳升起之时
但是天上没有太阳
只有浓重的黑云遮天盖地
能把黑色渗成灰色直到纯白的白色呢
能让白色成为透明的白色呢
党项人的本色去了哪里
七月的清晨没有一丝阳光
放射白色的阳光怎么会被乌云遮蔽
只有太阳的泪水洞穿云层
洒在中兴府的每一个角落

蒙军涌入都城
雄伟壮丽的大夏都城由于战争和地震
已是一片废墟
越垂越低的乌云闪烁着星星一般的亮点
犹如一群忽明忽暗的鸟儿
发出无比凄切的哀鸣

夏帝嵬名睍和几位大臣
被成吉思汗的幼子拖雷率兵押解而去
一路上迎风沙冒酷暑餐风饮露
来到一个名叫萨里川的山谷
一队蒙古骑兵打马追来
带来的正是成吉思汗病逝陇山的消息

押解嵬名睍的拖雷和蒙军号啕大哭
哭着哭着唱起雄壮的出征歌和苏鲁锭歌
为防万一立即杀害了嵬名睍和几位大臣
唯恐不死都被割掉了脑袋
又怕得到党项神灵的护佑而复活都被塞进麻袋
与御玺图籍和九名玉女一起带回蒙古
这是夏乾定四年八月的一天
立国一百八十九年的大夏王国因此灭亡

大夏国都上空的乌云
悬垂一个多月之后
咔嚓一声，兜着水的黑布
被纵横交错的雷电撕成碎片
大水倾泻而下
这是太阳女神忽亘爱的泪水
在方圆几万里的夏境倾泻不止
席卷着大夏子民成千上万的尸体
清洗着一个王国漫山遍野的斑斑血迹
没有人知道大雨下了几天几夜
直到乌云变薄变淡
露出一块一块的蓝天
一只一只盘旋的雄鹰

天空出现了从未有过的蓝
宛如深不可测的大海令人恐惧
又似婴儿透明的眼睛让人看到一丝希望
布满天空的雄鹰背负着阳光
扇动着沉重的翅膀越飞越高
渐渐变成一个个被光环簇拥的黑点
变成蓝天里的蓝

不要说东临黄河西界玉门
骏马驰过的大地都有大夏创造的奇迹
不要说南接萧关北控大漠
雄鹰飞到的天空都有党项放射的灵光
不要说岁月无情
正是岁月掩埋着一个部族蔽野的白骨
也不要说大地冷漠
正是大地承载着一个王国覆灭的命运

卷七 ｜ 风诉雨泣

这扇神秘的大门已经关闭
那扇神秘的大门即将洞开
我仿佛看见你
从松潘草原的归途飞进梦乡

所有的秋风都诉不完国灭的惨烈
所有的暴雨都洗不掉脸上的灰烬
所有的黑夜都挡不住逃亡的脚步
所有的江河都流不尽满腔的血和泪水
死里逃生的西夏遗民散落各地
被铁蹄扬起的灰尘层层掩埋
但埋不住一个部族生生不息的力量
和一双双金光闪烁的眼睛

大夏的子民们，请你们谛听
你们的身体轻得如同羽毛
被那漂泊不定的风吹来吹去
也不会留下的尘埃一般的灰色里
将有依依的生灵在你们面前不断地逝去
把你们推到万丈绝壁的边缘
再不得大声呼救已经落下不是在挣扎四肢
你们将进入万兽出没的丛林
被豺狼虎豹追得无处可逃
你们将走进无边无际的孤寂之中
被尖牙利齿的怪兽咬得遍体鳞伤
你们将前往阴森恐怖的不安之境
被日落时分有一张张嘴的饿鬼贪婪吸得七窍生烟
山崩地裂，熔岩喷涌，风暴狂啸，还有暴雨
这些剧烈的声音自天上天下席卷而来
将折磨着从四面八方围向你们
你们只有一丝挣扎的力气

请你们谛听，稷吾谟

悲风长啸

这扇神秘的大门已经关闭
那扇神秘的大门即将洞开
我仿佛看见你
从松潘草原的归途飞进梦乡

无时不有无处不在的一团白气
和雄鹰一起变成蓝天里的蓝
又从蓝天里现出原初的身影
一个被光环簇拥的白点
扇动着轻盈的翅膀越飞越低
直到被阳光照得一片透明
一只鹰翼闪光的原羊
一匹羊毛似雪的白骁马
一个马蹄踏风的圣猴
一只猴面如月的白头鹰
这便是你身体的影子也是你影子的身体
是你灵魂的肉体也是你肉体的灵魂
是你党项的玛雪也是你玛雪的党项
是你天空的大地也是你大地的天空
此刻，已经成了充满天地间的风

是东风南风西风北风
但又不是东南西北的风
是扶摇直上的旋风从天而降的霄风
但又不是地涌天降的风

白杨树的叶子一动不动
正在一点一点地由绿变黄
大雨过后的积水没有一丝波纹
从上到下地凝固成冰
谁都感觉不到风的吹拂
但风的呼啸一直从耳鼓渗入骨髓

这是来自心底的风
来自灵魂裂隙的风
像天帝普寞没有具体形象又有任何一个形象
他的变化成为宇宙间无穷的事物
你看，太阳灰白而没有光泽
只是一个流尽了血液的头颅
蓝天白云似乎永远不再出现
满天的灰暗沉重地压向大地
你看，中兴府的赫宝塔和承天寺塔
只有一身烤焦而惨淡的骨头
所有的树都覆盖着厚厚的死灰
那是敷在伤口而长进肉里的羌盐
你看，不管是皇宫帅府还是瓦房泥舍
都在一片焦黑中发出鹤唳一般的泣声
遍布荒野的白骨一片死寂
掩盖了人世间所有的声音
连来自心底的风声也被掩盖

在夏州，一位头发全白的老阿妈
抱着被敌人砍掉的儿子的脑袋
坐在统万城的城头上
谁都不敢接近

在沙洲，一个发着高烧的小孩
看见他的阿妈被敌人扒光了衣服
胸前的一百零八颗念珠散落一地
他哭得没有了气息

在韦州，一个刀口流脓的步跋子
透过密密麻麻的秃鹫
看见他心爱的女子张开双臂翩翩飞来
一股奇异的芳香销魂蚀骨

在定州，一对年轻的党项男女
他俩背靠着背相互勒死了对方
一根绳子绕过脖颈而绑在脚上
没有人为他们架起一座通向天国的木栅

在黄河岸边，一只右臂露出沙滩
手中的夏人剑指向北方
浪涛掩埋了一个不屈的身体
可谁能掩埋那道闪光的剑锋

在贺兰山麓，十一座七层八角或五层八角的佛塔
十一个烧掉长发和血肉的髑髅
焦黑而空洞的眼眶充满火焰的回声
烈火已经熄灭，谁能抹去冲天的火光
谁又能阻挡火光里呜咽的风

你是党项的大神
永远接受着党项人的祭祀膜拜和赞美
寄托着他们的心愿哪怕是最后的一线希望
当你子民的头颅满地滚动的时候

无时不有无处不在的你，你在哪里
在他们的鲜血里
为什么他们的鲜血都从身体喷涌而出
在他们的心里
为什么他们的心一个个停止了跳动
在他们的骨髓里
为什么他们的白骨遍布了四野八荒
党项啊，你的子民被敌人赶尽杀绝
你还会存在吗

超度

一

大夏的子民们，请你们谛听
你们生前或许眼瞎耳聋或许断了手臂
现在你们能看能听手臂完好如初
你们的感觉都已恢复
除了伟大的灵光中心和令人心盲的母体子宫
你们不能抵达
其他的事物并不能阻止你们
只需一个念想
你们可以抵达任何一个地方
穿过城墙\峭壁和须弥山
甚至穿过诸山之王的身体
在刹那之间游遍五湖四海
在天神之间看见亲朋好友
恍惚之间你们也都有了天神的形状

请你们谛听，不要贪恋这些
不要在此滞留太久
而要祈求大悲世尊加被护佑
引导你们远离诱惑

二

大夏的子民们，请你们谛听
你们的身体轻得如同羽毛
被飘忽不定的风吹来吹去

在不分昼夜的黄昏一般的灰色里
将有浓重的黑暗在你们面前不断出现
把你们推到万丈绝壁的边缘
来不及大声呼救已经落下悬崖摔断四肢
你们将进入万兽出没的丛林
被豺狼虎豹追得无处可逃
你们将走进无边无际的孤寂之中
被长着利齿的海浪咬得遍体鳞伤
你们将前往阴森恐怖的不安之境
被满脸只有一张嘴的饿鬼骨余吓得七窍生烟
山崩地裂，怒海咆哮，飓风狂啸，烈火轰响
这些剧烈的声音自天上天下席卷而来
狰狞的悬崖从四面八方围向你们
你们没有一丝挣扎的力气

请你们谛听，不要畏惧
要知道你们已入绝境
要万分恳切地祈祷大悲世尊加被护佑
以免堕入恶道之中

三

大夏的子民们，请你们谛听
你们当中有无辜的贫民
生前未积多少功德也未造下多少罪孽
在此险境中会有不快乐也无痛苦的感受
你们当中有触犯了杀戒的将士
那些被杀害的人将你们团团围住
有的泪水涟涟有的没有头颅有的胸口还在流血
但都在向你们讨还他们的生命
你们虽然在灵塔里小憩片刻

但你们的意识已经离开了生前的躯体
并且逐渐暗淡乃至支离破碎
你们不能在任何一个地方安心休息
继续奔波使你们苦不堪言
你们将见到自己的亲人和牛羊
即使你们怎样努力进入自己的身体也是枉然
你们的身体有的被大火烧焦
有的被大雨卷入黄河
而更多的身体都已腐烂
你们找不到栖息的身体
也没有修炼到栖息于其他身体的程度
你们因而有了钻入岩缝的感觉

请你们谛听，不要再寻你们的身体了
抛弃你们寻找栖息之所的念想
而要祈祷大悲世尊加被护佑
让你们安住在休息的境界之中

四

大夏的子民们，请你们谛听
你们之所以沦落绝境而备受磨难
是因为你们生前罪孽深重
你们不要说谎也不要欺骗自己的一生
与你俱生的司恶之魔会用黑石子计算你们的恶行
还有阎罗法王会用镜子照出你们的罪恶
砍下你们的脑袋舐食脑髓
掏出你们的心脏豪饮热血
拉出你们的肠子食肉啃骨
并把你们的身体剁成碎块
你们恢复原形后又被剁碎

使你们剧痛难忍求生不能求死不成
然而，即使砍了你们的头也不会死去
已经死了不能再死
你们的身体是一种意识所生的空性之身
阎罗法王也是你们的幻觉所生的法身
你们生前的罪孽愈深阎罗就愈加恐怖
如果你们一生行善
那么连阎罗的面也不会见到

请你们谛听，谛听空明不分的本性
让法身之光无遮无掩地照射每一个地方
你们千万不能心不在焉
否则大悲世尊慈祥的视线就会中断

五

大夏的子民们，请你们谛听
你们生前的身体已经晦暗无光
你们来世的身体渐渐明显
你们将继续心迷意乱地东奔西走
寻找你们的身体
而六道轮回之光开始向你们照射
那是来自天道的暗白色的光
来自非天道的暗绿色的光
来自人道的暗黄色的光
来自畜生道的暗蓝色的光
来自饿鬼道的暗红色的光
来自地狱道的烟灰色的光
不论什么光芒向你们照射
你们都要把那束光芒想成大悲世尊
一直观想，直到完全消失

如果你们没有将自己置身于空明境界
那么便错过了在一朵莲花中化生的机缘
你们还有可能转生为人间之王
成为有功有名的大德之子
或者生于崇尚圣教的部族之中

请你们谛听，谛听你们所发的愿望
祈祷大悲世尊加被护佑
让你们挺胸抬头地进入暗黄色的光环里
进入百花盛开的花园

瘟疫在蔓延

大夏王国灭亡之后
境内超度亡灵的祈祷还在进行
凡是被暴风席卷的西夏州城
似乎于一夜之间爆发了瘟疫
逃亡的西夏人和追杀的蒙军
又把瘟疫传遍西夏全境及周边地区
不管是将士百姓还是男女老少都一病不起
有的发烧头痛呕吐腹泻面色苍白
有的汗湿衣被四肢冰冷关节疼痛
有的呼吸急促咯嗽咯血胸闷恶心
人们一个接一个地死去
草滩上的牛羊也大批大批地倒下

中兴府被蒙军围困之际
嵬名晛请求成吉思汗宽限一月
一边准备礼物一边迁出居民
已经留长头发的西夏皇裔和党项贵族
一个个衣不蔽体地混出夏都
一路向南逃去
城内只剩下将士僧人和老弱病残的夏民
又经蒙军的一番屠杀
幸存者已是寥寥无几
现在与守城的蒙军一样气息奄奄
瘟疫成了他们共同的敌人

蒙古铁骑以血腥的屠杀消灭了西夏
但并没有消灭西夏宁死不屈的心
反被看不见摸不着的瘟疫打败在地
瘟疫进入身体
正如千军万马攻打一座孤立无援的城邑
瘟疫集中兵力猛攻眼鼻口腔
将咽喉卫士重重包围
密密麻麻的瘟疫纷纷越墙而入
与守城的将士杀得天昏地暗
以血液为食物的瘟疫在血管里大肆繁殖
向城内的官邸民宅发起全面进攻
并且冲进守城将军的帅府
整座城堡的心脏部位

一座屹立的城堡躺在了地上
便是一个得了瘟疫的病人昏迷不醒
瘟疫在他的体内疯狂地繁殖
并随着排泄物排到体外
可当人们知道接触病人及其用过的物品也会得病时
都已染病在身
几次咯嗽咯血
再结实的女子也直不起腰杆
几番上吐下泻
再强壮的男人也成了一摊烂泥
不管巫师怎样诵念咒语请神驱鬼
随军医官怎样针灸拔罐烟熏火燎
蒙军大将怎样鼓励众人一心抗魔
都无法阻止蒙军和西夏遗民的死亡
控制不了瘟疫向其他地区的蔓延

这是发生于西夏故地的一场战争
一场没有狼烟没有刀矛没有流血的战争
也是发生于体内的一场战争
一场抗击病魔保护身体战胜自我的战争
在夏都的大街小巷
他们按照党项人的习俗架起木栅
将病尸一火焚烧
连同病人生前接触过的一切物品
并让死去的牛羊成为永远的陪葬
他们把病人迁到室外
接受阳光一览无余的普照
他们支起煮肉的大锅
把当地的甘草大黄苁蓉煎熬成汤
让每一个病人当水喝下
而指挥这场战争的将军正是耶律楚材

中兴府投诚之后
蒙军将士都在争夺子女和财帛
唯独耶律楚材四处搜集书籍和药材
他似乎预感到瘟疫的悄然降临
正是他
一位契丹皇族的后裔
一位成吉思汗身边的重要谋臣
一位有着崇儒尚佛之心的圣人门徒
挽救了夏都几万蒙军和幸存夏民的生命
但西夏故地的瘟疫仍在蔓延
还有自己打败自己的恐惧

一片澄明的雪

西夏故地的瘟疫与恐惧一起蔓延
大雪在超度亡灵的诵经声中飘飘而降
纷扬而密集的雪花充满了天地之空
每一朵雪花都是一个小小的精灵
无数朵雪花轻而又轻地飘向人间
飘向每一个在痛苦中煎熬的心灵
流血的心灵和洒满热血的大地
融化了所有扑进怀里的雪花
雪花化成了净水
流淌的水声里传来咚咚如鼓的心跳
一个部族不被征服的呐喊

这是来自另一个世界的雪
一种只在空中飘舞
触及人寰便立刻融化成水的雪
一种并非空无一物
显现出真性之空而一片澄明的雪
一种贯通天堂地狱和人间
闪耀着晶莹佛光而滋润万物的雪
雪在空中载歌载舞
水在地上涓涓流淌

当国师用神秘的祈祷唤醒女神
女神在中阴之界护佑四处游荡的亡灵
当佛寺僧侣供上无比虔诚的心

常住十方的诸位圣佛菩萨大发慈悲
在六道轮回的关口竭力拯救
飘向西夏的八月的雪
带来千万亡灵得到解脱的心音

请仔细聆听
从无声里听出撞击心灵的话语
那里有终于挣脱尘世喧嚣的一声长吁
有终于获得自由之身的一口真气

这场遍及环宇的秋雪
是女神洒向人世的咒语
是圣佛菩萨奉劝众生止恶扬善的真言
来自空中而又源源不断的每个瞬间
正是人生苦短的绝妙诠释
在空中轻挥曼舞的千手
拂试着众人眼前层层笼罩的迷烟障雾
化身人世并且汇入大河的漫长历程
恰是回头是岸的现身说法
在地上潺潺流淌的水声
涤荡着众人心头不断涌出的邪思杂念
心中没有恶意
满目的万事万物尽是慈善
心中不分善恶
放眼望去，一切都是佛陀

这是一场只白天空而不白大地的雪
似乎是一场落在天堂的雪
人们凝望着雪花轻盈曼妙的舞姿
倾听着雪花碰出的丝丝缕缕的圣乐

一群彩鸟围在撰写大夏史的斡道冲的身边
一匹披着提花毛毯的苍狼是他的坐骑

又仿佛是一场落在地狱的雪
使身处酷热之中的囚犯感到了清凉
夏兵和蒙军已不再互相厮杀
而在只有一盏油灯的黑暗里
被千万利斧剁成碎块
又在滚滚翻腾的油锅反复煎熬

更是一场落在大千世界的雪
让所有九死一生的人们
从飘舞的雪花里洞见清白
从满天的洁白里洞见慈善
从无边的慈善里洞见本性
在见识本性的霎时立地成佛

绝食的党项马

中兴府地震之前
挣脱缰绳奔驰于东西大街的战马
中兴府粮尽援绝之时
将士宁愿饿死也绝对不会杀食的党项马
中兴府开门投诚之后
一群全身乌黑额头有一菱形白块的千里马
将围追堵截的蒙兵踢翻在地
将跨上马背的蒙古将军重重摞下
它们在都城里狂奔了半天
汗水淋淋的身体
在八月正午的阳光下发出咝咝作响的声音
它们大口喘气
被火点燃的咽喉
正如青烟袅袅的烽燧呼唤着西夏勇士
它们被蒙军关进都城西北的马营楼里
一个个被铁索拴在马槽旁边
门口站着一排手持弯刀的蒙兵
三百三十四匹党项马成了蒙古的俘虏

这群黑马渐渐地平静下来
它们只是静静地站着
听不见一声嘶鸣一声响鼻一声长吁
甚至听不见它们的呼吸和心跳
看不见它们摇一下脑袋或者甩一下长尾
尤其是头马威孤玉

一匹复仇女神妙无赤乎骑过的马
那种轻飘翩舞而又骨腾肉飞的奔驰
使妙无赤乎的狮首成了风暴的头颅
十八只可长可短的手成了它的翅膀
上天入地地狂奔了一番
它的额头烙上了复仇的符咒
一个只有黑马才能看见的白色符号
就在它额头的菱形白块里

不知道过了几天
本来就已瘦削的马群已是髋骨高耸
它们把盛满清水的木桶踢到一边
反而缓解了心头的干渴
洒在地上的水让马群感到无比的清凉
马槽里的冰草已经枯萎
散落于其间的豌豆显得更加耀眼
但嗅不到一丝充满诱惑的清香
已经饿到了不饿的程度
头脑却比任何时候都要清醒
面前新添的苜蓿成了小花棘豆
一种五月开花八月结果的醉马草
它们不需要沉醉
不需要麻木不仁地站着
只希望马槽里全是平时不敢正视的胡蔓藤
一种食后肝肠寸断的草

一匹党项马缓缓地倒下
只是蹬了几下蹄子便翻出了白眼
它的身体渐渐冰凉
头颅被过短的铁索悬在半空

所有的马都默默地站着
干透的身体流不出更多的泪水
但每一滴掉在地上的泪水都发出沉闷的响声
那不是泪水
是一颗颗死守故都的心

不管蒙古人怎样抚摩它们的鬃毛
把豌豆放在它们皲裂的唇边
不管蒙古人怎样在它们的耳畔
说着一句也听不懂的话语
它们都是一副不为所动的神态
不能纵情驰骋的千里马该是什么
该是一尊尊贺兰石雕刻的石像
伫立于夏都的一角
身上笼罩着天使一般的光环

头马威孤玉好像在默默祈祷
祈祷众兽之神白骁马从天而降
带着它们飞向梦中的青藏高原
回到它们祖祖辈辈繁衍生息的地方
月光凝聚星光放牧的积雪山脉
名叫析支的天下黄河第一曲
青草摇曳野花怒放的玛曲草甸
载着逃亡到此的主人
找到属于自己的蓝天和草原
领着它的马群自由不羁地奔驰
与漫山遍野的牛羊一起嬉戏
给党项人的牧歌添上几个响鼻
和几声荡满山谷的长啸

逃不脱的奴役

在东临黄河西尽玉门南接萧关北控大漠的大地上
在方圆几万里的西夏故土
你几十万勇敢无畏的将士
冲锋陷阵的铁鹞子和视死如归的步跋子
在守家卫国的搏战中血洒黄河上下
被俘的将士成了蒙军的先锋
成了一枚枚射向金国和南宋的火炮
你二十多个州城几百万勤劳善良的平民百姓
以党项为主兼有汉回鹘吐蕃等族的西夏人
女人成为蒙古将士的妻妾
男人成了亡国之奴
僧侣拒不投降

找不到头顶光秃周边留发耳垂重环的党项男人
看不见梳着高髻穿着裙袍戴着珊瑚的党项女子
没有人说出抑扬顿挫的党项话
没有人吹响高亢低回而辽远悠长的羌笛
到处都是一片死寂

在夏州，一名普通得没有留下姓名的女子
她是汉人，但祖祖辈辈都是大夏的子民
她的党项男人被战死沙场
她成了一位蒙军队长的偏房
她被驯服成了另外一个女人
她苍白的脸上有了笑意

她水灵灵的丹凤眼有了一丝柔情
她洗净了队长的衣服
她用一个普通女人的爱消除了队长的戒心
她把三个孩子打扮成叫花子混出城门
她在街上打了一壶西夏的卓尔思酒
她为队长煮了一锅羊肉
她把队长灌得烂醉如泥
她将一把割肉的蒙古刀扎进队长的胸口
也扎进了自己跳动的心

在灵州，在皮鞭之下
西夏人修筑被火炮炸开缺口的城墙
他们带着手链和脚镣
手腕和脚踝渗出殷红的血
他们背负着沉重的砖石
汗水湿透的麻绳一直勒进肉里
他们手上溃烂的水泡流着脓血
砖石磨到肉里的剧痛比天还大比地还深
他们的衣衫被皮鞭抽烂
留在脸上的鞭痕映在相互的眼睛里
每时每刻都在倾诉着自己悲惨的命运
他们想烧毁蒙军的营帐
可每到晚上他们都被囚入牢房
他们想夺过月牙弯刀拼死一搏
可监工的蒙军比他们多出数倍
他们想逃出灵州
可他们已经瘦得没有了人形
他们不能用党项话交谈
否则就是一顿打在骨头上的皮鞭
他们在城墙的缺口上砌着砖石

也在心里一层一层地砌着无法忍受的愤怒
他们用不屈的脊梁交谈
在灵州城头，一个西夏人抱着敌人
从没有砌成的缺口一头栽下
其他的一百多名西夏男人
不是将蒙军推下城头
就是抱着敌人同归于尽

曾在甘州城头抗击蒙军的僧侣
来自卧佛寺崇庆寺禅定寺诱生寺十字寺五大寺庙
他们宁犯杀戒而护法惜民的至善行为
在城头昂首挺胸的英雄气概
让进城安抚百姓的成吉思汗大为惊叹
下令将他们送回各自的寺庙
派遣使者奉劝他们归附蒙古
为蒙古的子子孙孙禳灾祈福
卧佛寺住持所写的一个纸条
曾让成吉思汗听见沉默的惊雷

我心即佛
我佛皈依蒙古
大汗可否承受

当成吉思汗逝世于陇山嵬名晛被杀于萨里川的消息
一起传到甘州
被蒙军监视的各寺僧侣
云集于城内的空旷之处
一律面西趺坐眼睛微闭双手合十
诵念着世俗之人听不懂的经文
而且是神咒一般的吐蕃语

守城的蒙军跪在地上
以为众僧祈求圣佛护佑他们的大汗
城内的百姓也跪成一片
以为众僧超度着西夏所有的亡灵
众僧的内心一片澄明
他们清楚地看见
有人无需祈祷便已安住于空明之境
有人说出刻骨铭心的偈语而顿见水中之月
有人在实相中阴里游荡数日终于得道
有人陷入轮回投胎为畜
有人成为备受饥渴折磨的饿鬼
有人在万劫不复的地狱碎尸万段
但众僧依然以慈悲为怀诵念真经
只愿四处游荡的亡灵得以解脱
天下的有情众生善待生命

你各个州城内生不如死的子民
承受着沦为亡国之奴的切肤之痛
蒙受着空前绝后的巨大屈辱
他们在不屈的抗争中付出了宝贵的生命
为了党项的血脉
他们隐姓埋名自称汉族
但他们骨子里永远流淌着党项的血液
即使过去百载千年
党项羌族全部融合于其他部族
但党项放射的灵光永不暗淡

黄河浪

在银州以东的黄河岸边
一队蒙古骑兵沿河而下
把一支支利箭射向黄河
一支箭射中木架上一个小孩的背部
拽着木架的大人拼命划水
一支箭扎进两人之间的浑脱
浑脱里的气吱吱地向外泄露
一支箭射进一个男人的肩头
黄河上留下一道鲜红的血迹
三十二名扑进黄河怀抱的西夏人
向着对岸斜斜地划去

除了在蒙军围城之前逃出的西夏人
在城外放牧狩猎和砍柴的西夏人
才有幸活着
他们逃向西夏的四面八方
三十二名逃到黄河岸边的西夏人
他们只有一艘十四只浑脱扎成的羊皮筏子
在河滩上注定逃不过骑兵
来回摆渡需要三趟已无时间
蒙军的铁骑声越来越近，只有下河
只有扑进黄河才有一线活命的可能
一位名叫咩布金万的党项男子
用随身携带的党项刀
割断浑脱与木架之间的绳子

将四个小孩放在木架上
两人一只浑脱扑进了黄河

肩头中箭的男人正是咩布金万
他和一位女子共同拽着一只浑脱
女子的眼里充满了难以言说的神情
让他看见一只被狼追逐的羔羊
一只落入陷阱的马鹿，一只折断翅膀的小鸟
他只看了女子一眼，正是这一眼
让他感到一种来自骨髓的力量
他肩头已不再疼痛
变黑的血液留在河面顷刻散去
三十二名在黄河上漂流的西夏人
他们逃出了利箭的追随
一枚枚随波荡漾的落叶
十四只浑圆的羊皮时沉时浮
里面的气便是他们求生唯一的希望
他们感谢祖先的智慧
把拯救子孙生命的气息吹进羊皮
并且在黄河岸边留到现在

他们没有时间去感受八月河水的冰凉
没有注意一团乌云遮住了太阳
没有听见呼啸而过的河风
甚至没有看一眼盛开而又凋谢的浪花
他们只是互相鼓励着
想着对岸就在眼前
盲女巫就在岸边点燃了篝火
一堆温馨如家的火

葫芦河畔昼如刀

在葫芦河畔的一片密林里
三十多名男女老少蜷缩一团
几位衣衫破旧的女子耷拉着脑袋
看不清她们的脸庞
但她们埋头于膝间的姿势
分明承受着巨大的重负
几个面黄肌瘦的孩子睡在身边
几乎感不到他们呼出的气息
流着脓血的脚上敷着黄土
极度的疲惫止住了疼痛
几位年轻的男子伏在四周
雄鹰一般注视着林外
聆听着一丝一毫的动静

林中极静，没有一丝风声
只有嘴被绑着的猎犬哼了几声
一种畏惧从众人的心底油然升起
在林中弥漫如雾
仿佛一种奇异的花香
令他们无比清醒而倍感眩晕
并且随着天空的明亮更加浓重
又似一件件夜露打湿的麻袋
在他们的身上越勒越紧
勒得每一块骨头都咯吧直响
几声鸟鸣惊醒孩子的梦

一阵风声竖起所有的耳朵
三十多名逃亡的西夏人
都在不停地哆嗦着
望着被白昼暴露出来的树林

他们在天亮之前钻进树林
把树林当成掩护他们的黑夜
从夏都中兴府到葫芦河畔
他们钻过草堆
一把弯刀刺伤一位男子的肩膀
他们躲进地洞
路上经过的铁骑震落洞壁的土
他们把身体埋进沙里
茫茫大漠吸干他们全身的水分
他们含着芦管藏在湖里
泡肿的身体撑破了衣服
他们是王立之的家眷
王立之是奉命出使金国的精方匦匣使
没有来得及返回
大夏王国已被蒙古所灭
他的三十余口家眷躲避着白昼
逃向金国的环州

蓝天，草地，白云，轻风
这些最平常的景象
此刻都成了一把把精美的刀
透过他们的皮肤
在骨头上刻着只有盲女巫才能认识的字
尤其是从树梢漏下的阳光令人不寒而栗
好像弯刀会顺着阳光从天而降

把他们赶尽杀绝

太阳曾是他们崇拜的女神啊
是他们美轮美奂的阿妈
现在请你赶走草地上的潮气
把温暖裹在孩子们的身上
请你驱除他们无边的恐惧
把光明留在每一个人的心灵深处
请你刺向杀手的眼睛
把追杀的脚步钉在原地
请你把黑夜还给他们
还给他们一个童年的摇篮

这是他们生命中最漫长的一个白昼
不管他们怎样默默祈祷
太阳仍然高高地悬在头顶
似乎被高耸入云的树梢钉在虚空
顺着树枝流淌下来的阳光
充满了黏稠而苦涩的味道
几朵白云从头顶飘过
暗淡之后的树林更加明亮
一阵一阵的风吹拂着树叶
无论如何去听都是越来越近的马蹄

越盼天黑
天越是明亮而且漫长
只有夜晚
他们才能捡回自己的生命
互相搀扶着踏上逃亡的路
不要星星和月亮

只要心里的灯
和猎犬一起引领着他们
被母亲一样的夜色拥围着
并且成为黑夜中的一团黑夜
安全和幸福的感觉如同回家
他们的家就在夜晚的行走之中
在隐居祖籍的愿望之中
在心系故国的怀念之中

天都山的影子

一个影子已经跟他三天了
大概是在葫芦河岸走出密林之后
他与王立之的家眷洒泪作别
千言万语一时凝噎
他独自走进越来越深的夜色
沿着只有党项人才能辨别的神秘踪迹
他不管白天黑夜想走就走
一个人向南而逃倒也轻松
被蒙军杀了也是一个人的事情
只是那个影子让他困惑不已
沙沙作响的声音一直尾随身后

他走，影子也走
他停，影子也停
他走快，影子也走快
他走慢，影子也走慢
他坐在地上，影子也坐在地上
他钻进树林，影子也钻进树林
他猛地转身，影子也猛地转身
他向影子跑去，影子也背他而跑
在他的身后
影子始终保持着大约五十步的距离
他不知道影子是人是鬼
隐约可见影子衣衫破烂
用一块青布包着脑袋

好像只露出一双眼睛
或者影子根本就没有眼睛
凭着一双赤裸的脚在路上飘荡
他很想看看影子走路的样子便后退着行走
影子的赤脚仿佛落在路面又似乎悬在空中
轻盈得像两片羽毛
他没有看见影子的包裹
便把一块胡饼放的树桩上
被后退到树桩的影子弯腰拿走
他不知道影子是否吃了胡饼
但有了一点放心

如果影子不是鬼那就是人
什么人会这样尾随着他呢
是汉人是回鹘人还是吐蕃人
他们可以留在境内苟且偷生
是党项人还是蒙古人
能从夏都逃出的党项人恐怕不会再有
难道是蒙军派出的探子

他不禁一阵战栗，心脏怦怦直跳
在夏帝嵬名睍请求成吉思汗宽限一月之际
从中兴府迁出的居民中
大部分都是西夏的皇亲国戚
他们奉命南逃
逃向党项人的发祥地析支
而他在夏都城内的混战中
换了一身蒙军信使的服装打马逃出
不料战马累死于黄河岸边
又被王立之的家眷当成敌人

他的几句党项话让所有的人都惊喜万分
一路上昼伏夜行
躲避敌人的追杀已有两月
现在他被蒙军的探子跟踪
他必须做出决断

与其将探子引入歧途
还不如将探子杀死
当他走到天都山下的一个峡谷里
他猛然转身手握短刀
向探子飞奔过去
只见探子夺路而逃
但没跑多远就被一条树根绊倒
他一个箭步冲上前去
用短刀抵住探子的心窝

他曾是西夏禁卫军中的一员
是三千铁鹞军中的一名队长
是党项大族卫慕氏的后裔卫慕巴本
要把皇上的一封密札交给皇子
他看清了探子的脸庞
虽然瘦得皮包骨头
但依然显示出女性特有的丽质
他认出探子时不由大吃一惊
急忙跪倒在地
她不是蒙军的探子
也不是像人像鬼的影子
而是献宗嵬名德旺的女儿
是西夏公主嵬名尚

祖厉河谷的城堡

马啸荡过祖厉河谷
把一个巨大而纯粹的秋季推到眼前
你的最后一朵紫莲花成为东北风的家园
黄昏的羽翼拂过凝血的足迹
所有逃亡到此的党项人们都围在一起
把老人妇女孩子围在中央
一座温暖的城堡崛起于河滩

所有的男人都是城墙里的石头
充满了白杨树的斑驳
凝聚着即将爆裂的疼痛
他们把不屈的脊梁迎向四面而来的风
一圈挡住豺狼虎豹的栅栏
几根被风干的党项的肋骨
三个从高空陨落的闪着幽光的月牙儿
围着一堆跳动的篝火
以心传心地传递着骨髓里的声音
几匹干瘦的马在废墟旁咀嚼着枯草
一头牛的眼角挂着泪水
当年迫于吐蕃的强盛而离开析支
现在吐蕃能让他们重回故土吗

一个国家可以灭亡
难道一个部族也要随着消失
不。这个世界上不能没有党项羌族

不能没有爱憎分明不畏强暴视死如归的气概
不能没有西夏鼓乐舒展的预言
不能没有飘向四面八方的番文佛经
洒下抚慰人心的阳光和雨露
你面对身体筑就的城堡
发出一声贯通天堂和地狱的长啸
传说与梦想星光灿烂
神话与现实比翼齐飞

石头默默地呼吸，河水静静地流淌
砌入墙中的你已经穿越了他们苍白的脸
居住于你的名字之中
只为守住一个永恒的秘密
你叩响他们内心淤积的悲伤
所有的心都发出金子的回响
你把头顶上的乌云变成华盖
不再走进夏都的梦中重温残留的暗香
不再跌入万丈之渊打捞水中的血滴
你情愿被他们关闭
从他们的影子移到彼岸
成为他们最遥远的驿站
然后，他们在紫莲花的城堡
呼唤紫莲花的你

明天尚未谋面已经远去
历久弥新的山峦没有一丝岁月的雕痕
失望里的一线希望从瞳孔流露出来
但只浮在夜空而没有沉落的地方
祖厉河谷寂静无声
精神世界的中心一片虚空

悬于星星与草地之间的你
手上托着一座大夏皇宫的你
双眼紧闭但能洞彻内心世界的你
用一颗星星照亮逃亡的天地
一双双眼睛变成开花的向日葵
一叶白帆映出遥远的雪山
一封信札包着萨里川的白骨
紫莲花啊，无处不在的紫莲花
把你的呼吸凝成一滴清泪
把你的心声砌入不朽的墙
把你的想象传给所有的子民
你是一杯血红的酒
只需一滴就会醉倒世界

然而，不知从何而来青铜之风
点燃遍布河谷的生命之火
焚烧那些难忘的岁月和亲人的傲骨
墙上的自画像倒向紫莲花的墓丛
殷红的血渗出一个云雾弥漫的远方
无序的泪水从他们的脚下哗哗流过
从岩石到云彩再到天外的桥
你越过暴涨的祖厉河
追上独自飞翔的红晕犹存的花瓣
幻化的自己渐渐复原
复原成一团马蹄的云

此刻，黎明从身后的词语中汹涌而来
仿佛昏鸦盘旋于没有人烟的空谷
一任鼓乐的伤口猛烈扩散
诞生过神话的大河闪现着诱惑之光

你用沉默的手创造着心跳
只想走进久别的天堂
最后的门却被岩石堵塞
恰恰构成一幅太阳的神像

生命是一条曲折的路
死亡则是路边的小站
一个名叫党项的神依旧焚烧着自己
天帝普寞的泪水依旧涌向高地
一个部族的灵魂依旧飘荡于长空
一切的一切都在期待新的升腾
最初的紫莲花的芳香
在心与心之间自由飘荡

夏宫营之殇

一

躯体已成蓝色的火焰
所有的灵魂都发出无声的呐喊
从塞上江南到青藏高原的边缘
一切的生命都行进于死神的阴影之下
夏宫营，一个夏帝曾经驻跸的地方
大门之内，一排排柳枝扫着自己的叶子
洒落枝头的鸟鸣褪色成一种隐痛
贺兰山上的积雪映出盲女巫的咒语
流落到此的风带着战火的气息
从古城墙上喑哑的陶罐播向东西南北
夜空痉挛，雷与电的混合之血
浇透党项人走过的每一段逃亡之途

二

秋天是一具倒下的胴体
古铜色的小径抽搐着流尽鲜血的绿荫
眺望远山的目光一片泥泞
阿妈用扑向灰烬的芦草打开另一扇时空之窗
时光开始逆流，夕阳从水中飘起
一个个足印回到原来的位置
前额的伤疤渗出玛瑙一样的血滴
偌大的世界却没有孩子的栖身之处
夏宫营最漫长的小径连接着神话
孩子在小径行走，小径贯穿他屏息的肉体

那场王陵的火光旋起一地叶子
那颗失落的星斗依旧激荡着裸体的歌声

三

众人的荆棘之途在静静的失眠里
展示一片在梦里都不曾出现的天涯
近千名逃出夏境的党项人
让背影紧握昨天，用心痛理解今夜
窗外的凄云惨雾沿着目光涌入
一颗颗盛满惊惧的心越窗而遁
远处的鬼火挑着淡绿色的灯笼翩翩起舞
一支射出的箭便是生命的昭示
阿妈望着满地破碎的影子
让所有石头里的眼睛都凝聚于此
让时间与空间作一次最有意味的吻
让创世之初的原羊祈请神灵

四

雨在谁的心中僵立
夏宫营又是谁无形而巨大的棺椁
敞开着从未见过的魂飞魄散的迷人
孩子立于断崖边缘，一任长风浩荡
夜投下阿妈受伤的梦，渐失知觉
声犬吠冰凉了在天边旋转的岁月
阿妈倒在羌笛凄凉哀婉的飘飞中
触到一块中兴府的碎片
顿见塞上江南溢出恬静的绿
牛羊在草滩上唱着西夏牧歌
路边的白杨树上荡起娶亲的鼓乐
一群孩子在马背上跳着鹰旋之舞

洮河岸的一口气息

向南逃亡的党项人步履沉重
一路上躲避着蒙军的杀戮
他们赶着越来越少的牛羊走了千里
时间神伊司仄却依旧停滞在国灭的八月
在他们眼里发出惨淡的光
当他们涉过没顶之深的洮河时
麻木的躯体裹着凄凉
尽管他们手拉着手仍然有人被水卷走
雾霭蒙蒙的彼岸埋伏着风声

风在旋起，他们感到却不能说出
没有一丝声音却无处不在地飘荡着
透明的眼睛放射着彻骨的寒光
巨大的鼻孔吮吸着每一个生命的气息
无形的耳朵勾摄着一丝一毫的声响
充满天地的手触摸着一触即碎的路途
党项人已经与国共亡
他们是另一类无心无灵的人
甚至是一群大地上滚动的石头
被黑暗塞满了眼睛

从高原到高原再到高原的风
追寻家园的苦难、苍凉和悲壮
吹响梦中惊醒的伤口
吹响天堂的一朵朵白雪

沿着黄河而迁徙的歌
翻滚的牛羊和女人闪耀着血色的荣光
被鹰驮向蓬勃向上的积雪山脉
驮向不落的太阳的旗帜

这首当年离开析支时盲女巫唱过的歌
已是天上灰暗的星辰
所有的雄鹰都被利箭钉在虚空
一滴滴鲜血洞穿无比惨痛的历史
所有的骏马都被弯刀捅进大地
一堆堆白骨隆起长歌当哭的岁月
大夏的子民啊，都去了哪里
一夜之间，他们从天地间消失得无影无踪
是入地上天还是抵达另一时空
偌大的世界没有他们的一点声息

渡过洮河的逃亡者
他们还是党项人吗
他们被目光围困被影子囚禁被心声关闭
承受着来自远方的无坚不摧的浸透
正在失去最后的一线阳光
他们背负着天帝普寞的泪
就像大地上一群蠕动的蚂蚁
渺小得走不出一枚叶子

他们曾经拥有的一切正在失落
正如刚刚诞生的婴儿才是一个生命的整体
活着就是逐渐而不断地埋葬
埋葬了纯洁、豪气和爱情
埋葬了牛羊、城堡和躯体

活着就是埋葬岁月于自己的脚印之下
埋葬梦想于现实的虚无之空
还有随着第一声啼哭而附体
顺着最后一口气而离去的灵魂

他们沿着黄河一路追寻
一种永不西沉的精神
一种与天浑同的气
一种沦落于物质内部的信仰
从木栅之焰到洁白的屈石
从镀金的铜牛到拈花之笑
从孔孟之道到一杯清淡的茶
再返回滚滚飞扬的红尘
可无所不到的铁骑已经踏遍青山绿水
天帝普寞的子民的血彻底冰凉
他们丧失了言语的指引
一个人走过桥梁却不能穿过寺院的十字路口
距离的颜色已不是古代的河流
想起海时首先想到的并不是女人
他们迷失于默如黄金的党项话里
怎能找到一块净土一片宁静
和一种精神的光辉

他们曾是飞出析支的大鸟
是射向敌人的箭镞
现在却是不能驰骋疆场的骏马
回不到泥土的落叶
只剩下悬在半空的一口气息
一口下不了地狱也升不到天堂的气息
在这一口共同的气息里

他们默默祈祷阳光重新照耀万物
森林和草原茂盛地成长
飞禽走兽尽情地载歌载舞
可爱的孩子们拥有幸福与快乐
逃亡之路写满史诗

渡过洮河，卫慕巴本和嵬名尚
追上了逃亡的族人
一番短暂的欢聚之后众人都陷入沉默
西夏皇子嵬名苍斡打开密札
一块白绢上只画着一把滴血的夏人剑

泪洒玛曲

白绢上一把滴血的夏人剑
到底昭示着什么
嵬名苍斡和几位西夏皇裔百思不得其解
但他们的眼里分明盘旋着一种不祥的阴霾

出鞘的夏人剑曾像冲锋陷阵的西夏将士
在两军对阵的厮杀中
谁也分不清杀敌的是将士还是夏人剑
将士阵亡，夏人剑也弃在沙场
都回不到自己的家园和剑鞘
出鞘的夏人剑曾如一道命令
进攻或者撤退都在战马上纵横驰骋
千万将士的生命系于毫发
即使凯旋返回
仍有放声恸哭的阿妈妻子和孩子
出鞘的夏人剑也许就是出窍的灵魂
到处飘荡只为寻找自己的身体
飘累了栖息于岩石发出风声
或者附在树叶上期待着大鸟的背负
抵达咫尺天涯的天国

苍斡想到此时万分惊惧
父皇咬破手指把剑画在白绢上
这把剑便是父皇滴血的灵魂

他看见了父皇的灵魂
那么父皇已经离开了人世
他双手捧着白绢跪倒在地
前面是流向塞上的黄河
身后是蓬头垢面的族人
他悲痛欲绝，哭声与涛声汇在一起

父皇啊，我们已经到了玛曲
跪在滔滔北去的黄河岸边
父皇啊，我们已经回到析支
遵从您的旨意重建王国
父皇啊，您在哪里
请看看您逃不出苦难的臣民
盲女巫啊，请你莅临
跳起惊天动地的鹰旋之舞
我心即佛的族人啊，请你们止住哭泣
让我们一起超度先帝的亡灵

黄河岸边燃起了熊熊大火
近千名党项人围着篝火席地趺坐
朗声诵念着西夏真经
盲女巫犹如火焰
在空中跳着飞向蓝天而又俯冲盘旋的舞蹈
金色的长发覆盖着脸庞
马牙串起的手链传来心跳的声音
夏帝嵬名晛已被蒙军杀害于萨里川
没有脑袋的身子被牧羊人就地掩埋
大夏王国因此灭亡

苍斡依然跪着

他手上捧着的画有夏人剑的白绢
此刻像一只鸟儿从手上一跃而起
在众人的头顶飞了一圈之后扑进篝火
起初是一把闪着金光的剑直指南方
发出深入骨髓的咒语
仿佛一根透明的手指越过黄河
一座高不可攀的雪山隐约可见
瞬目之际又变成一尊说法的佛
火焰顺着金光射向四周
犹如千万只手抚慰着一个个苍凉的脸
并在众人的心地播下生命的种子
党项金子般的话语响彻天地

苍斡率众祭祀黄河之后一路南下
析支仅是他们心中一个曾经的家园
当年迫于吐蕃强盛而迁徙中原
追寻黄河是所有党项人的心声
从银夏的黄河到塞上的黄河再到玛曲的黄河
现在他们经过吐蕃的毡帐
接受了吐蕃头领送来的一群牛羊
却没有得到一块最小的草甸

他们踽踽行进于黄河岸边
看不够河面上翻卷的紫莲花
命中注定他们将永远地告别了黄河
寻找一座常年积雪的神山
神山之下才有党项人的家园

松潘的香味

西夏公主嵬名尚几乎一夜未眠
连日来眼前始终浮现着那块飞进篝火的白绢
她走出简易的帐篷
一个要到草甸上走走的念头
占据了她全部的身心
憋得她心跳加快满脸通红
溢出一种非常熟悉的香味
并伴随着一阵刻骨铭心的疼痛
她静静地站了片刻
没有风，白高河源一野静穆
泛白的东方透出羞赧

她走在辽阔无边的松潘草甸上
清晨的香味似乎就在前方
又神秘得只剩下一片空茫
她曾用草滩上的野花编过花冠
各种花香混在一起难以分辨
她品过中原的很多名茶
可并不是茉莉或者杜花的芳香
她喝过麦酒马奶酒葡萄酒
可那里面只有扑鼻的酒气
她吃过果子、胡饼和山珍野味
当时觉得很香如今却不知其味
她低下脑袋嗅嗅自己的身体
只找到一股草滩上潮湿的气息

清晨的香味是那样有力
一下了攫住了她的五脏六腑
一阵眩晕几乎使她摔倒
好像是婴儿身上的乳香
但比乳香多了一缕男人的汗味
这种香味在混沌中具有骨感
于大气中穿越时空
感觉十分清晰却无法说清
甚至找不到一个恰当的比方
尚公主就这样迷途于一闪即逝的香味里
一种香味留下的空无里

尚公主想看看走过的路
或许能与香味不期而遇
可逃出中兴府的惨景挡住视线
浓烈的血腥味使她心惊肉跳
她猛地摇了摇头
眼前一片漆黑
她倏然觉得清晨的香味像黑夜一样神秘
又觉得黑夜的神秘在于淹没
香味的神秘却在于被淹没
那么是什么东西淹没了清晨的香味
是她一团纷繁的思绪还是一份隐秘的情感
或许是处于拒绝与接受之间的一双手
于是，她只能等待
等待清晨的香味再次出现
引出连自己都不知道的那个故事

松潘的草甸已有了枯色
天壤衔接处一群指头大小的羊群

如果没有晨光的恣意涂抹
无疑是一野长在另一个世界的草
尚公主似乎忘了清晨的香味
望着冉冉升起的太阳
硬把太阳从彤红望到橙黄
并望满自己的眼睛
她不知道走了多远
一片凌乱的脚步响在身后
蓦然回首，她的侄子苍斡率领族人向她走来
大家将要穿越松潘草原
途经祖先安息的红石峡一路向南
而卫慕巴本已经跑到她的面前
递给她一团糌粑和一壶奶茶

清晨的香味顿时袭来
尚公主分不清是来自糌粑还是来自心底
一阵阵疼痛和眩晕交织在一起
眼前只有放在树桩上的那块胡饼
是葱花、胡麻油和麦子混合的清香
唤醒了她心灵深处的记忆
还是她深深珍藏的女性的芳香
终于从体内散发到胡饼和糌粑上
曾经的香味清晨的香味和现在的香味
在同一时间同一地点碰出耀眼的火花
抚慰着累累伤痕和迢迢坎途
此刻，香味萦绕着尚公主
尚公主的眼里噙满泪水

金川里的故事

一

你端坐于金川河谷的山崖上
等候你苦难的子民。你在苦思冥想
一个优秀的部族怎么会被别人赶尽杀绝
直把自己冥想成石

但你永远是途经河谷的党项人崇拜的大神
盲女巫知道你是山崖上的白石
便用你的故事引领着十几个行走缓慢的孩子
走向你无边无际的河谷

盲女巫讲述的是党项的故事
一部党项史实质上是一部迁徙史
你是火神艾旦丙的儿子却在朝拜天帝普寞时
只因多看了几眼绝美的侍女

而被复仇女神妙无赤乎折断双翅逐出天堂
大地上的董部族人告别可可西里
历经千磨万难，一次次逃脱死神之手
来到默鲁山下孪生湖畔的江河发源之地

董部酋长的公主名叫董拉
是白鹤的化身是部落里最美丽的女孩
她梦见雪白的圣猴载歌载舞地降临而感应受孕
却在妙无赤乎制造的埋葬人类的大雪崩中险遭不幸

当你的啼哭从那顶白帐桀骜不驯地传出
招来了妖魔克虏和饿鬼骨余血淋淋的手
幸亏被大鸟所救
董拉抱着你离开神圣的默鲁山和滢澈的孪生湖

来到黄河之沿的玛多在白骨遍野的草甸安下家来
你手持银光缤纷的月翎骑着天帝赐你的白骁马
打败苍狼和饿骨找到了放牧狼群的神奇的鱼
鱼在被你看见的瞬间变成一个女子

她就是玛雪，美似女神艳如紫莲
你和玛雪相拥坐在白骁马的金翅上
在曾经避难的溶洞融为一体
苍狼、饿骨和妖魔尾随而来

披发蒙面膜拜西天的董拉
在妖魔掀起的淹没瀛寰的洪水的到来之前
凝成一尊石头化成一股青烟
你和玛雪逃到积雪山脉黄河之曲的析支

玛雪为你生下五个孩子都
成为被风传诵事迹的英雄
当敦巴飞成一只大鸟，当刺女在冰块里找到火焰
当罗都长成蓬勃向上的山脉

娶了吐蕃女阿巴生了七个儿子
他最小的儿子耶壮在大地边缘
寻找丢失的牛羊，耶壮的子孙拓跋氏
成为八大部落最强大的部落

拓跋达措射杀了妖魔克虏
迎娶吐谷浑娇美的公主
你复活于千万子民的膜拜祈请之中
青藏高原春天开始，青藏高原星光灿烂

二

吐蕃强盛，一座座族帐被火点燃
牛羊马群越过栅栏四散而逃
逃亡的部族捡起熠熠闪光的马骨
从松州到庆州，到求生的一线希望

你的身后是一簇离开根还能生根的叶子
向传说的中原而行的拓跋宁丛
雪一样触到鸟儿就和鸟儿一起飞了
细封步赖举部内附，走在西风翻滚西风的上面

率众附唐的拓跋赤辞头颅低垂
带走被一个兄弟掠杀又被另一个兄弟劝降的耻辱
率军平定安史之乱的拓跋守寂
向东几十里地逶迤而去

从庆州到银夏，率领平夏部落扑向黄河的拓跋朝光
飞沙走石的狂风卷起部族的新婚之夜
参与平定黄巢起义收复唐都长安的拓跋思恭
建起虽未称国而王其土的五州政权

从银夏到塞上，从银州逃到地斤泽的拓跋继迁
手握乾符大举义旗悉降诸部定都灵州更名为西平府
继承王位报了杀父之仇的拓跋德明
结好宋辽西掠吐蕃健马北收回鹘锐兵

把河西走廊纳入版图的嵬名元昊
诛慑豪族斥地千里革古鼎新
于贺兰山麓黄河岸边创建了大夏王国
传向四面八方的消息震惊天下

大夏王国位传十帝被蒙古所灭
你成千上万的子民以身殉国
铁骑之下的幸存者，便开始了另一种迁徙
那就是逃亡，逃向任何一个没有敌人的地方

西夏皇裔和部分贵族一路向南
他们渡过黄河，越过天都山
在祖厉河谷把老人妇女和孩子围在中央
夏宫营成了一座巨大而无形的棺椁

洮河岸的一口气息悬在半空，玛曲就是泪水
画有夏人剑的白绢在火中金光四射
走到松潘的公主迷途于一闪即逝的香味里
一直到隐约可见的常年积雪的山

三

你仍在金川河谷的山崖上吗
仍在等候你苦难的子民吗
盲女巫感觉着你的苦思冥想，为走累的孩子
讲述着西夏的故事，走进河谷走向你

盲女巫讲述着西夏的故事
一部西夏史就是一部战争史
西夏建国不久，在一片鸽哨的轰鸣中

谁缓缓闭上眼睛，把一野白雪留在身后

之后又向宋朝发动了
三川口、好水川、定川砦三大战役
胜利凯旋，但未占据领土
只是用将士的生命换取了财物

西夏抵御了辽国的三次入侵
史称河套战役，双方互有胜负
辽帝耶律宗真于风沙中单骑败遁
贺兰山摊粮城的窖储被辽劫掠殆尽

西夏的绥州被宋军占领而揭开了夏宋战争的序幕
梁乙那垂帘摄政，夏宋边境民不聊生
西夏遭遇了五路宋军的进攻，灵州被围
终使宋朝付出阵亡四十万将士民夫的惨重代价

梁乞如与其兄梁乞逋攻宋十四年
双方死伤的军民不计其数
西夏再次遭遇六路宋军的进攻
在两翼失利的情况下向宋求和

西夏受到蒙古第三次入侵向金国求援而不果
夏金八十六年没有战事的友好关系自此破裂
西夏大肆攻掠金国十二年
是西夏精锐尽失元气大伤生死存亡的十二年

西夏惨遭成吉思汗兵分两路的第六次入侵
沙州被破肃州被屠凉州献城灵州沦陷
中兴府被围达半年之久

夏帝嵬名眖投诚后被害于萨里川

四

几十个掉队的孩子听着盲女巫的故事
听不懂的时候便睁大天蓝色的眼睛
询问着何时才能看见山崖上的白石
他们只想跪下，只有跪在你的面前才能解除疲惫

一部西夏史就是一部宫廷争斗史
嵬名元昊中了离间之计杀害了心腹大臣野利兄弟
委国事于没藏讹庞，与众妃游宴于离宫
便开了皇权旁落母党之手的先河

没藏讹庞教唆太子宁令哥行刺元昊又执杀了宁令哥
立他的外甥谅祚为帝，尊他的阿妹没藏讹勒为太后
谅祚对乳母之夫被讹庞杀害一直怀恨在心
将讹庞召入密室而执杀立梁乙那为皇后

谅祚驾崩之后，时年八岁的秉常即位
西夏政权落入母党梁乙那姐弟之手
嵬名皇族流放他乡，秉常被囚
夏宋边境为一群牛羊一寸土地一座城堡大动干戈

梁乙埋死后，其子梁乞逋自立为相
秉常在母后梁乙那的操纵下娶了梁乞逋之妹为后
从而在西夏宫廷中形成了一门二后的局面
穷兵黩武地对宋开战直到梁乞如饮下辽使的鸩酒

宋朝西安州通判任得敬率军投夏并把女儿献给乾顺
由此他一步一步向上爬去并自己晋爵为楚王

罢黜清官忠良谋害宗亲大臣胁迫仁孝分国而治
他没有得到金国的册封却得到的是身首异处

罗氏是陷没于西夏的中原人
入宫数年被仁孝立为皇后
却帮助镇夷郡王安全废黜了亲生儿子纯佑的皇位
使纯佑暴卒于废所

梁乙那和其弟梁乙埋，梁乞如和其兄梁乞逋
任得敬和其女任氏，还有罗氏，他们都是汉人
不论是在西夏的战争史还是宫廷争斗史上
都留下了可耻的笔墨

逃亡到金川河谷的党项人不禁要问
煌煌大夏王国到底被谁毁灭
几百万党项子民到底被谁杀戮
为什么连一部史书都没有留下

贡嘎山的雨

一夜之间，几十座八角碉拔地而起
森然林立于贡嘎山麓雅江上下
一座座八角碉俨然是西夏王陵的陵台
再现了王陵被大火焚烧之前的雄伟壮丽
七八丈的高塔下侈上敛
石头砌成的碉舍状若菱形之花
四面设窗，内分三层
下圈牛羊中住族人上设经堂储存粮食
近千名逃亡到此的党项人
终于找到了贺兰神山一样高峻挺拔的贡嘎
找到了黄河圣水一样滢澈如玉的雅江
找到了女人一样美丽丰腴的土地

他们互相关怀
卸下几千里逃亡的疲惫
他们互相安慰
抚平身上遍布的伤痕
他们互相怜爱
拂去笼罩心灵的悲凉
他们沐浴着美如阿妈的千白日和智似阿爸的万红月
创建了一个坚不可摧的家园

这一年的秋八月
绵绵细雨比盲女巫的故事还长

起初天空布满了阴云
一两下顽皮的电闪，三四声娇弱的雷鸣
豆大的雨点洒遍了高原
接着便是无边无际的雨丝连天接地
淅淅沥沥一片如泣如诉
碉檐漏下的雨水
哗哗啦啦响彻东西南北
宛如琴瑟声中铿锵有力的鼓点
跑在萧萧秋风之上的嗒嗒马蹄

这场秋雨下在八角碉竣工的八月
洗净了党项人浸透血汗的衣衫
洗去了一个部族遮天蔽日的悲怆
心头密布的阴霾化成了泪雨
所有的党项人都在雨中
他们有的呼天抢地有的泣涕涟涟有的哽咽叹息
有的放声大笑有的躺在地上有的追逐嬉戏
雨中的盲女巫反复唱着一首熟悉的儿歌

细雨下了三天三夜
天空碧蓝，山野翠绿
在一块巨大的白石上
经过一个简单而隆重的仪式
嵬名苍翰向族人宣布建立木雅政权
继承大夏皇位，称作木雅王
命名此地为木雅
所有的党项人都自称为木雅人

一阵欢呼之后，木雅王颁布了六条禁令
严禁自称为党项人

严禁泄露皇裔的身份
严禁皇裔取汉女为妻妾
严禁任命汉人为部族将领
严禁伤害吐蕃蒙古等其他部族的人
严禁偷盗抢掠械斗等事件的发生
其他律令参照西夏法典
比如盗毁大祀神御圣像者
首犯处斩刑从者处十三年苦役

公主嵬名尚几乎闭门不出
凭借她博览群书的功底和过目不忘的记忆
以及卓然超众的才华与持之以恒的毅力
正在续写百万言的大夏史
以完成斡道冲等几代文官未竟的大业

卫慕巴本被任命为将军
将木雅寨内的青壮年组织起来
于放牧耕作之余进行训练
以防豺狼虎豹和邻边部族的侵扰

一位众人称为先生的白须老人
在自己的八角碉里办起学校
教授番、汉和吐蕃的语言文字
以及算术绘画鼓乐等课程

一座七层八角的白马塔矗立于贡嘎山腰
塔下埋着佛陀的手指舍利
这是一个僧侣的寺庙
晨钟暮鼓一如甘露洒遍木雅

雅江岸边的木雅人以男女为别
分工合作财物均分奖勤罚懒
有的放牧有的耕种有的编织
过起与世无争的平静恬淡的日子
盲女巫除了卜算吉凶为逝者送葬为孩子接生而外
整天跋山涉水遍寻仙草
为众人治病疗伤
为老者延年益寿

而在金川山崖上冥想成石的党项
不管你的子民是木雅人还是吐蕃人
他们的心里永远流淌着你的血脉
高扬着你鲜红的旗帜
党项啊，不管你在哪里
不在此时便是无时不有
不在此处便是无处不在

百年预言

这是多年后一个八月的夜晚
或许正是夏帝嵬名睍被害的那天
夜静如冰，一两声虫鸣来自琥珀内部
给人一种郁闷太久却不敢出声的压抑
一个诵经般的声音猛地响起
在木雅方圆来回飘荡
仿佛来自天外，穿过月亮尚未升起的夜空
被一阵风声荡开而飘在风声的前面
又似乎附在耳边悄声细语
讲述着一个充满诱惑的鬼怪故事
木雅人正在做着的梦被声音惊醒
一个个竖起了耳朵

夏地安宁了，安宁了
河西、唐兀、唐古特
木雅、弥药、穆纳、密纳克
嵬名、乌密、兀密、於弥
世将甘卜，率众屈膝
德仟之子，达鲁花赤
高良惠之孙宁国公
斡道冲之曾孙修纂宋史
庐州余阙，一字天心，诏入翰林
中原唐兀氏，西杨十八郎
弃仕王立之，耘耔在申州

修建昂仁寺，木雅僧格达
六体石刻，智妙弥逋
番文佛经，遍布故土

所有的木雅人终于听清
这是盲女巫如哭似笑的声音
断断续续的话语被不绝的叹息串在一起
犹如吐蕃咒语一般难明其意
抑扬顿挫之中透出玉石相碰的脆响
并和着心跳的节律
闭上眼睛仔细聆听
盲女巫的话声正如白骨上闪烁的鬼火
纯白的火焰镶着葱绿的边
忽明忽暗地舞蹈于众人的灵魂深处
但众人没有慌乱，没有畏惧，没有眷恋
只有应声而去随音而散

靖康之变，建炎中兴
蔡州城破，金帝自戕
乾元之始，蒙古汉法
南宋坠海，崖山流血
脱脱更化，不修夏史
北伐驱虏，弃都北遁
阿旺甲木参，助平明玉珍
北上祭陵，贺兰山麓
后金为清，明朝上树
周游故地，一坐成禅

盲女巫的话声从舒缓到急切
字字句句夺人魂魄

从潺潺流水到噼啪作响的烈焰
所有的木雅人都嗅到了火焰的味道
那是酒在火里燃烧的气息
是骨头在火里炸开的响声
是灵魂在火里放射的光芒
从门缝和窗户伸了进来
千千万万的手引领众人走出八角之碉

没有月光，没有星星
天空布满了厚重的乌云
没有电闪，没有雷鸣
只有不断下沉的黑暗
没有柴草，没有木栅
在那块平坦而巨大的白石上
木雅人祭祀天地神灵的祭坛上
盲女巫赤身裸体地疯舞狂蹈
念诵着谁都听不懂的咒语
首先是她的长发变成了金色
接着是她的全身一片金黄
她睁开了眼睛
清澈得无边无际
淡绿得无法言说

当她的骨头发出暗白色的光时
那是六道轮回的天道之光
漆黑的夜空裂开一个豁口
恰好使祭坛上冉冉升起的盲女巫从中通过
顿时电闪雷鸣大雨倾盆
好像天上所有的雨都降到了木雅

所有的秋风都诉不完国灭的惨烈
所有的暴雨都洗不掉脸上的灰烬
所有的黑夜都挡不住逃亡的脚步
所有的江河都流不尽满腔的血和泪水
死里逃生的西夏遗民散落各地
被铁蹄扬起的灰尘层层掩埋
但埋不住一个部族生生不息的力量
和一双双金光闪烁的眼睛

卷八 | 红炉点雪

这扇神秘的大门已经关闭

那扇神秘的大门即将洞开

我仿佛看见你

从绿林深处的古冢飞进梦乡

风停了，他走在回家的路上

在藏民的帐包外，他望着雪花落在炉边

一圈的白刹那消失而又呈现

一圈扑闪的白眨着毛茸茸的眼

提起奶壶，所有的雪都扑进了火炉

吱吱嗞嗞的响声使火苗不停地跳动

雪里的一个火炉是他遇见的自己

火炉里的一片白雪是他发出的光芒

青甘亚走过的路
河流边有的树都开满了梨花
从骨头里结出的花瓣
在天亮之前曾这样悠悠地思叹了一回
大家都说，天亮时有的丹青都来到了这里
来到这块河滩斜坡的地方

白茸茸的羽毛裹住旧婚与新娘
两三声啼叫荡起隐隐约约的光
走进树丛，任凭头顶掉落一片朵花瓣
又含着蝶蝶落下的灰烬如同味着风味
她们挽手从西夏飞来的大雪

一条树根把她绊倒
引起的轻声且遥远尝试的声音
青甘亚盖满清水的心
终到一枚金黄色的梨落在雪中
比金的河方的石还要亲切
藏着一点色彩的红汁

与雪同在

这扇神秘的大门已经关闭
那扇神秘的大门即将洞开
我仿佛看见你
从绿林深处的古冢飞进梦乡

秘密

雪下了很久，下得没有了变化
比如雪花被风吹斜
比如雪花再大一些
比如雪花没有落在雪上
党项诗人盲女巫眼睛后面的眼睛
看见一只黑狗走成了白色

她从木雅的暴雨返回故地的大雪中
向一片闪烁的灯火走去
她受伤的身上穿着夜色
一阵一阵的风从骨髓里穿过
今夜的严寒只为她而降临
她的血液与时间一起结成冰凌

一朵雪花被黑暗挤哭
大地深处传来小草的梦呓
她成了一匹陷入羊群的狼
把自己的影子踩进雪里
云里的北斗星说出一个天大的秘密

她是西夏故地唯一的党项人

雪泪

这是怎样的一场大雪啊
从大夏灭亡的八月一直下到现在
覆盖了党项雄鹰飞翔的天空和骏马奔驰的大地
却没有覆盖你的一个子民
几百万英雄的党项人去了哪里
怎么会于一夜之间消失殆尽

党项啊，你在哪里
难道还在金川河谷苦思冥想
把自己想成山崖上的白石
然后创造出另一片蛋清的天和蛋黄的地
让你的孩子们尽情嬉戏
在你的发丛中放牛牧羊

盲女巫走在空无人烟的旷野上
漫天大雪发出震撼心灵的哀歌
落在她的身上的雪找到了故乡的雪
找到了雪里跳动的火苗
和她紧紧地拥在一起
流成一野西夏的泪

祭祀

充满天地的雪
让盲女巫顿见党项人飘舞的亡灵
诉说着一个民族无边无际的伤痛
多少党项勇士被砍掉头颅或者成了蒙军的炮灰
多少党项女子不甘受辱而扑向刀枪

多少党项子民被传上瘟疫而投身烈火

风把长发少女吹遍西夏
下了十年的故国之雪依旧飘扬
党项啊，请超度你子民的灵魂
用你温暖的怀抱把他们融化成水
用你普遍的光芒把他们升腾为气
让他们重返天国，打开当年封存的辉煌

这是祭祀的日子，野马仰天长啸
盲女巫点燃篝火，杀了一只羯羊
给髑髅里盛满血酒又把另一个髑髅盖在上面
她跳起连天接地的鹰旋之舞
落在枯枝上的雪化成水珠而渗入灰烬
落在火中的雪发出几声鸣叫而成为火焰

梨花

盲女巫越过旷野
面前所有的树都开满了梨花
从骨头里钻出来的花瓣
在天亮以前曾怎样恣意地怒放了一回
大雾弥漫，天堂所有的丹鸟都来到塞上
来到这块洒满鲜血的地方

白茸茸的羽毛裹住旧痕与新伤
两三声鸣叫荡起隐隐约约的光
走进树丛，任凭头顶栖落一万朵花瓣
不管养蜂人留下的灰烬如何眯着眼睛
她只搜寻从西夏飞来的大鸟
躲过战火的背负灵魂的大鸟

一条树根把她绊倒
驻足的轻风里透出党项的声音
盲女巫盛满清水的心
感到一枚金黄色的梨躲在雾中
比金川河谷的白石还要亲切
藏着一包雪的乳汁

祈祷

苍茫极顶从云雾中探出峥嵘的头角
一座大海上移动的冰山
一位君临贺兰山上的白雪女神
是否看见贡嘎山上的羊群
听见一声声羊咩打在村庄的身上
感到所有的雪花都奉献了一生的光芒

黄昏的碎片咯吱作响
平静的积雪小道布满霞光
冻红的天空透出泥土的色泽
一个雪团飞向路边的树
几只小鸟远飞而去
枝头的积雪大块大块地砸在井边

汉族孩子的雪人吐出鹅黄
一对蒙古人的眼里溢出芬芳
盲女巫端着盛雪的银碗
坐在冬眠的田野上念念有词

党项之雪化成水
透明之眼望着天

夜光

盲女巫在雪原上疯跑了一回
堆了十万个与党项一样的雪人
然后与西北风一起躺下
让雪栖满双眼，请雪将她埋葬
一直躺到阳光明媚
她便是顶起春天的第一株青草

在墙角，在田埂，在枯草丛中
她又看见了雪，看见了党项人的幽灵
蒙着一层淡淡的灰尘
依然透出婴儿的白
阳光下的雪都已融化
而阴面的雪珍藏着月光

在空中飘舞的雪
无法选择落下的地方
尤其是贺兰神山上的雪
还是一个月前的样子
一匹站着睡觉的骏马
在夜里闪着光芒

惊蛰

这是一场三月的雪
大片大片地落在惊蛰
清凉的雪随风弥漫
快要落到地面而又努力飞起
似乎承受不了来自虚空的力量
一任雪的泪水怆然而下

她记得踏上了回家的路
却怎么走到了山下
漫天的春雪充满白杨树的每一个空隙
放出白石内部的光
轻轻地不能再轻地簇拥着她
比宁静细小，比花香柔软

雪落在鸟儿的身上就跟鸟儿一起飞了
雪落在羊羔的身上就跟羊羔一起咩叫
雪落在桃花的身上就跟桃花一起盛开
雪落在她的身上就跟她一起哭在路上
雪落在地上就化了
只有草丛藏起一朵一朵的白

骨头

当千年积雪发出爱神丽晰的光
白玉和银子相碰的响声找到了走散的星星
剩下的响声都被鸟儿衔进梦里
只有一声哀叹还在回荡
近在咫尺而远在天涯的如泣如诉
把雪旋起又轻轻放下

雪飞舞于她的眼底
一群最小的天使把黑夜染白
南来的春风掩盖了天籁
一阵眩晕，雪倒在空中
折断翅膀的雪徐徐降落
含着钻心的疼痛

雪只剩下一把骨头

但心里的灯一直亮着
雪在点燃自己的刹那
便扑进了大地的怀抱
满地的雨都是雪燃烧的骨灰
那里有雪从未说过的话

生命换来的信

渡船

一个白衣女孩站在渡船的栏边
女孩望着他，湖蓝色的眼睛里
恰是恋人分别时的那种深情
女孩的美丽使他的心怦怦直跳
他不知道自己在岸边站了多久
跑向渡船时差点掉进河里
白衣女孩有着党项人的长相
给他的心挥着纤手
他恍然大悟什么叫一见钟情
女孩越来越远融进黄昏
渡船渐渐沉入黄河
他张大嘴巴就是喊不出声音
惊醒之后方知是梦
但这个恐怖的梦预示着什么呢
他想念西夏故地啊
想念那里的山山水水

月湖

当年，他和春天一起来到月湖
一千对西夏的白鹤满天飞翔
一万双农家的小鸭变成天鹅
芦苇荡于一夜之间孵出满天星斗
天使的翅膀把天穹擦得铿亮
旷野雄浑，怀抱秀丽的水乡

民歌粗犷，荡起温柔的眺望
在沙里在水中都是阳光之浴
尘封的心灵喷出蓝天和白云
轻风铺开锦缎，小舟缝成嫁妆
绣上跳跃的鱼，镶上金色的沙滩和铃铛
一湖铜镜摇曳着桃花的倒影
顶着红盖头的新娘坐在轿上

沙漠

他无法忘记在沙漠里度过的一夜
当时，夕阳滚到枝头
惊飞一片白杨树的鸣叫
装着水声的云团迎面扑来
把一线蓝天钉在最远的远方
大漠的春色闪在睫毛
来自西天的轻风栖息发梢
他骑着一峰骆驼走在千年的丝绸上
埋在沙中的蹄印变成黄金
铃声叮当，传来绿洲的气息
蜃楼闪烁，映出湖泊的清澈
不管前方是篝火还是村庄
每一个梦里都是飞翔

河岸

是坚毅的骆驼把他驮到黄河岸边
他一头扎进黄河
那是他有生以来喝到的最甘甜的水
躺在岸边，一个几万年前学步的脚印
走出他的脑海，在石头上踩出火苗
血浸的石锥将鸟蛋串成项链

头枕青山的石器卧听浊浪和松涛
自古一道的黄沙古渡绾住东西南北
凝视长河落日的青铜宝剑回不到剑鞘
月光洗白浪花，石头溅起风声
一叶扁舟摆渡着两岸的悲欢离合

一百零八

他想起那片绿草如茵的山坡
一百零八座彩绘的砖塔趺坐山冈
一百零八个党项的头颅想秃白发
一百零八位实心的喇嘛回到天堂
一百零八种人生的烦恼留在此岸
一百零八万候鸟在岸边生息
红柳丛里的翅膀紧挨着翅膀
随春归来，只见枝头孵出一缕缕炊烟
大河上躺着形同鸟蛋的三个夕阳

浑脱

十四个浑脱扎成的筏子驮着一筐青草
两只小羊和一串青铜铃铛
从黄河九渡走向炊烟袅绕的村庄
风吹草长，十四只羊
像比翼鸟，如连理枝
出没于一浪高过一浪的水草上
共饮黄河水反刍岸边草的十四只羊
只活在一口气里
并且一直活到了彼岸
老人的党项民歌荡起一波又一波的回声
不会丢失的十四只羊
卧在牧羊犬找不到的骨架上

他坐着老人的羊皮筏子斜渡黄河
来到香山下的一个村庄娶走老人的女儿
后来蒙古进攻西夏，他奔赴沙场
他的女人和三岁的儿子不知去向

书信

正当卫慕巴本沉浸于往事之中
侍卫领来一个拄着拐杖的乞丐
乞丐见到卫慕巴本便跪倒叩首
卫慕巴本急忙扶起相拥而哭
他们曾在葫芦河岸的密林里躲过敌人的追杀
一别竟是二十年
他是王夫人的弟弟
告别隐居申州的王立之
要把先生的一封亲笔书信送到卫慕巴本的手里
只是书童病死在半路
两匹千里马先后累死
他一路乞讨来到木雅
拧开拐杖，他把蜡封的书信呈给卫慕巴本
便昏倒在地

转世

如果说沙州是西夏的右手指
那么肃州便是手腕甘州是肘关节
凉州是右臂连接躯体的肩膀
西夏守将斡扎箦为了避免屠城之灾
率领不到一半的伤残将士献出凉州
西夏的右臂因而断裂
而凉州依旧
只是换了一个新的统治者
他就蒙古可汗窝阔台的儿子阔端

阔端坐镇凉州，经营吐蕃地区
并主持蒙古西路军攻打南宋蜀地
连日来，他一病不起
经历了最彻骨的严寒
却一头倒在刚刚发芽的春天
露出骨头的风打在脸上
顷刻之间全身没有一处不痛的地方
仿佛置身于西夏王陵的烈焰中
又被冰凉的井水彻底覆盖

他眼看着三个脑袋的大鸟驮走春天
天空遍布陷阱，牛羊扑进弱水
人脸鱼身的鱼妇在云雨中来回遨游
生下十二个金黄的月亮
他用手割着一头牛身上的肉

割掉一块牛肉又迅速地长了出来
一棵红柳长成人首鸟身的巨人
耳朵上挂着两条青蛇
他拥抱着一个女人死去被草覆身
复活后的颈项上长着他和女人的头颅
他一阵战栗
听见有人在念六字真言

河西走廊，雄鹰盘旋
翻滚的乌云遮蔽了迁徙的经幡
灌满风沙的驼铃由远而近
沙尘唱出芨芨草内心的歌
洒在篝火上的奶酒噼啪作响

萨迦派大师萨迦班智达终于来到凉州
阔端说不出一句完整的话
朝着天空张大的嘴巴冒着青烟
他看见一只麻雀画着像巢的图案
猛烈的西北风拔掉没有根的沙丘
一只小白兔从孩子的嘴边一跃而过
整个凉州空不出一滴清水
一头毛驴挣断缰绳狂奔而去
穿着绣花鞋的树枝倒在鼓乐声中
一朵芦花仍在打扫满天的星斗
洒在冻土上的鲜血不知道疼痛
谁的话留在他最寒冷的耳朵边缘
到月亮上种田的念头反复出现
难道他已离开人世

阔端乍醒又眠

他把一地的月光带进梦乡
一声叹息使整个世界震动不已
停泊着夜色的一个驿站
吊着一串血红的灯笼
一双手蒙住了他的眼睛
一位党项女孩站在他的身后
一束野花在女孩的脸上盛开
流着泪水的手擦去他的斑斑血迹
他在死亡的漠野这样幻想
一座山脉正在抒发披肩的幽香
命运之手偷走白云留下的吻
流向心里的血谱写了一首挽歌
大地凸起一块含笑九泉的碑
一声猛烈的马啸把他唤醒
党项女孩美如死神

大师说他拜见了当地神灵
神灵说阔端是夏帝嵬名纯佑转世
当年，纯佑的皇位在罗太后的帮助下
被镇夷郡王嵬名安全所篡
两月后，纯佑暴卒于废所
传说纯佑是绝食而亡
实际上是被一位西夏大臣所毒死
这位大臣出生于凉州的迴乐山
受当地神灵的护佑
现今，夏帝纯佑转世为阔端治理凉州
肯定会报复杀身的仇人及其部族
并危及当地神灵而身患重病

听了萨迦班智达的一番话语

阔端的病好了一半
并请大师主持修建一座寺庙
供奉当地神灵和嵬名纯佑
大师的话于一夜之间传遍了凉州
但有一个人心里清楚
大师虚构的这个故事
抚慰着西夏遗民流血不止的心灵
成了党项人活下去的一线希望
成为阔端统治西夏故地的思想之剑
而大师在一盏酥油灯里双手合十

夏地安宁

东

这是继迁寨旁的一棵槐树
在槐树的怀里他感到了家的幸福
第一抹鹅黄送走夜晚之后
一片片叶子就是越响越清的铃铛
当一千只手把花朵举到头顶
茂密的槐树投下无边的清凉
当数不清的叶子由绿变黄
灿烂之后的平静便是沉默的惊雷

尤其是槐树把身上的叶子全部抖落
放下所有的阳光
一片温馨从此洒向四野八荒
包括党项不变的方言

他在大槐树下和衣而卧
整整一夜狂风怒吼
吹平了他额头的皱纹
吹灭了枝头上顶起的春天
如雪而降的黄沙与天堂无关
只有墙角嗥出饿狼的血

马路上的蹄声依稀可闻
太阳突现于死寂的天空
一两声羊咩奄奄一息

他全身的筋骨好像被狂风抽走
皲裂的嘴唇传来一声声驼铃
村民们聚到槐树下而又散去
去找骑着树枝的新娘

南

站在金秋的谷子旁
灰蒙蒙的麻雀在树上叫骂不止
走进一个名叫通峡寨的村庄
黄昏铺下犬吠四起

捡起路边的石头
一个小孩被毛驴摔下哇哇哭泣
走过广济寺的门口
晚归的羊群跳过小溪
碰见的人似曾相识却都说着汉语
叫喳喳的喜鹊飞向村西
来到一户人家的井边
他从长袍大褂中喊出久违的党项话

他留下一卷西夏文大藏经
挥别了广济寺的旭日向西而去
一泓湖泊闪着蓝玛瑙的光
一座悬浮的小木屋炊烟袅绕
一圈柳树眨着月牙儿的眼
一群白羊把咩叫挂在风上
一位骑着枣红马的女孩
唱着西夏的情歌

曾叫沙陀的大漠成了蒙语的腾格里

几块白骨使太阳猛然一沉
风在流淌的金沙上踉跄而行
追寻而创建的家园在距离的一端隐隐后退
一朵乌云从远处赶来
给他眼前的雪山罩上黑布

西

一棵西夏时期的杏树结满杏子
庞大的右手从大地深处举向蓝天
手臂上架着鹰隼的男子走在田间
麦草人的衣衫被风吹响
青砖青瓦的佛寺只剩下苍凉
破败的门缝里长满荒草

宗哥河上的旗子还在飘扬
天地的连接之处埋伏着十万将士
饮过战马的湟源依旧清澈
得道的高僧在红尘中隐藏着自己
汲水的村姑把杏子抛向收割的麦地
他走着走着却走进了杏林
一个奇特的声音掠过长空

一只喜鹊在菩提树上鸣叫
别让恶念触及生命的根
一只梅花鹿在积石山上出没
别让喘息惊醒宁静的梦乡
一只水怪在青海湖里游荡
别让传说撕裂清澈的水面
一个小孩在倒淌河滩上奔跑
别让呼喊扭歪童年的脚步

一个吐蕃女子在野花丛中望月
别让马啸碰碎爱情的幻想
一个党项僧侣在故乡流浪
别让汉语刺痛心灵的天空

北

他把雪花留在水中
凛冽的西北风卷走了晚霞
他在火焰里看见一朵莲花
月亮的羽毛纷纷扬扬
他在枯死的胡杨树上叹息不绝
想在一头长发中找到那只如泣如诉的大鸟

鸟鸣里有黑将军洒了一路的血
和黑水城一夜之间的萧条
滚滚红尘使擦肩而过的长风旋成深渊
任凭乌鸦血红的目光砸向城郭
他的头顶挤满足印
死神麻悉弗为谁驻足

黑水城，一扇马头琴的门突然关闭
乌黑的玛瑙划过帐顶
黑水城，一缕胡杨的气息四处飘荡
花白的羊群啃瘦了整个冬天
黑水城，妖魔克虏的影子长满象牙
红嘴的鸟蹲在落满沙尘的目光上
黑水城，一朵雪花从天堂来到佛塔
冰凉的血液猛地涌向每一根头发
黑水城，一阵大风展开经书的翅膀
久远的问候被心跳卡在咽喉

黑水城，一轮残阳露出天空的昏暗
他与城堡一起死去

中

从来自黑水城的阵阵吼声中惊醒
他觉得整个瓦房都在摇晃
一股风逃亡于另一股猛烈的风里
满天的沙尘使黑夜更黑
他最担心回家路上或白或紫的丁香
早晨哗的一声都绽开了

传说谁能找到五瓣丁香就能找到幸福
他想找到一树的五瓣丁香
给雅江岸边的木雅王捎去一朵
其余的丁香都送给不幸的党项女孩
可今夜的花瓣会不会被风吹散
他紧紧地捂住胸口

从高原到高原再到高原的风
追寻家园的苦难、苍凉和悲壮
吹响梦中惊醒的伤口
吹响天堂的一朵朵白雪
沿着黄河而迁徙的歌
翻滚的牛羊和女人闪耀着血色的荣光
被鹰驮向蓬勃向上的积雪山脉
驮向不落的太阳的旗帜

从忽必烈在西夏故地设中兴行省
到取夏地安宁之意改为宁夏府路
他于元至元八年七月在华严塔内

刻下西夏国仁王院僧惠善到此
从长城到萧关，从玉门到黑水城
黄河始终在他的耳畔荡起回声
穿过腾格里的金沙，他又见黄河
奔流不息的黄河正是他追寻的家园

皈依

阿难答是忽必烈的孙汗
他的父汗忙哥剌于至元八年受封安西王
因他的几个哥哥先后夭折
阿难答出生后
父汗把他送到东土耳其斯坦
一位穆斯林阿黑塔赤家里
此人的妻子名叫祖来哈

阿难答在他们抚育下茁壮成长
他会背古兰经，也会用大食文书写
他十六岁时继承了安西王的王位
拥有西夏故地的执政权力
他执政伊始的第一件事
便是率领十五万蒙军皈依了伊斯兰教

西夏故地崇佛的党项人深受影响
纷纷皈依到伊斯兰教的门下
后来成为中国西部的穆斯林
有一部分融合于回族之中

你是党项的大神
但你的子民自从信仰了佛教之后
对你的顶礼膜拜已非当初
在西夏故地的东部
一部分党项人已经成了汉族

他们像当年那样赶着一列驮盐的毛驴
在长城岭的拐弯处踩出火焰
如果放进火中的盐块发出脆响
前方的云里肯定包着雨水
你一招手把雨唤到毛乌素的上空
一呼气把盐队送到延州
他们归来时，前后簇拥着四套马车
车上满载着丝绸和茶叶
你把盐队变成了凯旋归来的勇士

赫连勃勃蒸土筑就的白城挡住劲弩
党项的夏州马生二驹地产嘉禾
统万城上空的燕子越飞越低
把云雾衔到含苞的野花上
只需一阵轻风或者三岁顽童的纵身一跳
就能把雨碰出花朵
明亮的雨穿过炊烟
连最小的燕子都往返于天地之间
将雨丝栽成一野墨绿的麦浪
雨水在墙角刨出一个西夏瓷鼎
一个敕燃马牌还在下达死守的军令
你和城外的羊群都是援兵

你来到好水川遗址
正是太阳喷火之际
一路上没有碰到一只麻雀
越过萧关时只听见自己的呼吸
没有风。只有一位老人翻晒着小麦
一片新碾的小麦金光灿灿
散发出烤熟的香味

还有他流淌下来的汗水
你知道他就是隐姓埋名的房当氏
劝他在树阴下休息一会儿
他弯着腰说，不累不累
太阳从早到晚也没有说过一句累呀

从棺椁里取出兵器的手扬起风暴
越过祖厉河的千军万马攻克定川砦
你将西夏王陵的一卷经文
绑在天都山高矗的经幢上
这个名叫九羊寨的村子
一村的党项人信仰了伊斯兰教

你靠在椅子上闭着眼睛
手中的扇子缓慢地扇着
不知道你是睡是醒，但风醒着
还在寻你留在故地的往事
影子躺在地上，柳树站在身边
不用扇动便能放出枝叶间的风
这个闷热的夏天
不管你和村里的长者怎样交谈
一个中午都会从中穿过

你在椅子上一躺就是数月
直到白杨树的叶子旋转着小小的身子
缓缓落下而露出金黄的背面
把正面的斑点深深隐藏
曾经的杨花落在了哪里
风中摇曳的叶子唱着儿歌
在阳光和雨露中长大

始终面带绿色的笑意
送走一片片岁月的风尘
离树最远的叶子首先感到寒冷
把秋天的伤口留在枝头
缓缓落下而铺满大地
浑身的疼痛只有你能体会

你来到山下的牧人家里
一架葡萄藤长在庭院
牧人和一个小女孩坐在葡萄藤下捻着毛线
葡萄藤隆起天穹
片片绿叶弹响出征的乐曲
紫色的葡萄伸手可摘
一轮夕阳洒下如梦的光
在斑驳的葡萄藤旁
小女孩端来一壶奶酒
你在小女孩天蓝色的眼睛里看见了天堂
顿生一个回家的念头

须弥牧歌

一座石山屹立于眼睛之后
迟到的春风撞响滴水寺的钟
一个党项的孤儿挥起长鞭
把走不动的残阳赶进栅栏
一轮十五的月亮钻出云层
反刍着最后的一堆麦草
闪烁的北斗星似乎在说
北面的一座山上有水有草还有晨钟暮鼓

他背上东家女子打好的背包
赶着乏羊走出黎明
一棵柳树站在村头
一把泪水跟在身后

是他赶着羊群还是头羊领着他
一溜沙滩比媒婆的舌头还长
他从心灵的伤口拔出自己
一野灼目的青草地将他埋葬
蓝蓝的天上洒满羊群
青青的草地白云飘荡
月牙儿在清水河里来回摆渡
他怎么也分不清哪是星星哪是萤火虫

河水静静地躺在两岸
一头母羊在咩咩声中产下一对羔羊

他剪断脐带时一阵战栗
一声狼叫划破手指

他从石头里一觉醒来
于黄土高原里翻身顶起一山的苍松翠柏
弹落的灰尘传来一片雪花的啼鸣
含笑的嘴角使太阳默如黄金
一百多瓣莲花将他托起
一座座天梯把第三只眼睛镶满峭壁
伎乐飞天于琵琶声中长出闪光的翅膀
脚踩夜叉的力士攒折手指
淙淙涧水把石山锯出一缕蓝天
满山堆叠的野桃花被风点燃
他像放不下师傅背女过溪的小和尚
在桃花洞里冥想了一回

青草举过羊角的八月
如一个孕妇站在清水河的浮桥上
一片羊咩穿过大雨
清水河面野花盛开
须弥山上雪团滚动
他和瘦马拉着红布把羊群拦在坑内
十几丈长的门关住漏雨的家
多了一倍的羊只汇成漩涡
他把眉头紧了又紧
没有一只羊滑下悬崖
却有一只羊透过红布
从祖辈那里看到自己的血

曾叫葫芦河的清水河越来越苦

苦得草地由绿变黄
他鞭打着频频回首的羊群
与北风一道兑现诺言
白杨树上的喜鹊叫叫喳喳
缀满枝头的果子红着脸蛋
他呆呆地站在村头
眼看着东家的女子上了出嫁的马车

他又见到滴水寺的住持
讲了一遍他放羊的故事
如何点燃篝火圈住羊群
怎样拿着铁叉对准狼眼
住持拿出江南万寿寺雕印的西夏文大藏经
他不识字
只是用手抚摸了一下
心里顿时响起惊雷

他放生了相依为命的羝羊
掩埋了那位女子的泪水
一群过不了冬的羊
给天都山下的村寨穿上大雪
苍老的羝羊把雪踩成水井
嘶哑的咩叫驮着一百个捅开的刀口
寒风掠过流血的栅栏
留下日落的悲壮
领头的羝羊一直走到天边
融进雪天一色的黄昏里
从星星里钻出的月亮长着羝羊的角
分明是党项神话中的爱神丽晰

魂归故里

是谁大喊一声：下雨了
一声惊雷炸醒全村的梦
乡亲们把锅碗瓢盆摆到屋檐下
把灰暗的脸举向天空
一朵朵阴云聚成太阳的浴巾
九只天鹅擦洗着雕花的黄金马车
村里的阴阳先生坐在墙墩上
将自己算成一滴最大的雨

雄鸡啼灭星河
朝霞绽开而瞬间凋谢
一道撕裂的哭声弥漫四野
生命的雨在天堂哗哗而下

所有的云朵都是候鸟
不曾鸣叫一声就掠过今天
大旱三年的村子是一堆干柴
一声咳嗽就能点燃
黄土高原的风中流淌着火花
烤焦了青青的麦苗和一声声呼唤
吮不出乳汁的婴儿嗷嗷啼哭
驮水的毛驴倒在半路

一位老人被黄土埋葬
另一位老人跪在龟裂的大地上

被烈日刻成祈雨的雕像
这就是闻名于世的西夏的萧关

一行送葬的队列途经萧关
本想在此休息却遇上了干旱
他们抬着南哥的灵柩
南哥生前曾任西宁州同知
他的祖辈赏哥是西夏晋王察哥的后裔
西夏灭亡之前逃往湟水流域
改为李姓。曾被元封为鄯州王
他的阿爷梅的古和阿爸管吉禄
都从青海湖畔千里迢迢地葬归灵州

没有水的萧关该有什么
党项酒神卓尔思把一个酒坛放在路口
一坛神酒使盲女巫醉成旋风
忽东忽西地寻找乌云
而南哥似乎离开了灵柩
四处寻找更族改姓的党项人

骄阳凌空高悬
咻咻直响地迎面下沉
路边的小树秃着枝干
反光的房屋使南哥眼前一片惨淡
鸟儿飞向了何处
他的影子琐琐碎碎地跟在身后
分不清是苜蓿还是沙海蜃楼
一双巨手挤出他体内的水分

没有一声犬吠

两个挖井的村民再也没有上来
穿越一座没有血色的村庄
他的脚步在子夜的墓地久久回响

一缕生命的气息萦绕低回
始于母鸡下蛋的鸣叫
一只燕子从枯黄的麦地缓缓飞过
倾斜的阳光依然沉重
木格窗上的剪纸褪尽了色彩
一声声叹息跑在风的前面
村头站满排队的水桶
手指一样的苦水河退回摇篮
老牛车纷纷四散
十五岁的女孩嫁给山外有水的鳏夫
如果太阳看见这座冒烟的村庄
怎能忍心蹲在天上

发着高烧的夕阳落进山里
留下漫山遍野的灰烬
大哭之后的抽噎更加悲戚
死神麻悉弗是世上最美的女人
在一位阿妈的心里挖走黄金

该是炊烟袅绕的时候
远处传来星星升起的响声
他把一壶烈酒当水喝下
方知喝下一个无边无际的沙漠
他是一个到处游荡的幽灵
找不到西夏将士驻扎的地方
一座座坟头上的青草均已枯黄

他的眼里涌出浑浊的酒

宁静在黑暗之中弥漫着恐惧
但绝对听不到狼的嗥叫
一轮明月升起他满怀的崇敬
月光如水，只在今晚令人叫绝

一条土路砍光了一山的森林
两头黑牛开垦了所有的草地
一村人喝干了方圆闻名的夏家泉
只剩下不漏雨的瓦房和陵墓
旱透的萧关就是沧桑啊
村里的孩子不会经历他的童年
那是养在袖筒里的松鼠
孵在耳朵里的蚕卵

南哥回到萧关就是回到西夏啊
他的肉体已经融入故土
他的灵魂已经化成一股清风
响在每一个党项人的耳畔

顽石滴血

石鹿

党项僧人智妙咩布又见黄河
赤脚走在波涛扑来而又退去的沙滩上
一件西夏的石雕突立眼前
一只身上开花的小鹿眺望着远方
清亮的眼睛放出青藏高原的阳光
一对鹿角却从根部断裂
小鹿静静地站在树阴里

蒙古人的喊杀声依稀传来
寒光闪闪的月牙刀在空中飞翔
小鹿的角流出浑黄的血
一直顺着脖颈和前腿流到地上
六月的雨下了一夜
也没有洗去小鹿身上的血痕

石佛

该怎样描述这个无声的石头
石头坐在黄河岸边的沙滩上
被泥沙拥到咽喉
又被浪涛洗去一身的红尘
历经阳光和风雨的敲打
在涛声与岁月中磨去棱角

他抚摸着石头光滑而明亮的头顶

是什么法力让石头一坐就是千年
再过千年石头依然如故
只是一层一层地脱掉身上多余的东西
直到露出透明的骨头
一座佛塔直冲云霄

黄河石

在黄土高原日夜兼程的尽头
是冥冥之中被一块白石绊倒
他抠出石头时残阳咯血
一块白石，紧贴大地的一面群山起伏
一根蓝色的线条穿行其间
分明就是由纤细到宽阔的九曲黄河

黄河把拳头大小的白石留在河边
他把怀抱黄河的白石带在身上
不管走到哪里都能听见黄河的回声
白石，在夜里发光的白石
让他看见一条蓝色的黄河
和一本本要读的经书

岩石

逆流北上，终于来到西夏左厢军司的故地
山川依旧却不见党项的旗帜
只听见头颅撞响黄河的声音
一串足印深陷麟州开花的八月
一个从青石里长出的白色图案
刺痛无所不在的盲女巫

他知道黄河中游的贺兰山

向阳的岩石上刻着一个盲女巫和几件法器
诉说着一个民族消隐的惨烈
图案与岩画相距千年却如孪生姐妹
相隔千里却跳着同样的祭天之舞
而他在石头里寻找血液

卵石

他住在麟州的一家客栈里
窗外有一束叫不上名字的青草
今天却开出了小小的花
淡紫色的花有点瘦小
他赶紧给花浇水
却看见草丛旁的石头

除了一层薄薄的绿苔
几乎与沙土融为一体
但仍然是黄河特有的卵石
是哪位有心人在什么时候把石头放进草丛
他没有找到牧羊的人
但他相信石头也会开花

石鱼

谁在他的客房里摆了一个瓷缸
里面只有两块石头
一块是长着小草的大漠
一块是小黄花盛开的夜晚

他天天给石头换水
望着石头卧在清澈的水里
身上的色彩越来越鲜艳

恍惚间石头长大了许多

今夜，他听见了石头的喃喃低语
一缕缕灵气飘荡在黄河的涛声里
石头在夜里睁着眼睛
在水里吐着气泡

石缘

智妙咩布从嘉峪关到居庸关
在三危山下的莫高窟结缘于佛
在滔滔南下的黄河岸边结缘于石
他精通汉西夏吐蕃回鹘蒙古语言文字
他要将倒背如流的如来心经
刻在巨大的石碑上

元至正五年的一个黄昏
他突然想到了死亡
一个绝美的女人突现眼前
又闪电一般用白纱遮住脸庞
正是传说中的死神麻悉弗
那种令人窒息的美丽难以言说

昂仁寺的钟声

闪烁的玛瑙擦洗着马鬃
没有人听见干瘦如柴的羊咩
几行西夏文字连起酒和月光
回不到草原的头骨挂在墙上
日落时分，铜锁蒙尘
一座生命的祭坛陷入围猎
流泪的莲花在火中舞蹈
大风走过高原留下一堆堆白骨

一道栅栏隔开春秋
他通红的眼睛留住落叶
一只看破红尘的牧羊犬走上山顶
雅鲁藏布江上漂流着雪白的羊群
打着两个灯笼的狼
在石头上蹲了一夜

在萨迦派寺庙昂仁寺的门口
一群白鸽从钟声里依依飞起
在透明的天空下盘旋着
他久久地望着白鸽
期望它们把复国兴邦的梦想驮到塞上
还有捎给盲女巫的一声问候
却遭遇了载着冬天的风
狂风滚滚南下里面夹杂着雪崩的声音
一群白鸽被大风吹散

在一边是鲜花一边是冰雪的天地里
一只白鸽划着血色的弧线落在路上
发出一声党项的呐喊
他给白鸽做了一口棺木
埋在昂仁寺的佛塔里
一任泪水冲洗眼里的风沙
冲出一野淡淡的绿

他就是西夏皇裔查巴达
此刻只想让自己沉静下来
想象一汪止水一块无人发觉的石头
或者一座寸草不生的荒山
但这些并不能代替自己
心依然在想就不能沉到宁静的底
于是，他像一座泥塑的佛
不闻窗外的声音不看石垒的墙
不想任何的事情
但不想也是一种想呀
他浑身一阵颤抖
大喊一声：好险啊

死里逃生，他仍然身陷囹圄
退后有矛尖顶着脊梁
向前有盾牌碰着额头
一侧身便能后退
可积雪山上的雪已经崩塌
一低头便能向前
可洪水已经席卷了西夏故地

他忍着刺痛后退几步

把整个的自己向盾投去
却从一面镜子里穿过
一扇时空的大门随即敞开
所有的一切都已成为过去
生命与死亡相遇在同一条路上
不灭的灵魂于每一缕风中高亢低回
佛的灵光无处不在

于是他独自登上萨迦山
过起野人一般的修炼生活
他渴饮泉水，饥食野草
整天两眼紧闭双手合十背树而坐
连呼吸都十分微弱
只有他的声音在空中回荡

南摩格日贝南摩布达雅
南摩达摩雅南摩桑迦雅

他看见虚空中佛法僧三宝诸尊互相融合
化为五色的光明灌入顶窍注满全身
他感到一切恶障化成黑色之气
从汗毛孔中一一排出
他一下子变得光明透彻心安身轻

查巴达下山之后
以昂仁寺为中心
建立起政教合一的地方政权
被元帝诏封为乌思藏十三万户
后来，他的子孙世袭本勒之职
得到大元国师司徒勒国公灌顶国师等玉印
日夜护卫着昂仁寺的钟声

肃州之恋

守望

从甘州到肃州就是为找一个女孩
一个他曾经一见钟情的党项女孩
听说女孩被抓到将军府伺候夫人
他从门缝里看见那件熟悉的衣衫
就爬上这棵最高的树
只想把眼睛伸进院里

数不清的日子逐水而去
他脉脉的期待屹立成林
寒风吹过，他是树上仅存的悬念
窗花盛开一野的黄昏
树枝断裂。他是一幅破旧的画
贴在结满蛛网的墙上

等候

住在城堡里的女孩依然惆怅
看见不敢进城的党项浪子
一瘸一拐地走进夜里
女孩盼了很久，雪来了却想哭泣

一只麻雀是树上唯一的叶子
更是女孩痴痴的等候
没有梦的生活才是真正的一无所有
晚风鸣钟，女孩推开窗棂

把目光缠在树梢
所有的枝干都渗出相思的泪

站立

应该还有一次相遇
他把女孩想成未来锁进记忆
千万种风情成为飘着雪花的失眠
他打开酒坛，一朵紫莲花开在酒上
他忘不掉女孩比天堂还蓝的眼睛
忘不掉女孩比泉水还柔的话语
忘不掉女孩比白玉还凉的手

今夜，他就站在城外
不管女孩能否看见他憔悴的脸
不管女孩能否听见他急切的呼唤
不管女孩能否理解他思念的每时每刻
今宵，他要站穿大地

相见

该怎样描述女孩的美
面对女孩娇美似紫莲清纯如花神的脸
任何话语都是多余
他只好闭上眼睛
荒原上一棵即将枯死的树
只因一滴泪水而发出了新芽
一朵紫莲花在积雪山顶徐徐绽开
那种从未嗅过的芬芳使他身心透明

他们终于相见，倾听着花朵放出的乐声
四目相对，电闪雷鸣

两颗火热的心跳在一起
一盏油灯迎风而舞

下陷

黄米色的月亮穿过南窗的槐树
轻轻又轻地飘进小屋
女孩感到夜的长发忧伤四溢
微微波动的树影都是他的英姿

女孩本来可以成为他的翅膀
可明朝党项人不能自相嫁娶的规定
使他们的相爱迎向呼啸的寒风
女孩立于原地缓缓下陷
一群大雁飞出晚秋
每一声凄婉的鸣叫都扎在女孩的心头
一笔一画加深的夜色闪着泪光
仅一个念头，大雪覆盖了肃州

遥望

点亮灯盏才知黑暗的无边无际
女孩独伫窗前瘦瘦地穿越自己
遥望那个旱透的旷野
仿佛一幅风干的画粗犷而且苍凉

雪变成了雨，只因他去了额济纳
女孩在最寒冷的一角体验着生命的况味
想让南风把自己吹散
女孩便是黑水城铺天盖地的花瓣

伤口

女孩把自己想成弱水
那位祁连山最小的公主
坐在河西走廊的花轿上
一脸的雪白与透明

哪怕身后尾随的羊群越来越少
自己身陷巴丹吉林
七个侍女洗着沙里的月
只要他是穿戴簇新的黑水城
骑着软玉镶嵌的宝马奔驰而来
可四周只有一片风声

他一直向北走去
沉重的脚步加深了荒漠的宁静
只有那棵从西夏站到明朝的胡杨树
为世界袒露了党项女孩内心的刀伤

春雨佛心

雨声

其实，雨没有声音
在云里只是不小心碰出了天籁
从高空下降不过是带起了风声
落在夜里便是钻进梦里的一声声呼唤

尤其是初春的雨越下越细
千万根喑哑的琴弦
只待枝头的叶子弹出旋律
但小草还在沉睡

雨只能直直地打在地上
打在裸露了一冬的骨头上
雨声便是雨打骨头的声音
是骨头开花的声音

雨花

雨从云里出来的时候
谁能分清哪些是雨点哪些是雨丝
哪些是雨在降落中组成的平面
雨打在地上

噼里啪啦里传来泥土的芳香
一汪汪积水荡漾着大地的心声
雨落在水面便平静了许多

小小的花朵不停地绽放

是什么力量闪现着这片瞬间的灿烂
每滴雨看似一样但绝不相同
你久久注视的那一朵雨花
已开在另外的花里

雨滴

一个雨滴落在含苞的桃花上
便从内部把花瓣撑开
一个雨滴落在大地
不一定能敲开小草的大门

一万个雨滴都留在树上
第一万零一个雨滴缓缓蠕动
一块冬麦地需要多少个雨滴
埋在土里的火焰不敢说话

可你需要站在雨里
让雨把你浇透
是那种渗入骨髓的透
那种雨滴一样的透

雨丝

谁把乌云钉在虚空
一帘垂柳反射出银子的光
接着便是悠长的秀发飘到大地
一个西夏女孩的名字飞向木雅

你僵直地站在烧焦的废墟旁

望着一群鸽子越飞越远
盲女巫的荆棘之舞化成一片箫声
尘封的柳丝渐渐绿透

一个个柳叶探出小小的脑袋
将下滑的雨滴弹向空中
正好落在你的身上
只是没有留下一丝风声

雨光

你听见风从三危山上呼啸而来
在呼吸之间显得十分清晰
放眼望去，一道紫光在枝头流动
燕子的翅膀上闪烁着久远的谶语

乌云因你的注视而铺满天空
阴沉之中闪出微弱的亮光
你从亮光里看出一场绵绵的雨
正如乌云看出降临的夜

夜看出一盏油灯里面的漆黑
而落在漆黑中的雨是多么明亮啊
仿佛是一片被你融化的光芒
发出自己的响声

雨歌

整个夏地细雨绵绵
一帘黄昏被风吹斜
黄河上刻满了六字真言
一地的眼睛闭上而又睁开

挽歌来自西夏的天堂
反弹琵琶的飞天穿行云间
一滴滴泪珠在弦上滚动
远处的小黄花绽开无边无际的哀伤

党项啊，你无法忘却亡国的剧痛
一任泪光穿透燃烧的黑夜和不尽的哽咽
一任党项的几百架鼓乐捡起生命的阴影
一任蜷曲的纸灰永留伤口

木雅的月光

阿旺甲木参独自走在街头
不时向人们打着招呼
几名随从远远地跟在后面
他的祖辈是在塞上创建王国的大夏皇帝
是在木雅建起地方政权的木雅王
作为土目，他于明永乐六年
在平定明玉珍的叛乱中立有大功
被授予长河西鱼通宁远军民宣慰使司

弥漫着炊烟的风里
飘来一缕久违的幽香
那个步履生花的女孩
穿着淡绿色的裙子姗姗而来
她什么时候回到了木雅
他猛地向前跑去
站在路边的米兰开着黄米一样的花
那个十八年前的女孩
来自很远很远的地方
发丛里散发着米兰的幽香

传说当年闭门不出的公主嵬名尚
凭借她博览群书的功底和过目不忘的记忆
以及卓然超众的才华与持之以恒的毅力
写成百万言的大夏史便一睡不醒
一直爱着她的卫慕巴本将军

三天后随公主而去
连同王立之那封神秘的信

阿旺甲木参走到一棵茂密的垂柳下
他坐在湖边，把鱼钩甩到水里
望着湖面羽毛做成的鱼漂
眼里尽是荡漾的波光和自由自在的鱼
不远处的湖面铺满荷叶
滚动的水珠比翡翠耀眼
几只蝴蝶飞来飞去
没有找到一朵绽开的花
只因从水里出来的都是荷叶
荷花还在水底

矗立于贡嘎山腰七层八角的白马塔
传说埋葬着佛陀的手指舍利
当年一个僧侣的寺庙
现在已是高僧云集
晨钟暮鼓洒遍木雅的一草一木

贡嘎山的风停了下来
深蓝色的波涛不再荡漾
夜幕遮蔽了四野的稻田
一叶小舟用不着系在湖边
鱼群都会悠闲地摆着尾巴
一首火辣辣的歌谣荡来荡去
像一个缥缈的梦
可比所有的梦都要逼真
他不管是梦是景
一束束月光已经穿越湖水

洒满小舟的每一个角落
一湖银鱼发出神灵的光

雅江岸边的木雅人依旧分工合作财物均分
有的放牧有的耕种有的编织
过着与世无争的平静恬淡的日子
盲女巫去了一趟夏都
祭祀了青藏高原的祖先
在羊皮上写着神秘的符号

在这样一个宁静的夜晚
他独自坐在湖边
几枝柳丝还在垂钓
睁着眼睛的鱼儿都已睡着
荷叶贴在水面也会干枯
他错过了荷花盛开的季节
仿佛一个他曾爱过的女孩
躲在他看不见的地方
泪水从琵琶里涌出
放飞一千只撕扯伤口的手
此刻，月光铺满湖面
月亮在水中缓缓穿行

刻石立幢

明弘治十五年九月的一个清晨
在黄河以北的稀什寺
党项住持平尚吒失领占
望着一把野花开在陶瓶中
野棉花喇叭花相继枯萎
唯有一束紫色的无名花依然鲜艳
他轻轻地摸了一下
才知叶子和花朵早已干透
但没有一个花瓣凋落下来
无名花，以不谢的花瓣
怀念着暗香浮动的花期
无名花，以不褪的紫色
珍惜着心灵深处的天空
他沉醉在党项的传说故事里
做梦都在喝水

他想到一匹马
一匹白马便奔驰于他的体内
越过长着柳叶的栅栏
踢翻水桶让太阳坐在上面
白马的眼里兜满了风
身上生出一双闪光的翅膀
将连绵不断的山峦踏成旷野
白马奔驰于白云的上面
碰响沉默千年的铃铛

天堂也有草原
白马留在石头里的蹄声嗒嗒作响
而他已经回到西夏
乘着一道穿过云隙的月光

在改名为宁夏府的夏都
五颜六色的野花开在雾里
开在辽阔无边的草原上
他看见栅栏里的羊群
它们的目光穿透清晨的吆喝
一股炊烟在雾中迷失
一朵火焰却跳动着淡淡的红
远处的白色族帐由小到大
一直被雾推到他的面前
一个雕花的马鞍多么熟悉
多么神奇地悬在空中
他没有找到马和骑手
大夏皇宫的鼓乐响彻天地

此刻，一朵白云触到他的头顶
然后向东飘去
白云是从一个湖泊升起
还是从一个山洞钻出
这都不能说清云的白
也与云的去留毫无关系
云在他看见之后便没有了颜色
这让他感到电的闪现雷的炸响和雨的降临
可那里已经没有云了
云只在这里
不过他不能言说一句

就像他不能言说与此有关的时刻

他低下脑袋
看见了自己的内心
一盏灯猛地亮了
亮得那样熟悉而又陌生
弥漫着花生油的气息
具有阳光的温暖月光的清亮和星光的闪闪烁烁
但只是一盏燃烧的灯
不论是白天还是黑夜
灯都无声无息地亮着
放出一圈一圈的光波
穿透一切障碍却不留下一个影子
一盏独自亮着的灯让他无话可说

他一阵哆嗦
好像从一个遥远的梦中惊醒
党项沙弥巴答那征和比丘师先后坐化寺内
他要为他们立幢
用西夏文刻下他们的功德
刻下无边的佛法
刻下一个部族的声音

穿越夏都

甲木朵从贡嘎山下木雅河岸
逆着当年西夏皇裔逃亡的坎途
顺着一代代族人前往祭陵的小径
历经一年的餐风饮露
终于来到夏都

他的祖辈是逃到贡嘎建立小邦的木雅王
是世袭的明正土司
他是浓眉大眼高鼻方脸长发飘逸的西夏皇裔
是自幼练习祖传的夏人剑术的贡嘎剑侠
是饮酒如水嗜酒如命的金川酒王
是把诗写在虚空的木雅诗人

一

这座城堡曾在他祖辈的手中
由一个小小的怀远镇变成国都
现在他走在熙熙攘攘的人群中
如同走在空无一人的小巷里
一朵小黄花开成夏都的新娘
一棵榆树长出有毒的枝丫
一阵衙门的马蹄踏在炊烟上
一只如狼似虎的猎犬叼着婴儿

太阳升起而又沉落
月亮盈圆而又亏缺

找不到头顶光秃周边留发耳垂重环的党项人
他在小巷里找不到出口

二

剪剪朔风正在收割他的痛苦
记忆深处蜷缩着一片迷人的漆黑
他伫立湖边，让沙滩铺开远行
一声呼唤打碎身后的宁静

乱石林立，都是往事的墓碑
贺兰神山，背负着生命的峡谷
一叶扁舟荡开无法临摹的凉意
一朵荷花在岸边嘤嘤哭泣
采撷一枚枚绿叶的遐想
遥寄他被水洗白的咏叹
一座草堂站在云上
一片红桦林漏下猿啸和翅膀

如血渗透，穿越亡国以来的悲怆
穿越微红的灯笼和烟雾中的眼睛
最后停留在一只马头上
一万种隐约的疼痛自水底升起
岸上的足印绽放死亡
被剑挑落的铠甲青烟袅绕

一只小鸟越过高耸入云的骷髅
一条大鱼在星星与苍狼之间游来荡去
一朵干透的紫莲花走到夜的尽头
一枚枫叶在西夏佛经里依然鲜红
西塔漂移，黑暗填满他命运的裂隙

绵绵起伏的倾诉穿过竹林

三

夏都最古老的塔依旧雄伟
多少次残阳西下的沧桑由风诉于铃铎
方形四出轩的金身闪耀着棱角
九层十一级的佛骨铭记着七十二个湖泊

锣鼓木鱼和诵经声都是蓓蕾
槐树上的鹊巢长着一株麦穗
香火袅袅，把千年禅院熏得柳绿花红
苍鹰盘旋，和他一起赶上一年一度的盂兰盆会

青砖铺砌的地面通向汉晋
青铜浇铸的宝鼎立在未来的乐园
他在芸芸众生的来去之间寻找自己
巨大的卧佛枕手独眠

四

他的眼里仅有一只站在路边的小狗
小狗左顾右盼地望着马车
朝天空叫了几声
并没有引起人们的注意
小狗向前冲了几次而又退回
终于从两辆马车之间抬起脚步

铃声的缝隙仿佛只为小狗而存在
也因小狗的穿越而突然闭合
他大喊一声，车队依旧衔尾
一朵白云从车顶轻轻飘过

一个影子在渐趋正午的阳光下
显得越来越深

五

他找不到一丝昔日的辉煌
只见一个小女孩坐在架子车的白菜中间
一身绿衣托着粉红的脸蛋儿
一朵小黄花开在鬓角
北方的黄昏弥漫着紫烟
人们匆匆回家，一片片菜叶在风中摇曳

他站在路边，觉得自己是一个被弃的婴儿
心底的哭声掠过每一个枝头
他不知道小女孩为什么嘤嘤哭泣
拉着架子车的老人逆风而去
但他知道小女孩就是白菜公主
晶莹的泪滴都已变成星星

六

端起水中之月，弹落双肩红尘
被滋润的心灵射出万家灯火
他在湖底一边遨游一边预言
一挥手就把雨水放在干旱的土地上

独自饮下泪水，感觉顶天立地
醉倒在地的只是空空的酒坛
他擦亮星星，所有的江河都清澈见底
眨眼间把森林植遍沙漠戈壁和荒原

打开木格窗户，让信鸽飞向贡嘎

远处的柴扉响起那首沙似雪的羌笛
他倒转时光，让善良的人们重获贞洁
一句话就清除了高原上流行的瘟疫

一颗流星擦过夜色而熊熊燃烧
旷野上的马车跑得比酒还快
他抹去距离，一抬脚从故都进入西夏
在天堂聆听张元与吴昊煮酒论诗

西夏留下的脚印上站着一盏盏灯笼
挂在枝头的钟声成为一年的悬念
他生活于历史，创造着神话
在一枚落叶上写下一个王国的命运

几朵家乡的格桑花在梦中怒放
一场大雨落在别处
他要做的事别人都做过了
要做的梦任何人都不曾做过

祭陵

一

明朝八月的一天，西夏灭亡四百年的祭日
跪在西夏王陵的甲木朵双目紧闭
他不敢想象曾经万马奔腾的山麓
怎么就只剩下戈壁的骨碴
党项啊，是蒸熟的黄土把所有的神秘筑进陵台
还是你在梦幻深处骣骑白马

这是十一颗天才的头颅
却光秃得不长一株最小的草
是夏都周边的长发舞成剑伤
还是圆面高准的王国燃尽最后的一滴碧血
雄鹰啊，是否把逃亡的灵魂驮向青藏
这的确是十一轮射落的太阳
砸在党项的心上
融进大地的身体掏出乳房
萧萧而下的秋风吹亮祭祀的香火
羌笛披霜，怎能诉说一个部族消隐的悲壮

祭祀的篝火已经点燃
十一只羊羔围火而跪
祈祷夏帝把它们领进天堂
第十二只羊羔向北走去
它将在萨里川与末帝相遇
末帝睡在成吉思汗为自己选中的风水宝地

二

贺兰山下，十一座王陵如梦初醒
鼓乐四起，盲女巫点燃髑髅里的酒
身穿党项服装的祭师被火映红
一百零八个赤身裸体的女子在荆棘上颠舞狂蹈
党项啊，你黑压压的子民
从夕阳落下的缺口蜂拥而来

党项啊，你可看见
他把鞋子扔向天空，把酒罐砸在地上
双手揪着自己的头发趴在祭坛
血在燃烧，盲女巫的咒语凭空而降
泪水横流，苍白的脸庞磷火闪烁
傲骨碎裂，鲜血射向四面八方

在星光灿烂辽阔无边的天地间
他不屈的四肢回到呼吸
高贵的头颅走向双脚
他抱着自己如同抱着一块纯白的石头
一头扎进西夏的祭日
那片焚陵的喊声屠杀着世界

三

每天日落，他都面西而跪
渗血的双膝陷进大地
殷红的目光将内心的忧伤涂成漆黑
他默念六字真言
一只党项的大鸟飞出木雅
阿妹身上的玛瑙散落一地

眨眼之间，满天星斗都是他的骏马
他在鹰背上追逐太阳
回不到泥土的叶子随他尽情翩飞
十二个西夏皇帝忽在青藏游牧忽在塞外豪饮
可他下不了地狱也升不到天堂
只给一颗最小的星星戴上皇冠

四

他遵从你的旨意，在王陵搭了一个草堂
一年多来，蓬头垢面地守护着十一座王陵
在历史现实与梦想之间来回徘徊
心里铺了一层厚厚的霜

三月是柳树噙着的泪滴
水和火焰在血管里嗤嗤作响
他靠着高矗的陵台席地而坐
苦苦思索的谜底露出伤口
在飞翔中遇到一朵花瓣
天在他的眼睛睁开后而霍然明亮
照耀过夏帝的太阳放出光芒
知道他饥寒交迫

他一直想看披雪的王陵
感受一家人围炉而饮的温暖
他最想听白发苍苍的智者
讲述党项人崇尚白色的梦

五

当大雪覆盖了贺兰山麓
却覆盖不了鼓乐与诵经之间升起的香火

一个王国虽然在此沉落
但谁能说一个民族因而消失
这是一场落在八月的西夏的雪
辉煌之后的宁静无边无际
十一只雪白而饱满的乳房
静静地哺育着她的万千子民

他真的回到了家里
回到了王国沉落的地方
从阿妈的摇篮到贡嘎寺旁的一座八角雕
他告别了阿爸阿妈阿姐和阿弟
从部族发祥的析支到黄河与贺兰山之间的夏都
他见到了融入汉藏的党项人
三年来，他替成千上万的党项人还了心愿
现在，他要踏遍西夏的每一寸故土
在熊熊燃烧的烈焰中
找到滴着鲜血并走向坟墓的足迹
在任何一个佛塔里
找到党项光芒四射的灵魂

隐居贺兰山

一

他远远望去，积雪的贺兰山顶
透出一丝一缕的苍翠
那是傲视风雪的松柏
从岩石里传来一股扎根的力
哪怕是百花凋零的寒冬
只有松柏仍在吐出内心的绿
一年四季都在生长的松柏
在狂风暴雨里永不退缩
于电闪雷鸣中一心向上
即使在阳光明媚的春天
松柏也不改变自身的本色
沉静于喧哗之中

贺兰山麓的一溜苜蓿
带他回到几百年前的寨堡
宿根的苜蓿一片墨绿
在他的生命深处散发着清香
一列凯旋的战马从远处走来
疲惫的身影长长地拖在路上
一群牧歌唱晚的羊群
被燃烧的晚霞镀上了黄金
而山坡上的苜蓿更加灿烂
深深的根里尽是含苞的花
他的阿妹就是苜蓿花呀

围着紫色的方巾在风中摇曳

二

滚钟口，卧在脸上的两片花瓣
陡峭的小道将目光抬到山巅
他在蓝天白云和青山绿水的怀抱
一日经历四季展臂成仙
苏峪口，开口说话便是西风
便是原始森林吻响的一波波绿浪
潺潺清泉抛起的野花的芬芳
声声鸟鸣漏下的一串洞天和阳光
贺兰口，驳马身上的天然画廊
西夏的太阳女神生下盛酒的髑髅
脚印站立，三根羽毛拉着一个车轮
出征的连臂舞抖掉血肉而挺直脊梁

他没有找到修行的山口
却碰上了阿爸在塔里飘然仙逝的噩耗
他将世袭的明正土司之位禅让于阿弟
送走族人侍从和一封亲笔书信
八月飘雪，西夏末帝站在半空

三

他把长进马埋在贺兰山麓
独自一人走进山里，在佛祖院的废墟旁
在平尚重照大师坐化的山谷
垒石为墙，覆草为顶
他在山坡上翻出一块田地
舀着百鸟啁啾的泉水
一声马啸把他推倒

他好像在等待一个立雪断臂的弟子
只有狼在身后竖着风的耳朵

腾格里的马群越过贺兰山腰
阿拉善的骨碴刺痛世纪的天空
马蹄敲击着他的屋顶
吐绿的树枝断裂于咔嚓声中
马的翅膀抖下令人窒息的沙
今夜，又有绿衣小孩突然失踪
当年的马群来自畜牧甲天下的凉州
一路泉水叮咚，一路风吹草低
赶马人的牧歌羞得太阳无处躲藏
姑娘的一顿鞭子响在空中
成群的骏马经过贺兰山时
每一次都留下马驹和岩画

四

一股芳香一直回荡于石屋
趁他不注意时扑进鼻孔
他深深地去闻却消失得无影无踪
好像在太阳晒过的棉被里
在雨过天晴的清风里
在青草摇曳的野花里
又似乎在雨点刚刚落到地面的薄雾里
在香烛袅袅升起的青烟里
在婴儿身上飘荡的奶味里

可这些都不是石屋里的芳香
他只好放下寻找的念头，打开经书
顿觉贺兰山散发着佛的芳香

鹤舞长河畔，风萧大夏山
霞光涂草地，野马现神岚
紫气携天翼，兰香就雪泥
灯前茶作画，月下酒吟诗

无形的力

秘密

一个洁白的陶瓷花瓶
从西夏到现在没有一点残缺
当年是哪位女子插过哪些鲜花
浇过哪口井里或者哪条河里的水
又在风尘中经历多少人的珍藏
只有花瓶守着秘密

夜深人静，他似乎听见什么
感到一个女子在瓶口轻歌曼舞
很像十月的金菊
散发着一圈淡淡的光晕
花瓶为他诉说着一段忧伤的故事
水在天上而花在瓶里

声响

一枚落叶从泪珠里走来
银光熠熠的天使立在半空
猛烈而模糊的声响劈开夜晚
滴水的钟声洞穿命运的旅途

半截影子一跃而起
纷纷飘落的羽毛埋葬了大地
剧烈跳动的金星击痛四壁
一片宁静使呼吸更加漆黑

剩下的一本佛经含着枕角
出笼的鸟儿驮走惨白的月光
斑驳的墙上长出一座坟堆
一片犬吠漏下盲女巫的哭泣

寂静

静极，所有的声音都已消失
而静活着，和空气一起
充满每一个最小的角落
但静不是空气

静已渗透天地间的任何一个事物
不管月光如何打在地上
杏花怎样放出内心的秘密
一种无形的力都在步步逼近

他觉得自己在一点一点地融化
呼吸和心跳即将化成泪水
遂将眼睛一闭
在青铜古钟里默默祈祷

虚空

闭上眼睛感觉一下自己
只有一点亮光的漆黑渐深渐广
覆盖了大地上所有的道路
接近一个阳光照耀不到的地方
在水和空气之外
一个隐秘的空白正在形成

一双巨大的翅膀融化了天堂

越过时间的源头
抵达至高无上的绝对
一种神秘的原型散开而又聚集
一个个眼睛不断地睁开
不断地传来溪水的回声

力量

一朵乌云怎样升到天上
太阳为什么永远放射着光芒
一段往事怎么又在眼前浮现
开在心上的花朵为什么不会凋谢

这种无所不在的力形成于何时
又如何隐藏于事物的内部
为什么呈现在他的面前时
每次都像天帝普寞具有不同的形象

比如一匹马的奔驰带起了风声
一棵树的开花唤醒了蝴蝶
他知道天空充满着向上的生机
但不能阻止一场雪的降临

时光

一个没有时间的地方
他在眨眼之间就已抵达
像回家一样常在那里生活
让伤口愈合，让心灵洁静

那里没有日月春秋也无须回忆
炫目的星星挂满天空

照亮怒放的野花和长不大的羔羊
所有的树都在弹奏乐曲

那里怎样开始便怎样结束
赤身裸体的人们用眼睛对话
与飞禽走兽一起舞蹈
天上天下任他飞翔

清风盈怀

在他独居的石屋
一种熟悉而陌生的声音荡满山谷
一匹苍狼在石头上写下经文
党项的长叹从汉字里一跃而出
一只猫头鹰从树上摔到山下
将泉水里的星星溅到岸边
一个黑衣女人走在雪地上
明亮的酥油灯于头顶飞来飞去
细细一听，磨刀的响声渗出血滴
他没有感到一丝的疼痛
但的确有一把弯刀在割他的耳朵
他猛然起身，洒满月光的地上莲花盛开

本是一张比雪还白的纸
他想点亮油灯
却打翻了一杯昨天的茶
一群饿狼从峡谷涌出
沿着山坡漆黑漆黑地奔驰着
奔向山下那只不再迷途的羔羊
一座茅屋欲倒未倒地立着
门和窗户透出淡淡的光
狼群在屋外蹲成一圈栅栏
茶香渐渐散尽，一幅画留在纸上
白天在山上放羊的老人
正是他梦中见过的党项

他已毫无睡意
山间的夜晚只因风声而静得漫无边际
徐徐飘来的月光
传来夏都如泣如诉的琴声
那个曾在篝火上舞蹈的女孩
此刻就像一滴泪水打在手背
渐渐变成一滴鲜红的血
正如绿色的花茎开出紫色的花朵
他供奉的达摩祖师仍在面壁
整个背影就是一只不眠的眼
而一枚叶子落在睫毛上
所有的叶子都沙沙作响

窗外，风声渐紧
那个立成石碑的脚印走向天空
日月星辰守护的西夏王陵露出伤口
他在呼唤一场瑞雪的降临
他一直伫立于生命的边缘
等待荒凉的山坡一夜泛青
他便能找到那株梦见紫莲花的草
在草的眼里看见漫山遍野的羊群
他从敦煌带回的杏子
在竹篮的一角鲜艳如初
如婴儿的脸凝聚着所有的歌声
并留下这个歌声的夜晚

一阵一阵的风吹拂着
源源不断地来了又去
丝毫没有减弱或者增强的迹象
始终如一的风里没有声音

风只是不停地走在路上
不会聆听树叶的响声
不去注视一只鸟儿的飞翔
也不管捎给大地的是寒冷还是清凉
在风的眼里一切都不存在
从他的身体徐徐穿过
风能抵达任何一个地方
敲响天空的窗

羌笛又起，翻过贺兰神山
眨眼之间抵达黄河岸边
风从河底跳出
一朵向日葵在墙上隐约呈现
他趺坐于土炕上
抚慰着西北风带来的清晨和鸟鸣
在这样一个倾听笛声的时刻
他感到喧哗与宁静相融的妙不可言
他要去寻找一个党项人的遗迹
西夏灭亡之后隐居贺兰山深处的居士
他将逆风而行
直到所有的风都在心底停息

他已经感到
在苏峪口的一个峡谷里
有一尊闪闪发光的青铜坐佛
当风吹过，便发出吟唱六字真言的旋律
并和着他呼吸的节奏
他忽然觉得自己是一个飘着乳香的婴儿
鸟鸣泉水乃至远处的狼嗥
都在传递一个神秘的声音

还有石头说出的话语
被山间的风带向东西南北
他只听清了一句话
上到山上你就飞

清康熙三十九年，隐居贺兰山的甲木朵
得知当了五十多年明正土司的阿弟因病去世
世袭四百七十多年的木雅政权由此沉落
他以巨大的沉默坐成无人知道的禅
风停了。他走在回家的路上
在藏民的帐包外，他望着雪花落在炉边
一圈的白刹那消失而又呈现
一圈扑闪的白眨着毛茸茸的眼
提起奶壶，所有的雪都扑进了火炉
吱吱嗞嗞的响声使火苗不停地跳动
雪里的一个火炉是他遇见的自己
火炉里的一片白雪是他发出的光芒

尾声 | 贺兰之乐

这扇神秘的大门已经关闭

那扇神秘的大门即将洞开

我仿佛看见你

从贺兰之巅的地狱飞进梦乡

神啊，请你慢些走

记住这里有一座草木翠绿的大山

山间有一片燃烧的花

记住这里有一条清澈见底的长河

河里有一轮舞蹈的月

并有了母性的温情与慈爱
有了永不失去的快乐
有了光彩熠熠的青春
在这北方忠诚的神秘的大地啊！
你拥有她

你知道她像谁
她只是还是一个新娘一个阿妈
是一只展翼向光的孔雀
是一匹草原似雪的白骏马
是一个马蹄踏破的毛毡
是一只银面如月的白天鹅
是一位无比不朽又无声可依的神
你高歌用你洁白的毛笔书写的依存时的经
写第一个送之你凄美的梦

她去了哪里
她何以为了如注她流的歌声
带我踏上回家的路

二

沿着温暖的方向缓缓降临
你那永不分别的啼哭从后悔时来

贺兰之乐

这扇神秘的大门已经关闭
那扇神秘的大门即将洞开
我仿佛看见你
从贺兰之巅的地狱飞进梦乡

一

你知道你来自哪里
天帝赐予你猕猴一般的灵魂
董拉给了你凡尘的生命
玛雪献给你最纯洁的爱情
你的子孙们遍布青藏高原
你的家园无处不在

你知道你将去哪里
你和玛雪化成一片丰美的水草和牛羊
从大地的乳头驾云而去
又复活于成千上万的族人膜拜祈请之中
并有了母性的温情至善与慈爱
有了永不失去的纯贞
有了光彩熠熠的青春
在这片古老而神奇的大地上
你拥有一切

你知道你是谁
你是党项是一个部族是一个阿妈

是一只鹰翼闪光的原羊
是一匹羊毛似雪的白骁马
是一个马蹄踏风的圣猴
是一只猴面如月的白头鹰
是一位无所不能又无事可做的神
而盲女巫用你流血的笔铺开的纸启封的酒
写着一个遥远而凄美的梦

她去了哪里
为何只留下如泣如诉的歌声
带我踏上回家的路

二

沿着温暖的方向缓缓降临
你桀骜不驯的啼哭从白帐传出
在孪生湖找到美似女神艳如紫莲的玛雪
五个孩子的出世降下了金色的甘霖

你的八大部落崛起于通往荣光的路上
抗击吐蕃的英雄填满风暴的鼓
白牦牛眼里保存着树根之力
陇山上留下一只飞鸟的岩画

从高原到高原再到高原的风
追寻家园的苦难、苍凉和悲壮
吹响梦中惊醒的伤口
吹响天堂的一朵朵白雪

你举起美如白日的女人和漫天星斗
收复长安之后换取称王五州的权力

地斤泽纵横枕藉的血泊一如焦黑的十月
阴山上三千骜马旋转着铺挂而下

灵州上空的十万白鹰来回盘旋
贺兰山上的白龙腾跃飞舞
河西走廊终于成为你伸展的右臂
大夏王国创建于万民欢腾之中

她来自哪里
为何只在梦里飘飘而至
把我挽留在此

三

贺兰山上，你走进自己刻画的塔
石头从你的眼里奔流而出
修建承天寺塔的数万兵民现在哪里
两个汉族女人使王国蒙受了旷日持久的灾难

河西走廊的夜空睡满婴儿
天都山上的马群卷起一万朵凌空飞舞的花瓣
你望着从天空深处钻出来的七星宫殿
一群放生的羊走在水波之上

能被月光照出紫莲花的剑散发着公主的体香
夏金的边境线上狼烟四起
西夏王陵的大火与大雪相遇而成为诵经之声
中兴府上空的雄鹰变成蓝天里的蓝

沿着黄河而迁徙的歌
翻滚的牛羊和女人闪耀着血色的荣光

被鹰驮向蓬勃向上的积雪山脉
驮向不落的太阳的旗帜

你看，太阳只是一个流尽了血液的头颅
一群不再饥饿的黑马笼罩着天使一般的光环
你备受奴役的子民抱着敌人滚下城头
一阵阵风声怎样去听都是追杀的铁骑

立在悬崖边缘的孩子一任长风浩荡
你冥想成金川河谷的一块白石
直到你的子民故地重游方才发现
你不在此处而无处不在

她是谁
为何像一缕爱情的月光
照我通体透明

四

党项啊，我仿佛看见你
从黄河之源的天堂到青藏高原的暖宫
从白高河岸的毛屋到陇山峡谷的来路
从黄土高原的城堡到大夏国都的皇宫
从塞上江南的佛塔到松潘草原的归途
从绿林深处的古冢到贺兰之巅的地狱
你不停地飞进梦乡
却从未飞出任何一个梦乡
你把一个个梦乡串成一个大梦

多少年来，你创造着这个大梦
超越万物甚至没有了时间和空间

多少历程纵横交织，你被这个大梦充实着
万事皆空并且没有了自己的身体和灵魂
但你只是你自己

党项啊，念起即临的神
现在请你飞出梦乡
结束这一漫长的旅程
从清朝走进现在
从贺兰山深处的禅走进滚滚红尘
走进翻天覆地的高楼林立的五彩缤纷的夏都
请你豪饮一番故都的酒
再送你踏上回家的路
回到久别的天堂
回到火阿妈的身边
回到无边无际的另一个宇宙
成为无时不有无处不在的光

是的，存在一百八十九年的大夏王国
存在八百一十九年的党项地方政权
这在中华民族的文明史上只是一个阶段
在人类的发展史上只是一个瞬间
一个王国可以灭亡，一个政权可以消失
但你的血液永远流淌在众多民族的血管
你的文化永远灿烂在西部大地
你的精神永远闪烁在浩瀚星空

看啊，你脚下开出了莲花的云
缓缓地旋转着，徐徐地上升着
你含着微笑，嘴角荡漾着无边的慈祥
你挥了挥手，指缝间流淌着普遍的荣光

你画了一个圆，一圈彩虹把你笼罩
你说了一句话，四周的光环顿变红色
乐声响起，该是来自天堂的圣乐吧
和着心的跳动，随着血液的涌流
只能感到而无法言说的圣乐啊
让所有的生命显出自身的卑微

从乐声中扑面而来的芬芳
有着婴儿的奶香，又有线香的味道
是啊，这是生死的芳香啊
其间是五味俱全的命运
生存是多么艰难，毁灭是多么轻易
岁月是多么无情，心灵是多么绝望

神啊，请你慢些走
记住这里有一座草木翠绿的大山
山间有一片燃烧的花
记住这里有一条清澈见底的长河
河里有一轮舞蹈的月

1995 年 1 月 20 日至 2004 年 3 月 20 日
于银川闻月阁

参考文献

1. 《西夏简史》，钟侃、吴峰云、李范文著，宁夏人民出版社，1979年11月。

2. 《西夏史稿》，吴天墀著，四川人民出版社，1980年12月。

3. 《西夏研究论集》，李范文著，宁夏人民出版社，1983年10月。

4. 《西夏史论文集》，白滨编，宁夏人民出版社，1984年7月。

5. 《嘉靖宁夏新志》，[明]胡汝砺编，[明]管律重修，陈明猷校勘，宁夏人民出版社，1985年9月。

6. 《西夏故事》，徐庄、李萌编，青海人民出版社，1987年12月。

7. 《西夏文物》，史金波、白滨、吴峰云编著，文物出版社，1988年3月。

8. 《党项与西夏资料汇编》，韩荫晟编，宁夏人民出版社，1988年5月。

9. 《宁夏古代历史纪年》，钟侃编著，宁夏人民出版社，1988年7月。

10. 《西夏佛教史略》，史金波著，宁夏人民出版社，1988年8月。

11. 《西夏纪》，戴锡章编撰，罗矛昆校点，宁夏人民出版社，1988年8月。

12. 《中国少数民族历史故事》，李松茂、吕光天、韦文宣编，宁夏人民出版社，1988年12月。
13.《西夏史研究》，李蔚著，宁夏人民出版社，1989年3月。
14.《蒙古帝国》，[法]勒内·格鲁塞著，蓝琪译，项英杰校，商务印书馆，1989年5月。
15.《宁夏考古史地研究论集》，许成著，宁夏人民出版社，1989年6月。
16.《番汉合时掌中珠》，[西夏]骨勒茂才著，黄振华、聂鸿音、史金波整理，宁夏人民出版社，1989年12月。
17.《成吉思汗全传》，朱耀廷著，北京出版社，1991年11月。
18.《西夏文史论丛》(1)，宁夏文物管理委员会办公室、宁夏文化厅文物处编，宁夏人民出版社，1992年10月。
19.《乾隆宁夏府志》，[清]张金城修，[清]杨浣雨纂，陈明猷点校，宁夏人民出版社，1992年11月。
20.《西夏谚语——新集锦成对谚语》，陈炳应译，山西人民出版社，1993年4月。
21.《二十六史精要辞典》，门岿主编，人民日报出版社，1993年4月。
22.《贺兰山岩画》，许成、卫忠编著，文物出版社，1993年6月。
23.《中国民族史》，林惠祥著，商务印书馆，1993年7月。
24.《宁夏通史》(古代卷)，陈育宁等编写，宁夏人民出版社，1993年9月。
25.《西夏战史》，王天顺主编，宁夏人民出版社，1993年10月。
26.《宁夏历史地理考》，鲁人勇、吴忠礼、徐庄编著，宁夏人民出版社，1993年12月。
27.《辽夏金经济史》，漆侠、乔幼梅著，河北大学出版社，1994年3月。

28.《白话精评西夏纪事本末》,[清]张鉴著,黄中业、田禾译评,辽沈书社,1994年7月。
29.《西夏学概论》,王天顺主编,甘肃文化出版社,1995年5月。
30.《西夏书事校证》,[清]吴广成撰,龚世俊等校证,甘肃文化出版社,1995年5月。
31.《西夏文化概论》,张迎胜主编,甘肃文化出版社,1995年5月。
32.《西夏与周边民族关系史》,杜建录著,甘肃文化出版社,1995年5月。
33.《神秘的雪域达摩》,姜安著,中国藏学出版社,1996年6月。
34.《西夏王陵》,韩小忙著,甘肃文化出版社,1995年7月。
35.《西夏佛塔》,雷润泽、于存海、何继英编著,文物出版社,1995年7月。
36.《圣立义海研究》,[俄]克恰诺夫、李范文、罗矛昆,宁夏人民出版社,1995年7月。
37.《西藏度亡经》,莲华生著,徐进夫译,宗教文化出版社,1995年8月。
38.《宁夏文史》,第四至十二辑,宁夏文史研究馆编,内部资料,1989年至1996年。
39.《宁夏志笺证》,[明]朱旃撰修,吴忠礼笺证,刘仲芳审校,宁夏人民出版社,1996年1月。
40.《西夏纪事本末》,[清]张鉴撰,龚世俊、陈文恩、朱巧云校点,甘肃文化出版社,1998年6月。
41.《首届西夏学国际学术会议论文集》,李范文主编,宁夏人民出版社,1998年11月。
42.《藏族原始宗教》,周锡银,望潮著,四川人民出版社,1999年2月。

43.《宋史研究论集》，漆侠、王天顺主编，宁夏人民出版社，1999 年 12 月。

44.《西夏书籍业》，[俄]捷连提耶夫—卡坦斯大林基著，王克孝、景永时译，宁夏人民出版社，2000 年 4 月。

45.《成吉思汗》（上中下），野庆裕，黑龙江人民出版社，2001 年 1 月。

46.《宋夏战事诗研究》，张廷杰著，甘肃文化出版社，2002 年 6 月。

47.《西夏地理研究》，王天顺主编，甘肃文化出版社，2002 年 6 月。

48.《西夏史若干问题探索》，李蔚著，甘肃文化出版社，2002 年 6 月。

49.《西夏文德行集研究》，聂鸿音著，甘肃文化出版社，2002 年 6 月。

50.《汉文西夏文献丛考》，胡玉冰著，甘肃文化出版社，2002 年 6 月。

51.《古代民族》，陈炳应、卢冬著，敦煌文艺出版社，2004 年 2 月。

跋：一次心灵的接近或者触摸

缘起

这扇神秘的大门已经关闭。

那扇神秘的大门即将洞开。

1994 年 1 月的一个黄昏，积雪尚未融尽，我和新婚妻子在银川朔方路上散步，走得懒散而随意。

我们停在一个旧书摊前，她拿起一本毛边未裁的《西夏史论文集》，我的眼前猛地一亮，如获珍宝。西夏就像一艘遥远的沉船，从我的心中升了上来。

原来我早就注意西夏了，只是无缘而悟。

我读过不少宁夏历史地理方面的书，是想了解这块具有塞上之雄浑和江南之秀丽的生活之地，并没有想到要用诗的方式。

此刻，我豁然开朗——我在西夏故土上土生土长，我是西夏对自己的延续、创造和想象；西夏是我离世的亲人，是我探寻的根源，是我自己的救赎。西夏如鹰的眼睛在高空朗照，那光芒里流淌的是碧血。

我要喝酒。我要写一部《西夏史诗》。

拿着这本十年前出版的未经他人阅读的终于等到我的《西夏史论文集》，到一家印刷厂裁了毛边，找了一幅绘有藏族女孩的油画贴在封面，比新书还要神气。

这个藏族女孩就像党项的太阳女神。

自此，我跑遍银川的书店，购买所有关于西夏的书，以及与西夏有关的史料，开始钻研。

认识

西夏，是中国历史上的一个神秘王朝，丝绸之路上的一个边陲政权，中西方经济文化交流的一座青铜之桥。是以党项为主，汉、吐蕃、回鹘等兼有的一个民族大家庭。

西夏，定都于面向黄河背靠贺兰山的兴庆府。自称大夏、大白高国、白高大夏国。史称西夏、夏国、河西、弥药、唐古特等。其域东临黄河，西尽玉门，南接萧关，北控大漠。

西夏，先与北宋辽代、后与南宋金国鼎足而立，立国189年，位传十帝被蒙古所灭。其政权从夏州“虽未称国而王其土”到贡嘎山麓的明正土司，存在819年嗣斩而绝。

西夏，纵横捭阖于西部中国——拓经济之荒，创文化之业，建大夏之国，只在宋辽金史附传，却没有一部正史留传后世。

西夏，一位云层里来回滑翔的沧桑老人，流干泪水的眼睛依然照耀着故地。那是洞穿一切的光芒，是无处不在的气息，是普天而降的甘霖，滋养着与汉、藏、蒙古等族融合的西夏遗民。

西夏，把深深的脚印留在走过的地方，不管是彩塑陶器、敦煌壁画与西夏文佛经，还是西夏王陵、承天寺塔及贺兰山岩画，都放射着穿越时空的荣光，透露着一枚树叶上传递的神话和一块石头里珍藏的传说。

异彩纷呈、独具特色、千古流芳的西夏文化，是党项、汉、吐蕃、回鹘等共同创造的文化，是中国文化重要的组成部分。

而西夏的主体民族党项羌族，像一队纵马江湖的大侠，从青藏高原蜿蜒而来，在黄土高原上刀光剑影一番，又向青藏高原烟消而去。

他们如一群苦苦追寻家园的孩子，从黄河源头的玛多，到天下黄河第一曲的析支；从银夏的黄河，到塞上的黄河。他们视黄河为永远的阿妈。

他们奉白鹤为创造天地的神，让可兰石长成神灵居住的默鲁山。面如满月的神与太阳腿女子嬉戏如水。红脸盘和黑头顶的子孙，络绎不绝。

他们尊白为美、笃信神鬼、盟誓复仇的风尚，始终张扬着古朴神秘的宗教和信仰，把儒家的入世与佛家的出世熔为一炉。

他们待人真诚、珍惜友谊、爱情自由的个性，传播着中华民族最优秀的品德。直抵心灵的鹰旋舞穿越时空。

他们不畏强暴、侠肝义胆、视死如归的气节，体现于冲锋陷阵的党项马和宁折不弯的夏人剑上。幽怨凄切的羌笛长鸣如风。

即临

每当我触及盛酒的髑髅，必是一场大醉。

在沉醉与清醒之间，我清晰地感到：

党项是一个部族，是一个阿妈，是一个神；也是念起即临、促膝交谈、心灵相印的一个存在。

她在青藏高原的白云上，以鹰的姿态，搜寻站在悬崖上的故事，翻阅历史碎片上闪光的语言。

她与回家的雨一起回到大地，冰凉的身体偃卧根上，历经沧桑的梦想，染红每一片落叶。

她从紫莲花盛开的积雪山顶俯冲直下，耳畔滚过一浪高过一浪的牛哞和马啸。天堂漏下一团火焰被另一团火焰所唱的颂歌。

她围绕祭天的篝火疯狂舞蹈，一颗流星划伤第一场雪落的日子，祭献的牛羊腾空而起。

她站在一边是冰雪一边是鲜花的高原，望着一群骏马向着东方奔驰，一只白鹰向着太阳飞翔，一枚回不到故乡的落叶悬在半空。

她走在如刀似剑的冰凌上，蓬头垢面、不思饮食、毫无睡意地沉浸其中，燃烧的心血喷薄而出又凝成化石。

她一次次涉过黄河，追寻家园的苦难、苍凉和悲壮震碎落日，蠕动的血滴里，传出婴儿的第一声啼哭。

她打马驰过黄土高原，看见白牦牛的眼睛里，射出一道血色的闪电，夏州城头飘扬着太阳的旗帜。

她在卜筑新都的号声中挥汗如雨，一声响鞭落下而挺直侠骨，成千上万的阿妈，用泪水濯洗遍体的鳞伤。

她从一片青稞与野花之间抵达河湟。青海湖，吐谷浑的心脏，深蓝色的水令她感到美的恐怖。

她在贺兰山麓畋猎樵牧，把围猎、群舞和天体刻进山岩，给舞蹈的万红月戴上面具。

她敲响兴庆府的更声。挂在墙壁的夏人剑，唤醒呜咽的风。守城的眼睛射落满天星辰。

一夜之间，近二百年的大夏国倾圮于中国西部。

她从千里的赤地、蔽野的白骨、盘旋的秃鹫之间抬起头颅，一片风声鹤唳，鬼哭魂泣。

她被肢解——身体已经死去，肋骨俱断，五脏六腑布满了刀口。伤残的四肢逃向四面八方，逃向任何一个没有敌人的地方。她只剩下一个双眼流血的头颅。

她钻进草堆，埋在沙里，藏在湖底，一路向南，一路躲避着敌人的追杀，不知自己在飞翔还是在大地上滚动？

她看见了久别的故乡，却回不到当年的家园。析支，玛曲，黄河，积雪山，她挥泪作别，永远地离开了阿妈的怀抱。

她抵达贡嘎山麓、雅江两岸，远离黄河而成了一块洁白的石头。至今依在，备受祭拜。

史诗

西夏和党项渐渐清晰起来——正是西夏无史的残缺、王陵的荒凉、佛塔的颓败、文物的流亡、文化的灿烂和党项族的消隐，神秘得充满了诱惑与诗意，悲壮得具备了用史诗再现的潜质。

那么，何为史诗？

中国诗歌是以《诗经》为代表的抒情诗传统，是以日常生活为内容，通过个人瞬间的经验来表现普遍的象征意义，即“具体的共相”，是将日常生活诗意化、神圣化，以情景结构为主，重在抒情。中国的诗歌就像国画，点到为止，讲究飞白，画内即有象外之象。

中国有《格萨尔王》《玛纳斯》《江格尔》三部少数民族英雄史诗，有史诗色彩的叙事诗，但没有达到西方史诗长度的汉语史诗文本。在中国诗人的心目中，史诗是故事或者小说。

而西方诗歌是以“荷马史诗”为代表的史诗传统，是以神话生活为内容，把客体与个人的感情予以分离，对客体之间纷纭复杂的关系进行分析，从宏观的角度表现“客体的全部”（黑格尔语），是将神话世界生活化、世俗化，以情事结构为主，重在叙事。西方的诗歌就像油画，画得很满，不留空白，象外之象在画外。

黑格尔在《美学》中对史诗进行了深刻的论述，他说：“史诗就是一个民族的‘传奇故事’……史诗所描绘的世界不能专属某一特殊民族，而要使这一特殊民族和它的英雄的品质和事迹能深刻地反映出一般人类的东西。”《变形记》《熙德之歌》《神曲》《罗兰之歌》《失乐园》等均为史诗文本。

不管是“具体的共相”还是“客体的全部”，不管是中西方思维方式和语言文字的迥异，还是诗人创作手法和结构方式的不同，都成就过伟大的诗人。

中国古典诗歌具有传诵性、普遍性和民间性；而西方诗歌则高高在上，与神学、哲学比肩。所以在创作上应继承中国古典诗歌的优秀传统，继承诗歌的本质元素；在研究上应借鉴西方诗学体系，构建一套完整的中国诗学，成为中华民族精神的高度，向高向上独具品位、境界和思想。

面对中国抒情诗和西方史诗两大传统，面对博大精深的中国文化和神秘残缺的西夏历史，我想把中国抒情和西方史诗结合起来，想写：

一部展现神秘西夏的现代史诗。

一部纪念英雄时代的汉语史诗。

一部追寻精神家园的民族史诗。

为西夏，值得我拼搏一次；对自己，也值得野心一回。

时空

我在“地水火风”四大物质元素之中加入“光”这个灵魂元素，而“气”不是二元对立，既是物质也是精神。

在天堂、人间和地狱这三个世界之间楔入天境（天人境）与地界（阴阳界），以“光气水土火”五大元素，构建史诗五个不同层面又互相穿越的时空：

光—天堂—金色—自在—灵魂—神（普寞、丽晰等）；

气—天境—白色—充填—精神—圣贤（盲女巫等）；

水—人间—蓝色—润泽—心—人（董拉、玛雪等）；

土—地界—黄色—承受—生命—游魂（孟氏父女等）；

火—地狱—红色—焚烧—肉体—魔鬼（克虏、骨余等）。

提纲

我列出了《西夏史诗》的提纲：

序诗黄河之曲：“你”就是党项，就是史诗里的大神。

卷一白云出岫（公元前—公元初）：党项在神话传说中诞生并成长。

卷二草绿星灿（公元初—586 年）：党项部族在以折支（今甘肃玛曲）为中心的青藏高原繁衍生息。

卷三天漂地移（586—881 年）：党项八大部落迫于吐蕃的强盛，向庆州（今甘肃庆阳）、银夏（今陕北）地区民族大迁徙。

卷四城起高原（881—1038 年）：党项首领拓跋思恭助唐平定黄巢起义有功，在银夏地区“虽未称国而王其土”；又经拓跋继迁定都西平（今宁夏灵武）、拓跋德明结好宋辽全力西拓的奠基，嵬名元昊宣布建立大夏王国。

卷五依山荡水（1038—1127 年）：西夏与辽、北宋鼎立。一部西夏史就是一部战争史，也是一部宫廷争斗史。西夏对北宋发动了三次战役，抵御了辽国的三次入侵；而西夏皇权历经没藏太后和两代梁太后的专权，为了转移国内矛盾，夏宋边境的狼烟雾弥漫了半个世纪，最终以北宋的灭亡而结束。

卷六马驰鹰旋（1127—1227 年）：西夏与金、南宋抗衡。西夏从文治的鼎盛走向衰落，尤其是嵬名遵顼大肆攻掠金国十二年，是西夏精锐尽失的十二年。尽管西夏兵民顽强抵抗，血流漂杵，仍无法逃脱灭亡的命运。

卷七风诉雨泣（1227—1237 年）：西夏被蒙古所灭，幸存的党项人四散而逃，隐姓埋名；西夏皇裔逃到木雅（今四川康定南）建立地方政权。

卷八红炉点雪（1237—1700 年）：党项人除了战死沙场和染上瘟疫而外，男人充入蒙军成为攻打南宋的先锋，女人沦为蒙古将士的奴隶或妻妾，因而使党项人快速地融入蒙汉之中。西夏皇裔偏居木雅一角，后来被授予明正土司，直到清康熙三十九年嗣斩而绝。

尾声贺兰之乐：为“你”饯行，送“你”回到天堂。

切入

写什么、怎么写、为什么写是三位一体，同样重要。我列出：

以中国西部为背景。

以与“你”的对话为角度，“你”就是党项，是一个部族，是一个阿妈，是一个神。

以党项、西夏的神话传说、残缺史料、风土人情等为题材。

以党项、西夏的典型事件和特殊人物为中心。

以党项族追寻、创建、被毁、再追寻家园的苦难历程为框架。

以党项族的迁徙史为线索——党项从羌族中分离到黄河源头；从析支到中原庆州的民族大迁徙；从银夏五州之地的失而复得到建都西平；从贺兰山麓卜筑新都到拓展河西走廊；从创建王国位传十帝到被蒙古所灭；从西夏遗民的四散而逃到雅江岸边；从木雅政权的建立到逐渐与汉蒙回藏等族融合。

以现代汉语为载体，尝试短诗与长诗、组诗与诗剧、抒情诗与叙事诗、民谣与民歌等各种体裁的创作。

以情感的弥漫为抒情方式，以事件的流淌为叙述方式，试图写出行云流水一般的感觉。

以交响乐的旋律为基调，以油画的浓墨重彩为底色，以人类学的厚描为手法。

努力再现西夏部族崇白尚武、笃信神鬼、盟誓复仇、尊儒拜佛、开拓进取、视死如归的精神世界，发掘、梳理和弘扬作为中国文化组成部分的西夏文化。

第一行

1995 年 1 月，一场大雪落在银川，我写下了《西夏史诗》中第一行诗：这扇神秘的大门已经关闭。那扇神秘的大门即将洞开。

我不知道已经关闭的大门是什么，是义无反顾？是登高去梯？也不知道即将洞开的大门又是什么，是西夏历史？是史诗梦想？尤其是“即将”的状态，就像一盏永远无法靠近的灯。

就在这个上天无路入地无门的期待之中，我回味着骊歌萦绕的梦，推开一野灿烂夺目的白。

我看见槐树上栖满了白鹤，地上卧着反刍朔风的羊群，一顶顶白毡房，犹如熟睡的婴孩。

冬天的第一场大雪突降银川，贺兰山的马蹄，踩响我素朴而宁静的清晨。

在漫天飘舞的巨大的雪白中，我感到血管里滚动着一种灼灼的痛，如同空白中的一串清泪，划开鲜花凋零的伤痕。

我骑着自行车向贺兰山飞奔而去，只想看一眼雪白的西夏王陵。

那是回家路上必经的方向的风骨，大地上高高昂起的中国的金字塔，伴我熬过漫漫长夜的亲切的召唤。

九只饱满的乳房。

九颗天才的头颅。

九颗射落的太阳。

遥想

有什么比太阳的蹦跳而起更加辉煌？

有什么比太阳的依依沉落更加悲壮？

一个生命的诞生让人欢喜，一个生命的死亡使人悲伤。

而一个民族的消亡正如一轮太阳的不再升起，是从过去到现在再到将来绵延不绝的黑暗、严寒和沉痛。

一个优秀的民族消隐于历史的帷幕之后，这是何等的惨烈与惊心！

一件件西夏文物流亡于异国他乡，又是何等的令人痛心疾首！

我想用党项人的眼光凝视太阳，喊出一个蕴含生命韵味的字。

那个字可能是赶羊出栏，可能是与神对话，或者那个字本身就是一个恋人。

我想如婴儿一样啼哭，寻回那种纤尘不染的感觉，投身于汹涌澎湃的大海而听到雪落红炉的声音。

我想飞身跃上一匹烈马驰骋沙场，遍体鳞伤而勇往直前，身陷绝境而视死如归。

我想在祖辈的吆喝中耕耘土地，从一粒麦子看见一片金黄的原野，看见一个民族的脊梁。

我想在默如黄金的泥沙里参悟人生的价值，流过满面的泪水洞穿血液；于阳光似乳的洗礼中提升自我的境界，透过滴血的伤口凸显傲骨。

谁在语言的路上迎风而去?

探寻

辨别着西夏遗民遁隐的足迹，我探寻西夏的原型。

只因史诗由原型构成，史诗创作是对原始意象的激活。伸手可触的原型一闪即逝，我四处寻找——

在西夏王陵席地而坐，从披雪的陵台身上寻找佛光，却只有从贺兰山顶泼下的黄昏，覆盖于醉倒的酒瓶上。

坚硬的下颌骨被酒折断，昏迷中，我看见世界上最鲜艳的红玫瑰，听见最伤心的哭泣声。

在西海固的坟头，我长跪不起。一个名叫沈家泉的村庄跳起雩舞，饥渴的太阳吮干我体内的水。我只想顺着父母的灵光，随风而去，化云而散。

统万城比黑水城更加荒败，只因四周的绿色加深了白城子巨大的白。

在河西走廊，我没有看见一个党项人，但我知道他们无处不在——在壁画里，在佛像里，在彩塑里，在石碑里，在众多民族的血液里。

站在行驶于青海湖的游艇上，实质上是行驶于另一个消亡的部族的心上。远处的油菜花令人眩晕，那是吐谷浑留下的传说。

在玛曲的黄河岸边，我久久伫立，一位磕长头的藏民，把牛羊换来的黄金背向拉萨，他可是党项人的后裔？淡蓝色的黄河水使我想到一个人、一个部族和整个人类的命运——生存之多艰，毁灭之轻易；岁月之无情，心灵之绝望。

无论走到哪里，我都在探寻党项、西夏的原型，甚至于日常生活中寻找原始的意象，用“个人化的神话”唤醒精神的力量。让思想充满激情，并且照耀自己。

我努力寻找与人类、历史、诗歌有关的原型——一种原初的、纯净的、质朴的生命状态，一双自由的、飞翔的、透明的灵魂之翼。

“这个英雄时代的已沉默的光辉使人有必要用诗来表现它和纪念它。”黑格尔的这句话，自始至终地激励着我。

试图

在创作过程中，我感到一部史诗根本无法承载一个民族消隐的巨大的灾难，我只能将党项、西夏的历史予以横截，取其点面，客观再现。

我把独创性当作史诗的灵魂，力争在内容或者形式上有所突破，试图再现人类生活的另一面，即一个消亡部族的命运。

独创离不开来自生命体验、生活回忆、心灵深处的想象。而想象就是要创造另一个时空。

我试图将文本转换成“语言创造活动的体验”(罗兰·巴特语)，把创作交给语言。语言本身并非为了表现什么，而是为了清除挡在主体与客体之间的东西，一种知道却看不见的东西。我努力遵从语言的引领，尊重语言的自由活动，清除障碍，抵达西夏，直接呈示。

我自觉地昂立于千人一面的诗潮之外，让人格独立，让思想自由，让无我闪光，企图道出一个别人无法模仿的声音，树起诗后面的美，美后面的善，善后面的真。

诗是最美的艺术之一，存在于词与词组合之间、行与行的空白之中，可以感觉却言说不清，可以理解却解释不透。正如帕斯所言：“诗是不可解释的，然而并非不可理解。”

所以，在“具体的共相”与“客体的全部”之间，我不知道自己是否找到了党项、西夏、史诗的原型，是否激活了原始意象，但我用心尽力了。

徘徊

断断续续写了十年，我一次次否定并打倒自己，只因才气不足懒散有余。

黑格尔一句“为着显出整部史诗的客观性，诗人作为主体必须从所写对象退到后台”的话，我不得不从头开始。

又是冬天，又是雪地，焚烧手稿的火焰，发出一声声心碎的脆响。

我来回徘徊，一次次凝视残月并探寻核心，一块块鹅卵石让我聆听来自西夏的音讯。

翻过一座又一座山峰，一块石子却挡住前行的脚步。赤足立于念天地之悠悠的荆棘丛中，我看见汨罗江里那块忧愤的石头，如日中天。

躺在郊外一块绵柔的雪地上，我终于向前走出一步，再次感恩这块生我育我的西夏故土。

在新城之家，在贝多芬的《英雄交响乐》猛烈的陨石雨中，我感到一个个从古典到现代的字蹦跳而出，砸响我丢失于童年的感觉。下笔如有神助，一个句子没有写完，另一个句子跳在眼前，赶紧写在旁边的纸上。写出令我惊喜而恐惧的幻觉——不觉饥饿，不能入眠，眼前尽是晃动的人影，耳畔全是人嘶马啸。

黄昏时分，站在六楼的阳台上，我望穿时空，像大鸟一样展开双翼飘飘欲飞，忽然听见有人敲门。一位朋友来到家里，明明是我俩举杯痛饮，他却看见旁边还有一人频频举杯。

是的，我写《西夏史诗》起初是想写一部大诗，写一部现代汉语抒情史诗，可越写越觉得一个优秀民族的消失远比史诗文本更为重要，我只是用语言记录了他们艰辛历程和精神求索的千万分之一。

我的抒写仅仅是为了表现“这个英雄时代的已沉默的光辉”。

是为了纪念消隐在中国大地上的党项羌族。

是为了祭奠以党项羌族为主体民族创造的西夏王国。

召唤

是谁牵着我的目光，驰往祥云缭绕的默鲁山？

是我追寻的梦想，还是党项之神的一声声召唤？

是自故土汲取的原力，还是从旷古投来的霄光？

是贺兰山矗立的壮美，还是黄河流淌的家园？

是残砖碎瓦的历史，还是返回本身的诗？

我始终感到一种似有若无的神秘，就像一道从山巅射来的光芒，如一条坦途伸到我的面前。

我可以顺着光途走上去，但我一直与另一个我争持不下。我无法或者不能言说其中的缘由，只能悄悄地珍藏。

触摸

我平时忙于编务，进入状态才写一点，一年也就能写一千多行。2003 年 6 月请了创作假，两个月写了三千多行，写白了双鬓。中途几次请朋友救我，请他们把我灌醉，好好睡上一觉。

创作《西夏史诗》的很多日子都已忘记，但有两个日子我铭记在心。一个是 1995 年 1 月 20 日，我写出了《序诗：黄河之曲》，由此开始了漫漫征程的第一步；另一个是 2004 年 3 月 20 日，我写完了《尾声：贺兰之乐》，从而放下背了十年的重负。

不管 20 日是不是一个巧合，也不论是否写好《西夏史诗》，反正我写完了，共计 13300 多行。

一种从未有过的轻松流在血管，脚下生风，双臂如翼。可那种陪伴我十年的充实荡然无存，恍然若梦，身心俱空。

此时此刻，《西夏史诗》已经与我无关，不管别人怎样评价，我不过是进行了一次心灵的接近，一次从希望到绝望的触摸。

感谢中国作家协会将《西夏史诗》列入 2004 年度重点作品项目，感谢文联领导和老师的关怀，感谢亲人和朋友的鼓励，感谢妻子和女儿的理解。我将不尽的感谢珍藏心间，负债前行。

补记

上文初写于 1999 年 11 月 5 日，是《西夏 · 上卷》（宁夏首批“金骆驼丛书”之一，宁夏人民出版社，2000 年 12 月）的自序。

现在重新梳理一下，往事历历在目。

1988 年，时任副总编荆竹老师把我调到宁夏青年报社，编辑文艺副刊，在他的支持下开辟了诗歌专版，所刊诗作被《诗歌报》转载。银川朔方路飘来全国各地的雪，我们也“领导了宁夏诗歌新潮流”。

1991 年，报社来了一位总编，要我重视新闻。可我对新闻毫无兴趣，依旧编发文学作品。由于我的孤傲，同事的闲言，被派兰州驻站，可小马拉不动大车。回来后成了专职校对。我知道“苦其心志”之说，说给别人容易，真正落到自己身上依然气愤不已。虽不恃才自傲，但也决不摧眉折腰，一番郁闷之后便是平静，几个版面校完倒也轻松，更有时间读闲书、谈恋爱。

这期间，我关注宁夏的人文历史地理，直到三年后才决定要写《西夏史诗》，是一扇门“已经关闭”，另一扇门处在“即将洞开”的状态。我能感到那种神秘的存在可难以言说，就像我对总编从憎恨到感谢却一直没有表达。

1999 年，我写完《西夏史诗》的前四卷，是为一半。宁夏作协驻会副主席余光慧让我先申报，如果审读通过，可以加入出版长篇小说的绿色通道——“金骆驼丛书”。

在审读中，有位专家对《西夏史诗》的书名提出异议，中国都没有出过史诗，需要谨慎，应删去史诗。《格萨尔王》《玛纳斯》《江格尔》难道不是中国的史诗？我不在现场，无法争辩，随他说去。

2001年4月，“金骆驼丛书”研讨会在银川召开，《西夏》（上卷）是为其中一部。白军胜认为《西夏》是“第一部反映西夏游牧民族繁衍生息的具有神话色彩的现代抒情史诗，其在诗史上的价值远远超过诗集本身”。单永珍认为“以史料为后盾，以想象为翅膀，成就着这一首首壮美的诗篇。当杨梓以个体的才华再现一个民族的苦难史时，他已经承担了我们所不能承担的重负”。但也有人提出批评，依然是能否称为“史诗”的问题，说要经过西夏专家的认可；还说书后列了一堆的参考书目是卖弄学问。会场一时沉寂无声，我无话可言，只有感谢。

2004年，《西夏史诗》列入中国作协首批重点作品项目。我便把新写的后四卷与《西夏 · 上卷》合并，恢复书名《西夏史诗》，并对上文进行了修改，基本上是现在的样子。后来在校对的时候，我想起往事，就删掉了照片、简介、跋和主要参考文献，只剩下诗，有点神秘西夏的本来面目。

而肖川、杨继国、冯剑华、荆竹、严光星等老师非常关心我的创作，为我调动工作、评职称任职务，让我走访故地，给我准假创作等，这都是大恩，我不敢言谢，而是一生的感激。

《西夏史诗》（文化艺术出版社，2006年10月）出版，弹指间过去了十年，“一直没有得到应有的重视”（李生滨，田鑫语）。这是因为：

一是熟悉西夏历史者大多在研究领域，可他们不了解现代诗；而熟悉现代诗者又不了解西夏历史。二是中国是抒情短诗传统，对于一部长篇史诗的出现，诗歌界多少都会露出怀疑的目光。三是普通读者既不了解西夏，又不了解史诗，他们会望而却步，即使阅读也因难度不小而放弃。四是《西夏史诗》出版后，我只送给感兴趣的文朋诗友，而没有进行任何形式的宣传或推介，我不能违背“纪念”的初心，也不能由此博取名利。

尽管如此，以研究西部诗歌为主的湖南科技大学教授刘昕华，撰写过《西部诗歌创作的新变——沈苇、杨梓诗歌阅读印象》（《唐都学刊》2003 年第 3 期），指导他的学生沈敏、郭珊珊、苏剑记为《西夏史诗》写过评论，可我至今尚不认识他们。

章德益、荆竹、杨骊、卢辉、张立群、王永、瓦楞草、李生滨、田鑫等先后写过专评，梦也、安奇、林童、张铎、许峰等先后评到《西夏史诗》。

肖川、贺海涛、葛林、单永珍、朱先树、马萧萧、张承信、米思及、翼人、阳飏、苑湖、刘川、李青山、马丁、唐朝晖、萧融、李寂荡、孙伟、高旭旺等先后编发过《西夏史诗》节选。

梅绍静、冯剑华、曲近、王明韵、沈苇、谢克强、芦苇岸等先后编发过拙作专辑，其中亦有史诗节选。

中国作协审读委员雷舒雁和李小雨，对《西夏史诗》给予充分肯定，认为是“一部大气、恢宏、罕见的史诗”，“一部很有意义的史诗……填补了以诗咏史的一项空白”。文化艺术出版社蒙古族编辑斯日，提出宝贵的修改意见，尤其是涉及蒙古族的部分。

在此，我向评论、编发、阅读《西夏史诗》和关心、支持、帮助我创作的所有师友，致以最衷心的感激。

《西夏史诗》在网上网下脱销已有多年，有人借书复印。无序无跋的《西夏史诗》纯粹是为了“纪念”和“祭奠”，这次再版只是为了感兴趣的读者。而我已年过半百，不因此书的再版而有所欲求。

补上《参考文献》，是对西夏学者研究成果的尊重。因为诗中涉及的神话传说、民族起源、历史事件等均源于此。尽管没有注释，但都有依据，都能找到出处，我只是在此基础上予以合乎情理的想象、命名和抒写。绝非不负责地胡编乱造，绝不愧对一个消隐于历史长河的民族和一个灭亡于西部大地的王国。

上文是我十年创作的心灵轨迹，加上十七年之后的补记，是要将很多往事梳理一下，略作说明，这或许能为读者提供一些参考。本次再版改正了错字，因版面调整了个别诗行，其他保持原貌。

非常感谢我的启蒙之师荆竹先生为之作序，感谢阳光出版社的认真校对和细心排印，感谢阅读至此的读者，敬请不吝指正！

这扇神秘的大门已经关闭。

那扇神秘的大门即将洞开。

1999 年 11 月 5 日写就
2016 年 10 月 23 日补充
2017 年 8 月 27 日略改
于银川闻月阁